C. C. Bergius wurde 1910 zu Buer in Westfalen geboren. Er war Fluglehrer, Wetterflieger und Flugkapitän. Nach dem Zweiten Weltkrieg begann seine Karriere als Schriftsteller. Seine Bücher liegen in neunzehn Sprachen übersetzt vor und sind in einer Gesamtauflage von elf Millionen Exemplaren verbreitet.

Vollständige Taschenbuchausgabe
Droemersche Verlagsanstalt Th. Knaur Nachf., München

Umschlaggestaltung Norbert Dallinger
Druck und Bindung Ebner, Ulm
Printed in Germany 5 4 3 2 1
ISBN 3-426-01376-2

C. C. Bergius:
Spanisches Roulette

Roman

Knaur®

ISBN 3-426-01376-2 780

Dieser Roman basiert auf historischen Begebenheiten. Es ist jedoch anzumerken, daß die Geschichtsforschung über Vorgänge, die in der zweiten Hälfte des 16. Jahrhunderts zu einem sensationellen Bruch zwischen dem spanischen König Philipp II., seinem Staatssekretär Antonio Pérez und der Fürstin Eboli führten, keine absolute Klarheit erbracht hat. Zu viele Unterlagen wurden (absichtlich!) vernichtet, zu viele Aussagen lassen sich nicht mehr überprüfen. Wenn auch das tatsächliche Geschehen jener Tage nicht in allen Teilen aufgedeckt werden kann, so gibt es doch viele Fakten, die das Verhältnis der drei genannten Persönlichkeiten zueinander klar erkennen lassen und es einem Schriftsteller ermöglichen, ihre schicksalhafte Verkettung zu deuten und in eine Epoche hineinzuleuchten, die an Dramatik nichts zu wünschen übrigläßt.

Um den Roman leicht lesbar zu machen, wurden die spanischen Namen weitgehend vereinfacht. So wird, um nur ein Beispiel zu nennen, Ruy Gómez de Silva, Fürst von Eboli, schlicht Fürst Eboli genannt.

Der historisch interessierte Leser findet im Anhang (Seite 324) einen kurzen Abriß der Geschichte Spaniens bis zur Epoche Philipps II.

EL E
DER ZUM
KÄFIG UMGE-
BAUTE BALKON
DER FÜRSTIN
EBOLI

RIAL
DER TURM
VON
PINTO

Das 16. Jahrhundert gilt als eine Zeit, in der alle Elemente eines tragischen Dramas ihren Höhepunkt erreicht haben: Blut fließt in Strömen, Dolche werden mit Perlen verziert, Menschenleben für eine Bagatelle weggeworfen. Die Frauen dieser Tage sind furchtlos, tüchtig, gelehrt, verdorben, halb gläubig, halb abergläubisch. Sie reiten wie Amazonen, lieben Gefahr und Risiko, lieben Musik und Tanz, Juwelen und Kleider. Sie sind an blutige Schauspiele gewöhnt, an Gift und Dolch.

Angelika von Schuckmann

Erstes Buch

Der Mord

1

Laue Abendluft lag über Madrid. Seine Bewohner hatten sich in den Straßen und Gassen, die von Fackeln erhellt waren, zum *paseo* eingefunden, jenem traditionellen Abendspaziergang, den kein Spanier missen mag; schon gar nicht an einem Tag wie diesem. Man feierte das Osterfest, die Auferstehung des Herrn. Männer und Frauen hatten ihre besten Gewänder angelegt und genossen es, mit Freunden und Bekannten gemächlich durch die Stadt zu flanieren.

Doch plötzlich fuhren alle erschrocken zusammen. Von einer Minute zur anderen brach ein schweres Gewitter herein. Die Nacht war im Nu von grell zuckenden Blitzen erhellt. Ihr gleißendes Licht verlieh Madrid ein gespenstisches Aussehen. Sturmböen entfachten die Glut der an Häusern und Mauern befestigten Fackeln. Wer sie aus ihren Halterungen riß, um die lodernden Flammen zu löschen, löste einen Kometenschweif umherstiebender Funken aus. Und kein Regen fiel vom Himmel.

Schreiend versuchten die Spaziergänger, in ihre Wohnungen zu gelangen. Aber noch ehe sie dort ankamen, legte sich der Sturm ebenso plötzlich, wie er gekommen war. Kein Blitz fuhr mehr zur Erde, kein Donner ließ mehr die Luft erzittern. Nur ein paar Tropfen klatschten auf die Steine.

Zögernd kehrten einige in die nun vollends dunklen Straßen und Gassen zurück. Viele deuteten das so unvermittelt hereingebrochene Gewitter als böses Omen.

Escobedo, ein stattlicher Landedelmann, der trotz seiner grauen Schläfen noch nicht vierzig Jahre zählte, drängte ins Freie. Als Berater und Freund Don Juans de Austria, des Halbbruders König Philipps II., hatte er die Fürstin Eboli aufgesucht, um eine wichtige Angelegenheit mit ihr zu besprechen. Im Verlauf der Unterredung waren sie in Streit geraten. Er fühlte sich hintergangen und verließ das fürstliche Palais mit vor Erregung blassen Wangen. Im Freien blieb er einen Moment stehen, um seine Augen an die Dunkelheit zu gewöhnen.

Er blickte zur nahegelegenen Kirche Santa María hinüber, als hinter ihm die Tür noch einmal geöffnet wurde. Ein livrierter Lakai mit einer Fackel in der Hand trat an ihn heran und sagte unterwürfig: »Ich habe den Auftrag erhalten, Euch zu begleiten, Señor.«

Escobedo zögerte. Durfte er die versöhnliche Geste der Fürstin ignorieren? Nach der Auseinandersetzung war es ihr gewiß nicht leichtgefallen, einen Diener zu beauftragen, ihm den Weg durch die Nacht zu weisen. »Ich danke deiner Herrin«, erwiderte er und schickte sich an, die Stufen zur Calle Mayor hinabzusteigen. »Führ mich zum Haus von Doña Brianda.«

»Sehr wohl, Señor«, antwortete der Lakai und senkte die Fackel, um die Stufen besser zu beleuchten.

Doña Briandas Haus lag auf der anderen Seite der Straße. Nach dem ärgerlichen Disput mit der Fürstin wünschte sich Escobedo sehnlichst, in den Armen seiner Geliebten Entspannung zu finden. Er hatte die attraktive und lebenslustige Doña Brianda vor Jahren kennengelernt und seither die eigene Frau vernachlässigt.

Am Ziel des kurzen Weges drückte er dem Fackelträger eine Münze in die Hand: »Vergiß, wohin du mich geführt hast.«

Der Diener verneigte sich und blieb vor dem Portal stehen.

Escobedo zog einen Schlüssel aus der Tasche, öffnete die Tür und prallte mit einem Offizier der Garde zusammen.

Beide starrten einander entgeistert an.

»Ihr hier?« fragte Escobedo verwundert.

Arce, ein als Draufgänger bekannter Capitán, rang nach Worten. »Ich war... Don Juan hatte mir den Auftrag erteilt, Doña Brianda Grüße zu übermitteln.«

Escobedo stieg die Zornesröte ins Gesicht. Eine billigere Ausrede konnte man sich nicht vorstellen. Gemeinsam mit Arce war er vor wenigen Wochen von Antwerpen nach Madrid zurückgekehrt. Wenn jemand Grüße ausrichten sollte, dann war er es und nicht dieser Gardist. »Ihr seid doch verheiratet!«

Der Gardeoffizier lachte abfällig. »Seid Ihr es etwa nicht? Und wie ich sehe, besitzt Ihr sogar einen Schlüssel zu diesem Haus.«

Escobedo beherrschte sich nur mühsam. Ohne den Capitán noch eines Blickes zu würdigen, wies er den Fackelträger an, auf ihn zu warten.

Arce grinste hinter ihm her und steckte dem Lakaien ein Geldstück zu. »Du hast mich hier nicht gesehen, verstanden?«

»Si, señor.«

»Auch von dem Gespräch hast du nichts gehört!«

Der Diener nickte.

»Alsdann: Hasta luego. Und hüte dich, das Maul aufzumachen! Sonst ...« Der Offizier hob seinen Degen.

»Euer Gnaden können sich auf mich verlassen.«

Der Capitán tippte an sein Barett und verschwand in der Nacht.

Die Calle Mayor belebte sich langsam wieder. An den Häusern wurden neue Fackeln in die Halterungen gesteckt.

Ein Passant verwickelte den wartenden Lakaien in ein Gespräch. Der bestätigte ihm unbekümmert: »Ja, ich gehöre zur Dienerschaft der Fürstin Eboli. Das zeigt schon meine Livree aus Goldbrokat mit blauen Tressen.«

»Und wohin hast du den Gast dort drinnen zu geleiten?«

»Wahrscheinlich zum Haus der Escobedos.«

Der Neugierige entfernte sich, und es dauerte nicht lange, bis Escobedo wieder aus dem Haus kam. Er hatte den Umhang über die Schulter zurückgeworfen und keuchte, als habe er eine schwere Auseinandersetzung hinter sich. »Zu meiner Wohnung!« kommandierte er gereizt.

Der Lakai schritt ihm voran. Sie überquerten die Straße und bogen hinter der Kirche Santa María in eine enge Gasse ein. Da diese besonders dunkel war, vergewisserte sich der Diener, ob der ihm anbefohlene Gast genügend sehen könne. In diesem Augenblick stürzten sich mehrere Männer auf den Lakaien, rissen ihm die Fackel aus der Hand und stießen ihn zu Boden.

Geistesgegenwärtig griff Escobedo nach seinem Degen. Zu spät. Ein Stilett blitzte auf und traf ihn in die Brust.

»Zu Hilfe!« schrie der Diener, raffte sich hoch, sprang einen der Männer an und umklammerte ihn. »Mörder! Mörder! Zu Hilfe!«

Der Festgehaltene versuchte sich zu befreien.

Einer seiner Kumpane sprang ihm bei.

Der Lakai verkrallte sich im Mantel seines Gegners. »Zu Hilfe! Mörder!«

Ein Faustschlag ließ ihn taumeln.

Von allen Seiten rannten nun Menschen herbei. Es kam zu einer wilden Schlägerei, in deren Verlauf es den Verbrechern gelang, in der Dunkelheit zu verschwinden. Nur ein Mantel blieb zurück, eben jener, den der Diener nicht losgelassen hatte. Doch auch er selbst verlor ein Kleidungsstück. Er opferte sein Brokatwams, als er in dem Durcheinander erneut festgehalten und mit Schlägen traktiert wurde.

Entsetzen aber überkam alle, als ein Fackelträger herbeieilte und sichtbar wurde, was die Täter angerichtet hatten. Blutüberströmt, mit dem Stilett in der Brust, lag Escobedo am Boden.

Unter den Herbeigeeilten befand sich zufällig ein Arzt. Er prüfte den Puls des Überfallenen und ließ ihn, als er erkannte, daß jede Hilfe zu spät kam, in den nächstgelegenen Hauseingang tragen. »Holt die Wache!« wies er die Umstehenden an. »Und auch einen Priester.«

Einige Männer rannten los.

»Ist er tot?«

Der Medikus wischte sich über die Stirn. »Ihm ist nicht mehr zu helfen.« Er griff nach einer Fackel und betrachtete das Gesicht des Ermordeten. »Mein Gott, das ist ja Escobedo, der Berater Don Juans de Austria!«

Erschrockenes Gemurmel.

Ein Büttel eilte herbei. Der Arzt sagte ihm, wer der Tote war.

Sekundenlang fand der Ordnungshüter kein Wort der Erwiderung. Dann aber drängte er die Neugierigen energisch zurück. »Macht Platz! Der Stadthauptmann wird jeden Moment kommen.«

Polizeioffizier Velázquez, ein geachteter, älterer Beamter, erschien schon nach wenigen Minuten. Sein selbstsicheres Auftreten änderte sich jedoch schnell, als er sah, wer der Ermordete war. »Was soll ich tun?« klagte er. »Womöglich liegt ein politischer Mord vor.«

»Das wäre denkbar«, pflichtete ihm der Medikus bei. »Ihr werdet Seine Majestät verständigen müssen.«

»Ja, daran führt wohl kein Weg vorbei.« Der Stadthauptmann wandte sich an die Männer, die ihm gefolgt waren. »Schickt sofort einen Reiter zum Escorial! Dem König muß unverzüglich gemeldet werden, daß Escobedo einem Mordanschlag zum Opfer gefallen ist.«

Einer der Büttel eilte davon.

Gleich darauf erschien ein Geistlicher mit Ministranten.

Der Arzt wies auf den Toten: »Ihr könnt Gott nur noch bitten, der Seele dieses armen Sünders gnädig zu sein.«

Der Priester und alle Anwesenden knieten nieder und beteten ein ›Ave María‹. Danach erhielt der Ermordete den letzten Segen.

Inzwischen hatte sich der betagte Stadthauptmann vom ersten Schreck erholt. Er straffte sich und forderte mit fester Stimme: »Wer Zeuge der ruchlosen Tat wurde oder wer glaubt, etwas aussagen zu können, der melde sich!«

Einige Männer traten vor.

Einer nach dem anderen wurde vernommen.

Einen wichtigen Hinweis erhielt Polizeioffizier Velázquez aber erst, als ein junger Mann jenen zurückgelassenen Mantel vorwies und erklärte: »Den habe ich auf der Straße gefunden. Vielleicht gehört er einem der Mörder.«

»Ausgezeichnet«, rief der Stadthauptmann und befahl: »Sofort alle Asyle durchsuchen! Feststellen, ob Unbekannte dort Unterschlupf gefunden haben. Und ob jemandem ein Mantel fehlt.«

Mehrere Wachen schwärmten aus.

»Holt Träger! Wir können den Toten nicht länger hier liegen lassen!«

Einer der Männer, die der Polizeioffizier vernommen hatte, trat vor. »Verzeihung, Euer Gnaden, aber der zurückgelassene Mantel bringt mich auf eine Vermutung. Könnte nicht auch das Brokatwams, das wir dem Ermordeten unter den Kopf geschoben haben, von einem der Täter stammen?«

Velázquez stutzte. »Hat das Wams auf der Straße gelegen?«

»Ich glaube schon. Jedenfalls haben wir es genommen und als Unterlage benutzt.«

Der Stadthauptmann wandte sich an den Medikus: »Dürfen wir die Livree schon konfiszieren? Jede Minute kann für unsere Nachforschungen von entscheidender Bedeutung sein.«

Behutsam zog der Arzt das Kleidungsstück unter Escobedos Kopf hervor.

»Das ist doch ...« Die wäßrigen Augen des Stadthauptmanns weiteten sich. Wie hilfesuchend blickte er zum Medikus hinüber. »Was sagt Ihr dazu?«

Der Arzt hob die Schultern. »Vielleicht sollten wir uns anderswo darüber unterhalten. Hundert Ohren, hundert Gerüchte.«

Polizeioffizier Velázquez beugte sich vor und fragte mit gedämpfter Stimme: »Ihr habt die Livree erkannt?«

»Natürlich.«

»Dann gilt es keine Zeit zu verlieren. Würdet Ihr mir die Ehre geben, mich als Zeuge zu begleiten?«

Der Medikus hob abwehrend die Hände. »Lieber nicht. Das Temperament der Dame, die Ihr aufsuchen wollt, läßt Schlimmes befürchten. Außerdem stehen Euch genügend Leute zur Verfügung.«

Träger erschienen mit einer Bahre und übernahmen den Toten.

Der Stadthauptmann salutierte. Alle anderen entblößten ihr Haupt.

Als man Escobedo fortgetragen hatte, wandte der Polizeioffizier sich nochmals an den Arzt: »Bitte, verständigt die Familie des Ermordeten. Ihr kennt sie und werdet die richtigen Worte finden.«

Der Medikus holte tief Luft. »Eine scheußliche Aufgabe.«

»Sprecht aber nicht über das, was wir festgestellt haben.«

»Für wen haltet Ihr mich?«

Polizeioffizier Velázquez legte die Hand an sein Barett und ging mit einem seiner Begleiter, dem er das Brokatwams übergab, zum Palais der Fürstin Eboli. Es verdroß ihn, daß es ihm nicht gelungen war, den Arzt als Zeugen für das bevorstehende Gespräch zu gewinnen. Die Aufgabe, die er ihm danach aufgebürdet hatte, war freilich noch unangenehmer. Er selbst mußte unter den gegebenen Umständen ohne Zeugen auskommen. Den Büttel, der ihn begleitete, konnte er nicht zu der Unterredung hinzuziehen; die Gegenwart eines Subalternen würde die Fürstin sofort in Rage bringen. Aber vielleicht hatte er Glück. Die erlauchte Dame konnte die Liebenswürdigkeit in Person sein, wenn es ihr nicht gerade gefiel, Luzifers Frau zu spielen.

Vor dem Portal des fürstlichen Palastes wies der Polizeioffizier seinen Untergebenen an, auf ihn zu warten. Dann stieg er die Stufen hoch und betätigte den Türklopfer.

Zu seiner Verwunderung wurde ihm sofort geöffnet.

Die Empfangshalle war von vielen Kerzen erleuchtet. Wenige Meter vor ihm stand, geschmückt mit einer großgliedrigen Halskette, der Majordomus der Fürstin Eboli. Zu seiner Seite trugen zwei livrierte Diener goldene Leuchter.

Der unerwartete Empfang im Glanz der Lichter verwirrte den Stadthauptmann. Wieso erwartete man ihn?

In rauschende Seide gekleidet, eilte die etwa fünfunddreißigjährige Fürstin mit schnellen Schritten und einladend ausgestreckten Armen dem Besucher entgegen, blieb jedoch plötzlich stehen und gab sich den Anschein, als sei sie überrascht. »Ach Ihr...?« sagte sie und ließ die Hände sinken. »Entschuldigt, teuerster Velázquez. Nach der schrecklichen Nachricht, die mich erreichte, vermutete ich, daß Staatssekretär Pérez...« Sie unterbrach sich und reichte dem Polizeioffizier die Hand. »Sicherlich kommt Ihr, weil Ihr erfahren habt, daß Escobedo unmittelbar vor seiner Ermordung bei mir gewesen ist.«

»Nein, Durchlaucht, das wußte ich nicht«, erwiderte Velázquez mit einer Stimme, die Verwirrung verriet.

»Wirklich nicht?« Die Fürstin ging auf ihren Salon zu und scherzte: »Hoffentlich bringt Euch das keinen Ärger. Ihr müßtet doch stets am besten informiert sein.«

Was wird hier gespielt, fragte sich der Stadthauptmann und betrachtete die Fürstin, während er an ihrer Seite ging, so unauffällig wie möglich.

Zweifellos war sie eine schöne Frau. Ihre Haut, von perlenartigem Schimmer, hatte die Glätte geschliffenen Marmors. Faszinierend war auch der leichte Silberblick ihrer großen, dunklen Augen, die Intelligenz und Temperament verrieten. Ihre vollen, kirschroten Lippen ließen Leidenschaftlichkeit vermuten. Einem aufmerksamen Beobachter konnte allerdings nicht entgehen, daß die Fürstin es genoß, ihre Schönheit zur Schau zu stellen.

»Bitte, nehmt Platz«, sagte sie, als sie den Salon erreichten. »Ihr sucht mich also wegen der Ermordung Escobedos auf?«

»Ja«, erwiderte der Polizeioffizier. »Ich komme direkt von der Mordstelle und bin, das gestehe ich offen, erstaunt darüber, daß

Durchlaucht bereits informiert sind. Wie ist das möglich? Und was veranlaßte Euch zu vermuten, daß Staatssekretär Pérez gleich zu Euch eilen würde?«

Die Fürstin erkannte, daß sie einen Fehler gemacht hatte. Derlei wußte sie jedoch schnell zu überspielen. Sie antwortete leichthin: »Wieso setzt es Euch in Erstaunen, daß Escobedos Ermordung mir schon bekannt ist? Wißt Ihr denn nicht, daß ihn einer meiner Diener begleitet hat? Er wurde Zeuge des Überfalls. Leider hat man ihm auch arg mitgespielt. Sein Leben hat er nur retten können, indem er ein Teil seiner Kleidung zurückließ.«

»Das verblüfft mich noch mehr«, erklärte der Stadthauptmann. »Ich bin nämlich gekommen, um nach dem Träger der Livree zu forschen. Sie wurde bei dem Ermordeten gefunden und ist somit ein Indiz. Aber wieso hat *Euer* Diener den Ermordeten begleitet?«

»Weil Escobedo unbedingt sofort nach Hause wollte, obwohl wegen des Gewitters alle Fackeln gelöscht waren.«

»Gab es einen Grund für seinen eiligen Aufbruch?«

»Nun ja. Wir waren aneinandergeraten.«

»Es hatte Streit gegeben?«

»Man kann es so nennen.«

»Und sein Tod erschüttert Euch nicht?«

»Euch etwa?«

»Allerdings!«

»Und woran erkenne ich das?« fragte die Fürstin hämisch. »Nein, verehrter Velázquez, so könnt Ihr mir nicht kommen. Ich zeige meine Erschütterung ebensowenig wie Ihr die Eure. Dennoch bin ich zutiefst betroffen. Und das, obwohl ich der Meinung bin, daß Escobedo einen schmählichen Tod verdient hat.«

Der Stadthauptmann starrte sie verständnislos an.

»Ja, wundert Euch nur«, alterierte sich die Fürstin. »Ich scheue mich nicht, auch über einen Toten die Wahrheit zu sagen. Escobedo sprach schlecht über Gott und die Welt. Es ist noch keine Stunde her, da hat er sich hier in meinem Haus über den König in übelster Weise ausgelassen. Und meinem verstorbenen Mann sagte er Dinge nach, die ihn an den Galgen gebracht hätten, wenn der Fürst noch lebte. Vielleicht ist Euch nun verständlich, daß ich trotz meiner Erschütterung nicht von Mitleid überwältigt bin.«

Der Polizeioffizier räusperte sich. »Wenden wir uns Eurem Lakaien zu. Würdet Ihr ihn bitte rufen lassen?«

»Weshalb sollte ich das?«

»Ich möchte ihn vernehmen.«

Die Fürstin brauste auf. »Was fällt Euch ein? In meinem Haus wollt Ihr...? Mir verschlägt es die Stimme. Ihr habt die Fürstin Eboli vor Euch, Nichte des Herzogs del Infantado und des Kardinals Mendoza! Hütet also Eure Zunge, und stellt keine Forderungen, die mich beleidigen.«

Der Stadthauptmann erhob sich. »Dann werde ich Euren Diener von der Scharwache abholen lassen. Ihr selbst habt erklärt, daß er Escobedo begleitet hat. Er ist somit unser wichtigster Zeuge, und ich begreife nicht, weshalb Euch mein Wunsch so erregt.«

Die Fürstin erkannte, daß sie zum zweiten Mal einen Fehler gemacht hatte. »Wenn Ihr den Diener in meinem Haus nicht vernehmen, sondern nur befragen wollt«, lenkte sie ein, »dann steht er Euch selbstverständlich zur Verfügung.«

Velázquez nahm wieder Platz. Das Verhalten der Fürstin irritierte ihn. Welche Rolle spielte sie? Vieles war ihm unverständlich. Und weitere Fragen stellten sich ihm, als er den Diener erblickte. Der Arme sah zum Gotterbarmen aus. Starke Hautabschürfungen und Beulen entstellten sein Gesicht. Weshalb hatte sich seine Herrin zunächst geweigert, ihn holen zu lassen?

»Dich hat's ja mächtig erwischt«, sagte der Stadthauptmann mitleidsvoll.

Der Lakai nickte.

»Erzähle! Wie ist das geschehen? Du warst von hier zur Wohnung Escobedos unterwegs?«

»So war es nicht«, widersprach der Diener. »Nicht von hier aus. Señor Escobedo ließ sich zunächst zum Haus von Doña Brianda geleiten.«

Die Fürstin und der Polizeioffizier glaubten, nicht richtig zu hören.

»Du brachtest ihn zum Haus der früheren Hofdame?«

Die Augen der Fürstin verrieten außer Überraschung auch Zufriedenheit. Es war, als bringe ihr die verblüffende Aussage des Dieners unerwartete Hilfe. »Rede weiter!« drängte sie. »Erzähle! Hat Doña Brianda Señor Escobedo empfangen?«

»Ja. Das heißt ... Ich weiß es nicht. Es kam zu einem Zwischenfall. Er hatte die Tür gerade aufgeschlossen ...«

»Señor Escobedo?«

»Ja.«

Dem Stadthauptmann verschlug es fast die Sprache. »Señor Escobedo hatte Schlüssel zum Haus von Doña Brianda?«

»Das ist fast nicht zu glauben«, ereiferte sich die Fürstin.

»Fahr fort!« ermahnte der Polizeioffizier den Diener. »Wieso kam es zu einem Zwischenfall?«

»Das war so: Als Señor Escobedo die Tür aufgeschlossen hatte und eintreten wollte, prallte er mit jemandem zusammen, der gerade im Begriff war, das Haus zu verlassen.«

»Was heißt hier *jemand*?« insistierte der Stadthauptmann. »Hast du den Mann nicht erkannt?«

Der Diener dachte an die Drohung des Gardeoffiziers und an das Versprechen, das er gegeben hatte. »Nein«, log er. Nur keine weiteren Scherereien. Ihm genügte, was er erlebt hatte.

»War der Fremde groß oder klein?«

»Mittelgroß«, flunkerte der Lakai tapfer weiter.

»Und was geschah bei der Begegnung?«

»Nichts. Die Herren haben ein paar Worte gewechselt, dann verschwand der Unbekannte, und Señor Escobedo ging ins Haus.«

»Haben die beiden erregt miteinander gesprochen?«

Der Diener zuckte die Achseln. »Das weiß ich nicht. Ich war beiseite getreten und konnte nicht verstehen, was sie sagten.«

»Wie ging es weiter?«

Der Lakai erzählte nun ausführlich, was er erlebt hatte, und schloß mit dem Hinweis: »Wenn es mir nicht gelungen wäre, mein Wams abzustreifen, hätte ich nicht fortlaufen können und wäre von den herbeieilenden Menschen vielleicht sogar erschlagen worden. Man muß mich für einen der Täter gehalten haben.«

Polizeioffizier Velázquez erhob sich. »Dein Bericht war sehr aufschlußreich und wird mir weiterhelfen.«

Die Fürstin warf ihrem Diener einen aufmunternden Blick zu. »Du kannst gehen.«

Der Stadthauptmann verneigte sich. »Durchlaucht werden verstehen, daß ich mich gleich verabschieden möchte.«

»Was gedenkt Ihr zu unternehmen?«

»Als erstes werde ich Doña Brianda aufsuchen. Der Mann, mit dem Escobedo zusammentraf, muß der Täter sein.«

Die Fürstin Eboli lachte hellauf. »Habt Ihr Euer Hirn ausgeschneuzt?«

Der Polizeioffizier blickte zur Seite. Die vulgären, ja manchmal ordinären Redewendungen und Ausdrücke der hohen Dame waren stadtbekannt. Die Fürstin machte sich ein Vergnügen daraus, den Adel und jeden, der stolz auf Rang und Namen war, mit schockierenden Formulierungen aus der Fassung zu bringen.

»Ihr werdet doch nicht im Ernst glauben«, fuhr sie belustigt fort, »daß der Mann, dem Escobedo vor dem Haus unserer kapriziösen Brianda begegnete, der Täter ist?«

»Davon bin ich sogar überzeugt«, erklärte der Stadthauptmann mit Nachdruck. »Es handelt sich hier – da gibt es für mich keinen Zweifel mehr – um ein Eifersuchtsdrama.«

Die Fürstin war nahe daran zu entgegnen: Wenn es sich so verhielte, wäre nicht Escobedo, sondern der Unbekannte umgebracht worden. Denn Escobedo besaß, wie wir erfahren haben, einen Hausschlüssel. Also hatte allenfalls er, und nicht der andere, Grund zur Eifersucht. Nur mit Mühe gelang es ihr zu verschweigen, was sie dachte.

»Darf ich aus Eurer Nachdenklichkeit schließen, daß Ihr meine Vermutung teilt?« fragte der Polizeioffizier.

»Ja«, antwortete die Fürstin. Es war nicht ihre Sache, wenn eine falsche Fährte aufgenommen wurde. Außerdem kam ihr die Entwicklung sehr gelegen. »Ihr habt recht. Es scheint wirklich Eifersucht im Spiel gewesen zu sein. Wie peinlich für Doña Brianda!«

Das Oberhaupt der Madrider Ordnungshüter lächelte maliziös. »Nach allem, was man so hört, wird die junge Dame nicht schnell kopfscheu.«

Velázquez täuschte sich. Doña Brianda stieß einen Schrei des Entsetzens aus, als sie erfuhr, daß Escobedo ermordet worden war. Und gleich darauf wurde sie ohnmächtig. Sie verlor das Bewußtsein so schnell, daß es dem Stadthauptmann nur eben noch gelang, die hübsche, nach Rosenwasser duftende Dame aufzufangen und auf eine Ottomane zu betten.

Als er sie in den Armen hielt, schlug sein Herz schneller. Sie trug ein Negligé, das ihre Brust nur spärlich bedeckte. Er mußte sich zwingen, nicht hinzuschauen. Und wie ihre zarte Haut schimmerte! Wie verführerisch ihre Lippen waren!

Nach einer Weile, die er auf seine Weise genoß und gerne noch etwas ausgedehnt hätte, öffnete Doña Brianda die Augen. Sie starrte ihn an, als wisse sie nicht, wo sie sich befinde, stellte auch eine entsprechende Frage, machte gleich darauf aber den Fehler, auf ein Riechfläschchen zu weisen, das auf dem Tisch ihres Boudoirs stand. »Bitte, reicht mir den Flakon.«

Der Polizeioffizier war ernüchtert. Ärgerlich erhob er sich von der Ottomane, auf die er sich zur genüßlichen Betrachtung gesetzt hatte. »Spielt mir kein Theater vor! Ihr habt mir sofort zu sagen, wen Señor Escobedo hier getroffen hat.«

Die Augen Doña Briandas schlossen sich wieder. Kraftlos, wie von einer neuen Ohnmacht erfaßt, ließ sie die Arme sinken.

Doch der Stadthauptmann packte sie an den Schultern und riß sie hoch. »Kein Theater, habe ich gesagt! Sonst werdet Ihr noch diese Nacht auf der Hauptwache vernommen. Und zwar von einem erfahrenen *esbirro*, der keine Rücksicht kennt.«

Doña Brianda zog es nun doch vor, sich nicht mehr zu verstellen. Abgeführt werden wollte sie auf keinen Fall. Wie verwirrt rieb sie sich die Augen, denn ganz mochte sie auf ihr Spiel nicht verzichten. »Wenn Euer Büttel auch keine Rücksicht nimmt, so solltet Ihr, ein Mann von Ehre und Ansehen, wenigstens so viel Takt besitzen, eine Dame nicht zu erschrecken.« Und plötzlich, als sei ihr ein grandioser Gedanke gekommen, ging sie zum Angriff über. »Es ist doch ungeheuerlich, was Ihr mir zumutet. Ohne Umschweife, ohne jedes Zartgefühl teilt Ihr mir mit, daß ein Freund unseres Hauses ermordet wurde. Ein solches Vorgehen würde jede Frau aus der Fassung bringen. Ich bin völlig konsterniert. Mein Mann befindet sich in Mailand. Wie soll ich allein damit fertig werden?« Tränen traten in ihre Augen. Sie schlug die Hände vors Gesicht. »O Gott, ist das furchtbar.«

Der Stadthauptmann wurde unsicher. Täuschte er sich? War Escobedo nicht Doña Briandas Liebhaber, sondern nur ein unverfänglicher Freund des Hauses gewesen? Doch wie es auch sein mochte, er mußte herausbekommen, wem Escobedo begegnet war. »Hört zu!« sagte er, sich einen verbindlichen Anschein gebend. »Wer verließ Eure Wohnung, als Señor Escobedo Euch aufsuchen wollte?«

»Den Namen darf ich nicht nennen«, jammerte sie. »Es handelt sich um eine dem Hofe nahestehende Persönlichkeit.«

Beinahe ließ sich der Polizeioffizier täuschen. Wozu sich Ärger aufhalsen? Einfach aufgeben aber konnte er nicht. Er fand einen Ausweg, indem er in fast väterlichem Tonfall erklärte: »Gut, ich will Euch nicht bedrängen. Ihr müßt Euch jedoch darüber klar sein, daß ich, falls Ihr mir den Namen nicht nennt, im Umkreis des Hofes nachforschen muß. Ich weiß nicht, ob es Euch lieb sein kann, wenn vierzig bis fünfzig hochgestellte Herren erfahren, daß wir nach einer Person fahnden, die sich zu nächtlicher Stunde bei Euch aufgehalten hat.«

Doña Briandas Augen weiteten sich. »Um Gottes willen, das darf auf keinen Fall geschehen! Mein Ruf wäre ruiniert.«

»Dann nennt mir den Namen, und die Sache ist erledigt.«

Sie zerrte an einem Seidentuch, das sie in Händen hielt. »Ich bin verzweifelt, Señor Velázquez. Ihr kennt den Caballero, kennt ihn sogar sehr gut. Ist es da nicht besser, daß ich schweige?«

Seine Stirnadern schwollen. Worauf wollte die Brianda hinaus? Lag in ihrer Frage nicht eine Warnung? Ein unheimliches Gefühl bemächtigte sich seiner. Was erwartete ihn? Sekunden noch zögerte er, dann forderte er unmißverständlich: »Nennt den Namen!«

Sie senkte den Kopf. »Señor Escobedo traf mit Capitán Arce zusammen.«

Der Stadthauptmann rang nach Luft. »Mein Schwiegersohn war bei Euch?«

»Jetzt wißt Ihr, warum ich den Namen nicht nennen wollte.«

Velázquez war nahe daran, die Haltung zu verlieren. Seine heißgeliebte Tochter wurde betrogen? Wenn es nach ihm gegangen wäre, hätte sie diesen Gardisten nie geheiratet. Aber alles Reden hatte nichts genützt. Was nun? Weitaus Schlimmeres als das, was er seit langem hatte kommen sehen, war eingetreten. Nicht nur, daß seine Tochter betrogen wurde, sie war am Ende gar mit einem Mörder verheiratet. Am liebsten hätte er sich in Zorn und Verzweiflung auf Doña Brianda gestürzt. Sie hingegen stand völlig gelassen da. Nichts an ihr verriet Bedrückung oder Sorge. Im Gegenteil, sie nahm das Gespräch wieder auf, als sei es an ihr, sich zu beklagen.

»Ich verstehe Euch nicht«, sagte sie vorwurfsvoll. »Warum nur wolltet Ihr unbedingt erfahren, wer bei mir war? Befriedigt es Euch, andere Leute in Verlegenheit zu bringen?«

Der Stadthauptmann ging mit festen Schritten auf sie zu. »Begreift Ihr denn nicht, worum es geht? Escobedo wurde ermordet! Wir suchen den Täter, vermuten, daß Eifersucht...« Er brach plötzlich ab und verbarg sein Gesicht.

Doña Brianda erkannte augenblicklich, welche Chance sich ihr bot. »Ach, so ist das«, rief sie überrascht. »Falls Eifersucht der Grund ist... Mein Gott, wie schrecklich für Euch. Dann müßtet Ihr ja den eigenen Schwiegersohn festnehmen.«

Der Polizeioffizier starrte die in Intrigen erfahrene Hofdame entgeistert an.

»Ist es nicht so?« fuhr sie süffisant lächelnd fort. »Nun, mir kann es gleich sein, wer in Verdacht gerät. Hauptsache, ich habe mit der Geschichte nichts zu tun. Und Ihr, bester Velázquez, solltet schnellstens dafür sorgen, daß Capitán Arce nicht in die Schußlinie gerät. Ich denke dabei weniger an mich als an Eure Tochter, an Eure verehrte Gattin und an Euer Ansehen. Der Herr Gardist...« Sie schnippte mit dem Finger. »Macht es wie ich: Schaut über ihn hinweg.«

Dem Stadthauptmann war anzusehen, daß er nicht wußte, ob er sich empören oder den rettenden Vorschlag aufgreifen sollte. Seine Gedanken kreisten. Doña Brianda hatte recht. Hätte sie den Namen des Schwiegersohns nicht genannt, wäre er nie auf die Idee gekommen, ihn zu verdächtigen. Aber begab er sich nicht in die Hände eines fragwürdigen Weibes, wenn er der aufgezeigten Spur nicht nachging?

»Übrigens habe ich eine Bitte«, unterbrach Doña Brianda seine Überlegungen. »Ich möchte, daß Ihr den Hausschlüssel, den Escobedo bei sich führte, an Euch nehmt. Er wird in seiner Sacktasche zu finden sein.«

Der Polizeioffizier empörte sich: »Ich weiß nicht, was ich dazu sagen soll. Was der Verstorbene bei sich trug, muß seiner Familie übergeben werden. Wie komme ich dazu...«

»... mir einen Liebesdienst zu erweisen?« fiel Doña Brianda ein. »Ach, verehrter Velázquez, dafür gibt es mehrere Gründe. Erstens: Ich habe, falls ich es will, Euren Schwiegersohn in der Hand. Denn wenn Ihr *nicht* gegen ihn vorgeht, *mir* aber meinen Wunsch versagt, werde ich reden. Punkt zwei: Euch habe ich ebenfalls in der Hand. Denn bringt Ihr mir den Schlüssel nicht, werde ich den Streit erwähnen, der zwischen Escobedo und Arce hier entbrannte. Mir kann ja nichts geschehen. Ich sagte Euch schon, daß Escobedo ein Freund unseres Hauses war. Unnötig, darauf hinzuweisen, daß der Herr Gardeoffizier mir Grüße von einem Bekannten zu überbringen hatte.«

Der Stadthauptmann wurde bleich. »Es hat Streit gegeben?«

»Sogar einen mächtigen«, log Doña Brianda, der es, abgesehen davon, daß sie den kompromittierenden Hausschlüssel um jeden Preis zurückbekommen wollte, plötzlich Spaß machte, das Oberhaupt der Madrider Ordnungshüter in Verlegenheit zu bringen. »Ich habe in der Eingangshalle gestanden und jedes Wort gehört. ›Ich bring Euch um!‹, hat Capitán Arce gedroht. Und was Euch anbelangt: Als mein Diener mir Euren Besuch meldete, da wußte ich längst, daß Escobedo ermordet wurde. Die Nachricht ging ja wie ein Lauffeuer durch die Stadt. Da reizte es mich festzustellen, wie Ihr reagieren würdet, wenn ich mich ohnmächtig in Eurer Gewalt befände. Nun, es war interessant, Euch zu beobachten.« Sie griff nach seiner Hand. »Und wie Ihr meinen Körper gestreichelt habt!«

»Das ist eine infame Lüge«, schrie er und stieß Doña Brianda empört zurück. »Ich habe Euch nur aufgefangen und auf die Ottomane gebettet.«

»Und ich werde, sollte es zur Gerichtsverhandlung kommen, beschwören, daß Ihr meine Ohnmacht ausgenutzt habt. Entscheidet Euch also: Werdet Ihr mir den Schlüssel bringen?«

Während er noch um Fassung rang, warf sie ihm einen Handkuß zu. »Vertragen wir uns, und wählen wir die für beide Teile vorteilhafteste Lösung. Ich vergesse, was ich gesehen und gehört habe, und Ihr erfüllt mir meinen Wunsch.«

Seine Augen glichen glühenden Kohlen. »Das ist Erpressung!«

»Entscheidet Euch!«

Ihr rigoroses Vorgehen raubte ihm fast den Verstand. Gegen

dieses Weib war er machtlos. Sollte er sich ihretwegen ins Unglück stürzen – sich und seine Familie? »Ihr werdet den Schlüssel bekommen«, preßte er mühsam hervor und verließ den Raum.

Auf den Straßen und in den Gassen befanden sich nur noch wenige Menschen. Der Stadthauptmann holte tief Luft und lief im Sturmschritt zur Hauptwache. Es half alles nichts, er mußte den Schlüssel des Ermordeten an sich bringen.

Nach seiner Ankunft aber wurde ihm gemeldet, daß Capitán Arce vorgesprochen und um Aushändigung aller Gegenstände gebeten habe, die Escobedo bei sich führte. Entsetzt fragte der Polizeioffizier: »Und die Sachen wurden ihm anvertraut?«

»Ja. Er wollte sie den Angehörigen überbringen.«

Velázquez sank auf einen Stuhl. Die Beine versagten ihm den Dienst. An den Schlüssel dachte er nicht mehr. Ihn beschäftigte nur noch die Frage, warum es sein Schwiegersohn auf die Habseligkeiten des Ermordeten abgesehen hatte. War seine Täterschaft damit nicht bewiesen?

Doña Brianda wußte, daß sie viel riskiert hatte. Das unerwartete Erscheinen des Stadthauptmanns und mehr noch der überraschende Verlauf des Gespräches hatten sie dazu verleitet, sich auf ein gefährliches Spiel einzulassen. Ihr ging es dabei nicht nur um den vertrackten Hausschlüssel. Natürlich mußte sie den zurückbekommen. Sie lief sonst Gefahr, von der Witwe des Ermordeten der Unzucht bezichtigt zu werden. Ein solcher Eklat hätte all ihre seit langem gehegten und mühsam aufgebauten Pläne zunichte gemacht. Sie zählte nämlich nicht, wie es den Anschein hatte, zu jenen Frauen, die um jeden Preis galanten Abenteuern nachjagen. Für sie stand etwas ganz anderes auf dem Spiel.

Durch Intrigen der Fürstin Eboli, mit der sie einst befreundet gewesen war, hatte sie ihre angesehene Stellung als Hofdame verloren. Ihre vielfachen Bemühungen, beim König eine Audienz zu erlangen, waren vergeblich gewesen. Was immer sie unternahm, die Eboli legte ihr Steine in den Weg. Dabei wußte die Fürstin, daß es ihr, Doña Brianda, erst in zweiter Linie um Glanz und Ansehen ging. Sie kämpfte vielmehr für ihren Mann, der im Auftrag Philipps II. nach Mailand geschickt worden war, um von den dortigen Banken auf dem Kreditweg Gelder zu beschaffen. Sein Erfolg war jedoch gering gewesen, und die Schande der Ungnade war ihm fast schon gewiß. Es wollte und wollte ihm nicht gelingen, den zu solchen Geschäften unbedingt erforderlichen persönlichen Kontakt mit den Inhabern namhafter Bankhäuser zu gewinnen. Und Antonio Pérez, der Staatssekretär und Günstling des Königs, der ihm zunächst geholfen hatte und ihm auch weiterhin hätte behilflich sein können, arbeitete seit geraumer Zeit gegen ihn. Der Grund war leicht zu erraten. Antonio Pérez war ein intimer Freund des einflußreichen Bankiers Spinola, der ihm für Gefälligkeitsdienste und Informationen beachtliche Beträge zuschanzte. Da konnte es für den Staatssekretär fatal werden, wenn ein anderer Gelegenheit fand, ihm in die Karten zu schauen.

Escobedo hatte dieses Kunststück fertiggebracht. Er hatte Doña Brianda versprochen, ihre Liebesdienste mit Dokumenten zu honorieren, die für ihren Mann bedeutungsvoll sein würden. Gerade am Tag vor seiner Ermordung waren Escobedo die langersehnten belastenden Papiere zugespielt worden. Er wollte nur noch einige Punkte überprüfen und ihr das Material in den nächsten Tagen übergeben. Er selbst wünschte nicht in Erscheinung zu treten. Ihm ging es in erster Linie darum, Doña Brianda gefällig zu sein. Außerdem sollte Antonio Pérez, der Favorit der Fürstin Eboli, einen Denkzettel erhalten, der sein Ansehen beim König gründlich unterminieren würde.

Nun aber hatte die Ermordung Escobedos die hochgespannten Erwartungen Doña Briandas von einer Stunde zur anderen zunichte gemacht. Doch sie dachte nicht daran, alles Weitere tatenlos dem Schicksal zu überlassen. Ihre bei Hofe erlernte Fähigkeit, sich selbst in schwierigen Situationen mit Hilfe trickreicher Volten durchzusetzen, gab ihr die Zuversicht, das gesteckte Ziel allen Widerständen zum Trotz doch noch erreichen zu können. Sie mußte nur weiterhin wie gegenüber dem Stadthauptmann Velázquez hemmungslos und unerschrocken vorgehen.

Deshalb schrieb sie, kaum daß sie allein war, ein Billett an den Sohn des Ermordeten und ersuchte ihn, ihr baldmöglichst die Ehre seines Besuches zu erweisen. Er dürfe kommen, wann immer er wolle. Es handle sich um eine wichtige Angelegenheit, die sein Vater ihr anvertraut habe, und sie fühle sich verpflichtet, den

Sohn, auf den er so stolz gewesen sei, über alles in Kenntnis zu setzen. Aus Schicklichkeitsgründen bitte sie ihn, ihre Nachricht geheimzuhalten und, sofern dies möglich sei, ihr Haus erst nach Einbruch der Dunkelheit aufzusuchen.

Mit sich selbst zufrieden, versiegelte Doña Brianda das Schreiben und übergab es einem ihrer Diener, den sie beauftragte, sich gleich in der Frühe des nächsten Tages zu Escobedos Wohnung zu begeben und sich dort so lange aufzuhalten, bis es ihm gelungen sei, das Billett dem Sohn des Ermordeten unauffällig zuzustecken.

Mitternacht war längst vorüber, als der Meldereiter, den Polizeioffizier Velázquez zum König entsandt hatte, den Escorial erreichte. Das gewaltige Bauwerk, das Philipp II. zu Ehren des heiligen Laurentius als Kathedrale, Kloster, Mausoleum und Herrschersitz in der rauhen Region der Sierra de Guadarrama hatte errichten lassen, lag eine Tagesreise von Madrid entfernt. Da der mittlere Trakt noch nicht ganz fertiggestellt war, ritt der Melder zum Tor des Klostergartens und ließ sich von einem Hieronymitenmönch zu den Räumen des Königs führen.

Mateo, der Adjutant des Monarchen, war zutiefst erschrocken, als er erfuhr, welche Nachricht Seiner Majestät übermittelt werden mußte. Noch dazu in der Nacht. Aber es dauerte nicht lange, bis die Verantwortung, die er so unvermittelt zu übernehmen hatte, ihm ein wohliges Gefühl verschaffte. Er genoß es, daß der wegen seines selbstbewußten Auftretens von ihm wenig geschätzte Staatssekretär Antonio Pérez während der Ostertage nicht anwesend war. Nun konnte er beweisen, daß ihm sehr wohl bekannt war, in welcher Form der König über ein solches Ereignis unterrichtet werden mußte.

Mit steiler Schrift setzte Mateo ein Schreiben auf, das ein Leibdiener dem Herrscher überreichen sollte. Mündliche Mitteilungen wurden von Philipp II. nicht geduldet. Alles, selbst wenn es um Bagatellen ging, mußte schriftlich unterbreitet werden. Der Adjutant schrieb:

Sire! Zu meinem Bedauern sehe ich mich gezwungen, Eure wohlverdiente Ruhe zu stören. Soeben traf die schreckliche Nachricht ein, daß Escobedo, der Berater Eures Halbbruders, in

Madrid auf offener Straße ermordet wurde. Die Tatwaffe, ein Stilett, wurde aufgefunden. Wünschen Majestät, daß ich etwas unternehme?

Die Antwort des Königs erhielt Mateo schon nach wenigen Minuten:

Ihr habt recht getan, Mir Bescheid zu geben. Ich bin erstaunt darüber, daß Escobedo auf offener... Der begonnene Satz war durchgestrichen, und an seiner Stelle hieß es: *Erkundigt Euch unverzüglich, ob Escobedo die Sterbesakramente empfangen hat.*

Nach einer schlaflosen Nacht begab sich Stadthauptmann Velázquez in die Wohnung seiner Tochter. Er kam nicht darüber hinweg, daß sein Schwiegersohn die Kühnheit besessen hatte, Escobedos letzte Habseligkeiten an sich zu bringen. Was mochte ihn zu diesem unzulässigen, ja strafbaren Vorgehen getrieben haben? Wollte er Spuren verwischen? Hatte er tatsächlich Schuld auf sich geladen? Um sich von der quälenden Ungewißheit zu befreien, bat er den Schwiegersohn, ihn zur Plaza Mayor zu begleiten, wo er etwas entdeckt habe, das von Interesse für ihn sein könnte.

Capitán Arce willigte ein, obwohl er ahnte, daß er mit dieser Finte aus dem Hause gelockt werden sollte, um mit einigen unbequemen Fragen konfrontiert zu werden. Doch das machte ihm nichts aus, und wie um sein gutes Gewissen zu bekunden, sagte er, kaum daß sie auf der Straße waren: »Schießt los, Herr Schwiegervater. Hat's Euch erbost, daß ich mir erlaubte, Escobedos Sachen sicherzustellen?«

Die Augen des Polizeioffiziers verengten sich. »Ihr täuscht Euch gewaltig, wenn Ihr glaubt, mich düpieren zu können. Ich war bei Doña Brianda und weiß Bescheid – über den Hausschlüssel und über Euren Streit mit dem Ermordeten.«

»Streit nennt Ihr das?« fiel der Gardeoffizier belustigt ein. »Wir haben einander lediglich daran erinnert, daß wir verheiratet sind. Das war alles.«

»Die Sache herunterzuspielen hat wenig Sinn, Herr Schwiegersohn. Es gibt Zeugen.«

»Etwa den Fackelträger?«

»Nein, der behauptet, nichts gehört zu haben. Wahrscheinlich ist er von Euch bestochen worden. Fest steht jedenfalls, daß es zu einem Streit kam und daß Escobedo keine zehn Minuten später ein toter Mann war.«

Capitán Arce packte den Schwiegervater am Ärmel. »Wie war das? Zehn Minuten später? Wollt Ihr damit sagen, daß ich der Täter bin?«

Der Stadthauptmann blickte sich erschrocken um. »Nicht so laut! Es können Euch ja alle hören.«

»Na und? Wenn Ihr mir unterstellt...«

»Ich flehe Euch an, mäßigt Euch«, unterbrach ihn Velázquez aufgebracht. »Wir können über alles reden. Aber, bitte, in Ruhe!«

»Wenn Ihr mich beschuldigt, verteidige ich mich in einer Lautstärke, die der Ungeheuerlichkeit Eurer Anschuldigung entspricht.«

»Gut, gut«, lenkte der Polizeioffizier ein. »Dann erklärt mir, weshalb Ihr Escobedos Sachen an Euch gebracht habt.«

Der Gardist feixte. »Ich habe zwei Fliegen mit einer Klappe schlagen wollen. Als ich von Escobedos Ermordung hörte, dachte ich selbstverständlich an das von Euch schon erwähnte Zusammentreffen mit ihm. Ich gebe zu, es war peinlich für uns beide. Wie peinlich aber, sagte ich mir, wird es erst für die Witwe und die Angehörigen des Verstorbenen werden, wenn bei ihm der Schlüssel zu Doña Briandas Haus gefunden wird. Und wie dankbar wird jene hübsche Dame sein, wenn ich ihr als vollendeter Kavalier den Schlüssel zu Füßen lege. Ich denke, daß ich in dieser Hinsicht keine weiteren Fragen mehr zu beantworten brauche, oder?«

Dem Stadthauptmann fiel ein Stein vom Herzen. »Ihr seid raffinierter, als ich annahm. Aber ich rechne es Euch hoch an, daß Ihr nicht nur an Doña Brianda, sondern auch an die Witwe und die Folgen gedacht habt, die unausbleiblich gewesen wären, wenn man den Schlüssel bei Escobedo gefunden hätte.«

Der Schwiegersohn gab sich nun geschmeichelt. »Ich gehöre schließlich zur Garde.«

»Und deshalb werdet Ihr auch Verständnis dafür haben, daß ich Euch nun ersuchen muß, mir alles auszuhändigen, was Escobedo bei sich trug. Ich habe Doña Brianda versprochen, ihr persönlich den Schlüssel zurückzugeben.«

Capitán Arce grinste. »Aus dieser Verlegenheit müßt Ihr Euch selbst befreien, verehrter Herr Schwiegervater. Der Schlüssel befand sich nämlich nicht bei seinen Sachen. Weiß der Teufel, wohin der gekommen ist. Vielleicht hat Escobedo ihn in seiner Wut weggeworfen.«

Velázquez blieb betroffen stehen. »Macht Ihr mir jetzt nichts vor?«

»Ich gebe Euch mein Wort.«

»Dann bleibt mir nichts anderes übrig, als Doña Brianda reinen Wein einzuschenken und ihr mitzuteilen, was Ihr mir soeben eröffnet habt.«

Capitán Arce klopfte seinem Schwiegervater auf die Schulter. »Vergeßt dabei nicht zu betonen, daß *ich* ihr den Schlüssel zu Füßen legen wollte!«

Der Stadthauptmann gab seiner Stimme einen vertraulichen Klang. »Unter uns Männern: Habt Ihr schon länger was mit der Brianda?«

Der Schwiegersohn bleckte die Zähne. »Ich hoffe, Ihr seid nicht enttäuscht, wenn ich erkläre, in dem von Euch angedeuteten Sinne noch nie etwas mit *der* Brianda gehabt zu haben. Leider!«

»Und der Streit mit Escobedo? Habt Ihr nicht gedroht, ihn umzubringen?«

»Wer behauptet das?«

»Doña Brianda.«

»Ach, du lieber Gott!« Capitán Arce lachte schallend. »Da hat sie Euch einen schönen Bären aufgebunden. Aber so ist die Canaille. Notfalls verwirrt sie ganze Völkerstämme. Ich bin überzeugt, daß sie mit dieser unsinnigen Behauptung etwas ganz Bestimmtes erreichen wollte. Aber was die Ermordung Escobedos betrifft, da ist mir heute nacht eine Sache eingefallen, die bedeutungsvoll sein könnte. Vor einigen Wochen, es war gleich nach unserer Rückkehr aus Flandern, wurde hier in Madrid ein maurisches Mädchen gehängt. Erinnert Ihr Euch?«

Der Schwiegervater nickte. »Ja. Mich hat das Urteil, das ungewöhnlich schnell vollstreckt wurde, sehr in Erstaunen versetzt.«

»Mich ebenfalls. Soviel ich hörte, soll die Maurin versucht haben, Escobedo während eines Festessens zu vergiften. Und wißt Ihr, wo? Im Haus des Antonio Pérez, zu dessen Küchenpersonal sie gehörte. Mir ist es unangenehm, Euch darauf aufmerksam machen zu müssen, denn schließlich hat mir der Staatssekretär einen großen Dienst erwiesen, als er mich zum Schutz Don Juans zu dessen Reisebegleiter ernannte. In meiner gegenwärtigen Situation muß ich Euch aber fragen: Wie kann eine in der Küche beschäftigte Person ohne fremde Hilfe einen Gast vergiften, mit dem sie überhaupt nicht in Berührung kommt? Da müßte doch zumindest ein Diener mit im Bunde gewesen sein. Beschuldigt und gehängt aber wurde nur das Mädchen. An Eurer Stelle würde ich mir die Prozeßakten mal kommen lassen.«

Entsprechend der Weisung Philipps II. hatte sein Adjutant Mateo einen Reiter nach Madrid geschickt, um in Erfahrung zu bringen, ob Escobedo vor seinem Dahinscheiden die Sterbesakramente erhalten hatte. Der Bescheid traf noch am gleichen Abend ein und zwang Mateo, dem Monarchen zu melden:

Majestät! Soeben ging die Nachricht ein, daß Escobedo die Segnungen der Kirche nicht mehr erlangen konnte. Er war schon tot, als der sofort herbeigeholte Priester den Tatort erreichte. Ein Kaplan sagte jedoch aus, daß der Ermordete am Gründonnerstag bei ihm gebeichtet habe. Es ist somit anzunehmen, daß Escobedo am Ostermorgen, seinem Todestag, noch die Heilige Kommunion empfangen hat.

Der König reichte die Mitteilung mit dem Vermerk zurück:

Eure Nachricht hat Mich sehr beruhigt. Wir müssen abwarten, was in der Mordsache ermittelt wird. Gebt Weisung, daß Staatssekretär Pérez, der sich zur Zeit in Alcalá de Henares aufhält, umgehend nach Madrid zurückkehren und Mir einen genauen Bericht senden soll.

Merkwürdig, dachte der Adjutant. Warum will der König von seinem Staatssekretär und nicht vom Madrider Stadthauptmann informiert werden?

Es war schon spät, als Escobedos Sohn den Türklopfer von Doña Briandas Villa betätigte und dem Diener, der gleich darauf erschien, auftrug, ihn der Dame des Hauses zu melden. Er hatte das siebzehnte Lebensjahr noch nicht vollendet und zählte zu jenen jungen Männern, die stolz auf Herkunft und Vaterland sind und ihren Stolz wie eine Fahne vor sich hertragen.

Da Doña Brianda mit seinem Kommen gerechnet und sich in einer ihr vorteilhaft erscheinenden Aufmachung bereitgehalten hatte, suchte sie schnell den Alkoven ihres Schlafgemachs auf. Seine Vorhänge waren zurückgeschlagen. Das Bett stand um eine Stufe erhöht auf einem Podest und wurde von Kerzen erhellt, die mit Blendschirmen versehen waren und ein gedämpftes Licht verbreiteten. Behende schlüpfte sie unter die Decke und zupfte ihr hochgeschlossenes Nachtgewand, das mit Rüschen und Spitzen besetzt war, sorgfältig zurecht. Auf das übliche Betthäubchen hatte sie verzichtet. Sie beherzigte die Auffassung Escobedos, der ihr einmal gesagt hatte, daß Betthauben, und seien sie noch so hübsch, jedes Liebesverlangen im Keime erstickten. Das Haar müsse lang und frei fallen.

Es ging Doña Brianda nicht darum, dem jungen Escobedo Avancen zu machen. In diesem Falle hätte sie ein hauchdünnes Negligé gewählt. Sie wünschte lediglich, eine intime Atmosphäre zu schaffen. An ein Kissen gelehnt und keinesfalls bestrebt, einen leidenden Eindruck vorzutäuschen, blickte sie ihrem Gast entgegen.

Der blieb betroffen stehen, als er sah, daß man ihn in Doña Briandas Schlafzimmer geführt hatte.

»Tretet näher«, sagte sie und streckte ihm die Hand entgegen. »Der Tod Eures Vaters hat mich so mitgenommen, daß ich ...« Nun zuckten ihre Lippen doch. »Entschuldigt, aber sein jähes Ende ... Ich bin so niedergeschlagen, daß ich das Bett hüten muß.«

Der junge Escobedo verzichtete darauf, das Podest zu betreten. Er betrachtete Doña Brianda mit unverhohlener Mißachtung.

Sie spürte seinen Widerstand und zwang sich zu lächeln. »Wollt Ihr mir nicht die Hand reichen?«

»Gerne, Madame«, antwortete er steif. »Aber nicht hier. Vielleicht in Eurem Boudoir oder im Salon.« Sprach's, machte kehrt und verließ den Raum.

Seine Schroffheit raubte ihr den Atem. Sie wurde bleich. Warum dieser Affront?

Doña Brianda, die sich auf den glatten Fliesen königlicher

Gemächer so selbstsicher zu bewegen wußte, begriff nicht, daß junge Menschen sich auflehnen, wenn ihr natürliches Empfinden für Anstand verletzt wird. Falls sie glaubte, den Sohn Escobedos über eine wichtige Angelegenheit informieren zu müssen, war dieser durchaus bereit, ihr zuzuhören. Keinesfalls aber war er gewillt, sich betören oder an der Nase herumführen zu lassen.

Es blieb Doña Brianda keine andere Wahl, als die erlittene Schmach zu verdrängen. Sie schlüpfte in einen Morgenrock und begab sich in den Salon, wo ihr unerwartet aggressiver Gast mit jugendlicher Unbekümmertheit Platz genommen hatte.

Als sie eintrat, erhob er sich augenblicklich und ging ihr entgegen. »Bitte, versteht...«

»Ihr braucht Euch nicht zu entschuldigen«, unterbrach sie ihn, schon halb versöhnt. »Es war unbedacht von mir, Euch im Schlafzimmer zu empfangen. Mir ging es so schlecht, daß ich glaubte, liegenbleiben zu dürfen. Bitte, habt Verständnis dafür.«

»Das habe ich, Madame«, versicherte er bereitwillig. Es gefiel ihm, die von seinem Vater bevorzugte französische Anrede zu benutzen. »Ich wäre Euch jedoch sehr dankbar, wenn wir gleich zur Sache kommen könnten. Meine Zeit ist begrenzt. Daheim habe ich mein Fortgehen mit einem kurzen Paseo begründet.«

Doña Brianda hätte ihn am liebsten aus dem Haus gewiesen. Aber durfte sie so nahe am Ziel ihrer Wünsche kapitulieren? Um jeden Preis mußte sie in den Besitz der Unterlagen kommen, die Escobedo für sie beschafft hatte. »Ich werde mich so kurz wie möglich fassen«, entgegnete sie, sich mühsam beherrschend, und erzählte, der Verstorbene habe in seinem Schreibtisch Dokumente aufbewahrt, die unersetzlich für sie seien. Er habe die Papiere nur noch überprüfen und sie ihr dann geben wollen. Nun, da er dies nicht mehr könne, bitte sie *ihn*, seinen Sohn, ihr die für die Existenz ihres Mannes so wichtigen Unterlagen auszuhändigen.

Der junge Escobedo machte seinem Vater, der kühl und berechnend gewesen war, alle Ehre. »Euer Wunsch ist verständlich«, erwiderte er. »Aber woher nehme ich den Schlüssel zum Schreibtisch? Ich weiß, daß er verschlossen ist.«

»Vermutlich hat Euer Herr Vater ihn bei sich getragen, als er überfallen wurde. Der Stadthauptmann müßte ihn Euch aushändigen können.«

Escobedos Sohn wurde lebhaft. »Das ist eine gute Idee. Bestimmt befinden sich im Schreibtisch noch weitere Papiere.«

Doña Brianda schöpfte neue Hoffnung. »Werdet Ihr mir die für mich bestimmten Unterlagen bringen?«

»Gerne. Aber woran erkenne ich, daß es sich um Eure Dokumente handelt?«

Sie zögerte mit der Antwort, bevor sie couragiert erklärte: »Eurem Herrn Vater war es gelungen, mir einige Schreiben zu besorgen, aus denen hervorgeht, daß Staatssekretär Pérez von italienischen Bankiers Gelder erhält.«

Der junge Escobedo stieß einen Pfiff aus. »Ein heißes Eisen!«

Sie gab sich gelassen. »Ich muß riskieren, es anzufassen.«

»Und ich? Was hab' ich davon?«

»Ich werde Euch fürstlich belohnen.«

»Es gibt reiche und arme Fürsten«, scherzte Escobedos Sohn. »Welcher Betrag schwebt Euch vor?«

Ihre Augen wurden starr. »Darüber habe ich noch nicht nachgedacht.«

»Das solltet Ihr aber.«

Doña Brianda spürte, daß ihr nichts anderes übrigblieb, als gute Miene zum bösen Spiel zu machen. »Ich werde Euch hundert Golddukaten zur Verfügung stellen.«

»A la bonne heure!« entgegnete er mit breitem Grinsen »Eine stattliche Summe. Ich könnte mir jedoch denken, daß Staatssekretär Pérez mehr bieten würde.«

Sie wurde plötzlich ganz klein. »Ich verstehe. In Anbetracht Eurer Überlegung erhöhe ich den Betrag auf zweihundert Dukaten.«

»Dreihundert!« forderte er, ohne mit der Wimper zu zucken.

Doña Brianda holte tief Luft. »Euer Herr Vater war weniger hart.«

»Und darum mußte er wohl sterben. In unserer Zeit setzt sich nur Härte durch.«

»Da mögt Ihr recht haben.«

»Wie einigen wir uns?«

»Ich akzeptiere Eure Forderung.«

Gemäß der vom König gegebenen Weisung kehrte Staatssekretär Antonio Pérez unverzüglich von Alcalá de Henares nach Madrid zurück. Im Gegensatz zu seiner bedrückt wirkenden Frau Doña Juana war er in bester Stimmung. Gerade dies aber war die Ursache ihrer Depression. Denn als er mit ihr und den Kindern am Karfreitag die Reise angetreten hatte, war es umgekehrt gewesen. Da hatten Nervosität und Unruhe ihn unerträglich gemacht. Nie zuvor hatte sie ihren Mann in einer solchen Verfassung erlebt. Doch dann zeigten sich innerhalb von Sekunden wieder all jene Eigenschaften, die ihn so beliebt machten. Verwunderlich war freilich, daß dieser Wandel in dem Augenblick eintrat, da ihn die Nachricht von der Ermordung Escobedos erreicht hatte. So unerklärlich dies sein mochte, ganz unvermittelt war er wieder der immer höfliche und zuvorkommende Ehegatte und gutgelaunte Vater seiner Kinder.

Doña Juana begriff diese seltsame Veränderung nicht. Wie wohltuend es auch für sie war, daß ihr Mann seine Aufgeschlossenheit und Spannkraft zurückgewonnen hatte, es machte sie ratlos, daß ausgerechnet eine Hiobsbotschaft ihm neue Kraft zu verleihen schien. Wie war das möglich? Was mochte in ihm vorgehen? Sie hatte sich nicht gescheut, ihm diese Frage zu stellen, doch er war ihr ausgewichen.

»Ach, weißt du«, hatte er geantwortet, »ich kann Escobedos Schicksal nicht mit den Augen einer Frau betrachten; auch nicht mit denen eines normalen Bürgers. Ich bin Staatssekretär. Da ist es mir unmöglich, den Tod eines Menschen zu bedauern, der erwiesenermaßen auf dem besten Wege war, unseren König und damit die Existenz unseres Landes zu gefährden.«

»Von Politik verstehe ich nichts«, hatte sie entgegnet. »Aber darf man fröhlich sein, wenn ein Mensch umgebracht wird?«

»Du verwechselst Erleichterung mit Fröhlichkeit«, hatte er nachsichtig geantwortet und den Arm wie schützend um sie gelegt. »So etwas tritt zwangsläufig ein, wenn Eheleute emotional über Dinge reden, die nur politisch betrachtet werden können. Lassen wir das Thema also fallen, und genießen wir die nächsten Stunden. Bestimmt wird Seine Majestät mich nun vorzeitig zurückrufen.«

Doña Juana versuchte, ihren Mann zu verstehen, doch sie kam

nicht darüber hinweg, daß er auf die Ermordung eines Menschen, der einst sein Freund gewesen war, so kaltherzig reagierte.

Ihr unvorteilhaftes Aussehen hatte sich auf die Entwicklung ihres Charakters günstig ausgewirkt. Antonio Pérez, dessen Drängen sie mit achtzehn Jahren in einer schwachen Stunde nachgegeben hatte, würde sie trotz des Kindes, das sie von ihm empfing, nicht geheiratet haben, hätte der sittenstrenge König, wie auch Fürst Eboli, ihm nicht zu verstehen gegeben, daß seine Karriere beendet wäre, sollte er sich um die Eheschließung herumdrücken.

Zu keiner Stunde nahm Doña Juana, die aus einer angesehenen Familie stammte, Anstoß daran, daß Antonio Pérez sich nicht hatte binden wollen. Sie liebte ihn und war glücklich, seine Frau geworden zu sein. Erfüllt von ihrer Verantwortung als Mutter und Gattin, verlieh sie den daraus erwachsenden Pflichten fast religiöse Züge. Eine Kraft erwuchs in ihr, die sie befähigte, mit dem ausschweifenden Leben ihres Mannes ohne Groll und Gram fertig zu werden. Ihre Ehrbarkeit entwickelte gewissermaßen ein Gegengift, das sie schmerzlos ertragen ließ, was ihr angetan wurde. Nicht von ungefähr erhielt sie in hochgestellten Kreisen, denen sie sich allerdings weitgehend entzog, den Beinamen *Madre romana*. Für ihre Freunde war sie das Urbild der ehelichen Liebe.

Ganz anders verhielt es sich mit ihrem Mann. Sein Äußeres, das Vitalität und Intelligenz verriet, war von so beeindruckender Männlichkeit, daß viele Frauen ihn geradezu verehrten. Und er griff zu, wo er konnte. Doch war er nicht nur ein Adonis und Schwerenöter, er besaß auch ein ungewöhnliches Wissen, das er an den Universitäten von Alcalá de Henares, Löwen, Venedig, Padua und Salamanca erworben hatte. Und die Jahre, die er im Vatikan verbringen durfte, hatten ihn manches von der italienischen Wesensart annehmen lassen: verbindliche Umgangsformen, gewinnendes Wesen, Geschicklichkeit, Schlauheit und – einige Laster. Er war stets auffallend farbig gekleidet, richtete sich nicht nach der strengen Mode und entwarf manches Kleidungsstück selbst.

Seine Herkunft lag im Dunkel. Es hieß, sein vorgeblicher Vater, ein Priester, der mit einer Herzogin liiert gewesen war, sei in Wahrheit nicht sein Erzeuger. Der Geistliche sei lediglich vorgeschoben worden, um dem Kind eine exzellente Ausbildung geben zu können, deren Kosten der wirkliche Vater, Fürst Eboli, übernommen habe. Ob diese Version der Wahrheit entsprach, wußte niemand zu sagen, selbst Antonio Pérez nicht. Zweifellos bestand eine große Ähnlichkeit zwischen ihm und dem Fürsten. Dieser war es auch gewesen, der ihn in das Sekretariat des Königs berief. Seine Ernennung zum Staatssekretär hatte er ihm ebenfalls zu verdanken. Damit war er in gewisser Hinsicht zum Nachfolger Ebolis geworden, der im weiteren Verlauf dafür sorgte, daß seine politischen Freunde Antonio Pérez als den künftigen Führer der Friedenspartei ansahen, deren Oberhaupt der Fürst selbst jahrzehntelang im Kampf gegen den Herzog von Alba und dessen Kriegspartei gewesen war.

Auf der Fahrt nach Madrid mußte Staatssekretär Pérez immer wieder an Escobedos Schicksal denken. Er verabschiedete sich deshalb, als sie Madrid erreichten, gleich von seiner Familie und suchte den Stadthauptmann auf, um sich über den Ermittlungsstand in der Mordsache unterrichten zu lassen. Daß die Tatwaffe ein Stilett war, hatte er bereits erfahren, weitere Details waren ihm jedoch noch nicht bekannt. Seine Überraschung war deshalb groß, als Stadthauptmann Velázquez ihm vom Zusammenprall Escobedos mit einem Unbekannten vor Doña Briandas Haustür erzählte, wobei der Polizeioffizier natürlich verschwieg, daß sich dieser Unbekannte inzwischen als sein Schwiegersohn entpuppt hatte. Auch in anderer Hinsicht nahm er es mit der Wahrheit nicht allzu genau. So berichtete er wohl von dem Schlüssel Escobedos, erwähnte aber nicht, daß Capitán Arce sich die letzten Habseligkeiten des Ermordeten hatte aushändigen lassen. Er behauptete vielmehr, die Sachen Escobedos noch in der Mordnacht sichergestellt, unter ihnen jedoch keinen Schlüssel gefunden zu haben. Des weiteren vertrat er wider besseres Wissen seine erstmals der Fürstin Eboli gegenüber ausgesprochene, inzwischen freilich ad absurdum geführte Vermutung, Eifersucht sei das Motiv der Tat und jener Unbekannte sei der Mörder gewesen. Dafür spreche auch, so betonte er, daß ihn der Sohn des Ermordeten besucht und um Aushändigung des Schreibtischschlüssels seines Vaters gebeten habe. Er habe ihm daraufhin erklärt, daß sich unter den aufgefundenen Dingen kein Schlüssel befinde. Da sei Escobedos

Sohn aggressiv geworden, und er, der Stadthauptmann, habe ihn im Verlauf des immer erregter werdenden Gespräches schließlich brüsk gefragt, weshalb er den Schlüssel denn so dringend benötige. Diese Frage habe den jungen Escobedo aus dem Konzept gebracht. Er habe ihm nun anvertraut, daß sich im Schreibtisch seines Vaters Liebesbriefe befänden, die eine hochgestellte Dame kompromittieren könnten. Auch im Interesse des Ansehens seines Vaters wie seiner Mutter müsse unbedingt vermieden werden, daß die Briefe in falsche Hände gerieten.

Staatssekretär Pérez bestärkte den Polizeioffizier in seiner Auffassung, daß Eifersucht das Tatmotiv sei, und empfahl ihm dringend, diese Spur mit allen ihm zu Gebote stehenden Mitteln zu verfolgen. Dann verabschiedete er sich und suchte seinen Arbeitsraum im Alcázar auf, um den vom König erbetenen Bericht abzufassen. In gehobener Stimmung schrieb er:

Majestät! Eurem Wunsche folgend bin ich unverzüglich nach Madrid zurückgekehrt, wo ich mich sofort mit dem Stadthauptmann ins Benehmen gesetzt habe. Und ich erfuhr Erstaunliches.

Erstens: Es ist erwiesen, daß sich Escobedo kurz vor seiner Ermordung, von der Fürstin Eboli kommend, zum Haus der ehemaligen Hofdame Doña Brianda begab und die Tür dortselbst mit einem eigenen Schlüssel öffnete. Dabei prallte er mit einem Unbekannten zusammen. Es kam zum Streit.

Zweitens: Escobedo wurde auf dem Weg von Doña Brianda zu seiner Wohnung ermordet. Polizeioffizier Velázquez ist der Meinung, daß hier ein Racheakt aus Eifersucht vorliegt. Dafür spricht auch, daß sich in Escobedos Schreibtisch, wie der Stadthauptmann vom Sohn des Verstorbenen erfuhr, Liebesbriefe befinden, die im Interesse des Ansehens der Familie sichergestellt werden sollen.

Drittens: Polizeioffizier Velázquez erklärt, daß der Ermordete keinerlei Schlüssel bei sich getragen habe. Das finde ich merkwürdig. Zumindest den Wohnungsschlüssel müßte er bei sich gehabt haben.

Ich werde die Witwe des Ermordeten morgen aufsuchen und ihr Eurer Majestät aufrichtiges Beileid aussprechen. Daß der unerwartete Verlauf des Geschehens uns erleichtert, ja uns als vom Himmel geschenkt erscheint, werde ich natürlich nicht zu erkennen geben.

Übrigens mußte der ursprüngliche Verdacht, der sich dem Stadthauptmann aufgedrängt hatte, fallengelassen werden. Der Gatte Doña Briandas kommt als Täter nicht in Betracht, da er derzeit in unserem Auftrag wegen der Beschaffung von Geldern in Mailand tätig ist.

Mit dieser Mitteilung verließ ein Meldereiter noch in der gleichen Stunde die Stadt, und als Staatssekretär Pérez am nächsten Morgen den von ihm angekündigten Beileidsbesuch abstattete, hatte er vom König bereits eine Antwortnote erhalten.

Philipp II. schrieb: *Eure Zeilen überraschten Mich so sehr, daß Ich sie zweimal habe lesen müssen. Welch eine Fügung! Nun, da wir wissen, daß Escobedo in eine Liebesaffäre verstrickt war, dürfte der Täter bald gefunden sein. Schade, daß sich der Ehemann der Brianda zur Zeit in Mailand aufhält. Der Fall hätte sonst im Handumdrehen erledigt werden können. Doch wir wollen zufrieden sein; dies um so mehr, als Escobedo verdient hat, was ihm geschehen ist. Macht den Stadthauptmann nachdrücklich darauf aufmerksam, daß die Schlüssel einen nicht zu übersehenden Hinweis auf das Motiv der Tat geben. Die Geschichte mit den Briefen und Schlüsseln ist doch überaus verdächtig.*

Die Mitteilung des Königs entsprach den Erwartungen des Staatssekretärs. Überraschend aber verlief sein Beileidsbesuch bei der Witwe Escobedos. Sie lehnte es ab, ihn zu empfangen, obwohl er ihr hatte ausrichten lassen, daß er im Auftrag Seiner Majestät komme. Einen solchen Affront hätte er nicht für möglich gehalten. Empört wollte er schon umkehren, als der Sohn des Ermordeten in der Eingangshalle erschien und ihn um eine Unterredung unter vier Augen bat.

»Bitte!« erwiderte Antonio Pérez erleichtert. Er hoffte, auf diese Weise einen Eklat vermeiden zu können.

Der junge Escobedo führte ihn in einen Nebenraum und kam gleich zur Sache. »Vermutlich seid Ihr bereits darüber informiert, daß mein Vater in seinem Schreibtisch Dokumente aufbewahrt, die Euch in Verlegenheit bringen könnten.«

Der Staatssekretär glaubte nicht richtig zu hören. »Dokumente, die mich ...?«

»Ihr habt richtig verstanden«, fiel Escobedos Sohn überheblich ein.

Für den Bruchteil einer Sekunde stutzte Antonio Pérez, dann wurde er hellwach. Es bestand durchaus die Möglichkeit, daß sich der Ermordete in seiner Eigenschaft als Berater Don Juans de Austria in den Besitz von Papieren gebracht hatte, deren Veröffentlichung unangenehme Folgen haben konnte. Es gab viele Staatsgeheimnisse und auch private Dinge, die keinesfalls bekannt werden durften. »Ich bin ganz Ohr und bitte darum, mir Details zu nennen«, sagte er so gelassen wie möglich. »Wenn ich Euch recht verstanden habe, möchtet Ihr mir etwas anbieten.«

»So ist es«, antwortete Escobedos Sohn triumphierend. »Dreihundert Golddukaten sind mir bereits geboten.«

»Dann ist die Sache für mich nicht mehr interessant«, erklärte der Staatssekretär auf der Stelle. Der junge Mann hatte einen Fehler gemacht, der die Chance bot, ihm den Wind aus den Segeln zu nehmen. »Dinge, von denen andere wissen, haben für mich ihren Wert verloren.«

Escobedos Sohn wurde unsicher. Er fing sich jedoch schnell wieder und fragte drohend: »Auch wenn es sich um Unterlagen handelt, die Euch persönlich betreffen?«

»Auch dann.«

»Und wenn ich noch niemandem erzählt habe, um was es geht?«

»Habt Ihr nicht eben gesagt, daß man Euch dreihundert Dukaten versprochen hat?«

»Nun ja. Ich ...«

»Ihr seid ein Anfänger, ein Stümper, der glaubt, im trüben fischen zu können«, unterbrach ihn Antonio Pérez. »Schert Euch zum Teufel, und wundert Euch nicht, wenn die dreihundert Dukaten, die man Euch geboten hat, zu einem Judaslohn werden, der Euch ein Leben lang belasten, wenn nicht in den Abgrund stürzen wird.«

Escobedos Sohn wurde blaß. »Ich habe die Dokumente selbst erst vor einer Stunde ...«

»... dem Schreibtisch Eures Vaters entnommen«, fiel der Staatssekretär unerbittlich ein.

Diese Feststellung gab dem jungen Escobedo den Rest. Dabei hatte die Schlußfolgerung auf der Hand gelegen. Doch das bedachte der Jüngling nicht. Er verlor plötzlich den Mut fortzuführen, was er eingeleitet hatte. »Ich gebe mich geschlagen«, erklärte er resigniert und erzählte aus freien Stücken, was er von Doña Brianda gehört und was sie ihm versprochen hatte.

Antonio Pérez war erfahren genug, seine Überraschung zu verbergen. In diesem Fall kostete es ihn allerdings nicht viel Mühe. Insgeheim jubelte er: Welch ein Teufelsweib! Spöttisch lächelnd erklärte er dem Sohn des Ermordeten: »Und Ihr habt Euch eingebildet, ich würde mehr zahlen als Doña Brianda?«

Der junge Mann nickte. »Um ehrlich zu sein, ich habe mit mir gerungen, hatte Bedenken, mich mit Euch, dem Günstling des Königs, anzulegen.«

»Das hört sich schon besser an.«

»Werdet Ihr Doña Brianda Schwierigkeiten bereiten?«

»Würde Euch das stören?«

»Natürlich. Ich habe sie schließlich verraten.«

»Es freut mich, daß Ihr Euch dessen bewußt seid. Und um Euch zu belohnen, werde ich jetzt etwas tun, das ganz und gar nicht meinen Gepflogenheiten entspricht. Ich sichere Euch fünfhundert Dukaten zu. Holt also die Unterlagen.«

»Entschuldigt, aber wer garantiert mir, daß ich das Geld bekomme?«

Eine schallende Ohrfeige war die Antwort.

Escobedos Sohn war wie erstarrt und am Ende seiner Kräfte. Gegen diesen Mann konnte er nicht ankommen.

»Sonst noch Fragen?«

»Es war gedankenlos von mir, Euch erpressen zu wollen.«

»Wenn Ihr das einseht, können wir unseren Disput vergessen«, beschwichtigte ihn Antonio Pérez und stieß ihn versöhnlich vor die Brust. »Los, bringt die Papiere!«

Antonio Pérez war in gehobener Stimmung, als er Escobedos Sohn verließ. Er trug eine Mappe mit Dokumenten unter dem Arm. Seine Unerschrockenheit hatte wieder einmal den Sieg davongetragen. Vielleicht kam noch etwas anderes hinzu. Ihn reizten riskante Spiele; er gewann aus ihnen soviel Kraft wie andere aus

Erholungspausen. Am liebsten hätte er sich jetzt auf seinen Schimmel geschwungen. Doch es gab Wichtigeres zu tun. Die Gunst der Stunde mußte genutzt und wollte ausgekostet werden.

Doña Brianda! Wie würde sie reagieren?

Die Vorstellung, jemanden zu unterwerfen, war für den noch nicht vierzigjährigen Staatssekretär ein fast erotischer Genuß. Besonders in diesem Fall. Alles hatte sich gewandelt. Die Mordaffäre eröffnete neue Perspektiven, denn ohne Escobedo konnte Don Juan de Austria seine Pläne nicht mehr ausführen. Nun bestand die Möglichkeit, daß der Krieg gegen die Niederländer und Flamen bald zu Ende ging. Jedenfalls wollte er, Antonio Pérez, alles tun, um den Protestanten beizustehen. Nicht, daß ihre Religion seinen Beifall fand. O nein, er war ein guter Katholik, auch wenn er nicht alle Sünden beichtete. Wozu? Um der Wahrheit willen? Er pflegte zu sagen: »Würde Wahrheit das Glück der Menschen bestimmen, gäbe es nur Unglück auf Erden.«

Der Günstling des Königs brannte darauf, Doña Brianda zu sehen. Er hatte ihrem Mann in letzter Zeit das Leben so schwer wie möglich gemacht. Aber hätte er eine Politik unterstützen sollen, die im Bestreben, alle Andersgläubigen auszurotten, Millionen und Abermillionen Dukaten einsetzte? Ohne in Erscheinung zu treten und es erkennen zu lassen, hatte er den Strom des Geldes, das zum großen Teil von Papst Gregor XIII. zur Verfügung gestellt wurde, mit Hilfe italienischer Bankiers fürs erste einmal zum Versiegen gebracht. Nun, da er den Flügelschlag von Friedenstauben zu hören vermeinte, mochten die Dukaten wieder stärker fließen.

Ohne sich angemeldet zu haben, klopfte er zur Zeit des Abendspazierganges an die Tür von Doña Briandas Haus, und als ihm geöffnet wurde, wies er den Lakaien an, seiner Herrin auszurichten, daß er sie in einer wichtigen Angelegenheit zu sprechen wünsche. Die gnädige Frau brauche sich nicht zu beeilen. Er werde im Empfangsraum Platz nehmen und sich in eine interessante Lektüre vertiefen, die er vorsorglich mitgebracht habe.

Doña Brianda ahnte nichts Gutes, als sie hörte, wer sie zu so später Stunde aufsuchte. Wenn der Günstling des Königs sie sprechen wollte, konnte das nur Verdruß bedeuten. Aber sie verlor nicht den Kopf, sondern rief ihre Zofen herbei, wählte eine besonders verführerische rosafarbene Robe und ließ sich beim Umkleiden viel Zeit. Der Herr Staatssekretär hatte ja ausrichten lassen, daß er keine Eile habe. Nun, bitte, sie war ihm dankbar dafür.

Dennoch klopfte ihr Herz schneller, als sie den Empfangssalon betrat. Ihre Wangen waren leicht gerötet.

Antonio Pérez erhob sich und ging ihr mit strahlender Miene entgegen. »Ihr seht zauberhaft aus, meine Teuerste.«

»Dabei hat mich das Umkleiden echauffiert«, entgegnete sie und reichte ihm die Hand zum Kuß.

»Wie schön«, erwiderte er. »Ein echauffiertes Pferd hat mehr Feuer als ein Gaul, der lange im Stall gestanden ist.«

»Wie schön«, sie ahmte seinen Tonfall nach, »daß Ihr nicht von Stute und Hengst gesprochen habt.«

Er verneigte sich. »Eine ausgezeichnete Parade.«

Sie ignorierte das Lob und führte ihn in ihr Boudoir. »Da Ihr mich in einer wichtigen Angelegenheit zu sprechen wünscht, suche ich Schutz in der Intimität meines kleinen Heiligtums. Ich hoffe, Ihr versteht das?«

»Aber gewiß, meine Teuerste. Zumal wir uns schon lange nicht mehr gesehen haben.«

Die Anspielung darauf, daß sie nicht mehr zu den Hofdamen zählte, quittierte sie mit dem trockenen Hinweis: »Ich habe mich dennoch nicht gelangweilt.«

Er deutete einen Kratzfuß an. »Abermals freut es mich festzustellen, daß Eure Schlagfertigkeit nicht gelitten hat.«

»Wie sollte sie auch?« Doña Brianda lächelte und wies auf einen Sessel. »Ich hatte ja einen guten Freund, der dafür sorgte, daß ich nicht aus der Übung komme. Aber bitte, nehmt erst einmal Platz.«

»Und danach?«

»Das werden wir sehen«, antwortete sie selbstsicher.

Antonio Pérez konnte nicht umhin, ihr ein ehrliches Kompliment zu machen. »Ihr seid eine bemerkenswerte Frau.«

»Und Ihr ein Mann, der sich, wie ich hörte, trotz glücklicher Ehe immer wieder ein Vergnügen daraus macht, anderen Männern die Frau wegzunehmen.«

Er lachte. »Solche Späße erreichen erst ihren Höhepunkt, wenn man auch die Männer jener Frauen verführt.«

Mit gewagter Offenheit entgegnete sie: »Soll das heißen, daß Euch die ›griechische Liebe‹ nicht fremd ist?«

Ihre Attacke schien Antonio Pérez Spaß zu machen. »Offen gestanden, ich bin überrascht, daß es Euch nichts ausmacht, über derlei delikate Dinge zu reden. Das spricht für Euch. Ich hasse Menschen, die bei Gesprächen über menschliche Veranlagungen rote Köpfe bekommen, ihrem Beichtvater aber die intimsten Sachen anvertrauen.«

Doña Brianda betrachtete den Staatssekretär nachdenklich. »Bevor Ihr auf die wichtige Angelegenheit zu sprechen kommt, die Euch zu mir geführt hat, möchte ich noch eine Frage an Euch richten: Seid Ihr in Euren Ansprüchen maßlos? Oder gar unersättlich?«

»Vielleicht. Gewiß aber nicht in jedem Fall.«

»Wie soll ich das verstehen?«

»Nun ...« Er unterbrach sich, als suche er nach dem richtigen Wort. »Es ist schwer, sich selbst zu beurteilen. Schon alltägliche Dinge geben uns Rätsel auf. Wir sehen zum Beispiel ununterbrochen, was man tun müßte, und staunen immer wieder über das, was nicht geschieht.«

»Das ist mir zu philosophisch. Ich möchte wissen, ob Ihr mit dem, was Euch geboten wird, zufrieden seid.«

Antonio Pérez lachte. »Es kommt darauf an, was man mir bietet.«

Doña Brianda ließ nicht locker. »Nehmen wir an, Ihr wäret Paris, der Sohn des Priamos. Welches Urteil würdet Ihr fällen, wenn die Göttinnen Aphrodite, Hera und Athene Euch auffordern würden, zu entscheiden, wer die Schönste von ihnen sei? Bekanntlich gab Paris Aphrodite den Vorzug, weil sie ihm das begehrenswerteste Weib versprochen hatte, falls er sie auszeichnen würde.«

»Ich wäre nicht so leichtfertig gewesen«, bekannte der Staatssekretär. »Das begehrenswerteste Weib zu erringen ist gewiß ein verlockendes Angebot. Dafür aber auf ›Herrschaft und Reichtum‹, ›Ruhm und Weisheit‹ zu verzichten, die ihm Hera und Athene in Aussicht gestellt hatten ... Nein, ich hätte versucht, einen Weg zu finden, der alle drei Göttinnen befriedigt.«

»Das paßt zu Euch«, erwiderte Doña Brianda. »Ihr könnt auf nichts verzichten, wollt alles auf einen Schlag erringen. Da Ihr mir das nun bestätigt habt, können wir uns der wichtigen Angelegenheit zuwenden, die Ihr mir vorzutragen wünscht. Ich bin gewarnt und auf das Schlimmste gefaßt.«

»Das erleichtert vieles«, entgegnete er und griff nach der Mappe, die er neben sich in den Sessel gesteckt hatte. »Ich habe hier einige Dokumente, die ich mitbrachte, um sie in Ruhe zu studieren und Euch vorzulegen. Ihr habt sie noch nicht gesehen, dürftet ihren Inhalt aber kennen. Ich habe sie von...«

»...Escobedos Sohn!« fiel Doña Brianda mit einer Stimme ein, die Auflehnung und Empörung verriet. Aber auch Verbitterung und aufkommende Resignation schwangen mit. Gegen den Günstling des Königs war nichts auszurichten. Ihre Arme lagen mit einem Mal schlaff auf den Lehnen des Sessels.

Der unvermittelte Verlust ihres Selbstbewußtseins, das ihr bis jetzt glänzend geholfen hatte, den Staatssekretär in Schach zu halten, verwehrte diesem, die Rolle zu spielen, die er sich ausgedacht hatte. Wie Wachs hatte er Doña Brianda kneten und zum Objekt seiner Lust machen wollen. Nun aber rührten ihn ihre Enttäuschung und Hilflosigkeit. »Ich wollte Euch nicht erschrekken«, versicherte er begütigend. »Wirklich, das lag mir fern. Mir geht es allein darum...«

»... einen Preis zu erzielen, der über dreihundert Dukaten liegt?«

Antonio Pérez erhob sich. »Meine Antwort darauf werde ich Euch schriftlich geben.« Er wies auf einen Mahagonisekretär. »Darf ich mich Eurer Schreibutensilien bedienen?«

Wie in einer Reflexbewegung hob sie die Hand. »Bitte sehr.« Sie war überfordert und begriff nicht, was er ihr schriftlich geben wollte.

Ohne ein weiteres Wort zu verlieren, setzte er sich vor die aufgeklappte Schreibplatte, griff nach einer Feder und schrieb eine Weile. Dann streute er Sand auf das Blatt und wandte sich an Doña Brianda. »Sprecht Ihr Italienisch?«

»Nein«, antwortete sie und überlegte, was dieser blendend aussehende, von seinen Freunden hofierte, von seinen Feinden gefürchtete, von vielen Frauen angebetete, undurchschaubare, gleichsam in allen Regenbogenfarben schillernde Mann von ihr erwartete.

Er erhob sich, reichte ihr das beschriebene Blatt und trat, um es gleichzeitig mit ihr lesen zu können, hinter den Sessel. »Ich übersetze Euch, was ich geschrieben habe. Der Brief ist, wie die Anschrift zeigt, an Signore Lorenzo Spinola gerichtet, Inhaber eines der angesehensten Bankhäuser Italiens. Der Text lautet: ›Lieber Freund! Die politische Lage hat sich endlich in dem von uns erhofften Sinne konsolidiert. Ich bitte Euch deshalb, dem Gatten unserer geschätzten Doña Brianda künftig in jeder Hinsicht behilflich zu sein und Seiner Majestät, König Philipp II. von Spanien, weitgehend die Kredite einzuräumen, die der Überbringer dieses Schreibens beantragt.‹«

Doña Brianda glaubte, einer Halluzination zu unterliegen. Sie schaute den Staatssekretär an, als fürchte sie, das Opfer eines üblen Spiels zu werden.

Die Angst in ihren Augen, gepaart mit Hoffnung und Glück, brachte sein Blut in Wallung. Er beugte sich tiefer über sie. »Ich werde, Euer Einverständnis vorausgesetzt, gleich noch ein Schreiben an den Papst richten, das Eurem Gatten weitere Türen öffnen wird.«

Um seiner aufdringlich werdenden Nähe zu entfliehen, erhob sich Doña Brianda. »Entschuldigt, Herr Staatssekretär, aber jetzt verstehe ich nichts mehr. Ihr habt meinem Mann in letzter Zeit dauernd Schwierigkeiten bereitet. Das soll nun plötzlich anders werden?«

Ihre Sachlichkeit beeindruckte Antonio Pérez. Er hatte nur noch ihre vollen, glänzend roten Lippen gesehen, die jedes von ihnen geformte Wort mit einem Kuß zu entlassen schienen. »Ja«, antwortete er ernüchtert. »Wollte ich Euch die Gründe erläutern, würde ich Stunden brauchen. Es muß Euch genügen, was ich in meinem Schreiben zum Ausdruck brachte: Die politische Lage hat sich verändert. Gelder, die dem König jetzt zufließen, werden nicht mehr dem Krieg, sondern dem Frieden dienen.«

Doña Brianda traute seinen Worten nicht. Langsam, einen Fuß vor den anderen setzend, ging sie auf ihn zu und schaute ihm in die Augen. »Und welchen Preis habe ich dafür zu zahlen, daß ich Euch der Bestechung überführen wollte?«

»Das war Escobedos Werk«, entgegnete er leichthin.

»Aber ich habe für die Dokumente dreihundert Dukaten geboten.«

Antonio Pérez schmunzelte. »Wie Ihr seht, war das zuwenig. Ich habe einen besseren Preis genannt und erhielt den Zuschlag.«

»Und was fordert Ihr jetzt von mir?«

Er berührte ihren Arm. »Wenn ich ehrlich sein darf, einen Krug Wein. Ich habe nämlich furchtbaren Durst.«

Der Schalk in seinen Augen und sein betörender Charme machten es Doña Brianda nicht leicht, einen Diener herbeizurufen. Doch sie überwand ihre Schwäche, erteilte den entsprechenden Auftrag und nahm erleichtert wieder Platz.

Er folgte ihrem Beispiel. »Zufrieden?«

»Womit?«

»Mit meiner Forderung.«

Sie betrachtete ihn prüfend, und je länger sie ihn ansah, um so mehr glichen ihre Augen denen einer lauernden Katze. »Ich werde nicht schlau aus Euch«, sagte sie schließlich. »Ihr seid anders, als ich angenommen hatte.«

»Man irrt sich zuweilen in den Menschen.«

»Wird es für mich kein böses Erwachen geben?«

»Nein.«

»Ihr fordert nichts?«

Der Diener brachte den Wein.

Antonio Pérez wies auf die Karaffe. »Ich bin zufrieden mit dem, was Ihr mir gebt.«

»Und was macht Ihr mit den Dokumenten?« fragte Doña Brianda, als der Wein eingeschenkt und der Diener gegangen war.

»Ich habe die Papiere aufmerksam studiert und mir den Namen desjenigen gemerkt, der geschwätzt hat. Wenn Ihr wollt, können wir die Unterlagen in Eurem Kamin verbrennen.«

»Und das Geld, das Ihr dafür ausgegeben habt?«

»Das hat durch mein Zusammensein mit Euch bereits Zinsen getragen. Ich bin restlos zufrieden und trinke auf Euer Wohl.«

Als Antonio Pérez das Haus der ehemaligen Hofdame zu später Stunde verließ, verabschiedete er sich mit den Worten: »Auf Wiedersehen, Geliebte!«

Doña Brianda war seinem Charme und seiner Großzügigkeit erlegen.

In euphorischer Stimmung machte sich Staatssekretär Pérez auf den Heimweg. Das Glück, das ihn schon oft begünstigt hatte, war ihm wieder einmal hold gewesen; und zwar in mehrfacher Hinsicht. Es hatte sich nicht damit begnügt, ihm Doña Brianda in die Arme zu legen; es verriet ihm im Verlauf des Abends auch den Namen des angeblich Unbekannten, mit dem Escobedo kurz vor seinem Tod zusammengetroffen war. Doña Brianda hatte ihm ohne Bedenken erzählt, was sie wußte, und er brannte nun darauf, sich den Stadthauptmann und dessen Schwiegersohn vorzuknöpfen. Die Fehler, die beide gemacht hatten, schienen von der Vorsehung diktiert zu sein.

Als Antonio Pérez sein Haus betrat, erwartete ihn der Majordomus trotz der späten Stunde in der Halle.

»Ihr seid zu dieser späten Stunde noch auf?« fragte der Staatssekretär verwundert.

Der Hausverwalter trat an ihn heran und flüsterte: »Capitán Arce ist hier. Er verlangt, Euch zu sprechen, und ließ sich durch nichts abweisen.«

Antonio Pérez klopfte dem Majordomus wie einem Freund auf die Schulter. »Das trifft sich ausgezeichnet. Ich wollte den Caballero ohnehin morgen zu mir bitten.«

Die buschigen Augenbrauen des Hausverwalters hoben sich. »Seid vorsichtig, Señor! Ich habe den Capitán heute zufällig mit Escobedos Sohn gesehen. Sie unterhielten sich angeregt miteinander.«

»Na und?«

»Es ist doch bekannt, daß ihre Familien wie Katze und Hund zueinander stehen.«

»Seid unbesorgt«, beschwichtigte ihn Antonio Pérez und begab sich in den Empfangssalon.

Der Gardeoffizier erhob sich und grüßte militärisch. »Verzeiht, wenn ich zu so später Stunde ...«

»Faßt Euch kurz und sagt, was Euch zu mir führt«, fiel der Staatssekretär eisig ein.

»Ich erbitte Euren Beistand. Ihr habt mir einmal einen so großen Dienst erwiesen, daß es fast unverschämt ist, mich heute an Euch zu wenden. Aber die Familie Escobedo verdächtigt mich des Mordes.«

»Ist das verwunderlich?« entgegnete Antonio Pérez ungerührt. »Schließlich seid Ihr es gewesen, der kurz vor der Mordtat ein Rencontre mit Escobedo hatte.«

»Ihr wißt Bescheid?«

»Über alles! Spielt also nicht den Unschuldigen. Euer Schwiegervater wird sich wundern, wenn er morgen hört, was ich ihm zu sagen habe. Ich werde euch beide hinter Gitter bringen.«

So schnell, wie Antonio Pérez es gehofft haben mochte, war Capitán Arce nicht aus der Fassung zu bringen. Er wußte sich frei von jeder Schuld und verhielt sich dementsprechend. »Was fällt Euch ein?« trumpfte er respektlos auf. »Mein Schwiegervater weiß, daß nicht ich der Täter bin. Bei ihm laufen viele Fäden zusammen. Er verfolgt zur Zeit eine ihm äußerst wichtig erscheinende Spur und hat mich bis zur Klärung des Falles verpflichtet, die Stadt nicht zu verlassen und ihm jederzeit zur Verfügung zu stehen.«

Nichts von dem, was der als Draufgänger bekannte Gardeoffizier sagte, entsprach der Wahrheit. Doch seine aus dem Stegreif ersonnene Ausrede klang so überzeugend, daß der Staatssekretär es für angebracht hielt, die Attacke zu zügeln. »Gut«, erklärte er, »wenn dem so ist, will ich Euch anhören. Zuvor müßt Ihr mir aber noch eine Frage beantworten: Was habt Ihr mit Escobedos Sohn besprochen?«

»Woher wißt Ihr, daß ich mich mit ihm unterhalten habe?«

»Sagte ich nicht, daß ich über alles Bescheid weiß?« antwortete Antonio Pérez im Bestreben, fast schon verlorenes Terrain zurückzugewinnen.

»Gerade wegen Escobedos Sohn bin ich zu Euch geeilt. Er versucht, Kapital aus dem Verdacht zu schlagen. Für fünftausend Golddukaten, so hat er mir versichert, könne er seine Familie zum Schweigen bringen.«

Der Staatssekretär war verblüfft. »Ein tolles Bürschchen. Und was habt Ihr ihm geantwortet?«

»Aus taktischen Gründen habe ich mich verhandlungsbereit gestellt.«

Antonio Pérez rang die Hände. »Seid Ihr nicht bei Verstand? Das kommt doch einem Eingeständnis gleich!«

»Mir blieb keine andere Wahl«, verteidigte sich Capitán Arce. »Ich kenne den Sohn Escobedos. Der schreckt vor nichts zurück. Hätte ich ihn zum Teufel gejagt, wäre er auf der Stelle zu Krethi und Plethi gelaufen, und morgen würde mich ganz Madrid für den Mörder halten.«

»Und das soll ich verhindern, ausgerechnet ich, der ich weiß, daß Ihr Euch wenige Minuten vor Escobedos Ermordung mit ihm gestritten habt?«

Der Gardeoffizier ließ sich nicht beirren. Geschickt stellte er die Gegenfrage: »Und was ist mit Euch? Hat es zwischen Euch und Escobedo in letzter Zeit nicht wiederholt Reibereien gegeben? Das gleiche gilt für die Fürstin Eboli. Noch am Abend des Mordes gab es zwischen ihr und Escobedo einen heftigen Streit.«

»Wer behauptet das?«

»Die Fürstin selbst hat es meinem Schwiegervater gesagt, als er sie in der fraglichen Nacht aufsuchte.«

Die Miene des Staatssekretärs drückte Unwillen aus. Er begriff die Fürstin nicht.

»Wozu darüber debattieren?« lenkte Capitán Arce ein. »Meinungsverschiedenheiten gibt es überall. Sie sind kein Grund, jemanden umzubringen. Außerdem bin ich der Überzeugung, daß die ruchlose Tat von Niederländern oder Flamen angezettelt wurde.«

»Da gebe ich Euch recht«, stimmte ihm Antonio Pérez allzu bereitwillig bei. »Ich werde Seine Majestät bitten, Eurem Schwiegervater Weisung zu geben, diesen Punkt nicht außer acht zu lassen und entsprechende Nachforschungen anzustellen.«

»Damit würdet Ihr mir einen großen Gefallen tun«, versicherte der Gardeoffizier. »Denn dann kann die Familie Escobedo keine Lügen mehr verbreiten.«

»Laßt sie doch reden, was sie will«, sagte der Staatssekretär abfällig. »Ich weiß ja jetzt Bescheid. Und darauf kam es Euch doch an.«

Capitán Arce straffte sich. »Señor! Ich bin Euch erneut zu großem Dank verpflichtet und stehe Euch jederzeit zur Verfügung.«

Antonio Pérez, der nicht hätte sagen können, weshalb er sein ursprüngliches Vorhaben nicht wahr machte, sondern unversehens umgeschwenkt war, reichte dem Offizier die Hand. Er mochte ihn. Ihm imponierte sein selbstsicheres Auftreten. Vielleicht konnte er ihn eines Tages wieder brauchen. Es war immer gut, viele Eisen im Feuer zu haben.

Es kam jedoch noch etwas anderes hinzu. Den Staatssekretär hatte während des Gespräches mit Arce ein ungutes Gefühl beschlichen. Er wußte nicht recht, wieso, aber plötzlich war er besorgt gewesen. Und er blieb es auch in der nächsten Stunde, in der er, obwohl Mitternacht längst vorüber war, noch einen Bericht an den König aufsetzte. Natürlich verschwieg er sein Tête-à-tête mit Doña Brianda ebenso wie die Geschichte mit den Dokumenten, die er von Escobedos Sohn erhalten hatte. Seine Mitteilung war überhaupt diffus und schwankte zwischen Dichtung und Wahrheit. Das war eigentlich nicht seine Art und mochte darauf zurückzuführen sein, daß ihm der Fehler, den die Fürstin Eboli gemacht hatte, nicht aus dem Kopf ging. Sonst gab es nichts, was ihn hätte nervös machen können. Alles verlief wie erwartet. Die Fürstin war, wie vorgesehen, am Ostermontag mit einem Teil ihres Gesindes nach Pastrana aufgebrochen, um den Frühling auf ihrem Gut zu verbringen.

Am nächsten Morgen begab sich Antonio Pérez in den Alcázar, und hier wurde ihm schon kurz vor Mittag das Antwortschreiben Philipps II. vorgelegt. Da er sich von den Strapazen der Nacht erholt hatte und ihn keine Sorgen mehr belasteten, amüsierte er sich über den unkenden Ton der Mitteilung. Seine Majestät schrieb:

Ich bin beunruhigt und werde den Verdacht nicht los, daß Arce nur auf den Busch geklopft hat. Mein Marschall sagte Mir, der Capitán sei mit den Escobedos befreundet. Da paßt doch einiges nicht zusammen. Ist das vielleicht der Grund dafür, daß die ominösen Schlüssel verschwunden sind? Ich rate Euch dringend: Hütet Euch vor Arce!

Wenige Stunden später fühlte sich Antonio Pérez nicht mehr wohl in seiner Haut. Er war in die Hauptwache gebeten worden, wo ihm Stadthauptmann Velázquez, den er in Verlegenheit hatte bringen wollen, eine Frage stellte, die nun ihm zu schaffen machte. Dies nicht zuletzt, weil ihm das Oberhaupt der Madrider Ordnungshüter mit Worten, die erstaunliche Sicherheit verrieten und eher zu seinem draufgängerischen Schwiegersohn gepaßt hätten, einen grünen Umhang vorlegte, den der Günstling des Königs als ein Kleidungsstück seiner Dienerschaft erkannte.

»Nun, Herr Staatssekretär, was sagt Ihr zu diesem Beweisstück, das bei dem Toten aufgefunden wurde und jetzt endlich nach mühsamen Nachforschungen als aus Eurem Hause stammend identifiziert werden konnte?«

»Was soll ich dazu sagen?« antwortete Antonio Pérez im Bestreben, Zeit zu gewinnen. Sein Hirn arbeitete mit der Präzision eines Uhrwerkes. »Ich weiß nicht, worauf Ihr hinauswollt. Der Mantel wurde bei dem Ermordeten gefunden?«

»Ja. Und er hat Blutflecken.«

Der Staatssekretär griff sich an die Stirn. »Nun verstehe ich. Ihr vermutet, daß es sich um ein Kleidungsstück des Mörders handelt?«

»Sehr richtig. Und wir wissen heute, daß solche Umhänge von Euren Lakaien bei Wind und Wetter getragen werden.«

Antonio Pérez blies wie vor Erregung die Backen auf. »Um Gottes willen, das ist ja unheimlich!«

»Nicht wahr?«

»Ich möchte nur wissen, warum einer meiner Diener ... Nein, nein, das halte ich für ausgeschlossen. Ich beschäftige doch keinen Mörder.«

»Aber der Mantel ist blutbefleckt.«

Der Staatssekretär wandte sich schockiert ab. »Grauenhaft! Unter den gegebenen Umständen müssen wir natürlich sofort herausfinden, wer von meinen Leuten ihn getragen hat. Am besten zitiert Ihr meinen Majordomus herbei. Nur er kann uns weiterhelfen.«

Dem Stadthauptmann leuchtete dies ein. Er ließ den Hausverwalter holen, erzielte aber damit ein Ergebnis, das ihn enttäuschte. Denn der Majordomus gab eine überzeugende Erklärung ab.

»Sieh an«, sagte er, als ihm das Beweisstück vorgelegt wurde. »Da ist ja der Umhang, den man unserem Diener Pedro gestohlen hat.«

Mit einer solchen Wendung hatte der Polizeioffizier nicht gerechnet. »Wann soll das gewesen sein?« fragte er verstimmt.

Der Majordomus zögerte mit der Antwort und legte die Stirn in Falten. »Genau kann ich das nicht sagen. Wenn ich mich recht erinnere, war es am Gründonnerstag. Am besten laßt Ihr Pedro kommen und fragt ihn selbst.«

Auf die Vernehmung des Dieners verzichtete der Stadthauptmann jedoch. Es schien ihm belanglos, ob der Umhang am Gründonnerstag oder Karfreitag gestohlen worden war. Vorsorglich fragte er aber noch: »Hat Euch der Diener den Verlust gleich gemeldet?«

»Ja, natürlich. Und ich bilde mir ein, daß es am Gründonnerstag war.«

Polizeioffizier Velázquez erhob sich und bat den Staatssekretär um Entschuldigung dafür, daß er ihn hatte rufen lassen.

»Ihr habt nur Eure Pflicht getan«, erwiderte Antonio Pérez zuvorkommend und reichte ihm die Hand. Draußen aber warf er seinem Majordomus einen Blick zu, der neben Anerkennung auch Enttäuschung und Vorwurf verriet.

Der Abend brachte neue Aufregung, diesmal in einem Maße, daß der sonst so beherrschte Günstling des Königs nahe daran war, die Nerven zu verlieren. Der Paseo war noch nicht zu Ende, da ließ sich Capitán Arce wieder bei ihm melden und erklärte aufgeregt: »Señor, ich fühle mich verpflichtet, Euch mitzuteilen, daß auf der Straße Euer Name in Verbindung mit der Ermordung Escobedos genannt wird. Es heißt, Escobedos Witwe halte Euch für den Spiritus rector des Mordkomplotts.«

»Das ist ungeheuerlich!« brauste der Staatssekretär auf, fand jedoch schnell seine Haltung wieder. »Jetzt danke ich Euch, wie Ihr mir in der letzten Nacht gedankt habt. Ich werde Seiner Majestät sofort Meldung erstatten und mich zur Verfügung stellen. Eine solche Anschuldigung kann ich nicht auf mir sitzenlassen.«

Noch in der gleichen Stunde schrieb Antonio Pérez dem König:

Sire! Ich bin sehr besorgt. Escobedos Witwe erdreistet sich plötzlich, offen zu erklären, ich sei der Mörder ihres Mannes. Euer Majestät wissen, daß ich manch bitteres Gericht ohne Klage geschluckt habe. Aber das jetzt – das ist zuviel. Ich bitte um umgehende Unterredung.

Philipp II. antwortete wenige Stunden später:

Sosegáos! – Beruhigt Euch! Es schwirren im Augenblick viele Gerüchte umher. So hörte Ich, daß nicht nur Ihr, sondern auch der Herzog von Alba und der Admiral von Kastilien an den Vorbereitungen zur Ermordung Escobedos beteiligt gewesen sein sollen. Das alles sind Redereien, die Mich nicht schrecken. Auf was man auch kommen mag, es wird sich immer nur um Behauptungen handeln, die nicht belegt werden können. Dennoch dürfte es gut sein, die Angelegenheit in Ruhe zu besprechen. Kommt gleich morgen, denn die Königin erwartet, wie Mir ihr Leibarzt gerade mitgeteilt hat, spätestens in der nächsten Woche ihr zweites Kind. Möge es wieder ein Sohn sein! Ich werde den Escorial vorsorglich schon übermorgen verlassen und Mich nach Madrid begeben. Dort möchte Ich Mich mit der leidigen Escobedo-Sache keinesfalls befassen.

2

Staatssekretär Pérez zählte zu den wenigen Menschen, die spät ins Bett gehen und dennoch früh aufstehen. Ihm genügten gewöhnlich fünf Stunden Schlaf, und wenn es erforderlich war, kam er auch mit weniger aus. So hatte er an dem Morgen, da der Ritt zum König angetreten werden mußte, kaum geschlafen. Er war aus dem Grübeln nicht herausgekommen und hatte unentwegt überlegt, was er tun könnte, um dem Gerücht entgegenzutreten, das ihn in eine so mißliche Lage gebracht hatte. Er fand jedoch keine Lösung, und im Gegensatz zu früher fiel ihm in dieser prekären Situation kein Ausweg ein. Nun hoffte er auf Impulse, die ihm der Ritt über die neukastilische Hochebene schenken sollte. Wann immer er in einen jungen Morgen geritten war, hatten die frische Luft und das silbrige Licht des anbrechenden Tages seine Gedanken beflügelt.

Seine Frau, Doña Juana, begleitete ihn vor die Haustür. Auch sie hatte wenig geschlafen; die Unruhe ihres Mannes hatte sich auf sie übertragen. Sie spürte, daß ihn etwas belastete, und dachte unwillkürlich an den Karfreitag, da er voller Nervosität mit ihr und den Kindern nach Alcalá de Henares aufgebrochen war. Instinktiv erfaßte sie, daß die Ursache seiner neuerlichen Wesensänderung in engem Zusammenhang mit der damaligen Reizbarkeit stand. »Willst du mir nicht sagen, was dich bedrückt?« bat sie, als sie sich von ihm verabschiedete. »Vielleicht mindert es deine Sorgen.«

Er gab ihr einen Kuß und blickte über ihre Schulter hinweg zum Majordomus hinüber, der im Türrahmen stand und von ihm die Weisung erhalten hatte, unbedingt dafür zu sorgen, daß das aufgekommene Gerücht nicht über die Schwelle seines Hauses dringe. Welche Eskapaden er sich auch leistete, stets war er bestrebt, seiner Frau Aufregung zu ersparen. Seine Zuneigung zu ihr gebot ihm, sich für ihre Liebe dankbar zu erweisen. »Nicht Sorgen, sondern Probleme beschäftigen mich«, antwortete er und tätschelte aufmunternd ihre Wange.

Um Worte ist er nie verlegen, ging es ihr durch den Sinn. Doch sie war stolz auf ihn. Er wußte stets Rat, ließ sich durch nichts einschüchtern und würde mit dem, was ihm nun Kopfzerbrechen bereitete, ebenso fertig werden wie mit den vielen anderen Aufgaben, die er im Auftrag des Königs zu lösen hatte. »Bis morgen oder übermorgen«, sagte sie und reichte ihm die Hand. »Ich freue mich schon jetzt auf deine Rückkehr.«

»Ich ebenfalls«, erwiderte er und hauchte einen Kuß auf ihre Stirn.

Diese zärtliche Geste beglückte Doña Juana. Wie ausschweifend das Leben ihres Mannes auch sein mochte, niemals würde er einer anderen Frau mit der Zärtlichkeit begegnen, die er ihr, der Gattin und Mutter seiner Kinder, entgegenbrachte.

Antonio Pérez trat zu dem feurigen Araberhengst, der bereits vor einer halben Stunde ins Freie geführt worden war. Er hatte diese Weisung ein für allemal gegeben, weil er, der übersensible Ästhet, auf die Ausdünstungen eines Stalles ebenso empfindlich reagierte wie auf die scheußlichen Gerüche, die im Alcázar herrschten, dem königlichen Palais, in dem es keinen Abtritt gab, so daß man seine Notdurft in Töpfe oder hinter den Türen verrichten mußte. Aus diesem Grund trug der Staatssekretär stets einen Flakon mit Rosenwasser bei sich. Manchmal befestigte er ihn – mit einem durchlässigen Stoffpfropfen versehen, so daß immer ein wenig Duft entweichen konnte – am Geschirr seines Pferdes.

Mit einem kühnen Satz schwang er sich auf den Schimmel. Seine unkonventionelle Kleidung glich der eines wohlhabenden Scholaren. Sie bestand aus einem Leinenhemd mit offenem Kragen, darüber ein Lederwams mit breitem Gürtel, an dem ein Degen hing, geschlitzten Pluderhosen und Stulpenstiefeln. Als Kopfbedeckung hatte er das übliche Barett mit einer langen Feder gewählt.

»Adios!« Er winkte seiner Frau ein letztes Mal zu und sprengte mit erhobenem Arm davon.

Von diesem Augenblick an war Antonio Pérez wie verwandelt. Die Kraft des Pferdes schien sich auf ihn zu übertragen. Vergessen war die Anschuldigung, die Escobedos Witwe erhoben hatte. Er stürmte der herben Schönheit der kastilischen Hochebene entgegen. Sein Herz schlug schneller, als er seinem Schimmel die Sporen geben konnte. Es ging den Ausläufern der Sierra de Guadarrama entgegen, den klaren Wassern des Blasco Sancho, dessen Quelle nahe dem Escorial lag, jenem mächtigen, noch nicht vollendeten Bauwerk, das mit seiner königlichen Herrlichkeit Zeugnis für den grandiosen Unternehmergeist Philipps II. ablegte.

In scharfem Galopp jagte der Staatssekretär über die steppenartige *meseta*. Das langsam wachsende Licht des Tages, das dem Himmel erste Farbe verlieh und am Boden nicht mehr allein in grauen Tönen malte, gab den am Horizont aufsteigenden Bergen das Aussehen von sanft sich hebenden blauen Meereswogen. Bizarr gewachsene, von Tau benetzte Sträucher glichen schlaftrunkenen, in den Morgen blinzelnden Erdgeistern. Dem sandigen Boden entströmte ein würziger Duft. Die Natur schien in Erwartung des kommenden Tages den Atem anzuhalten. Der Klang der Hufe erinnerte an die gleichmäßigen Schläge eines Herzens. Nur gelegentlich verriet das Blöken eines Schafes, daß der Tag begonnen hatte, die Nacht zu verdrängen.

Die Sonne brach durch. Das Gelände stieg leicht an, und die Schleier der Dämmerung lösten sich in der immer klarer werdenden Luft auf. Was grau und verschwommen gewesen war, bekam Konturen. Aus Pastelltönen entwickelten sich leuchtende Farben. Der Himmel ertrank in Blau und Gold. Man hätte meinen können, ein besessener Künstler treibe die Natur mit schwungvollen Pinselstrichen zur Eile an. Braune Felder, grüne Hänge und kugelige Baumgruppen tauchten wie aus dem Nichts auf. Überall pulsierte plötzlich das Leben. Fasane begannen mit der Balz. Lerchen trillerten in großer Höhe ihr Morgenlied. Wachteln stießen ihre eigenartigen, mehrsilbigen Lockrufe aus. Das Gelb ungezählter Ginsterbüsche überzog die Hochebene mit lebhaften Tupfern. Zistrosen öffneten ihre weißen, schwarzrot gefleckten Blüten. Der Duft von Thymian, Lavendel, Rosmarin und Oleander breitete sich aus.

Der Ritt durch die Schönheit des zunehmend heller werdenden

Tages beglückte Antonio Pérez so sehr, daß er auf einer Anhöhe, die einen Ausblick auf den noch in weiter Ferne liegenden Escorial gestattete, eine Rast einlegte. Das Sonnenlicht zauberte auf den hellgrauen Granit des gewaltigen Gebäudekomplexes ein silbernes Glitzern. Der hinter dem Escorial hoch aufragende Pico de los Abantos glich einem steinernen Riesen, der schützend seinen Mantel ausbreitet, um die rauhen Winde des Nordens vom Wunderwerk Philipps II. fernzuhalten.

Dem Staatssekretär drängte sich die Erinnerung an vergangene Tage auf. Er sah sich mit dem König an dessen Lieblingsplatz sitzen und die herrliche Aussicht über die neukastilische Ebene bewundern. Im Geiste hörte er das Murmeln einer in der Nähe entspringenden Quelle.

Unwillkürlich mußte er an Escobedo denken, mit dem er dort einmal Wasser geschöpft hatte, als ihre Gaumen vom vielen Reden und kühnen Pläneschmieden trocken geworden waren.

Die Erinnerung an den einstigen Freund machte es ihm unmöglich, die Pracht des Morgens weiterhin zu genießen. Er sah nicht mehr das Funkeln des Granits in der Sonne, gewahrte vielmehr Wolken, die sich seit geraumer Zeit über dem Escorial zusammenballten.

Wie in Trance stieg er vom Pferd, band die Zügel an einen Strauch und ließ sich auf den Boden sinken. Es war zu viel, was sich in den letzten Jahren ereignet hatte.

Er schloß die Augen. Bilder von verwirrender Intensität ließen ihn nochmals erleben, was zur Ermordung Escobedos geführt hatte. Kaleidoskopartig zog jenes Geschehen an ihm vorüber, das ihm noch im nachhinein den Atem raubte.

Begonnen hatte es während eines ungewöhnlich schweren Morgengewitters. Blitze waren wie Schwerter zur Erde herniedergefahren. Dröhnende Donnerschläge hatten die Luft erzittern lassen. Die Gärten des Escorial waren binnen weniger Sekunden von herabprasselnden Hagelkörnern verwüstet worden.

Antonio Pérez hielt es an jenem Tag an seinem Schreibtisch nicht mehr aus. Er eilte durch die vom Unwetter verdunkelten Gänge zum Arbeitsraum des Monarchen. Doch sein Klopfen an der Tür wurde vom Toben der Elemente übertönt. Ihm blieb nichts anderes übrig, als ohne die Aufforderung des Königs einzutreten.

Philipp II. stand am Fenster, als gehe ihn der Aufruhr der Natur nichts an. Er blickte nach draußen, als schaue er spielenden Kindern zu. Sein Gesicht war ausdruckslos wie eh und je. Nur eine leichte Rötung seiner sonst blassen Wangen verriet, daß das zu einem Inferno sich steigernde Unwetter auch an ihm nicht spurlos vorüberging.

Da der Staatssekretär erkannte, daß der König sein Eintreten nicht bemerkt hatte, blieb er unschlüssig stehen. Er hätte sich sofort und laut vernehmlich melden müssen, aber es reizte ihn plötzlich, den Monarchen heimlich zu beobachten. Was er zu sehen bekam, bestätigte ihm, daß Philipp II. königliche Haltung auch dann bewahrte, wenn er allein war und sich unbeobachtet glaubte. Regungslos am Fenster stehend, verfolgte er den Orkan mit jener Beherrschung, die ihm am Hof den Namen *Padre dela simulación* – ›Vater der Verstellung‹ eingebracht hatte.

Seine Kopfbedeckung, die er selbst bei der Arbeit am Schreibtisch nicht ablegte, war ebenso ungewöhnlich wie die von ihm zur Schau gestellte Gelassenheit. Niemand sonst im ganzen Land trug einen so hohen, zylinderartigen, schmuck- und randlosen dunklen Hut. Er betonte das schmale Gesicht Philipps II. und paßte gut zu den schlichten Hals- und Handkrausen, die der König bevorzugte. Sein ergrauter Knebelbart verlieh ihm Würde, sein schwarzes Gewand unauffällige Eleganz. Außer einer dünnen Kette mit dem Orden vom Goldenen Vlies duldete er an sich keinen Schmuck. Der glanzlose Ausdruck seiner blaugrauen Augen aber machte frieren. Freude schien ihnen unbekannt zu sein. Sie diktierten Distanz und verbargen jegliches Gefühl.

Antonio Pérez, der sich nicht von der Stelle rührte und den Monarchen weiterhin heimlich beobachtete, glaubte zu wissen, daß der so ruhig scheinende Herrscher in dieser Stunde gegen einen inneren Aufruhr ankämpfte. Angesichts der elementaren Gewalt, mit der sich das Gewitter über seinem Haupt entlud, mußte ihm bewußt werden, über wie wenig Macht selbst er, der Mächtigste seines Landes, verfügte.

Der König starrte in das entfesselte Unwetter. Warum konnte er nicht wie der Orkan, der draußen tobte, Widerstände mit Brachialgewalt beiseitefegen? Was immer er anfaßte, rann ihm wie Sand durch die Finger. Sein Kampf gegen die Niederländer und Flamen hatte schon viele Millionen Golddukaten verschlungen, doch trotz aller Bemühungen wollte es ihm nicht gelingen, diese ketzerischen Nationen in den Schoß der alleinseligmachenden Kirche zurückzuzwingen. Im Gegenteil, ihre Führer beleidigten ihn, wo sie nur konnten. Aber er würde sich rächen. Beleidigungen vergaß er nicht. Es kostete ihn keine Überwindung, jahrelang zu schweigen. Zu gegebener Zeit würden seine Henker das Beil schwingen.

Drei Frauen hatte er geheiratet: Maria Manoela von Portugal; Maria Tudor, Königin von England; Elisabeth von Valois, Tochter Heinrichs II. von Frankreich. Aber jede der drei Auserwählten war schon nach wenigen glanzlosen Ehejahren dahingeschieden. Und Don Carlos, sein einziger Sohn, bei dessen Geburt seine erste, gerade siebzehnjährige Gattin ihr Leben verloren hatte, war im Gefängnis gestorben. Er selbst hatte ihn wegen Irrsinns einsperren lassen.

Der Staatssekretär wagte es nicht, länger unbemerkt an der Tür stehenzubleiben. »Majestät!« rief er und versuchte, Blitz und Donner zu übertönen. »Bei dem Lärm dieses Gewitters habt Ihr mein wiederholtes Klopfen wahrscheinlich nicht gehört.«

Philipp II. blickte über die Schulter zurück.

Antonio Pérez nahm sein federgeschmücktes Barett vom Kopf und ging auf den Monarchen zu. Selbst der höchste Würdenträger des Landes hätte sich diese Freiheit nicht herausnehmen dürfen. Dem Günstling des Königs waren jedoch außerordentliche Rechte eingeräumt, und er nahm sie mit der Überheblichkeit eines Mannes wahr, dem das Glück zu früh ein hohes Amt beschert hat.

Noch während er sich dem Herrscher näherte, deutete dieser auf das Fenster, gegen das dicke Hagelkörner prasselten. »Ein solches Unwetter habe ich noch nicht erlebt.«

Der Staatssekretär nickte zustimmend. »Dem astrologischen Kalender zufolge bedeutet schwerer Hagelschlag Unglück für eine hochgestellte Persönlichkeit.«

»An wen denkt Ihr?« fragte Philipp II.

Antonio Pérez gab sich amüsiert. »Bestimmt nicht an die Gräfin Montalbán, die unverzeihlicherweise vergaß, den von Euch empfohlenen Lagerverwalter einzustellen.«

»Mokiert Ihr Euch über diese Anweisung?«

»Keinesfalls, Seigneur!« Der Staatssekretär rückte den Riemen seiner Lederjacke zurecht. »Aber da das Thema einmal angeschnitten ist, sei es mir erlaubt zu bemerken, daß Ihr kostbare Zeit vergeudet, wenn Ihr Euch um die Einstellung von Domestiken kümmert. Ich weiß natürlich«, fuhr er abschwächend fort, »daß Ihr es trotz der vielen Aufgaben, die Euch belasten, für notwendig erachtet, selbst kleinste Dinge in eigener Regie zu erledigen. Doch Eure Zeit . . .«

»Genug!« unterbrach ihn der König. »Es ist nicht Eure Aufgabe, mir zu sagen, was ich zu tun und zu lassen habe.«

»Gewiß nicht, Sire. Aber ich habe die Pflicht, dafür zu sorgen, daß Eure bewundernswerte Klugheit sich dort entfalten kann, wo sie dringend vonnöten ist.«

Der Monarch deutete auf das Barett, das sein Günstling in der Hand hielt. »Cubríos! – Bedeckt Euch!«

Wieder einmal war es Antonio Pérez gelungen, mit maßvollem Widerspruch und einer geschickten, nicht zu aufdringlichen Schmeichelei den König für sich einzunehmen.

Philipp II. wandte sich seinem Arbeitsplatz zu, auf dem ungezählte Schriftstücke lagen. Er hob eines davon auf und hielt es dem Staatssekretär hin. »Was soll man da tun? Der Präsident von Aragón erkundigt sich, welche Entschädigung einem Fuhrmann zukommt, dem in Zaragoza auf der Straße zwei Maulesel getötet wurden.«

Antonio Pérez lachte ungeniert und zeigte seine blendend weißen Zähne, die er mit einer von ihm erdachten und selbst gebastelten Zahnbürste zu putzen pflegte. »Übergebt mir die Angelegenheit.«

Philipp II. sah ihn prüfend an.

Der Staatssekretär kannte die Gewohnheit des Herrschers, seine Gesprächspartner mit den Augen eines Pfandleihers abzuschätzen. In solchen Augenblicken hatte man das Gefühl, falschen Schmuck zu tragen. Selbst weltgewandte Diplomaten wurden dann nervös und konnten nicht weiterreden. Um nicht in gleicher Weise zu unterliegen, drehte er bedenkenlos den Spieß um und irritierte den König mit der durch nichts begründeten Frage: »Darf ich mich erkundigen, was Eure Majestät bedrückt?«

Der Monarch verbarg seine Verwunderung. »Wie kommt Ihr darauf?«

Antonio Pérez ließ nicht locker. »Nun, Ihr schaut mich irgendwie betroffen an.«

Philipp II. strich über seinen ergrauten Bart. »Ihr scheint Gespenster zu sehen. Ich mache mir lediglich Gedanken. Zum Beispiel über den Reichtum, den Ihr in so erstaunlich kurzer Zeit zusammengetragen habt.«

Der agile Staatssekretär ließ sich nicht einschüchtern. Arrogant erklärte er: »Beamte sind keine Flöhe, die mit wenig auskommen. Sie sind verpflichtet, auf allen möglichen Empfängen zu erscheinen. Das erfordert viele Anschaffungen. Da bleibt den meisten nichts anderes übrig, als Zuflucht zur Bestechung zu nehmen.«

Der König schwieg eine Weile, bevor er ohne Schärfe entgegnete: »Euch gibt das nicht das Recht, gewisse Usancen auf die Spitze zu treiben.«

Diese nachsichtige Ermahnung ermunterte Antonio Pérez, beim Thema zu bleiben. Es war immer gut, klare Verhältnisse zu schaffen. »Spielen Majestät auf das Gemälde an, das mir mein Freund, der große Meister Tizian, höchstpersönlich geschenkt hat?«

»Nein, ich dachte an den Bau Eures neuen Hauses, das einem Palast gleichen soll«, antwortete der Monarch. »Oder wurde ich falsch unterrichtet?«

»Da müßten wir zunächst den Begriff ›Palast‹ klären«, antwortete der Staatssekretär spitzfindig. »Ich jedenfalls werde dem neuen Haus, zu dessen Bau mir ein anderer guter Freund – der berühmte Seefahrer Andrea Doria, weiland Admiral Eures Vaters – die Mittel zur Verfügung stellte, den Namen ›La Casilla‹, ›Das Häuschen‹, geben.«

Philipp II. schüttelte den Kopf. »Euch ist offensichtlich nicht beizukommen.«

»Ich könnte mir denken, daß Ihr mich nicht zuletzt deshalb schätzt.«

Der König überging die anmaßende Erwiderung und wies auf die grell zuckenden Blitze, die zur Erde herniederfuhren. »Wenn mir solche Gewalt zur Verfügung stünde, hätten meine Gegner nichts mehr zu lachen. Zerschmettert würden sie am Boden liegen.«

Der Staatssekretär wiegte den Kopf. »Ein *so* errungener Sieg würde Euch keinen Frieden bringen. Ihr solltet versuchen, den Niederländern und Flamen mit Nachsicht zu begegnen.«

Der Herrscher hob abwehrend die Hände. »Verschont mich mit den Friedensschalmeien des Fürsten Eboli.«

»Sie klingen meinen Ohren angenehmer als das Säbelrasseln des Herzogs von Alba.«

Philipp II. wischte diese Bemerkung mit einer Handbewegung fort. »Glaubt Ihr etwa, daß *mir* alles an Alba gefällt? Der Herzog ist nur groß, wo es Schwächere zu schlagen gilt: den Papst, die Geusen, die ungeübten Truppen Wilhelms von Oranien. Und seine Schreckensherrschaft in den Niederlanden hat uns sehr geschadet. Er kann nicht einmal mehr die erforderlichen Gelder für die Truppe aufbringen.«

»Dafür konnte er sich in Antwerpen ein überlebensgroßes Denkmal setzen«, fügte Antonio Pérez bissig hinzu.

Der König trat an seinen Schreibtisch. »Ein altes Sprichwort lautet: ›Schlachten zu gewinnen und zu verlieren ist das Vorrecht der Großen und der Könige.‹ Der Herzog zählt sich offenbar zu den Großen.«

Die gelassene Ironie in den Worten des Monarchen enttäuschte den Staatssekretär. Er hatte das Denkmal erwähnt, um die schlechte Stimmung gegen den Herzog noch zu schüren. Aber es gab andere Möglichkeiten. »Und wie beurteilt Ihr die von Alba befohlene Hinrichtung Egmonts und Hoorns?«

Philipp II. straffte sich. »Diese Dummheit werde ich ihm nie verzeihen. Er hätte die beiden hierher schicken müssen. In Simancas hätte ich sie wie den Ketzer Montigny ohne Aufsehen erdrosseln lassen können. Ihre öffentliche Hinrichtung in Brüssel hat unnötig Staub aufgewirbelt. Bei Montigny haben wir es richtig gemacht. Laut Bulletin ist er eines natürlichen Todes gestorben. Und die von mir bestimmte Todesart war auch für ihn vorteilhaft. Er konnte zuvor beichten und die Sakramente empfangen. Zudem erhielt er ein christliches Begräbnis. Und sein guter Ruf blieb unangetastet.«

Antonio Pérez verschloß seine Ohren vor dem Hochmut, mit

dem der Herrscher über Leben und Tod entschied. Für ihn war es im Augenblick wichtiger, das Gespräch wieder auf den Herzog von Alba zu lenken. Um jeden Preis wollte er erreichen, daß dieser führende Kopf der Kriegspartei ausgeschaltet wurde. An Ansehen hatte er ja schon verloren. Es kam jetzt darauf an, geschickt zu intrigieren und einen Weg aufzuzeigen, der es dem König möglich machte, sich vom Herzog zu trennen, ohne seinen Schritt begründen zu müssen. »Ich weiß nicht, von wem der Satz stammt«, sagte er wie nebenbei, »aber gewiß ist es richtig, daß auf dem Schafott Egmonts und Hoorns auch der politische Ruhm Albas enthauptet wurde.«

Philipp II. nickte zustimmend. »Ich bin der gleichen Meinung.«

Immer im Bestreben, der Friedenspartei und ihrem Führer, dem Fürsten Eboli, einen Dienst zu erweisen, warf Antonio Pérez eine weitere Schlinge aus. »Es ist auch bedauerlich, daß der Herzog seine Zunge nicht im Zaum halten kann.«

»Was redet er?« erkundigte sich der Monarch.

»Er soll gesagt haben: ›Unser König behandelt die Menschen, als wären sie Orangen; sobald sie ausgepreßt sind, wirft er sie fort.‹«

Philipp II. ließ keine Regung erkennen.

»Schlimmer noch ist ein anderes Aperçu, das Alba zum besten gibt: ›Wozu weitere Länder erobern? Unsere Kinder wissen ja schon jetzt nicht mehr, wohin sie flüchten sollen.‹«

Die Lippen des Herrschers wurden schmal.

»Gemäß Machiavelli muß man *in Ehren* böse sein«, bohrte der Staatssekretär weiter. »Die Boshaftigkeit des Herzogs aber gleicht der eines räudigen Hundes. Wenn ich eine Empfehlung geben darf: Ihr solltet den alternden Feldherrn mit der Grandeur eines Königs aus kaiserlichem Geblüt in die Verbannung schicken.«

Philipp II. hob erwartungsvoll den Kopf.

»Albas Schloß Uceda wäre ein angemessener Platz«, fuhr Antonio Pérez fort. »Und es gäbe gerade jetzt einen triftigen Grund, den Herzog auszuschalten. Denn entgegen Eurer Ermahnung hat er seinem Sohn die Genehmigung erteilt, seine Base Doña María zu heiraten. Und das, obwohl er weiß, daß sein Sohn auf Grund gewisser Vorkommnisse verpflichtet wäre, Doña Magdalena, eine Hofdame der verstorbenen Königin, zu ehelichen.«

Die Augenbrauen des Monarchen zogen sich zusammen. »Seid Ihr da ganz sicher?«

»Ich verbürge mich mit meinem Wort.«

Nachdenklich trat der König wieder ans Fenster. »Es ist kaum zu glauben. Eine Unterrockgeschichte gibt mir die Möglichkeit, den Herzog abzuberufen, ohne ihn politisch desavouieren zu müssen. Und die Niederländer werden jubeln, obwohl sie nicht das geringste von mir erhalten.«

Die Augen des Staatssekretärs leuchteten. Das war die Entscheidung! Der Herzog hatte die Gunst seines Herrschers verloren. Die Friedenspartei des Fürsten Eboli würde endlich triumphieren können.

Philipp II. blickte ihn spöttisch an. »Ihr zitiertet Machiavelli. Stammt von ihm nicht auch der Satz ›Keiner ist so geeignet, sein Wort zu brechen, wie einer, der im Rufe steht, es immer zu halten‹?«

Mit einer höfischen Geste drückte Antonio Pérez seine Bewunderung aus. »Ihr habt schon oft bewiesen, daß Ihr das Werk des Italieners ausgezeichnet kennt. Doch worauf wollt Ihr hinaus?«

»Das werden diejenigen, die es angeht, sehr bald erfahren. Läutet dem Leibdiener!«

Der Staatssekretär konnte seine Betroffenheit nicht verbergen. Der König verlangte nach seinem Diener? Weshalb? Das Gespräch war doch noch nicht beendet. Die Einzelheiten mußten erörtert und festgelegt werden. Widerstrebend griff er nach der silbernen Glocke, die auf dem Arbeitstisch stand.

»Ihr ahnt nicht, welch glänzende Idee mir gerade gekommen ist«, fuhr der Monarch ungewohnt lebhaft fort. »Die Gewalt der Elemente hat mich inspiriert.«

Ein livrierter Diener betrat den Raum. Ihm folgte ein Zwerg, dessen kurze Arme im Bestreben, mit dem Lakaien Schritt zu halten, wie Flügelstummel flatterten.

Der König blickte hinter sich. »Sieh zu, daß die von der verstorbenen Königin gelegentlich benutzten Räume sofort in Ordnung gebracht werden.«

Antonio Pérez, der Diener, der Hofnarr – alle drei glichen steinernen Götzen.

Der Zwerg fing sich als erster. Mit eckigen Bewegungen lief er auf den Monarchen zu. »Sire! Keine Löwin ist reißender und kein Tier grausamer als eine schöne Dame.«

»Hinaus mit euch!«

»Auch dem Pérez solltet Ihr mißtrauen«, warnte der Hofnarr. »Mit seinen aus Ehrgeiz geknüpften Netzen fängt er, was ihm gerade in den Weg kommt. Sogar Könige!«

Der Staatssekretär lachte, scheuchte die beiden mit einer Handbewegung fort und schloß die Tür hinter ihnen.

Philipp II. wandte sich um. Seine Miene war ausdruckslos. »Das Gewitter scheint abzuklingen. Fahrt sofort nach Madrid und sucht den Fürsten Eboli auf.«

Antonio Pérez' Herz schlug schneller. Zweifellos sollte der Führer der Friedenspartei den Herzog von Alba ablösen. Und er, Antonio Pérez, war dazu ausersehen, ihm diese wichtige Nachricht zu überbringen. »Hält der Fürst sich derzeit in Madrid auf?«

»In seinem Stadtpalais. Er ist vorgestern angekommen. Erklärt ihm, daß ich Alba abberufen werde. Die Fürstin bitte ich, mich noch heute aufzusuchen.«

Die Augen des Staatssekretärs weiteten sich.

»Meine Einladung werdet Ihr der Fürstin persönlich überbringen. Ich stelle ihr meinen Wagen zur Verfügung. Ihr könnt ihn bis Madrid benutzen. Dann weiß jeder, daß Ihr in königlichem Auftrag unterwegs seid. Sagt der Fürstin, daß ich sie noch vor Einbruch der Dunkelheit erwarte. Der Kutscher soll am Torre de las Damas vorfahren.«

»Seigneur! Ich hatte noch nicht die Ehre, der Fürstin vorgestellt zu werden. Wie soll ich ...?«

»Sosegáos! – Beruhigt Euch!« fiel Philipp II. mit fast schmeichelnder Stimme ein.

»Aber ich ...«

Der König nahm an seinem Schreibtisch Platz. »Ist Euch noch nie der Gedanke gekommen, daß ein Mann an meiner Seite zum Märtyrer werden kann?«

Staatssekretär Pérez war so schnell nicht aus der Fassung zu bringen, doch der ihm an diesem Tag erteilte Auftrag traf ihn wie ein Keulenschlag. Was ihm abverlangt wurde, ging zu weit. Er war gewiß nicht prüde, aber dem Fürsten Eboli die Nachricht zu überbringen, sein großer Widersacher, der Herzog von Alba, sei endlich in Ungnade gefallen, und gleichzeitig seiner Frau, der Fürstin, mitzuteilen, Seine Majestät erwarte sie noch vor Beginn der Nacht im Escorial, das war ungeheuerlich. Selbst wenn es zutraf, daß Philipp II. der Vater der beiden ersten Kinder der Fürstin Eboli war – die nun gegebene Weisung sprach eindeutig für das Gerücht –, sein Verhalten blieb in jedem Fall geschmacklos und widerwärtig.

Während Antonio Pérez in der schwarzen Karosse des Monarchen nach Madrid fuhr, fragte er sich: Was mag den König veranlaßt haben, die Fürstin ausgerechnet in einem Augenblick zu sich zu bitten, da ihr Mann sein langersehntes politisches Ziel erreicht? War es nicht pervers, einen solchen Preis zu fordern? Und sprach nicht auch anderes dafür, daß Philipp II. abartig veranlagt war? Er fehlte bei keinem *auto de fe;* immer wieder wollte er sehen, wie Menschen bei lebendigem Leibe verbrannt wurden. Unverständlich war auch, daß ihn sein Sohn zu diesen schrecklichen, wenngleich pompös aufgezogenen Veranstaltungen stets hatte begleiten müssen. Und wie abstoßend war seine Reaktion gewesen, als eines Tages der aus einer berühmten italienischen Familie stammende Carlo de Sessa, der auf dem Weg zum Scheiterhaufen an ihm vorübergeführt wurde, schmerzerfüllt ausrief: »Wie kann ein Monarch erlauben, mich, einen Edelmann, den Flammen zu überantworten?« Der König hatte gelassen auf den neben ihm sitzenden elfjährigen Prinzen gewiesen und mit eisiger Kälte geantwortet: »Wäre mein Sohn verurteilt worden, ich trüge selbst das Holz herbei, um ihn zu verbrennen.«

Armer Don Carlos, dachte Antonio Pérez, als er sich an diese Szene erinnerte. Die letzten Worte Philipps II. fielen ihm ein. Was hatte der König gemeint, als er sagte: »Ist Euch noch nie der Gedanke gekommen, daß ein Mann an meiner Seite zum Märtyrer werden kann?« Worauf wollte Seine Majestät hinaus? Wollte er ihn in seiner Selbstsicherheit erschüttern? Wenn ja, warum auf solch infame Weise?

Ein Raubvogel, der über der Hochebene seine Kreise zog, erinnerte Antonio Pérez an eine Geschichte, die bezeichnend für den Monarchen war. Als ihm vor Jahren ein Habicht vorgeführt wurde, von dem es hieß, er habe einen Adler, das Wappentier der Habsburger, besiegt, ließ er ihn auf der Stelle köpfen.

Ganz anders hingegen hatte sich der König – wie immer wieder berichtet wurde – in seiner Jugend verhalten. Er war mit Ruy Gómez, dem späteren Fürsten Eboli, aufgewachsen, und beide hatten sich glänzend verstanden. Doch auch unter guten Freunden kommt es gelegentlich zu einer Rauferei. Ruy Gómez traf den Prinzen dabei einmal so hart am Kopf, daß er eine Beule davontrug, und dies veranlaßte Kaiser Karl V., den Spielgefährten seines Sohnes zum Tode zu verurteilen. Der junge Philipp aber schrie und zeterte und gab erst Ruhe, als sein Vater das Urteil aufhob; allerdings mit der für Ruy Gómez verpflichtenden Auflage, sich unverzüglich vom Hofe zu entfernen und niemals wieder mit dem Prinzen zusammenzutreffen. Doch abermals setzte sich der junge Philipp durch. Um seinen Vater zu zwingen, ihm den Gefährten zurückzugeben, sprach er wochenlang kein Wort, bis sein Wunsch erfüllt wurde. Und nun ging er noch einen Schritt weiter. Er teilte fortan die Kammer mit Ruy Gómez, der allgemein bald den Namen ›Rey Gómez‹ – ›König Gómez‹ erhielt und später, zum Fürsten von Eboli ernannt, im Namen Philipps II. bei María Manoela von Portugal, bei der Königin Maria von England und schließlich bei Elisabeth von Valois um die Hand für den spanischen König anhielt. Er strebte nach Frieden und hoffte, ihn jeweils durch eine Eheschließung des Monarchen zu gewinnen.

Doch nicht allein Philipp II. beschäftigte die Gedanken von Antonio Pérez auf der Fahrt nach Madrid. Ihn ärgerte die Situation, in die er geraten war. Er war Staatssekretär und kein fragwürdiger Maître de plaisir. Unabhängig davon: In welches Licht geriet er, wenn er mit der lang erhofften Erfolgsmeldung zugleich eine Botschaft überbrachte, die für den Fürsten selbst dann ein Schlag ins Gesicht sein mußte, wenn das Gerücht stimmte, wonach zwischen Seiner Majestät und der Eboli eine Liaison bestanden habe. Viele Jahre lang lag das zurück, falls überhaupt etwas Wahres daran war. Und es war kaum anzunehmen, daß sich die frühere Verbindung aus einer Forderung ergeben hatte, wie sie der König jetzt erhob. Rücksichtslos verlangte er seinen Preis für die vom Fürsten gewünschte Amtsenthebung des Herzogs von Alba. Und er, Antonio Pérez, hatte den Sturz dieses unbeugsamen Feldherrn betrieben. Er, der womöglich ein Sohn des Fürsten Eboli war, hatte heraufbeschworen, was diesem nun zur Demütigung gereichen konnte.

Doch wie sehr die Entwicklung den Staatssekretär auch bedrückte, er wurde mit den mißlichen Schicksalen anderer leichter fertig als mit eigenen Unannehmlichkeiten. Noch bevor Madrid in Sicht kam, machte er sich frei von allen Problemen und überlegte, welche Kleidung er zum Besuch des Fürstenpaares wählen sollte. Angenehm war ihm dabei der Gedanke, daß die im ganzen Land bekannte dunkle Karosse Philipps II. für die Zeit, da er sich umziehen mußte, vor seinem Haus stehen würde. Noch nie hatte der König jemandem seinen Wagen zur Verfügung gestellt. Ganz Madrid würde darüber sprechen. Und Doña Juana und seine Kinder würden außer sich sein vor Stolz. Auch das gehörte zur Befriedigung seiner Eitelkeit. Die Woge des Erfolgs hatte ihn reichlich früh hochgespült. Er sehnte den Tag herbei, an dem er in sein neues ›Häuschen‹ einziehen konnte, das über vierzig Gemächer aufweisen sollte. Dort würden die Karossen vieler hochgestellter Persönlichkeiten über eine großzügig angelegte Auffahrt rollen. Don Juan de Austria, der Halbbruder des Königs, hatte seinen Besuch zur Einweihung der *Casilla* bereits zugesagt.

Am meisten beschäftigte Antonio Pérez die Fürstin Eboli. Er hatte schon viel von ihr gehört, aber noch nicht die Ehre gehabt, ihr vorgestellt zu werden. Ihre Schönheit wurde gepriesen, ihr selbstsicheres Auftreten gelobt. Über ihren Mut und ihre Unerschrockenheit bei Turnieren, die sie hoch zu Roß mit der Lanze gegen versierte Caballeros ausfocht, waren ebenso erstaunliche Geschichten im Umlauf wie über ihre oft vulgäre Ausdrucksweise. Beispiele wurden allerdings nur hinter der vorgehaltenen Hand zum besten gegeben. Doch das tat dem Ansehen der Fürstin keinen Abbruch. Unter Elisabeth von Valois, der dritten Gemahlin Philipps II., war sie zur Ersten Hofdame aufgestiegen. Sie wurde von vielen Verehrern umschwärmt, und als Antonio Pérez sich vergegenwärtigte, was er alles über sie gehört hatte, wurde er neugierig darauf, wie sie sich in der Situation, in die seine Botschaft sie bringen mußte, verhalten würde. Fortgeblasen waren alle Bedenken. Der von Seiner Majestät erteilte Auftrag bekam für ihn mit einem Mal einen erotischen Reiz. Er konnte nun nicht schnell genug nach Madrid kommen. Wie ein Sieger stieg er aus dem königlichen Wagen, als er das von ihm bewohnte Haus an der Plaza del Cordón erreichte.

Und es trat ein, was zu vermuten gewesen war. Von allen Seiten eilten Gaffer herbei, um die seltsame, einem Leichenwagen ähnelnde, mit keinerlei Verzierung versehene Karosse des Monarchen zu bestaunen.

Doña Juana war so beeindruckt, daß sie keinen rechten Gedanken fassen konnte und ihrem Mann beim Umkleiden mehr im Wege stand als behilflich war. Immer wieder lief sie zum Fenster, um den königlichen Wagen zu bewundern.

Antonio Pérez quittierte ihre Aufregung mit Nachsicht und konzentrierte sich auf die Wahl der Kleidungsstücke. So elegant wie möglich wollte er der Fürstin entgegentreten. Nach gewissenhafter Prüfung wählte er eine gelbe, hauteng anliegende Hose, schwarze Wildlederstiefel, die bis über die Knie reichten, eine weite rote Jacke, deren Ärmel geschlitzt und mit weißer Seide ausgelegt waren. Er vervollständigte seinen Anzug durch eine mittelgroße Halskrause und einen moosgrünen, konisch zulaufenden hohen Hut, dessen Krempe eine Pleureuse zierte.

»Du siehst großartig aus«, lobte ihn Doña Juana, als er sich von ihr verabschiedete. »Adonis würde vor Neid erblassen, wenn er dich erblickte.«

Geschmeichelt gab er ihr einen Kuß. »Voraussichtlich werde ich bald zurück sein.«

»Du bleibst in Madrid?«

»Heute bestimmt. Vielleicht auch morgen.«

»Und der Wagen?«

Er zögerte mit der Antwort. Aber weshalb sollte er seiner Frau nicht sagen, was ohnehin in wenigen Stunden das Gespräch des Tages sein würde? »Die Fürstin Eboli wird in der königlichen Karosse zum Escorial fahren.«

Doña Juana bedeckte den Mund mit der Hand.

»Seine Majestät erwartet sie noch vor Einbruch der Dunkelheit. Doch das nur unter uns. Ich habe ihr die Einladung zu überbringen.«

»Mein Gott!«

Er bezog diesen Ausruf auf den Auftrag, der ihm erteilt worden war. »Wie heißt es so schön? ›Der spanische Krieger zieht in die Schlacht, wie andere zur Ernte gehen.‹« Und in diesem Sinn verließ er das Haus mit ausholenden Schritten.

Weit weniger forsch betrat er nach der kurzen Fahrt zu Calle Mayor das Stadtpalais des Fürsten Eboli. Welches Ende mochte die ihm auferlegte Mission nehmen?

Der Majordomus führte Antonio Pérez in den Empfangssalon, wo er nur kurz Gelegenheit hatte, sich noch einmal in einem großen Spiegel zu bewundern. Der Fürst, ein älterer Herr mit rosigen Wangen und angegrautem Haar, ließ ihn nicht lange warten und begrüßte ihn mit ausgebreiteten Armen.

»Welch eine Überraschung!« rief er emphatisch. »Und Ihr seid, wie mir berichtet wurde, mit der Karosse Seiner Majestät vorgefahren?«

Der Staatssekretär verneigte sich. »Durchlaucht sind bestens unterrichtet.«

Fürst Eboli reichte ihm die Hand. Seine Augen glänzten. »Darf ich die besonderen Umstände als ein bedeutsames Vorzeichen werten?«

»Ich hoffe es, Durchlaucht«, antwortete Antonio Pérez diplomatisch. »Seine Majestät erteilte mir zwei Aufträge sehr unterschiedlicher Natur. Euch habe ich die Nachricht zu überbringen, daß der Herzog von Alba unverzüglich abberufen und zugleich aufgefordert wird, sich auf sein Schloß Uceda zurückzuziehen.«

»Olé!« Die Arme des Fürsten flogen in die Höhe. »Das ist der Sieg! Flandern und die Niederlande werden vom Joch der Unterdrückung befreit!« Er umarmte den Günstling des Königs. Tränen der Freude stiegen ihm in die Augen. »Daß ich *das* noch erleben darf!«

Angesichts der Vitalität des Fürsten dachte der Staatssekretär: ›Noch?‹ Verglichen mit dem König strotzt er doch vor Kraft. Dabei ist er um einige Jahre älter.

Fürst Eboli faßte ihn bei den Schultern und hielt ihn von sich, um ihn besser betrachten zu können. »Glänzend seht Ihr aus. Ich bin stolz darauf, Euch zu Eurem verantwortungsvollen Posten verholfen zu haben. Wirklich, ich habe immer gewußt, daß ich mit Eurer Unterstützung erreichen werde, worum ich viele Jahre vergeblich gekämpft habe. Wir beide«, er umarmte den Staatssekretär erneut und klopfte ihm auf den Rücken, »wir sind füreinander bestimmt und werden den von Alba fehlgeleiteten Karren aus dem Sumpf ziehen. Das schwöre ich Euch!«

»Ich wollte, ich könnte Euch begleiten«, begeisterte sich Antonio Pérez.

»Mich ...?« Der Fürst wehrte belustigt ab. »Wo denkt Ihr hin, bester Freund. In meinem Alter kann ich kein Kommando mehr übernehmen.«

Die Miene des Staatssekretärs verdüsterte sich. Ihm war nie der Gedanke gekommen, daß ein anderer als der Führer der Friedenspartei in den Niederlanden und in Flandern das Steuer herumreißen könnte.

»Aber das sind Dinge, über die wir in Ruhe sprechen müssen«, fuhr Fürst Eboli lebhaft fort. »Zunächst möchte ich den zweiten Auftrag Seiner Majestät kennenlernen. Nach Eurer Andeutung zu schließen, scheint er ja völlig anderer Art zu sein. Kommt da womöglich ein Pferdefuß zum Vorschein?«

Antonio Pérez straffte sich. »Ich weiß nicht, Durchlaucht ... Ich kann dazu nichts sagen. Der König beauftragte mich, Eure verehrte Gattin zu bitten, sich seiner Karosse zu bedienen und ihn noch heute im Escorial aufzusuchen.«

Nichts deutete darauf hin, daß der Fürst schockiert war. Im Gegenteil, er erwiderte lachend: »Dann will ich Euch gleich zu meiner Frau führen. Wenn sie hört, was Seine Majestät ihr ausrichten läßt, wird sie vor Freude außer sich sein. Sie verehrt den König und ist glücklich darüber, daß er in Kürze Anna von Österreich heiraten wird. Hoffentlich wird sie ihm den ersehnten Thronerben schenken.« Er hakte sich bei seinem Gast ein und ging mit ihm auf eine hohe Tür zu. »Ich glaube, Ihr seid der Fürstin noch nicht vorgestellt worden?«

»So ist es, Durchlaucht. Als ich das Staatssekretariat übernahm, hielt sich Eure hochgeschätzte Gattin am Hof in Toledo auf. Und nach dem Tod der Königin Elisabeth zog sie sich auf Euer Gut nach Pastrana zurück.«

»Ja, die Zeit vergeht. Am besten unterhalten wir uns über den Nachfolger Albas, wenn meine Frau Euch in Gnaden entlassen hat. Ich denke, daß Eure Mitteilung sie versöhnlich stimmen wird.«

Antonio Pérez sah den Fürsten fragend an. »Wie soll ich das verstehen?«

»Ach, meine Frau ist temperamentvoll und kann sehr energisch werden. Sie hat den Teufel im Leib. Wer sich unterkriegen läßt, hat bei ihr verloren.« Er drückte die Klinke nieder, und als er die Tür geöffnet hatte, forderte er seinen Gast mit chevaleresker Geste auf, in den Salon der Fürstin einzutreten.

Der Raum hatte nur ein Fenster und war von Kerzen erhellt, die ihm ein festliches Gepräge gaben. An den Wänden hingen Teppiche, denen man auf den ersten Blick ansah, daß sie in den Werkstätten des berühmten Pariser Webers Gobelin hergestellt worden waren. Die Fürstin saß lesend in einem Sessel und blickte verwundert auf.

»Entschuldige, meine Liebe, ich möchte dich mit Staatssekretär Pérez bekannt machen. Er hat dir etwas mitzuteilen, das dich erfreuen wird.«

Die um viele Jahre jüngere Fürstin erhob sich und schaute den Gast an, als gewahre sie ein Weltwunder. Ihre ausdrucksvollen dunklen Augen weiteten sich. Und plötzlich, ohne ersichtlichen Grund, schlug sie die Hände zusammen und lachte schallend.

Fürst Eboli, der Ähnliches erwartet haben mochte und wohl deshalb die für Antonio Pérez unverständliche Bemerkung gemacht hatte, versuchte die peinliche Situation zu überspielen. »Was habe ich gesagt? Das Temperament meiner Frau ist selten zu bändigen.«

»Rede keinen Unfug, und überlaß mir diesen Harlekin«, fuhr sie ihren Mann an und ging mit Bewegungen, die denen einer Raubkatze glichen, auf den Staatssekretär zu. »So also seht Ihr aus. Ein Papagei comme il faut! Gelb, rot, schwarz, grün ... Ihr schillert ja in allen Regenbogenfarben. Und ...«, sie war vor ihn hingetreten und rümpfte die Nase, »Ihr bespritzt Euch auch noch mit Duftwasser? Ja seid Ihr von allen guten Geistern verlassen?«

Antonio Pérez, dem die unerwartete, beleidigende Attacke das Blut ins Gesicht getrieben hatte, erkannte blitzschnell, daß sein Ansehen für immer verloren war, wenn er nicht auf der Stelle mit einem gezielten Gegenschlag parierte. Doch vor ihm stand eine Frau. Er durfte ihre Grobheiten nicht mit gleicher Münze heimzahlen, mußte vielmehr versuchen, aus der Verteidigung heraus die Oberhand zu gewinnen. »Ich bitte um Vergebung, Durchlaucht«, sagte er so konziliant wie möglich, »aber ich bin erstaunt darüber, daß eine Dame Euren Ranges so aggressiv werden kann. Es ist natürlich zu bedenken, daß Ihr vielleicht nicht anders könnt, weil Geschmack und Takt angeborene Eigenschaften sind. Wie ich Euren Worten entnehme, mangelt es mir an Geschmack. Nun gut, das läßt sich ertragen. Wie aber sieht es aus, wenn einer Dame, noch dazu einer so hochgestellten, ebendas fehlt, was eine wirkliche Dame ausmacht: Taktgefühl!«

Die Fürstin duckte sich, als wolle sie den Staatssekretär anspringen. Ihre Augen glühten. Ihr Silberblick verstärkte sich. »Das ist ungeheuerlich«, schrie sie. »Ein Mann, der glaubt, sich mit Duftwasser bespritzen zu müssen, wenn er einer Fürstin vorgestellt werden soll, der stinkt nicht nur am Leib, sondern auch in der Seele.«

»Gestattet mir, daß ich als Antwort darauf unseren Dichter Martial zitiere«, entgegnete er, nun schon wesentlich beherrschter: »›Wenn Ihr glaubt, Acerra stinke nach dem Wein, den er gestern getrunken hat, so irrt Ihr Euch. Er stinkt immer bis in den Morgen hinein.‹ Gleiches gilt für mich und meine Duftessenzen. Ich stinke immer nach ihnen, weil ich die entsetzlichen ›Düfte‹ im Alcázar nicht ertragen kann, und ich nehme es gerne in Kauf, deshalb attackiert oder verlacht zu werden.«

Der Fürstin Eboli war der Wind aus den Segeln genommen. Sie selbst hatte sich oft und öffentlich über die scheußlichen Gerüche im königlichen Palast ausgelassen. »In puncto Alcázar stimme ich Euch zu«, lenkte sie ein. »Das hindert mich jedoch nicht, es widerwärtig zu finden, wenn ein Mann nach Rosenwasser stinkt.«

Er deutete eine Verneigung an. »Ich werde mich bemühen, einen Extrakt aus Lavendel, Flieder oder Veilchen zu brauen.«

Sie tippte sich an die Stirn. »Nehmt Heu! Dann wird's erträglicher.«

»Ich danke für diesen Hinweis und werde entsprechende Versuche anstellen. Ich betätige mich nämlich in meiner Freizeit als Alchimist.«

Fürst Eboli, der sich wohlweislich im Hintergrund gehalten hatte, seufzte erleichtert. »Nun, da nicht gesagt werden kann, wer wen besiegt hat, also eine solide Grundlage für einen dauerhaften

Frieden geschaffen wurde, erlaube ich mir, darauf hinzuweisen, daß Seine Majestät dem Herrn Staatssekretär eine Botschaft aufgetragen hat.«

»Einen Moment noch«, bat die Fürstin. »So gespannt ich bin zu erfahren, was der König mir mitteilen läßt, ich muß unserem Gast doch sagen, daß es mit Heu allein nicht getan wäre, falls er mich noch einmal besuchen wollte. Ein als Zirkuspferd aufgetakelter Staatssekretär ist einfach unmöglich. Ich darf dies feststellen, da ich, wie wir gehört haben, keinen Takt besitze. Mir kann also kein Vorwurf daraus gemacht werden, wenn ich einen Mann mit verdammt miesem Geschmack auf meine Lanze spieße und aus dem Sattel hebe.«

Ohne zu überlegen, entgegnete Antonio Pérez: »Da ich fürchte, den Turnierkünsten Eurer Durchlaucht unterlegen zu sein, im übrigen aber bestrebt bin, die Gunst einer so schönen Dame zu gewinnen, werde ich das nächste Mal als Büßer erscheinen: in Sack und Asche.«

Die Fürstin lachte versöhnt. »Ich nehme Euch beim Wort.«

Er gab sich galant. »Euer Blick ist faszinierend.«

Ihr stieg das Blut in die Wangen. Um abzulenken, forderte sie barsch: »Kommt zur Sache! Welche Nachricht habt Ihr mir zu überbringen?«

»Seine Majestät bittet um Euren Besuch im Escorial. Die königliche Karosse steht vor der Tür. Er erwartet Euch noch heute vor Anbruch der Dunkelheit.«

Für Sekunden war die Fürstin wie erstarrt. Dann aber schrie sie auf wie ein junges Mädchen, umarmte ihren Mann und rief die Namen einiger Zofen, denen sie, kaum daß diese im Salon erschienen, triumphierend befahl, unverzüglich ihre Reisetruhen zu packen. »Mit allen Gewändern, die ich bei Hofe benötige«, fügte sie erregt hinzu, gab ihrem Mann einen Kuß und eilte davon.

Antonio Pérez, der den Fürsten unauffällig beobachtet und sich über dessen immer strahlender werdende Miene gewundert hatte, wurde ratlos. Für ihn war schon die Reaktion des Fürsten erstaunlich genug gewesen; der ungenierte Jubel seiner jungen Frau aber verschlug ihm die Stimme.

Fürst Eboli hakte sich vertraulich bei ihm ein. »Gehen wir in meinen Arbeitsraum. Wir haben jetzt viel zu überlegen. Es will mir noch immer nicht in den Kopf, daß der Herzog von Alba seiner Macht enthoben ist.«

In denkbar schlechter Stimmung verließ Antonio Pérez das Stadtpalais des Fürsten Eboli. Was so verheißungsvoll begonnen hatte, war zur Farce geworden. Der Führer der Friedenspartei hatte sich entschieden geweigert, das Kommando in Flandern und in den Niederlanden selbst zu übernehmen. Und gegen sein Argument, er sei für eine solche Aufgabe zu alt, war angesichts seiner Reaktion auf die durchsichtige Einladung des Königs kaum etwas einzuwenden. Sie ließ eine greisenhafte Infantilität erkennen, die nicht zu überbieten war.

Betroffener aber noch war der Staatssekretär darüber, daß der Fürst die Statthalterschaft einem Mann übertragen wollte, der weder über administrative Erfahrungen noch über diplomatische oder militärische Fähigkeiten verfügte. Er wünschte Don Luis de Requesens einzusetzen, einen gewiß rechtschaffenen Ehrenmann. Doch nur eine mit allen Finessen und Taktiken der Politik und der Menschenführung vertraute Persönlichkeit war in der Lage, die im hohen Norden stehenden spanischen Einheiten in die Heimat zurückzuführen, ohne daß es bei der Truppe zur Revolte und in der jahrelang drangsalierten Bevölkerung zum Aufstand kam.

Antonio Pérez hatte versucht, die Unzulänglichkeit des vorgeschlagenen Kandidaten zu belegen. Er verstummte jedoch, als der Fürst ihm vertraulich eingestand, Seine Majestät habe sich bereits vor Wochen für Requesens entschieden, falls er sich eines Tages gezwungen sehen sollte, den Herzog von Alba abzuberufen.

Der Staatssekretär war wie vor den Kopf gestoßen. Diese ihm verheimlichte Entscheidung machte deutlich, welchen Kurs Philipp II. zu steuern gedachte. Der Welt gegenüber wollte er sich friedensbereit zeigen, in Wahrheit aber sollte alles beim alten bleiben. Um dies zu erreichen, bedurfte es eines schwachen Statthalters, den militärische Kräfte jederzeit ausmanövrieren konnten.

Antonio Pérez gab sich keinen Illusionen hin. Der König hatte ihn an der Nase herumgeführt. Ohne ein Wort darüber zu verlieren, hatte er demonstriert, daß er bei aller Wertschätzung, die er seinem Günstling entgegenbrachte, nicht gewillt war, sich mit dessen Selbstherrlichkeit abzufinden und ihm Zügel anzuvertrauen, die allein in seine, des Monarchen Hände gehörten.

Auf dem Weg nach Hause überdachte Antonio Pérez noch einmal alles, was er an diesem Tag erlebt hatte: das zunächst so gut verlaufene Gespräch mit dem König während des Gewitters; den unerklärlichen Auftrag an den Leibdiener, die Gemächer der verstorbenen Königin herzurichten; die ihm selbst erteilte Weisung, die Fürstin noch vor Einbruch der Dunkelheit in den Escorial zu bitten; die Freude des Fürsten Eboli über die Ablösung des Herzogs von Alba; die Attacke der Fürstin, die er nur mit Not hatte abwehren können; ihren Jubel, als sie von der Einladung Seiner Majestät hörte; das strahlende Gesicht ihres Gatten; und schließlich dessen vertrauliche Mitteilung, Philipp II. gedenke einen Schwächling als Statthalter einzusetzen.

Antonio Pérez kam sich vor wie in einem Tollhaus. Was ihm an diesem Tag zugemutet worden war, hatte nichts mehr mit Regierungsgeschäften zu tun. Doch es ließ sich eine Lehre aus dem Erlebten ziehen. Gerade noch zur rechten Zeit war ihm vor Augen geführt worden, welche Fehler er gemacht hatte und welchen Weg er in Zukunft gehen mußte, wenn er der Friedenspartei dienen wollte. Er durfte sein Ziel nicht geradlinig wie bisher ansteuern. Seine Absichten wurden sonst zu schnell erkannt und durchkreuzt. Er mußte sich tarnen, durfte nicht zu offenherzig sein, mußte lavieren, taktieren, Volten schlagen und aus dem Hintergrund operieren, wie es der König zu tun pflegte. Und er mußte sich einen eigenen Nachrichtendienst aufbauen. Es war doch beschämend, daß Seine Majestät über die Ankunft des Fürsten Eboli in Madrid informiert gewesen war, er, der Staatssekretär, hingegen nicht. Und wenn er tausend Mönche, Nonnen, Priester, Lehrer, Büttel, Diener und Ganoven bestechen und zu Spitzeln machen mußte, er würde eines Tages alle wichtigen Nachrichten noch vor dem Monarchen erhalten.

Diese Überlegungen ließen Antonio Pérez fast vergessen, wie sehr die Fürstin Eboli ihn gekränkt hatte. Erst als ihn daheim seine Frau mit anerkennenden Worten über sein gutes Aussehen begrüßte, erinnerte er sich wieder daran und fragte mit finsterer Miene: »Ist das deine wahre Meinung?«

»Natürlich«, antwortete sie überrascht. »Warum sollte ich dir etwas vormachen?«

»Die Fürstin hat sich über die Farbigkeit meiner Kleidung lustig gemacht.«

Doña Juana betrachtete ihren Mann prüfend. »Nun ja«, sagte sie schließlich, »in gewisser Hinsicht hat die Fürstin recht. Deine Kleidung ist heute wirklich sehr bunt.«

»Und warum hast du mich nicht darauf aufmerksam gemacht?«

»Entschuldige, Antonio, ich sehe das schon nicht mehr. Du bevorzugst nun einmal farbige Kleidungsstücke.«

»Aber doch nur bei besonderen Anlässen«, widersprach er.

Doña Juana lächelte. »Du meinst, wenn du zu deinen Pagen gehst?« Sie lehnte ihren Kopf an seine Schulter. »Wäre nicht diese dumme Halskrause, ich würde dich auf der Stelle leidenschaftlich küssen.«

»Am Hals?« neckte er sie.

Sie blinzelte ihn verliebt an. »Auch am Hals!«

»Und wo sonst noch?«

Doña Juana schmiegte sich an ihn. Ihre Lippen öffneten sich verführerisch. »Das ist meine Sache.«

Er strich ihr übers Haar. »Laß heißes Wasser bereiten.«

»Sehr wohl, Euer Gnaden. Möchtet Ihr während des Bades vielleicht eine frische Pastete und einen Becher Wein genießen?«

»Nur, wenn Dero Gnaden mir dabei Gesellschaft leisten.«

»Im Bad?«

»Und später noch ein Stündchen.«

»Oh ... Ich schätze mich glücklich, Euch zu Diensten zu sein.«

»In jeder Hinsicht?«

Sie küßte ihn.

Schon am nächsten Morgen machte der Staatssekretär wahr, was er sich vorgenommen hatte. Ihm war in der Nacht der Gedanke gekommen, die heikle Aufgabe, einen Nachrichtendienst aufzubauen, seinem Jugendfreund Escobedo zu übertragen, der seit langem versuchte, seine finanzielle Lage zu verbessern. Antonio Pérez gab sich allerdings keinen Illusionen hin. Escobedo war der letzte, der Geld durch Arbeit verdienen wollte. Er zählte zu jenen

Männern, die darauf aus waren, ein *hábito* zu erringen, ein Adelsprädikat, das mit einer lukrativen Pfründe verbunden war.

Der Jugendfreund stammte aus einem kleinen Dorf bei Santander. Er führte ein Wappen, das sein Vater sich zugelegt hatte, ohne dazu berechtigt gewesen zu sein. Seine erstklassige Ausbildung und sein immerwährendes Geschick, den Eindruck zu erwecken, als habe er den Mut zur Wahrheit, sollten ihm beim Aufstieg helfen.

Antonio Pérez kannte Escobedo durch und durch und wußte, daß der Freund die Wahrheit nur benutzte, um mit ihr zu jonglieren und sich Vorteile zu verschaffen. Deshalb hatte er sich trotz vielfachen Bittens bisher nicht bereit finden können, ihm zu einer Stellung am Hofe zu verhelfen. Aber nach allem, was er am Vortage erlebt hatte, sah er die Möglichkeit, ihm eine Chance zu bieten. Er brauchte jetzt Helfer und war ernstlich gewillt, dem Freund eine gehobene Position zuzuschanzen, sofern dieser die Aufgabe, die er zunächst übernehmen sollte, zufriedenstellend löste.

Da das Haus der Escobedos in der Nähe der Plaza del Cordón lag, ging er zu Fuß dorthin, und er hatte das Glück, den Freund anzutreffen.

Der etwas ältere, überaus stattliche Escobedo war überrascht, als ihm der Günstling des Königs gemeldet wurde. »Hombre!« rief er erfreut und eilte dem Staatssekretär entgegen. »Was führt dich zu mir? Willst du dich endlich der in mir schlummernden grandiosen Fähigkeiten bedienen?«

»Vielleicht«, antwortete Antonio Pérez verheißungsvoll. »Doch erst möchte ich wissen, wie es dir geht.«

»Ausgezeichnet, wie du siehst.«

Der Staatssekretär musterte den Freund von oben bis unten. »Meine Anerkennung. Elegant wie immer. Blitzende Augen. Gepflegter Knebelbart. Sonnengebräunt. Wahrhaftig, du strotzt vor Gesundheit.«

»Ich reite ja auch viel.«

»Und bekommst, wie ich sehe, die ersten grauen Haare.«

»Aber nur an den Schläfen«, schränkte Escobedo ein und fügte lachend hinzu: »Dort pflege ich sie allerdings. Sie künden von der Weisheit, die ich mir im Laufe der Jahre erworben habe.«

»Wie schön, daß deine Einbildung nicht gelitten hat«, zog ihn Antonio Pérez auf.

Escobedo deutete auf einen Sessel. »Nimm Platz und erzähl, was dich zu mir führt. Liebe ist es bestimmt nicht. Gott wohl ebenfalls nicht. Sollte es der König sein?«

Der Staatssekretär hob die Schultern. »Es liegt durchaus im Bereich des Möglichen, daß Seine Majestät dich eines Tages rufen läßt.«

Der Freund hob beschwörend die Hände. »Herr im Himmel, laß diesen Kelch nicht an mir vorübergehen!«

Antonio Pérez lachte. »Du bist der alte geblieben. Immer übermütig und voller Schalk.«

»Und das, obwohl Gott uns drei wichtige Dinge verschwiegen hat«, ergänzte Excobedo und hob mahnend den Zeigefinger. »Kein Mensch kennt die Wahrheit über sich selbst. Niemandem ist die wahre Natur der Frau bekannt. Und keine Menschenseele weiß, was Philipp der Zweite im Schilde führt.«

Sein Jonglieren mit Phrasen ist gekonnt, dachte der Staatssekretär, dahinter aber steckt der Teufel. Mich möchte er jetzt verleiten, etwas über Seine Majestät zu sagen, das er irgendwann zu seinen Gunsten verwerten kann. Vielleicht ist es doch riskant, ihn ins Vertrauen zu ziehen. So erfrischend er auch sein mag, er könnte zu einer latenten Gefahr werden.

Diese aufkommenden Bedenken wurden von einer Frage verdrängt, die eine klare Antwort verlangte. »Heraus mit der Sprache!« forderte Escobedo. »Was hat dich zu mir geführt?«

Antonio Pérez erklärte dem Freund, daß er ihm vorerst nur eine kleinere Aufgabe übertragen könne, der jedoch, wenn er sie gut zu lösen verstehe, ein ehrenvoller Auftrag folgen werde. »Damit wäre dann sogar eine Reise verbunden«, fügte er hinzu. »Zum Vatikan. Du weißt, daß ich mit dem Papst befreundet bin.«

Der Jugendfreund erwiderte frech: »Ich weiß sogar noch mehr. Seine Heiligkeit hat deinem Sohn, als der noch in der Wiege lag, das Archidiakonat Alarcón verliehen. Er wird ein Leben lang an der Quelle eines nie versiegenden Geldstromes sitzen.«

»Der eine hat mehr Glück als der andere«, entgegnete der Staatssekretär gelassen. »Ich bin gekommen, um dir eine Chance zu bieten.«

»Und ich werde sie ergreifen, wenn ich dir dafür nicht in den Hintern kriechen muß.«

Antonio Pérez grinste.

»Erzähl endlich! Was soll ich tun?«

»Ich möchte dich beauftragen, mir ein Netz von Nachrichtenübermittlern zu knüpfen.«

»Für oder gegen den König?«

»Wenn du noch nicht erfahren haben solltest, daß ich im Dienst Seiner Majestät stehe, kann ich wohl gehen«, fuhr ihn der Staatssekretär an. Fast bereute er es schon, sich an Escobedo gewandt zu haben.

Der Freund aber ließ sich nicht einschüchtern. »Und was ist mit den Meldern, die bereits für den König tätig sind?«

»Die bleiben. Mir geht es darum, daß der Nachrichtendienst wirksamer und schneller funktioniert.«

»Das wird allerhand kosten.«

»Darüber bin ich mir im klaren. An den nötigen Golddukaten fehlt es nicht.«

»Und wie habe ich abzurechnen, falls ich den Auftrag übernehme? Muß ich jede einzelne Ausgabe nachweisen?«

Antonio Pérez schüttelte den Kopf. »Hältst du mich für so taktlos, dir zu mißtrauen?«

»Herzlichen Dank.«

Der Staatssekretär konnte es sich nicht verkneifen, hinzuzufügen: »Außerdem rechne ich mit deiner Klugheit. Du wirst den vielversprechenden Auftrag, den ich dir für die Zukunft in Aussicht stelle, nicht dadurch gefährden, daß du jetzt einige hundert Dukaten für dich abzweigst.«

»Hören wir auf, uns gegenseitig anzukläffen«, erwiderte Escobedo, »befassen wir uns mit den Details.«

Antonio Pérez erläuterte nun seinen Plan, der schon erstaunlich konkrete Formen angenommen hatte und jene geistige Beweglichkeit erkennen ließ, die den König bewogen hatte, ihm das wichtige Staatssekretariat zu übertragen. »Alles klar?« fragte er abschließend.

Der Jugendfreund sah ihn prüfend an. »Die Listen mit den Namen der Spitzel...«

»Der *Melder!*« fiel ihm Antonio Pérez ins Wort.

»Ich sehe da keinen Unterschied. Aber wie du willst. Ich möchte nur wissen, wem die Namenslisten jeweils zu übergeben sind.«

»Natürlich mir.«

»Und wenn du dich im Escorial aufhältst, soll ich dann dorthin kommen?«

»Nein. Die Listen übergibst du mir stets in meiner Wohnung. Der Alcázar und der Escorial haben zu viele Ohren. Die Angelegenheit ist vertraulich zu behandeln. Übrigens«, setzte er vorsorglich hinzu, »Don Juan de Austria, der sich zur Zeit in Neapel aufhält, wird mir anläßlich der Einweihung meines neuen Hauses die Ehre seines Besuches erweisen. Es wäre schön, wenn auch du kommen könntest. Don Juans Berater de Soto ist bei Seiner Majestät in Ungnade gefallen. Vielleicht könntest du ...« Er erhob sich und reichte dem Freund die Hand. »Lassen wir es für heute dabei bewenden.«

Escobedo stieg das Blut in den Kopf. »Hombre, das wäre die Chance meines Lebens!«

Der Staatssekretär legte einen Finger auf den Mund. »Kein Wort darüber. Du würdest nur alles verderben.«

»Ich schwöre dir beim Leben meiner Frau und meiner Kinder, daß du dich auf mich verlassen kannst.«

Und ich habe erreicht, was ich wollte, dachte der Günstling des Königs zufrieden. Angesichts der Aussicht, eines Tages Don Juans Berater zu werden, wird Escobedo über seine vorläufige Aufgabe mit niemandem reden.

Mit sich selbst zufrieden, ging Antonio Pérez nach Hause. Wie war er nur darauf verfallen, Don Juan de Austria, den Halbbruder des Königs, ins Gespräch zu bringen? Im Zusammenhang mit Escobedo hatte er noch nie an ihn gedacht. Der Gedanke war ihm ganz unvermittelt gekommen, und jetzt erst, da er nachdenklich durch die Straßen Madrids schlenderte, wurde ihm bewußt, daß sein Einfall unter Umständen bedeutungsvoll werden konnte.

Escobedo als Berater Don Juans! Da eröffneten sich ganz neue Perspektiven. Beide waren ehrgeizig, beide strebten nach Macht. Wenn er sie zu einem günstigen Zeitpunkt ins Gespräch brachte ...

Im Geiste lavierte und intrigierte der Staatssekretär bereits nach rechts und links. Er sah den von den Frauen Europas vergötterten Don Juan de Austria nicht mehr als Menschen vor sich, er betrachtete ihn vielmehr als eine Figur auf dem Schachbrett der Weltpolitik. Bei geschicktem Einsatz konnte aus ihm beinahe ein König werden; zum Beispiel der von England, sofern der elegante und schlanke, blonde und im Schmeicheln so geschickte Don Juan es fertigbrächte, das Herz der prüden Elisabeth I. höher schlagen zu lassen. Auch Philipp II. war gewissermaßen zum Regenten von England aufgestiegen, als er die katholische Königin Maria Tudor, seine zweite Gemahlin, geheiratet hatte.

Antonio Pérez schwirrte der Schädel. Welche Möglichkeiten eröffneten sich da! Papst Gregor XIII. würde auf der Seite Don Juans stehen und es sich einiges kosten lassen, England in den Schoß der katholischen Kirche zurückzuführen. Und für Philipp II. wären gleich mehrere Probleme gelöst. Der Monarch schätzte seinen Halbbruder, beneidete ihn aber allzusehr, seit dieser die Türken in der Seeschlacht bei Lepanto so vernichtend geschlagen hatte. Der Ruhm seines grandiosen Sieges hatte ihn in den Augen der Spanier zum ›wahren Nachfolger Kaiser Karls V.‹ erhoben. Er wurde offen als solcher bezeichnet, und die Sorgen, die Seine Majestät sich deshalb machte, wären wie weggefegt, wenn Don Juan de Austria Gemahl der Königin von England würde. Auch der Krieg in Flandern und in den Niederlanden wäre dann schnell beendet, denn von England aus ließen sich diese Provinzen leicht überwachen.

Die ebenmäßigen Gesichtszüge eines Jungen, der vor dem Fenster eines Zuckerbäckers stand und die Köstlichkeiten verlangend betrachtete, lenkten den Staatssekretär ab. Er glaubte noch nie ein schöneres Antlitz gesehen zu haben. Eine Welle der Zuneigung erfaßte ihn. Ohne zu überlegen, beugte er sich über den Knaben und sagte zärtlich: »Ja, mein Lieber, da gibt es viele Sachen, die man haben möchte, nicht wahr?«

Der Junge wandte sich ihm zu. Seine dunklen Augen glänzten.

»Als ich so alt war wie du«, fuhr Antonio Pérez lockend fort, »schenkte mir ein vornehmer Herr einmal eine große Tüte voller Süßigkeiten. Was würdest du davon halten, wenn ich heute jenen Herrn spiele und dir eine Tüte mit Zuckerwaren spendiere?«

»Das wäre sehr schön«, antwortete der Knabe. »Aber«, er blickte zu einer jungen Frau hoch, die neben ihm stand, »ich weiß nicht, ob ich das annehmen darf.«

Der Staatssekretär tippte an sein Barett. »Ist das Euer Sohn, Señora?«

»Ja, Euer Gnaden.«

Mein Gott, ist die Frau hübsch, dachte er. Der Junge ist ihr wie aus dem Gesicht geschnitten. Es müßte eine Lust sein, mit ihr ein Kind zu zeugen. »Gestattet Ihr, daß ich Eurem Sohn etwas Zuckergebäck schenke?«

Sie errötete. »Ich weiß nicht ... Doch eigentlich habt Ihr recht. Warum soll meinem Jungen nicht vergönnt sein, was Ihr in Eurer Jugend erlebt habt.«

Antonio Pérez griff in seine Sacktasche und reichte dem Knaben zehn Maravedi. »Geh in den Laden und kauf dir, was du haben willst.«

Der Junge lief jubelnd davon.

Seine Mutter war sichtlich verwirrt. »Ich bitte um Vergebung, Euer Gnaden, aber zehn Maravedi, das ist zuviel. Davon leben wir eine ganze Woche.«

Er sah ihr in die Augen. »Dann ersuche ich Euch jetzt sehr herzlich, mich nicht falsch zu verstehen, wenn ich Eurem Sohn auch noch ein paar Dukaten in die Hand drücke. Der Junge hat etwas, das mich fasziniert.«

Die Frau senkte den Blick. »Euer Gnaden machen mich verlegen.«

»Welchen Beruf übt Euer Mann aus?«

»Er ist Schreiber bei einem Advokaten.«

»Und er kann Euch in der Woche nicht mehr als zehn Maravedi zur Verfügung stellen?«

»Wir beklagen uns nicht, Euer Gnaden. Wir sind recht zufrieden.«

»Sagt Eurem Mann, er soll sich bei mir melden. Staatssekretär Pérez! Bei mir wird er mehr verdienen.«

Die Wangen der jungen Frau glühten. »Euer Gnaden sind zu gütig. Ich weiß nicht, womit wir das gutmachen können.«

Er lachte. »Kommt Zeit, kommt Rat. Im Moment bin ich einfach froh, Euch kennengelernt zu haben. Es gibt ja so wenig schöne

Frauen, von denen man träumen kann und sich vorstellen ...« Er unterbrach sich wie schuldbewußt. »Nein, das sage ich lieber nicht.«

Der Junge kehrte mit einer prall gefüllten Tüte zurück. Er strahlte über das ganze Gesicht.

Antonio Pérez strich ihm übers Haar. »Er erinnert mich an einen polierten Apfel, in den man hineinbeißen möchte.«

Ein glückliches Lächeln spielte um die Lippen der Mutter. »Ihr seid mehr als gütig, Euer Gnaden.«

»Das habt Ihr Eurer Schönheit zu verdanken«, entgegnete er und drückte dem Jungen einige Dukaten in die Hand. »Auf Wiedersehen, Señora. Schickt mir Euren Mann! Und nehmt es mir nicht übel, wenn ich heute nacht von Euch träume!« Mit einer kurzen Verneigung verabschiedete er sich und eilte davon, als sei er von Gefühlen überwältigt.

Antonio Pérez konnte nicht anders handeln. Ihn trieb eine Mischung aus leidenschaftlicher Sinnlichkeit und heidnischer Liebe zu den Schönheiten des Lebens. Und er befriedigte diese Triebe mit jener Sorglosigkeit, die dem Geist der Renaissance entsprach. Nur so war es zu erklären, daß er noch zufriedener, als er es schon gewesen war, in sein Heim zurückkehrte. Er zweifelte nicht daran, daß er die reizvolle Frau in Kürze wiedersehen würde.

Doña Juana empfing ihn mit jener Verliebtheit, die eine von Leidenschaft erfüllte Nacht zu wecken vermag. »Hast du ein Stündchen Zeit für mich?« fragte sie in verführerischem Ton.

»Sogar deren zwei«, antwortete er, in Gedanken noch bei der jungen Frau. »Vielleicht muß ich morgen schon in den Escorial zurück.«

»Dann laß ich uns Schokolade bereiten. Dazu gibt es einen Kuchen, den ich heute morgen selbst gebacken habe.«

Es wurde kein gemütliches Stündchen, wie Doña Juana es sich gewünscht hatte. Sie hatten gerade Platz genommen, als der Majordomus in den Raum stürzte und aufgeregt rief: »Die königliche Karosse ist vorgefahren!«

Antonio Pérez sprang auf und lief zum Fenster. Seine Frau folgte ihm. Beide glaubten, nicht richtig zu sehen. Die Fürstin Eboli entstieg dem Wagen und kam auf das Haus zu.

Der Staatssekretär rückte den Gürtel zurecht, der seine weitgeschnittene Jacke aus Rehleder zusammenhielt. »Mein Gott, wie soll ich in diesem Aufzug...?« Er nestelte am offenen Kragen seines Leinenhemdes. »Was wird Ihre Durchlaucht denken, wenn sie mich so sieht!«

Doña Juana strich ihr Kleid glatt. »Hat sie sich über deine gestrige Aufmachung nicht lustig gemacht?«

»Gewiß, aber...«

»Ich verstehe dich nicht«, unterbrach sie ihn unwillig. »Die Fürstin kommt unangemeldet, weiß also, daß wir nicht zum Empfang gekleidet sein können. Wir bitten sie einfach zu einer Tasse Schokolade.«

»Handle dir um Gottes willen keinen Korb ein«, warnte er sie und eilte in die Vorhalle.

Doña Juana warf schnell noch einen Blick in den Spiegel und ordnete ihr Haar. Die Ehre des hohen Besuches erfüllte sie mit Stolz. Dies um so mehr, als die Fürstin mit der königlichen Karosse vorgefahren war. Wieder würde die ganze Stadt darüber sprechen.

Der Staatssekretär ging dem unerwarteten Gast dienstbeflissen entgegen. »Durchlaucht! Ich bin überrascht...«

Eine herrische Geste hieß ihn schweigen. Die Miene der Fürstin verriet Bitterkeit. Von Lebenslust und Temperament war nichts mehr zu entdecken.

Erschrocken fragte er sich: Was mag geschehen sein?

Doña Juana trat in die Vorhalle und verneigte sich. »Ich heiße Durchlaucht herzlich willkommen und würde mich freuen, wenn ich Euch zu einer Tasse Schokolade einladen dürfte.«

Antonio Pérez' Kinnbacken traten hervor. Wie konnte seine Frau so taktlos sein, der erlauchten Dame Schokolade anzubieten? Er hatte sie doch gewarnt!

Die Fürstin Eboli nahm die Einladung dankbar an. »Das ist sehr liebenswürdig«, erwiderte sie angetan, ging auf Doña Juana zu und reichte ihr wie einer Vertrauten die Hand. »Zu Schokolade sage ich niemals nein.«

Der Staatssekretär begriff nichts mehr. Was veranlaßte die Fürstin, die Einladung anzunehmen? War sie so taktvoll, den Fauxpas seiner Frau zu überspielen?

Mit einer Selbstverständlichkeit, die Antonio Pérez fast den Atem raubte, führte Doña Juana die Fürstin an den gedeckten

Tisch, bat sie, Platz zu nehmen, und gab Order, noch ein Gedeck aufzulegen. Und dann plapperte sie ungeniert drauflos. »Ich bin ja so glücklich, daß Durchlaucht uns die Ehre geben, mit uns in unserem bescheidenen Heim...«

»Wir wohnen hier nur vorübergehend«, unterbrach sie ihr Mann. »Ein meiner Stellung entsprechendes Haus wird gerade gebaut.«

Die Fürstin hörte nur mit halbem Ohr zu. Sie war froh, daß keine Fragen an sie gerichtet wurden. Verzweiflung hatte sie getrieben, den Kutscher anzuweisen, nicht gleich zu ihrem Stadtpalais, sondern erst zur Wohnung des Staatssekretärs zu fahren. Doch sie hatte nicht das geringste Bedürfnis, Antonio Pérez zu sprechen. Sie hätte nicht einmal sagen können, was sie veranlaßt hatte, kurz vor der Heimkehr diese Zwischenstation einzulegen. Wahrscheinlich hatte sie es getan, weil sie empört darüber war, daß der König sie gleich am nächsten Morgen in seinem auffälligen Wagen hatte zurückbringen lassen. Gerade so, als wäre sie eine Kurtisane. Ja, diese Beleidigung war es wohl gewesen, die sie auf den Einfall gebracht hatte, nicht direkt nach Hause zu fahren. Wenn sie vorher den Günstling des Königs aufsuchte, erhielt ihre Fahrt zum Escorial einen staatspolitischen Charakter.

Hinzu kam allerdings etwas, das unterschwellig in ihr arbeitete und plötzlich das Verlangen in ihr ausgelöst hatte, sich den Staatssekretär, der ihr am Tage zuvor so gockelhaft erschienen war, einmal in Ruhe anzusehen. Denn der König hatte ihr gegenüber angedeutet, Antonio Pérez sei vermutlich ein Sohn ihres Mannes, des Fürsten Eboli. Traf dies zu, dann war sie sozusagen mit der zweifelsohne interessantesten und zugleich schillerndsten Gestalt bei Hofe ›verwandt‹; ein Gedanke, der sie fast körperlich erregte.

Ohne es sich anmerken zu lassen, betrachtete sie Doña Juana, die, wenngleich wenig reizvoll, eine starke Sinnlichkeit ausstrahlte. Hatte der Staatssekretär sie deshalb zur Frau genommen?

Unauffällig beobachtete sie auch Antonio Pérez. War sie mit Blindheit geschlagen gewesen? Hatte sie sich durch seine bunte Kleidung täuschen lassen? So, wie sie ihn jetzt vor sich sitzen sah, in der Jacke aus Rehleder und mit offenem Hemdkragen, beeindruckte er sie sehr. Kein Zweifel, er zählte zu jenen Männern, in die man sich Hals über Kopf verlieben konnte, und ihr wurde verständlich, daß ihm außer vielen Frauengeschichten auch die Neigung zum eigenen Geschlecht nachgesagt wurde.

Des weiteren glaubte sie zu erkennen, was Philipp II. in ein fast abhängiges Verhältnis zu Antonio Pérez gebracht hatte. Der König schwankte, ein unseliges Erbe der Habsburger, stets zwischen Euphorie und Niedergeschlagenheit. Seine Willenskraft entsprang keinem natürlichen Antrieb, sondern einem geradezu religiösen Pflichtgefühl. Scheu und bedrückt verbrachte er seine Tage hinter einem kaum noch überschaubaren Stapel von Schriftstücken. Optimismus und Lebensfreude waren ihm fremd.

Im Gegensatz zu ihm steckte Antonio Pérez voller Ideen, und er strotzte vor Lebensbejahung. Wegen seiner diversen Allüren und Amouren hatte ihm das Volk, bei dem er sehr beliebt war, den anzüglichen Spitznamen *El Pimpollo* gegeben. Der Staatssekretär vereinte, wie der König sich ausgedrückt hatte, Charme, Geist, Vitalität, Schaffenskraft, Entschlußfreudigkeit und Rücksichtslosigkeit in idealer Weise.

Wehmut beschlich die Fürstin. Sie war fünfundzwanzig Jahre jünger als ihr Mann. Antonio Pérez wäre der richtige Partner für sie gewesen. Gemeinsam hätten sie die Welt aus den Angeln heben können. Auch wenn er nebenbei Männer liebte. Was wollte das schon besagen? Das machte ihn allenfalls noch interessanter.

Nach einer belanglosen Unterhaltung, bei der sich jeder bemühte, den König mit keinem Wort zu erwähnen, bedankte sich die Fürstin für die freundliche Einladung und bat um Verständnis dafür, daß sie sich nicht länger aufhalten könne. »Für Euch wird es ebenfalls Zeit«, sagte sie zum Staatssekretär. »Ich hörte, daß Seine Majestät die Weisung erteilt hat, Euch zu bitten, noch heute in den Escorial zurückzukehren. Der Kutscher wird sich seines Auftrages gewiß entledigen, wenn Ihr mich zum Wagen geleitet.«

Antonio Pérez erfaßte augenblicklich, was den Monarchen bewogen hatte, ihn so schnell zurückzubeordern. An diesem Abend wünschte er ihn gewiß nicht mehr zu sprechen. Es ging um etwas anderes: Das Volk sollte getäuscht werden. Wenn es sah, daß der Günstling des Königs mit dem gleichen Wagen, den die Fürstin benutzt hatte, zum Escorial zurückfuhr, mußte es eine dringende Staatsangelegenheit vermuten. Damit war jedes Gerede im Keime erstickt. Aus diesem Grund auch, das stand für Antonio Pérez fest, war Seine Majestät so großzügig gewesen, erst ihm, dann der Fürstin und nun wieder ihm die königliche Karosse zur Verfügung zu stellen.

Was aber steckte hinter der ganzen Sache? Weshalb hatte Philipp II. die Fürstin zu sich gebeten? Mit fliegenden Fahnen war sie seinem Ruf gefolgt, doch völlig verändert war sie zurückgekehrt. Was war geschehen?

Antonio Pérez hatte sich getäuscht, als er annahm, Philipp II. wünsche ihn an diesem Abend nicht mehr zu sehen. Im Gegenteil, der König brannte darauf, ein Gespräch mit ihm zu führen, das ihm Aufschluß darüber geben sollte, ob er sich in jeder Hinsicht auf seinen Günstling verlassen konnte. Es war nicht Mißtrauen, was ihn trieb, aber ihn beunruhigte die Diskussion, die sie während des Gewitters geführt hatten. Er nahm Anstoß an der deutlich zutage getretenen arroganten Selbstsicherheit seines Vertrauten. Für ihn war Arroganz mißratener Stolz; gesellte sich zu diesem noch übertriebene Selbstsicherheit, mußte es zu Selbsttäuschungen kommen. Wie sehr er seinen Staatssekretär auch schätzte, er hielt es für notwendig, ihn einer Prüfung zu unterziehen.

Antonio Pérez war überrascht, als ihm Mateo, der Adjutant des Herrschers, gleich beim Eintreffen im Escorial meldete, Seine Majestät verlange ihn unverzüglich zu sprechen.

»Jetzt noch?« fragte er verwundert. »Es ist doch schon finstere Nacht.«

»Gewiß«, erwiderte der Adjutant. »Der König hat sich auch bereits zurückgezogen. Er erwartet Euch dennoch sofort.«

Der Staatssekretär ahnte nichts Gutes. Außergewöhnliches mußte sich zugetragen haben. Über die Fürstin wollte der Monarch bestimmt nicht mit ihm reden. Oder doch? Er war fest entschlossen, auf der Hut zu sein und zu beachten, was er sich nach der Unterredung mit dem Fürsten Eboli vorgenommen hatte. In jener Stunde hatte er erkannt, daß es Philipp II. mühelos gelungen war, ihn an der Nase herumzuführen.

Ein Leibdiener erwartete ihn vor dem königlichen Arbeitsraum, der unmittelbar neben dem Schlafgemach lag und von diesem nur durch eine Flügeltür getrennt war. Wie schon oft, wunderte sich Antonio Pérez auch jetzt darüber, daß dem mächtigsten Herrscher der Erde, in dessen Reich die Sonne nie unterging, für Schlafzimmer, Arbeitsraum und Oratorium keine fünfzig Quadratmeter zur Verfügung standen. Und das in einem Bauwerk, dessen Fassade über zweihundert Meter Länge maß.

Der König saß mit einem Kissen im Rücken in seinem Bett. Durch eine verglaste Tür, die morgens geöffnet wurde, konnte er auf den Hochaltar der in den riesigen Gebäudekomplex einbezogenen Kathedrale hinabschauen und so, ohne aufzustehen, der Messe beiwohnen. Die Vorhänge des Alkovens waren halb zugezogen. Davor standen zwei einfache Leuchter, deren Kerzen den Besucher blendeten und ihm die Möglichkeit nahmen, Seine Majestät deutlich zu sehen.

Der ungewohnte Empfang im Schlafgemach und die gewiß nicht zufällige Anordnung der Leuchter waren für den Staatssekretär Warnzeichen, die es geraten erscheinen ließen, während des folgenden Gespräches kein unbedachtes Wort zu äußern.

»War es unangenehm für Euch, noch heute hierher fahren zu müssen?« erkundigte sich Philipp II.

»Nein, Sire!« antwortete Antonio Pérez. »Der Aufbruch kam zwar ein wenig plötzlich. Aber die Fürstin hatte mich ja ins Bild gesetzt, und so konnte ich meine Sachen packen, während Ihre Durchlaucht nach Hause fuhr und der Wagen danach zu meiner Wohnung zurückkehrte.«

Die Stimme des Königs verriet Verwunderung. »Wieso konnte die Fürstin Euch ins Bild setzen?«

Nichts verheimlichen, ermahnte sich der Staatssekretär. Der Kutscher würde ohnehin alles melden. »Ihre Durchlaucht hatte uns einen Besuch abgestattet, den meine Frau dazu benützte, sie zu einer Tasse Schokolade einzuladen.«

Es entstand eine Pause.

»Und was wollte die Fürstin von Euch?« fragte der Monarch nach einer Weile.

»Ich bitte um Vergebung, Majestät, aber ich wäre selbst froh, wenn ich das wüßte. Ihre Durchlaucht erschien völlig überraschend, sprach kaum ein Wort, erklärte nach wenigen Minuten, wieder gehen zu müssen, und sie erwähnte beiläufig, der Kutscher habe Weisung, mich noch heute in den Escorial zurückzubringen.«

»Das ist merkwürdig.«

»Nicht wahr, Seigneur! Ich kann mir keinen Reim darauf machen. Während der Fahrt hierher habe ich mich immer wieder gefragt: Was mag die Fürstin mit ihrem Besuch wohl bezweckt haben?«

»Ihr habt keine Erklärung gefunden?«

»Nein. Ich hege lediglich eine Vermutung.«

»Und die wäre?«

»Könnte es nicht sein, daß Ihre Durchlaucht eine Zwischenstation einlegte, um ihrer Fahrt zum Escorial einen – sagen wir – offiziösen Charakter zu geben?«

»Das wäre denkbar. Aber wie seid Ihr darauf gekommen?«

»Durch Euch, Majestät. Habt Ihr mir Eure Karosse nicht aus ähnlichen Gründen zur Verfügung gestellt?«

Philipp II. räusperte sich. »Holt Euch einen Stuhl aus dem Arbeitsraum, und stellt die Leuchter zur Seite.«

Antonio Pérez bedankte sich mit einer Verneigung und entsprach dem Wunsch des Monarchen. Ihm war nun schon um vieles wohler.

Der König strich die Bettdecke glatt. »Ich möchte erfahren, wie Fürst Eboli auf die Mitteilung der Verbannung des Herzogs von Alba reagiert hat.«

»Er war überglücklich, hat mich dann aber sehr enttäuscht. Ich war der Meinung gewesen, daß es ihn stolz machen würde, das Kommando in den Niederlanden und in Flandern übernehmen zu können. Doch weit gefehlt. Er hält sich für zu alt und schlug Don Luis de Requesens als Statthalter vor.«

»Und?«

»Zunächst habe ich versucht, ihm klarzumachen, daß Requesens nicht der geeignete Mann ist. Ich wurde jedoch anderen Sinnes, als er mir erklärte, daß Eure Majestät sich schon vor Wochen für Requesens entschieden hat. Das machte mich nachdenklich, denn ohne Grund werdet Ihr keinen Schwächling akzeptieren. Und heute muß ich Euch zustimmen. Der Abgang Albas kann gefährliche Folgen haben. Meuterei bei der Truppe, Aufstand des Volkes. Ein profilierter Statthalter würde in beiden Fällen zum Schwert greifen. Wahrscheinlich nur mit geringem Erfolg. Das aber wäre der Anfang vom Ende. Ein Mann wie Requesens hingegen wird versuchen, allen gerecht zu werden. Das wird er natürlich nicht schaffen, und beide Parteien werden erkennen, daß es mit Schwäche nicht geht. Zwangsläufig werden sie eine stärkere Persönlichkeit herbeisehnen und um des lieben Friedens willen bereit sein, einen Pflock zurückzustecken. Und auf diesen Augenblick, davon bin ich inzwischen überzeugt, warten Euer Majestät. Requesens soll sich verschleißen und einer stärkeren Persönlichkeit bessere Chancen verschaffen, als sie zur Zeit gegeben sind. Ein wohldurchdachter, ja genialer Plan, dem ich nur zustimmen kann.«

Philipp II. unterdrückte einen Seufzer der Erleichterung. Die geistige Beweglichkeit seines Günstlings imponierte ihm. In dieser Hinsicht brauchte er sich keine Gedanken zu machen. Antonio Pérez war der Mann, den er brauchte. Wie aber würde er antworten, wenn er ihm die Frage stellte, die er ihm nun stellen mußte. »Und wen haltet Ihr für geeignet, Requesens zu gegebener Zeit abzulösen?«

Angesichts des Vorsatzes, in Zukunft seine Karten nicht zu früh aufzudecken, sondern zu lavieren, zu taktieren und aus dem Hintergrund zu operieren, wiegte der Staatssekretär bedenklich den Kopf. »Aus dem Stegreif kann ich Eure Frage nicht beantworten, Majestät. Da sind zu viele Punkte zu bedenken. Wirklich, im Moment könnte ich niemanden benennen. Der Betreffende müßte den Frieden herbeisehnen und gleichzeitig ein unerschrockener Krieger sein. Wer erfüllt schon solche Voraussetzungen?«

Der König fühlte sich wie befreit. Von der eitlen Selbstsicherheit seines Günstlings, die ihn am Tage zuvor so gestört hatte, war nichts mehr zu bemerken. Angesichts wichtiger Fragen blieb er bedächtig und ließ sich nicht von Emotionen hinreißen. Und was noch wichtiger war: Er war in solchen Augenblicken völlig frei von Arroganz.

3

Monate gingen dahin. Der König versah seine Regierungsgeschäfte mit gleichbleibender Gewissenhaftigkeit im üblichen Schnekkentempo. Sein Staatssekretär hielt sich weitgehend zurück und knüpfte neue Fäden zum Ausland, die dem spanischen Weltreich dienen und seinen Privatkonten zugute kommen sollten. Mit erstaunlichem Geschick baute Pérez' Jugendfreund Escobedo den geforderten Nachrichtendienst auf. Nachdem der Herzog von Alba die im hohen Norden gelegenen Provinzen verlassen und sich befehlsgemäß auf sein Schloß Uceda zurückgezogen hatte, war Requesens zum Statthalter Flanderns und der Niederlande ernannt worden. Er hatte sich nach Antwerpen begeben, wo er die ihm übertragene schwierige Aufgabe mit Geduld, Verbindlichkeit und viel Fingerspitzengefühl unerwartet gut löste. In Madrid war Doña Juana glücklich, in gesegneten Umständen zu sein, und sie flehte den Herrgott an, ihr nach dem zweiten Kind, einer Tochter, nochmals einen Sohn zu schenken. Fürst Eboli erkrankte schwer und wurde von seiner temperamentvollen und oft unbeherrschten Gattin mit einer Liebe und Hingabe gepflegt, die ihr niemand zugetraut hätte und die das Tagesgespräch der Hauptstadt waren. Man pries die Fürstin als das Musterbeispiel einer sich für ihren Mann aufopfernden Ehefrau.

Antonio Pérez war da anderer Meinung. »Ich kann den Unsinn nicht mehr hören«, polterte er eines Abends, als seine Frau wieder einmal ein Loblied über die Selbstlosigkeit der Fürstin anstimmte. »Ihrer Durchlaucht geht es ausschließlich darum, sich mit einem Glorienschein zu umgeben.«

»Wie kannst du so etwas behaupten!« erregte sich Doña Juana.

Sollte er seiner Frau sagen, was er durch seinen Nachrichtendienst in Erfahrung gebracht hatte? Die Fürstin versammelte jeden Morgen ihre Dienerschaft und gab gewissermaßen ein Bulletin über den Zustand ihres Gatten und ihre hingebungsvolle Pflege heraus. Und die Diener waren angewiesen, diesen Bericht auf der Straße und in den Geschäften zu verbreiten.

Aber Antonio Pérez verzichtete darauf preiszugeben, was er wußte. Dann hätte er auch über seinen geheimen Nachrichtendienst sprechen müssen. Unter diesen Umständen war es ihm lieber, die Eboli erhielt einen Heiligenschein und seine Frau betrachtete ihn als Grobian.

Doch als Fürst Eboli nach Wochen schwerer Krankheit starb, trat etwas ein, das sogar den Staatssekretär bestürzte. Die Fürstin verließ während der Beisetzungsfeierlichkeiten plötzlich das Totenhaus. Noch ehe der Leichnam ihres Mannes in die Familiengruft getragen wurde, eilte sie stöhnend und wehklagend zu ihrem Wagen. Auf dem Weg begegnete ihr ein Franziskanerpater. Als fühle sie eine Ohnmacht nahen, hielt sie sich an ihm fest und flehte ihn an, sie nach Hause zu begleiten.

Der Mönch entsprach ihrer Bitte. Gewiß wäre er geflohen, wenn er gewußt hätte, was ihn im Stadtpalais erwartete. Denn kaum war die Fürstin in ihren Räumen, forderte sie ihn auf, seine Kutte abzulegen und sie ihr zur Verfügung zu stellen. Er könne dafür von den Kleidungsstücken ihres verstorbenen Mannes mitnehmen, was er wolle.

Der Pater beschwor die Fürstin, nichts Unbilliges von ihm zu verlangen.

Mit Ihrer Durchlaucht war jedoch nicht mehr zu reden. Sie befahl der Dienerschaft, dem Franziskaner das Gewand mit Gewalt abzunehmen und es ihr ins Ankleidezimmer zu reichen. Dann wies sie den Majordomus an, ihr schnellstens einen Ochsenkarren zu besorgen.

Gut eine Stunde später, als ihr gemeldet wurde, daß das Gefährt vorgefahren sei, erschien sie, bekleidet mit der Kutte des Franziskaners, in der Empfangshalle. Eine Kapuze verdeckte fast ihr ganzes Gesicht. Das Ordensgewand war viel zu weit und zu lang. Die Kordel hatte sie zweimal um ihre schlanke Taille geschlungen. Und ihr rechtes Auge, dessen leicht abweichender Blick so viele Männer fasziniert und veranlaßt hatte, ihr Komplimente zu machen, war wie zur Buße von einer Augenklappe verdeckt.

Der Majordomus und die anwesenden Lakaien waren wie erstarrt. Die Fürstin hatte ihnen schon manchen Schrecken eingejagt. Dieser Aufzug aber übertraf alles. Fast noch schlimmer erschien es ihnen, daß ihre drei Leibdienerinnen, die immer so adrett und lustig gewesen waren, ihr weinend in einer Kleidung folgten, die keinerlei Rüschen, Spitzen und dergleichen mehr aufwies. Auf dem Kopf trugen sie auch nicht die üblichen Häubchen; sie hatten ihr Haar zerwühlen müssen.

Ohne ein Wort zu sagen, schritt die Fürstin dem Eingang entgegen, wo sie einen Lakaien anwies, seine Livree abzulegen und den Ochsenkarren in Richtung Alcalá de Henares aus der Stadt zu führen. Dann kletterte sie mit ihren Dienerinnen auf das Gefährt und verhüllte ihr Gesicht vollends.

Fünf Tage brauchte der schwerfällige Karren, um den Sommersitz der Ebolis in Pastrana zu erreichen. Während der beiden letzten Tage gingen Patres voraus, die ihnen begegnet waren und gegen eine beachtliche Summe wieder umkehren und fromme Lieder singen und Litaneien beten mußten.

Am Ziel angekommen, blieb die Fürstin auf dem Wagen sitzen und befahl der Dienerschaft ihres Landgutes, sich unverzüglich mit Kerzen zu versehen und ihre Herrin in einer Prozession zu den ›Barfüßerinnen‹ zu geleiten, deren Kloster mit Mitteln errichtet worden war, die sie der großen, später heiliggesprochenen Reformatorin des Karmeliterordens, Teresa de Jesús, zur Verfügung gestellt hatte.

Es wurde schon dunkel, als sich die Patres mit der Dienerschaft, der sich auch viele Bewohner Pastranas anschlossen, in Bewegung setzten. Die Fürstin hatte sich ein großes Kreuz reichen lassen, das sie nun, auf dem Ochsenkarren stehend, inbrünstig umklammerte. Immer wieder stieß sie den Ruf aus: »Jesus, meine Zuversicht! Jesus, ich komme zu dir! Jesus, erlöse mich!«

In dem oberhalb des Ortes gelegenen Kloster wurde die ungewöhnliche und zu nächtlicher Stunde gespenstisch anmutende Prozession bald bemerkt. Und es dauerte nicht lange, bis die Nonnen erfuhren, daß die Fürstin Eboli auf dem Weg zu ihnen war und beabsichtigte, Zuflucht bei den ›Barfüßerinnen‹ zu suchen.

»Wenn Ihre Durchlaucht, die sich schon oft wie verrückt gebärdet hat, länger bei uns bleiben will, bedeutet das den

Untergang unseres Ordens«, jammerte die Äbtissin. »Wäre nur Schwester Teresa jetzt hier!«

Ungeachtet ihrer Befürchtung empfing sie die Fürstin mit großer Ehrerbietung. Und es gelang ihr auch, über den komödiantenhaften Aufzug der für ihr Kloster so wohltätig gewesenen hohen Dame hinwegzusehen. Als diese ihr aber erklärte, sie komme nicht, um einige Tage mit den Ordensschwestern zu beten, sondern um ihr künftiges Leben als einfache Nonne zu verbringen, bedeutete ihr die Äbtissin, daß sie sich außerstande sehe, eine Dame von so hohem Adel genauso in das Kloster aufzunehmen wie eine schlichte Bürgerin.

»Ich beuge mich Eurer Auffassung«, erwiderte die Fürstin unterwürfig. »Und ich will versuchen, Euch zu verstehen. Dennoch bitte ich Euch, mir zu glauben, daß ich mich entschlossen habe, auf allen weltlichen Luxus zu verzichten und mein Leben dem Sohne Gottes zu weihen. Ich kam zu Euch, weil Christus gesagt hat: ›Klopfet an, so wird euch aufgetan.‹ Wenn Ihr nicht danach handelt, bleibt mir nichts anderes übrig, als mit meinen drei treuen Dienerinnen, die ebenfalls Ordensschwestern werden möchten, hier vor der Klosterpforte zu warten, bis Ihr Euch entschließt, uns in Gnaden aufzunehmen.« Nach diesen Worten wandte sie sich an ihre Begleiter. »Geht nach Hause, meine Freunde! Ihr habt gehört, daß wir nicht aufgenommen werden und hier im Freien übernachten müssen. Es wird der Wille des Allmächtigen sein. Ihr braucht uns jedoch nichts zu essen zu bringen, denn wir werden, um die uns noch mangelnde Würdigkeit zu erlangen, bis auf weiteres hungern und notfalls lieber sterben, als dem Ruf unseres Herrn Jesu nicht zu folgen.«

Die Äbtissin erkannte, daß den geschickt vorgebrachten Argumenten dieser Frau nichts entgegenzusetzen war. Sie gab also nach und gewährte der Fürstin und ihrem Gefolge Einlaß in das Kloster, wo sie als erstes die verschmutzte Mönchskutte des hohen Gastes gegen ein Nonnengewand eintauschte. Auch den drei verschüchterten Zofen gewährte sie Klosterkleidung, und es wäre soweit alles in Ordnung gewesen, hätte die Fürstin nicht darauf bestanden, noch in der gleichen Nacht mit ihren Dienerinnen eingesegnet zu werden.

»Das ist unmöglich!« rief die Äbtissin außer sich vor Empörung. »Es ist mir versagt, Euch ohne weiteres die Weihe zu erteilen. Dazu muß ich die Genehmigung des Prälaten einholen.«

Von einer Sekunde zur anderen ließ die Fürstin den Schleier der Demut fallen, mit dem sie sich vor dem Volk geschmückt hatte. »Dies ist *mein* Kloster!« schrie sie unbeherrscht. »Jeden Stein hier habe *ich* bezahlt. Was gehen mich die Pfaffen an. Ich will Jesu dienen, und wer mich daran hindert, soll verflucht sein um der Missetat willen, die er dem Sohne Gottes antut.«

Die Äbtissin war am Ende ihrer Kraft. Trotz der späten Stunde rief sie ihre Ordensschwestern zusammen und segnete die Neuankömmlinge ein. Dem Wunsche der Fürstin entsprechend, gab sie ihr den Namen *Sor Ana de la Madre de Dios* – ›Schwester Ana von der Mutter Gottes‹.

Mit der ihm eigentümlichen Gelassenheit nahm Philipp II. den Bericht seines Staatssekretärs über die unerklärliche Wandlung der Fürstin Eboli entgegen. Innerlich aber kochte er vor Empörung. Schon mehrfach, und besonders in jener Nacht, da sie zu ihm in den Escorial gekommen war, hatte er ihr unmißverständlich zu verstehen gegeben, daß sie sich intensiver um die Erziehung ihrer Tochter Doña Ana und ihres Sohnes Don Rodrigo, den er zum Herzog von Pastrana ernannt hatte, zu kümmern habe. Und nun bewies sie, daß weder eindringliche Worte noch Drohungen den geringsten Eindruck auf sie machten. Er vermutete, sie sei nur ins Kloster gegangen, um ihn, den König, zu verletzen, indem sie ihm seine Machtlosigkeit vor Augen führte.

»Was, glaubt Ihr, steckt hinter der ganzen Geschichte?« fragte der Monarch, als Antonio Pérez seinen Vortrag beendet hatte.

Der Staatssekretär zögerte einen Moment, bevor er antwortete: »Da ich damit rechnete, daß Eure Majestät eine solche Frage an mich richten würden, habe ich sowohl im Stadtpalais der Fürstin als auch beim Personal ihres Gutes in Pastrana Erkundigungen eingezogen. Dabei stellte ich fest, daß Ihre Durchlaucht, die unbestritten viel für den Orden der ›Barfüßerinnen‹ getan hat, mit Schwester Teresa de Jesús vor Monaten in einen schweren Konflikt geraten ist. Der Grund ist ebenso einleuchtend wie peinlich. Die Ordensschwester hatte der Fürstin, die sie für einige

Monate nach Pastrana eingeladen hatte, das Manuskript ihrer ›Selbstbiographie‹ zu lesen gegeben, und Ihre Durchlaucht war so taktlos gewesen, einige Passagen der zweifellos mit viel Mystik belasteten Schrift unter dem Gelächter ihrer Pagen und Dienerinnen vorzulesen. Die Folge: Das Personal machte sich fortan ungeniert über Schwester Teresa lustig. Es kam zu einem Eklat, und die verständlicherweise beleidigte Ordensschwester verließ Pastrana und hat seither keinen Kontakt mehr mit der Fürstin. Eure Majestät kennen Ihre Durchlaucht besser als ich. Nach allem aber, was ich in Erfahrung brachte, halte ich es für möglich, daß zwei Motive sie leiteten. Erstens: Sie inszenierte den spektakulären Auftritt, um aller Welt ihren Schmerz über den Verlust des Gatten auf höchst dramatische Weise kundzutun. Zweitens: Sie scheint Schwester Teresa de Jesús einmal sehr bewundert zu haben und möchte es ihr heute wohl gleichtun, dabei allerdings auch ein wenig Rache nehmen. Mich sollte es nicht wundern, wenn eines Tages gemeldet würde, die Fürstin habe damit begonnen, die Regeln des Ordens der ›Barfüßerinnen‹ erheblich zu verändern. Bei ihrem Temperament und Ehrgeiz ist alles möglich. Und Majestät wissen, daß die Karmeliterinnen leichter Observanz die Fürstin bei solchen Bestrebungen schon allein deshalb unterstützen würden, weil sich Schwester Teresa von ihnen abgewandt und in Pastrana ein Kloster mit strengeren Ordensregeln geschaffen hat.«

Philipp II. erhob sich und trat an eines der Fenster seines Arbeitsraumes. »Ich glaube, Ihr habt ins Schwarze getroffen. Die Fürstin hat den Teufel im Leib und ist zu allem fähig. Ich werde ihr deshalb schriftlich befehlen, das Kloster sofort zu verlassen und sich ausschließlich mit der Erziehung der Kinder zu beschäftigen.«

Dieser Hinweis könnte als Beweis dafür angesehen werden, daß der König sich für den Vater der Kinder hält, dachte Antonio Pérez und bat darum, einen Einwand machen zu dürfen. »Ich würde eine verbindlichere Form wählen«, schlug er vor, »weil Eure Majestät, falls die Fürstin nicht Folge leistet, gezwungen wären, Strafmaßnahmen wegen Ungehorsams zu ergreifen, die das Volk bei der gegenwärtigen Lage der Dinge nicht begreifen könnte. Für die breite Masse ist Ihre Durchlaucht derzeit eine Büßerin, und dementsprechend wird sie glorifiziert. Außerdem schadet zu viel

Strenge. In gewissen Fällen ist es vorteilhaft, sie sorgsam zu dosieren. *Empfehlt* der Fürstin deshalb die Rückkehr. Und bringt zum Ausdruck, daß Ihr bis auf weiteres einen Vermögensverwalter einsetzt, der Euch allein verantwortlich ist und für die Erhaltung aller Werte und Güter aus dem Nachlaß des Fürsten Eboli zu sorgen hat.«

Die grauen, ausdruckslosen Augen des Königs blickten stechender als sonst. »Ihr habt recht. Vielleicht wird das Ihre Durchlaucht zur Vernunft bringen. Aber wen könnte ich zum Vermögensverwalter bestellen?«

Der Staatssekretär hätte sofort einen Namen nennen können. Escobedo hatte die ihm übertragene Aufgabe abgeschlossen und war vertrauenswürdig. Eingedenk seiner jüngsten Erfahrungen stellte er sich jedoch nachdenklich und ging einige Schritte auf und ab. »Ich glaube, ich weiß Rat«, sagte er schließlich. »Erinnert Ihr Euch jenes Caballeros, den Ihr vor Jahren zum Schloßhauptmann von San Felipe ernannt habt?«

Die Stirn des Königs legte sich in Falten. »Wie war sein Name?«

»Escobedo.«

»Ja, richtig. Aber da war doch etwas an dem Mann, das mich störte.«

Antonio Pérez gab sich belustigt. »Er bat Eure Majestät, ihm ein Adelspatent zu gewähren – eine Dummheit, die er inzwischen sehr bereut, denn Ihr habt ihn auf der Stelle entlassen.«

»Und dennoch haltet Ihr ihn für befähigt, sich als Vermögensverwalter zu bewähren?«

»Sowohl für befähigt als auch für vertrauenswürdig. Ich kenne ihn seit meiner Jugend. Den Fehler von damals wird er nicht noch einmal machen.«

»Also gut«, entschied Philipp II. nach einer Weile. »Aber Ihr tragt die Verantwortung! Stellt gleich die Bestallungsurkunde aus. Ich schreibe inzwischen der Fürstin im besprochenen Sinne. Ich hoffe, das wird sie nachdenklich stimmen.«

Was Staatssekretär Pérez dem König über die Fürstin Eboli berichtet hatte, war zur Zeit seines Vortrags bereits überholt gewesen. Die hohe Dame hatte längst damit begonnen, sich über die Ordensregeln hinwegzusetzen und das Kloster auf den Kopf zu stellen.

Angefangen hatte es mit dem Besuch des Bischofs von Segorbe, der sich verpflichtet fühlte, der Fürstin anläßlich des Verlustes ihres Gatten sein Beileid auszusprechen. In seiner Begleitung befanden sich mehrere Geistliche und Edelleute, die sich mit ihm im Besuchszimmer der ›Barfüßerinnen‹ versammelten und annahmen, daß sie mit Ihrer Durchlaucht durch das Gitter, das Klosterinsassen und Besucher voneinander trennte, sprechen könnten. Doch die hochgeborene ›Schwester Ana von der Mutter Gottes‹ dachte nicht daran, unsichtbar hinter einem Sprechgitter stehend Gespräche zu führen. Sie wollte in ihrer Nonnentracht gesehen werden. Und wer sie besuchte, war ihr Gast. Gäste aber sind zu empfangen und zu bewirten, auch wenn die Ordnung des Klosters dies untersagt. Über solch lächerliche Bestimmungen setzte sie sich hinweg. Schließlich war sie die Schirmherrin des Klosters. Wozu also lange Reden führen? Nach einem kurzen Handgemenge mit der Schwester Pförtnerin war der Weg ins Innere des Klosters frei.

Der Bischof und die Geistlichen wären am liebsten geflüchtet. Den Edelleuten hingegen machte es Spaß, hinter den aufgescheucht davoneilenden Nonnen herzulachen.

Nach diesem unglaublichen Vorkommnis drohte die Äbtissin, das Kloster mit allen Schwestern zu verlassen, falls Ihre Durchlaucht die Ordensregeln nochmals mißachten und weltlichen Personen das Betreten der Innenräume gestatten sollte.

»Gut«, erklärte die Fürstin unbekümmert. »Ich werde Euch keine Schwierigkeiten mehr bereiten, wenn Ihr noch zwei meiner Dienerinnen als weltliche Nonnen aufnehmt.«

Die Äbtissin war nicht gewillt, neuerliche Zugeständnisse zu machen. »Euren Wunsch werde ich nicht erfüllen«, versicherte sie mit fester Stimme. »Jedes Nachgeben wird von Euch mit noch größeren Forderungen beantwortet. Wenn Euch die Bestimmungen unseres Ordens nicht passen, müßt Ihr gehen. Und zwar so schnell wie möglich. Sonst werden wir das Kloster räumen und uns in unser Stammhaus nach Avila zurückziehen.«

Eine offene Auseinandersetzung, die ihr Ansehen in Gefahr bringen würde, konnte sich die Fürstin nicht leisten. Vorschriften wollte sie sich aber auch nicht machen lassen. So entschloß sie sich zu einer ebenso praktikablen wie rücksichtslosen Lösung. Sie quartierte sich mit ihren Dienerinnen im Gartenpavillon ein und ließ die Klostermauer von Arbeitern ihres Gutes durchbrechen, um einen privaten Zugang anzulegen, der es ihr gestattete, ungehindert mit der Außenwelt zu verkehren und Gäste zu empfangen. Und es dauerte nicht lange, bis sich herumgesprochen hatte, die außer Rand und Band geratene Fürstin Eboli gebe als ›Schwester Ana von der Mutter Gottes‹ Empfänge, bei denen erlesene Gerichte und ausgezeichnete Weine gereicht würden. Es kam vor, daß sich bis zu dreißig Gäste, die darauf brannten, die Fürstin im Nonnengewand zu sehen, im Klostergarten einfanden. Die Köche und Lakaien ihres Landgutes waren vollauf damit beschäftigt, die Gesellschaft zu versorgen.

»So geht es nicht weiter«, erklärte ihr die entnervte Äbtissin eines Tages. »Warum empfangt Ihr Eure Gäste nicht unten im Schloß? Da hättet Ihr es doch viel leichter. Hier herauf müßt Ihr alles bringen lassen.«

Die Fürstin gab sich entrüstet. »Einer Nonne empfehlt Ihr, das Kloster widerrechtlich zu verlassen?«

Die Äbtissin war mit ihrem Latein am Ende. Noch zur gleichen Stunde schrieb sie ihrer Ordensschwester Teresa, daß es ihr unmöglich sei, das Kloster in Pastrana weiterhin zu führen, wenn die Fürstin das Feld nicht freiwillig räume oder notfalls auf königliche Weisung hin aus dem Kloster entfernt werde.

Schwester Teresa de Jesús war entsetzt, als sie das Schreiben der Äbtissin erhielt. Sie kannte die Fürstin nur zu gut und wußte, daß es unmöglich war, gegen sie anzukommen. Welche Unannehmlichkeiten waren ihr allein daraus erwachsen, daß sie ihr das Manuskript ihrer ›Selbstbiographie‹ zu lesen gegeben hatte! Es war nicht dabei geblieben, daß Pagen und Dueñas sie verlacht hatten. Als sie die Konsequenzen zog und ihren Aufenthalt in Pastrana abbrach, rächte sich Ihre Durchlaucht, indem sie beim Heiligen Offizium intervenierte und erreichte, daß das Manuskript beschlagnahmt und sie zu so manchen Vernehmungen nach Toledo zitiert wurde.

In ihrer Not hatte sich Teresa de Jesús damals an den König gewandt. Er hatte ihr auch eine Audienz gewährt. Doch wie so mancher, der von ihm empfangen wurde, hatte sie die bittere Erfahrung machen müssen, daß sich die hohe Gunst des Monarchen sehr bald in eine peinliche Tortur verwandelte. Denn zur Begrüßung richtete Philipp II. niemals ein Wort an den Bittsteller. Er fixierte ihn vielmehr mit Augen, die kalt und scharf wie ein Schwert waren. Unablässig strich er dabei über seinen ergrauten Kinnbart. Und kam es zu einem Gespräch, dann sprach er so leise, daß er nicht zu verstehen war. Er bediente sich jedes nur denkbaren Mittels, um seine Besucher einzuschüchtern und selbst als Spender aller Gnaden dazustehen. Deshalb auch seine immer wiederkehrende Aufforderung: »Sosegáos!« – »Beruhigt Euch!«, wenn der vor ihm Stehende so irritiert war, daß er kein Wort mehr hervorbringen konnte.

Schwester Teresa de Jesús schrieb der Äbtissin des Klosters von Pastrana:

Es ist mir unmöglich, persönlich beim König vorzusprechen. Ich war einmal bei ihm und wurde von ihm völlig verwirrt. Sein durchdringender Blick verwundete mich fast. Er sah mich an, als wollte er den Grund meiner Seele erspähen. Ich konnte seinem Blick nicht standhalten, mußte die Augen niederschlagen ...

Nicht noch einmal wollte sie sich einer solchen Situation aussetzen. Ohne königliche Hilfe aber konnte sie gegen die Fürstin nichts ausrichten. Also wandte sie sich brieflich an den Monarchen und bat ihn, um der Ehre Gottes willen dafür zu sorgen, daß die schändlichen Zustände, die Ihre Durchlaucht in das Kloster Pastrana getragen habe, so schnell wie möglich beseitigt würden. Freiwillig gehe die Fürstin nicht. Nur ein königliches Machtwort könne noch Rettung bringen.

Nichts deutete darauf hin, daß Philipp II. triumphierte, als sein Staatssekretär ihm das Schreiben der Ordensschwester vorlas. Er hatte recht behalten. Nachsicht war bei der Fürstin fehl am Platze. Er hätte gleich ein Machtwort sprechen sollen. »Seid Ihr immer noch davon überzeugt, daß Euer Vorschlag, behutsam vorzugehen, richtig war?« fragte er in einem fast hämischen Tonfall.

»Allerdings«, antwortete Antonio Pérez unbeirrt. »Gleich nachdem die Fürstin ins Kloster eingetreten war, hätte das Volk eine scharfe Zurechtweisung nicht verstehen können. Nun jedoch, da Monate vergangen sind und das Verhalten Ihrer Durchlaucht von niemandem mehr gutgeheißen wird, liegen die Dinge anders. Und dennoch, auch jetzt sollten Machtworte vermieden werden, die unangenehme Konsequenzen heraufbeschwören würden, falls sie ungehört verhallen.«

Der König ließ seinen Verdruß nicht erkennen. »Soll ich weiterhin schweigend zur Kenntnis nehmen, daß die Fürstin aus einem ehrwürdigen Kloster ein Tollhaus macht?«

»Keineswegs, Sire! Ich möchte nur dafür sorgen, daß die Angelegenheit der Fürstin Eboli nicht zu einer Staatsaffäre hochgespielt wird. Und das wird sie, wenn Eure Majestät jetzt, dem Wunsche Schwester Teresas folgend, den Befehl erteilen, Ihre Durchlaucht mit Gewalt aus dem Kloster zu entfernen. Wir müssen damit rechnen, daß die Fürstin sich nicht damit abfindet und über kurz oder lang in einem anderen Kloster auftaucht. Und was soll dann geschehen? Eine erneute Ausweisung? Am Schluß müßtet Ihr sie einkerkern lassen, und Ihre Durchlaucht hätte möglicherweise erreicht, was sie anstrebt: einen Eklat, der an allen Höfen Europas diskutiert wird.«

Die Miene des Monarchen verfinsterte sich. »Ihr glaubt, die Fürstin hat dergleichen im Sinn?«

»Ich weiß es nicht, Seigneur. Aber ich befürchte Schlimmes. Wie ich den Fall auch drehe und wende, ich kann im Verhalten Ihrer Durchlaucht keinen Sinn entdecken.«

»Mir geht es ebenso«, pflichtete ihm der König bei. »Seit Wochen schon frage ich mich, weshalb sie sich so benimmt.«

»Der Schmerz über den Verlust ihres Ehegatten, an den man zunächst denken konnte, ist bestimmt nicht die Ursache ihres Treibens«, stellte der Staatssekretär nüchtern fest.

»Und trotzdem soll ich kein Machtwort sprechen?«

»Doch, Sire! Aber nicht in schriftlicher Form. Schickt mich zu Ihrer Durchlaucht. Laßt mich versuchen, sie von der Sinnlosigkeit ihres Unterfangens zu überzeugen. Gelingt es nicht, dann müssen Eure Majestät bedingungslos durchgreifen. Wenn ich aber Erfolg haben sollte, würde Euch zweifellos vieles erspart bleiben.«

Philipp II. erhob sich von seinem Schreibtisch und ging einige Schritte auf und ab. Seine Miene war wie stets undurchsichtig. »Ich bin einverstanden«, sagte er schließlich, »obgleich ich mir nicht vorstellen kann, daß ein Versuch, die Fürstin umzustimmen, von Erfolg gekrönt sein könnte. Jedenfalls danke ich Euch schon jetzt für Eure Bemühungen. Es wäre wirklich furchtbar, wenn ich in dieser Angelegenheit ...« Seine Hand fuhr durch die Luft, als wollte er die letzten Worte fortwischen. »Unsere Geldsorgen plagen mich zur Zeit genug. Und das, obwohl aus Peru, Mexiko, Venezuela und der Karibik ein nicht enden wollender Strom von Gold und Silber in unser Land fließt. Ich werde nie begreifen, wieso unsere Kassen ständig leer sind.«

»Ihr dürft nicht vergessen, daß der von Euch erwähnte Strom von den Engländern beträchtlich angezapft wird«, erwiderte Antonio Pérez, der plötzlich eine Chance sah, einen Teil seines großangelegten Planes bezüglich Don Juan de Austria und Escobedo unauffällig ins Gespräch zu bringen. »Königin Elisabeth bestreitet zwar, daß ihre Kapitäne unsere Galeonen überfallen. Es ist aber erwiesen, daß sie Freibriefe ausstellt, die uns unermeßlichen Schaden zufügen.«

Die Wangen des Königs röteten sich. »Habe ich nicht immer gesagt, daß wir unsere Flotte verstärken müssen?«

»Ich bitte um Vergebung, Sire, doch das ist leichter gesagt als getan. Die Gründe habe ich mehrfach dargelegt. Zum einen fehlt es an Geld, zum anderen an der erforderlichen Möglichkeit, genügend Schiffe zu bauen. Mir ist in den letzten Tagen aber ein Gedanke gekommen, der uns bei geschicktem Vorgehen aus der gegenwärtigen Kalamität heraushelfen könnte.«

Philipp II. hob den Kopf. »Ich bin ganz Ohr.«

»Meine Überlegungen sind noch nicht ausgereift«, schränkte Antonio Pérez eingedenk seiner früheren Erfahrungen vorsorglich ein. »Ich könnte mir jedoch vorstellen, daß Papst Gregor der Dreizehnte unter Umständen bereit wäre, Euch erhebliche Mittel zur Verfügung zu stellen. Nämlich dann, wenn Ihr Seiner Heiligkeit erklärt, ernstlich gewillt zu sein, England durch einen Überfall in den Schoß der alleinseligmachenden Kirche zurückzuzwingen.«

»Das sind doch Hirngespinste«, entgegnete Philipp II. unwillig. »Dazu sind wir weder heute noch morgen in der Lage.«

Der Staatssekretär lächelte. »Darum habe ich ›ernstlich gewillt zu sein‹ betont. Darüber, daß wir England nicht überfallen können, brauchen wir nicht zu reden. Doch schon der Plan würde den Papst begeistern und tief in die Tasche greifen lassen. Und damit wäre viel erreicht. Denn sein Geld würde Euren Truppen in Flandern und in den Niederlanden, die allein zum Einsatz kommen könnten, direkt von Rom aus zufließen, und Ihr wäret somit Eurer Sorgen fürs erste enthoben.«

»Auf Betrügereien lasse ich mich nicht ein«, widersprach der König, ohne seiner Stimme jenen Nachdruck zu verleihen, der in diesem Fall wohl angebracht gewesen wäre.

»Betrug läge vor, wenn Eure Majestät grundsätzlich nicht die Bereitschaft dazu hätten, nach England überzusetzen«, entgegnete Antonio Pérez sophistisch. »Das aber ist nicht der Fall. Selbst wenn Ihr heute den Entschluß fassen würdet, Ihr wäret – und das weiß der Papst sehr genau – keineswegs in der Lage, Euer Vorhaben schon bald in die Tat umzusetzen. Darüber würden Monate, wenn nicht Jahre vergehen.«

Der Staatssekretär schwieg.

Der Monarch schüttelte den Kopf. »Begebt Euch zunächst einmal nach Pastrana. Wenn es Euch gelingt, die Eboli mit Sirenenklängen zur Vernunft zu bringen, will ich mich gerne zu einer Erörterung Eures mir höchst unvernünftig erscheinenden Vorschlages bereit erklären.«

Der erste Schritt ist getan, dachte der Staatssekretär zufrieden. Der zweite wird auch dann folgen, wenn ich mit leeren Händen von Pastrana zurückkehre. Denn Seine Majestät braucht nun einmal dringend Geld.

Noch am gleichen Tag ritt Antonio Pérez nach Madrid, wo er sich sorgfältig auf die Fahrt nach Pastrana vorbereitete. Um gut gerüstet zu sein, führte er unter anderem ein längeres Gespräch mit dem Majordomus der Fürstin, dem er gewisse Indiskretionen entlockte, die ihm helfen sollten, Ihre Durchlaucht je nach Lage der Dinge hoffnungsvoll oder auch nachdenklich zu stimmen. Und er erfuhr einiges, das ihm geeignet zu sein schien, der Waage des Glücks einen günstigen Ausschlag zu geben.

Am nächsten Morgen trat er die Reise nach Pastrana an, die über Alcalá de Henares führte und zwei Tage dauerte. Da ihm vom Marschall des Königs ein bequemer Wagen zur Verfügung gestellt worden war, genoß er die Fahrt über das von vielen mittelhohen Gebirsketten durchzogene Land von Alcarria. In den kühlen Tälern wuchsen Weiden, Pappeln, Eschen und Erlen. Die Berghänge aber waren baumlos; über weite Strecken gediehen auf ihnen nicht einmal Büsche oder Sträucher. Dazwischen gab es immer wieder Wegabschnitte, in denen der Reichtum an bunt blühenden Gewächsen das Auge verwöhnte. Wie Inseln tauchten aus weiten, von Windhalmen und Straußgräsern bewachsenen Flächen blaugrüne Feuerwacholdergruppen auf. Spanischer Ginster überzog günstig gelegene Hänge mit seinem weithin leuchtenden Gelb. Hin und wieder erblickte man sogar jenen im Alten Testament als ›Wacholderbusch‹ bezeichneten Ginster mit rutenförmigen Zweigen und weißen Blüten. Felsensträucher mit scharlachroten Blättern bildeten dazu einen lebhaften Kontrast. Cistusbüsche schillerten in allen Farben. Und die purpurroten Blüten der Zistrose, die im iberischen Wappen ihren Ehrenplatz gefunden hat, entwickelten eine Leuchtkraft, daß es aussah, als schlügen lodernde Flammen aus den Hecken.

Antonio Pérez liebte das Land um Pastrana, in dem er seine Jugend verbracht hatte. Auch dieser Umstand sprach dafür, daß Fürst Eboli sein Vater war. Denn Gonzalo Pérez, der Geistliche, dessen Namen er trug, war Aragonese und hätte ihn gewiß in Aragón aufwachsen lassen, wenn *er* sein leiblicher Vater gewesen wäre.

Ein eigenartiges Gefühl beschlich den Staatssekretär. Falls es stimmte, daß Fürst Eboli sein Vater war – und dies stand für das ältere Personal des Landgutes in Pastrana unumstößlich fest –, dann war dieses ›Teufelsweib‹, das er in ein normales Leben zurückzuführen gedachte, seine gleichaltrige Stiefmutter. Und um die Verwicklung auf die Spitze zu treiben: Er hatte sich in der Stunde, da Ihre Durchlaucht ihn wegen seiner Kleidung abgekanzelt hatte, aller Vernunft zuwider in sie verliebt. Er gestand sich dies nicht ein, aber als er den König gebeten hatte, ihn nach Pastrana zu entsenden, war er sich darüber im klaren gewesen, daß ihn egoistische Motive leiteten. So schlug sein Herz schneller, als er den letzten Höhenrücken überquert hatte und der hübsch an einem Hang gelegene Ort auftauchte. Nun wurde es höchste Zeit, sich umzukleiden, denn er hatte sich vorgenommen, vor der Fürstin in jener Aufmachung zu erscheinen, die er ihr nach der Attacke auf sein buntes Gewand versprochen hatte: in Sack und Asche.

Die Kostümierung bereitete keine Schwierigkeiten. Er hatte sich in Madrid eine weite Mönchskutte beschafft, in die er nun hineinschlüpfte, ohne die höfische Kleidung des Staatssekretärs abzulegen. Nachdem er sich die Kapuze über den Kopf gestülpt und Heu auf die Schultern gestreut hatte, stieg er wieder auf den Wagen und fuhr, einen Rosenkranz und die Zügel in den Händen, zum oberhalb von Pastrana gelegenen Kloster. Da er wußte, daß die Fürstin sich einen eigenen Zugang hatte schaffen lassen, hielt er nicht an der Pforte, sondern fuhr an der Mauer des Gartens entlang, bis er den Privateingang erreichte. Hier stieg er vom Wagen, band das Pferd an einen Baum und ging durch das offenstehende Tor auf den Pavillon zu.

Noch bevor er diesen erreichte, lief ihm eine junge Nonne entgegen und fragte nach seinem Begehr.

»Ich möchte ›Schwester Ana von der Mutter Gottes‹ meine Aufwartung machen«, antwortete er in salbungsvollem Tonfall.

»Würdet Ihr mir Euren Namen nennen?«

»Gerne«, erwiderte er. »Antonio.«

Die Nonne bedankte sich. »Wartet hier. Ich werde Schwester Ana verständigen.«

»Ich komme aus Madrid«, fügte er noch schnell hinzu.

Die Ordensschwester war erstaunt. »Von Madrid seid Ihr hierher gepilgert?«

Er schüttelte den Kopf. »Ich bin gefahren. Ein vermögender Herr war so gütig, mir einen Wagen zur Verfügung zu stellen.«

Die Nonne eilte davon, und sie war noch nicht lange im Pavillon verschwunden, da erschien die Fürstin im Ordenskleid und musterte den Gast verwundert. Ihr rechtes Auge war noch immer von einer Schutzklappe verborgen. »Antonio ...?« rief sie. »Und Heu auf der Kutte? Ja, seid Ihr womöglich Antonio Pérez?«

Mit verschränkten Armen, die Hände in die weiten Ärmel der Kutte geschoben, wie es sich für einen Mönch gehört, ging er ihr entgegen. »Ich bewundere Euren Scharfsinn und Eure Kombinationsgabe, Durchlaucht. Meinem Versprechen gemäß erscheine ich in Sack und Asche.«

»In Kutte und Heu, will mir scheinen«, erwiderte sie schlagfertig.

»Durchlaucht haben recht. Das Heu soll bekunden, daß es mir leider noch nicht gelungen ist, ein Duftwässerchen aus getrocknetem Gras zu brauen.«

Sie reichte ihm die Hand. »Ihr seid noch verrückter, als ich dachte.«

»Dann passen wir gut zusammen«, entgegnete er vergnügt. »Oder glaubt Ihr, daß meine Verrücktheiten die Euren noch übertreffen?«

Ihre Miene verfinsterte sich. »Was wollt Ihr damit sagen?«

»Nennt Ihr Euer Verhalten hier im Kloster etwa normal? Ich hoffe nicht, denn das würde alles noch schlimmer machen. Das Volk fängt schon an, über Euch zu lachen wie über jene komischen Figuren, die auf Jahrmärkten ihre Späße treiben. Und das ist auch der Grund, weshalb ich Euch aufsuche. Es geht so nicht weiter, Durchlaucht! In Eurem eigenen Interesse müssen wir einen Weg suchen, um aus der verfahrenen Situation herauszufinden, in die Ihr geraten seid.«

Die Fürstin war zu einer Entgegnung unfähig. Meinte Antonio Pérez es ehrlich mit ihr? Sie wußte längst, daß sie den Bogen überspannt hatte. Aber bestand nicht die Möglichkeit, daß sich der Günstling des Königs für die ihm einst erteilte Lektion rächen wollte? Sie schwor sich, nicht erkennen zu lassen, daß sie sogar nach einem Strohhalm greifen würde, wenn sie sich dadurch aus der peinlichen Lage befreien könnte, in die sie sich hineinmanövriert hatte. »Ich weiß nicht, was Ihr unter ›verfahrener Situation‹ versteht«, entgegnete sie unsicher.

Der Staatssekretär wies auf drei junge Nonnen, die aus dem Pavillon ins Freie getreten waren. »Sind das Eure Dienerinnen?«

»Ja.«

»Dann schlage ich vor, unsere Unterhaltung bei einem Spaziergang durch den Garten fortzuführen.«

»Ich habe nichts dagegen.«

Ich scheine offene Türen einzurennen, dachte Antonio Pérez erfreut und überlegte, wo er anfangen sollte. Das bisherige

Gespräch hatte sich aus der Situation ergeben. »Um ganz ehrlich zu sein: Schwester Teresa de Jesús hat Seine Majestät ersucht, Euch mit Gewalt von hier zu entfernen. Andernfalls will sie dieses Kloster aufgeben.«

»Das dürfte die beste Lösung sein«, erklärte die Fürstin patzig. »Dann steht es allein mir zur Verfügung, und ich kann beginnen, einen Orden nach meinem Gusto aufzubauen. Die Gebäude gehören ja ohnehin mir.«

»Lassen wir den letzten Punkt einmal beiseite«, entgegnete der Staatssekretär und schlug seine Kapuze zurück. »Wenn Ihr einen Orden nach Eurem Geschmack gründen wollt, dann braucht Ihr nur in die Welt zurückzukehren, in der Ihr früher gelebt habt. Streut Euch doch keinen Sand in die Augen! Euer Privateingang beweist, daß Euch die klösterliche Abgeschiedenheit schon lange nicht mehr behagt. Warum also noch zögern? Warum nicht gleich in die weltliche Freiheit zurückkehren?«

»Das will ich ja gar nicht!« protestierte sie.

»Und ich behaupte dennoch, daß dies Euer sehnlichster Wunsch ist«, widersprach er. »Irgendwann werdet Ihr das Klosterleben aufgeben. Dann wird es aber wahrscheinlich zu spät sein. Denn dann will niemand mehr etwas von Euch wissen. Und Eure weiblichen Reize werdet Ihr bis dahin verloren haben.«

»Werdet nicht unverschämt!« brauste die Fürstin auf. Ihr unverdecktes Auge glühte und verriet, daß sie nichts von ihrem Temperament eingebüßt hatte.

Antonio Pérez blieb auf dem eingeschlagenen Kurs. »Schaut gelegentlich in den Spiegel. Was Ihr zu sehen bekommt, ist ein von einem schwarzen Band und einer scheußlichen Augenklappe entstelltes Antlitz. Angesichts einer solchen Verunstaltung würde Tizian den Pinsel aus der Hand legen.«

Sie stampfte trotzig mit dem Fuß. »Das ist meine und nicht Eure Sache!«

»Richtig«, stimmte er ihr bei. »Was aber werdet Ihr tun, wenn Ihr eines Tages ins Leben zurückkehrt und feststellen müßt, daß Ihr vergessen seid und daß andere an Eure Stelle getreten sind? Zum Beispiel Doña Brianda. Ich hörte zufällig«, log er bedenkenlos, »daß sie bei Anna von Österreich, die Seine Majestät in wenigen Wochen heiraten wird, Erste Hofdame werden soll.«

Die Fürstin wurde blaß. »Das werde ich zu verhindern wissen.«

Gewonnen, frohlockte der Staatssekretär im stillen. Er hatte den richtigen Weg eingeschlagen. »Ich wüßte nicht, wie Ihr das von hier aus bewerkstelligen wollt«, erklärte er herausfordernd. »Im übrigen muß ich sagen, daß mir Doña Brianda, die ich kürzlich auf einem Empfang kennengelernt habe, sehr gefallen hat. Warum sollte sie nicht die Erste Hofdame werden?«

»Weil hinter ihrer hübschen Larve eine dumme Ziege steckt.«

»Und was ist mit Euch? Zugegeben, Ihr seid intelligent, aber Ihr versauert hinter Klostermauern und entstellt mutwillig Euer einst so reizvolles Gesicht.«

»Wenn Euch so sehr daran gelegen ist«, schrie sie wutverzerrt und riß sich die Augenklappe ab. »Bitte, da habt Ihr, was Ihr Euch wünscht.«

»Welch ein Anblick!« rief er überrascht. »Am liebsten würde ich das befreite Auge mit einem Kuß begrüßen.«

In ihrer Empörung entging ihr der Sinn seiner Worte. »Macht doch, was Ihr wollt!«

Ohne zu zögern, legte er die Hände um ihr Gesicht und küßte das Auge mit dem eigenartig abweichenden Blick.

Sekundenlang war die Fürstin wie versteinert. Dann holte sie zum Schlag aus und gab Antonio Pérez eine Ohrfeige.

Als hätte er damit gerechnet, sagte er gelassen: »Ich bin wie ein Hund. Man kann mich schlagen, ohne daß ich beiße. Wenn es mir jedoch zuviel wird, gehe ich meiner Wege.«

»Verzeiht!« bat sie, über sich selbst erschrocken. »Meine Nerven ... Ich weiß nicht mehr ein noch aus.«

»Das habe ich geahnt. Und deshalb bin ich gekommen.«

»Ich denke, Schwester Teresa hat Seine Majestät ...«

»Gewiß«, unterbrach er sie. »Doch ich habe den König gebeten, mich mit Euch sprechen zu lassen, bevor er drastische Maßnahmen anordnet.«

Sie sah ihn unsicher an. »Ihr glaubt, mir helfen zu können?«

»Wo ein Wille, da ist auch ein Weg.«

»Und was treibt Euch, mir beizustehen?«

»Es gibt mehrere Gründe«, antwortete er freimütig. »Wie Ihr wißt, besaß ich das Vertrauen Eures Gatten.«

Sie nickte.

»Es heißt, er sei mein Vater gewesen. Kennt Ihr das Gerücht?«

»Ja.«

»Wißt Ihr auch, daß er in den Niederlanden beachtliche Güter erworben und sich zum Teil aus diesem Grund, wie er mir eingestand, so sehr für den Frieden eingesetzt hat?«

Ihre Augen weiteten sich. »Weiß das der König?«

»Nein. Und es wird unser Geheimnis bleiben, wenn wir uns einig werden.«

»Worüber?«

»Der Fürst hat die Güter spottbillig erworben. Kommt es zum Frieden, wird ihr Wert um das Vielfache steigen.«

»Was nützt mir das, wenn man den Erlös nicht nach Spanien schaffen kann?«

»Da habt Ihr recht«, erwiderte er triumphierend. »*Man* kann das nicht. *Mir* aber ist das dank der vielen Fäden, die in meinen Händen zusammenlaufen, jederzeit möglich. Schließen wir also einen Pakt. Ich helfe Euch, und Ihr helft dafür mir, in gewissen Kreisen des Hochadels, denen meine Herkunft zu niedrig erscheint, Fuß zu fassen. Gemeinsam müßten wir – die temperamentvolle junge Fürstin und der arrivierte Sohn ihres verstorbenen Gemahls – nach den Sternen greifen können.«

Von diesem Augenblick an war ›Schwester Ana von der Mutter Gottes‹ wieder ganz die von überschäumender Lebenslust und grenzenloser Machtgier getriebene Fürstin Eboli aus dem Geschlecht der Mendoza. Hatte sie nicht selbst einmal gedacht, sie und Antonio Pérez könnten die Welt aus den Angeln heben? »Ihr habt davon gesprochen, daß wir einen Weg finden müßten, mich aus dem Dilemma zu befreien, in das ich geraten bin«, sagte sie, nun ganz sachlich. »Was schlagt Ihr vor?«

»Ich fahre zu Eurem Palais und schicke Euch die prächtigste Robe, die Ihr dort habt; selbstverständlich auch Gewänder für die Dienerinnen. Nach dem Umkleiden begebt Ihr Euch mit den Zofen zur Äbtissin und erklärt ihr, daß Ihr das Kloster räumt und dem Orden tausend Dukaten stiftet, falls alle Nonnen morgen früh zu einem Tedeum in der Stiftskirche erscheinen. Dann fahren wir, gefolgt von Euren Dueñas, zunächst nach Guadalajara, wo wir Eurem Vetter im Palacio del Infantado unsere Reverenz erweisen werden. Am nächsten Tag übernachten wir in Alcalá de Henares und geben den Würdenträgern der Universität die Ehre unseres Besuches. Und in Madrid lasse ich Euch vom Stadthauptmann und vom Bürgermeister empfangen. Sinn des ganzen Spektakels: Da ich Euch begleite, wird sich jeder sagen: Der König hat Ihre Durchlaucht zurückholen lassen. Spätestens in einer Woche spricht niemand mehr von Euren Eskapaden. Dann ist jedem klar, daß es der erste Schmerz über den Verlust Eures Ehegatten war, der Euch ins Kloster getrieben hat. Und jedermann wird überzeugt sein, daß Seine Majestät genauso denkt.«

Die Fürstin trat nahe vor den Staatssekretär hin. »Jetzt gebe *ich* Euch einen Kuß, und hinterher dürft *Ihr* mich schlagen.«

Antonio Pérez schob sie sanft zurück. »Ich bitte sehr darum, mir den Kuß erst zu geben, wenn ich Euch wohlbehalten in Euer Palais gebracht habe und dieser aufregende Tag sich seinem Ende zuneigt.«

Ihre Augen strahlten. »Einverstanden. Schlagen solltet Ihr mich zu so später Stunde aber vielleicht doch nicht.«

Der Staatssekretär schlüpfte mit erstaunlicher Behendigkeit aus seiner Kutte und machte einen höfischen Kratzfuß. »Ganz wie Durchlaucht es wünschen.«

Der Morgen war nicht mehr fern, als Antonio Pérez sich mit einer letzten Umarmung von der Fürstin verabschiedete. »Vergeßt nicht, welches Versprechen Ihr mir abgenommen habt! Wir werden uns, auch wenn wir allein sind, niemals vertraulich duzen.«

Sie lachte. »Selbst beim Abschiednehmen seid Ihr ein Ungeheuer.«

»Wo war ich es sonst noch?«

Ihre Durchlaucht hob die Hand und spreizte die Finger. »Fünfmal! Es ist nicht zu glauben.«

Philipp II. war überrascht, als ihm Antonio Pérez vom glücklichen Verlauf der Mission berichtete. Er hatte mit größeren Schwierigkeiten gerechnet und führte das schnelle Nachgeben der Fürstin nicht allein auf das Geschick seines Staatssekretärs zurück. Seiner Meinung nach war sie zur Vernunft gekommen, weil sie erkannt hatte, daß nur noch drakonische Maßnahmen folgen konnten, wenn sie die letzte Chance, die er ihr bot, nicht wahrnahm. Aber er war froh, nicht eingreifen zu müssen. Und es erleichterte ihn zu hören, daß Ihre Durchlaucht weit davon entfernt sei, nochmals derartige Dummheiten zu machen.

Natürlich verschwieg Antonio Pérez, in welches Verhältnis zu der Fürstin er getreten war. Im Prinzip konnte er sich jede Liebschaft leisten, ohne deshalb Schwierigkeiten zu bekommen. Er brüstete sich sogar seiner Eroberungen. Wenn er gefragt wurde, wie viele Kinder er habe, pflegte er dreist zu antworten: »Das ist in jeder Stadt verschieden.« Eine Verbindung mit der Fürstin Eboli aber, das wußte er, würde ihm niemand verzeihen. Und von ihr würden sich alle hochgestellten Persönlichkeiten abwenden.

Dieser Gefahr waren sich beide bewußt. Doch sie brauchten sich keine Sorgen zu machen. Das Stadtpalais der Fürstin verfügte über einen Geheimeingang, der von einem Haus in der Parallelstraße direkt in den Arbeitsraum des verstorbenen Fürsten führte. Und dieser Zugang, der in eine Tapetentür mündete, war nur Ihrer Durchlaucht und dem Majordomus bekannt.

Dennoch gab es einen Menschen, der ihre geheime Verbindung bald durchschaute: Doña Juana. Aber sie nahm ja ihrem Mann nichts übel und gönnte ihm gerade jetzt, da sie im achten Monat war, jedes Vergnügen. Sorge bereitete ihr lediglich der Gedanke, die Verbindung ihres Mannes mit der Fürstin könne bekanntwerden. Erst als sie sich deswegen an ihn wandte und er ihr anvertraute, daß es einen Geheimgang zum Stadtpalais der Fürstin gebe, atmete sie auf. »Dann muß ich mir ja keine Sorgen machen«, sagte sie erleichtert.

»Das brauchst du wirklich nicht«, versicherte er.

»Und was sagt Ihre Durchlaucht zu deinem Hang zu hübschen Pagen?« fragte sie mit kaum begreiflicher Anteilnahme.

»Im Moment beschäftigen uns politische Probleme.«

»Kann Ihre Durchlaucht dir dabei helfen?«

»O ja! Der Fürst hat sie stets in alles eingeweiht. Sie hat dadurch einen enormen Überblick. Doch das bleibt unter uns, verstanden?«

Doña Juana wurde unwillig. »Hast du es jemals nötig gehabt, mir so etwas zu sagen?«

Er umarmte sie. »Entschuldige meine Gedankenlosigkeit!«

»Du kannst ihr übrigens Grüße von mir ausrichten. Vielleicht könnte es eurer Tarnung dienen, wenn Ihre Durchlaucht uns gelegentlich aufsucht.«

Er schüttelte den Kopf. »Lieber nicht. Es ist besser, wenn man uns ausschließlich bei offiziellen Anlässen zusammen sieht.«

Ebenso wie Doña Juana der Fürstin nichts verübelte, sprach auch Escobedo niemals abfällig über sie, obwohl sie ihn gelegentlich grob anfuhr. Er war nach ihrer Rückkehr aus dem Kloster ihr Vermögensverwalter geblieben. Dies wäre zwar nicht nötig gewesen, aber der Staatssekretär hatte es so gewünscht, um Seine Majestät glauben zu machen, daß er der Fürstin gegenüber eine gewisse Strenge walten lasse. Und seine Order hatte dem König in der Tat gefallen.

Eines aber erreichte Antonio Pérez nicht: daß Philipp II. mit ihm über seinen Vorschlag diskutierte, Papst Gregor XIII. auf fragwürdige Weise zu beträchtlichen Zahlungen zu bewegen. Immer wieder wich der König aus, bis wenige Wochen vor seiner vierten Eheschließung das Gespräch auf Don Juan de Austria kam, der sich erdreistet hatte, Seiner Majestät mitzuteilen, daß er zur Hochzeit nicht kommen werde.

Der Staatssekretär befand sich zufällig im Arbeitsraum des Königs, als das Schreiben eintraf. Der Monarch reichte es ihm mit steinerner Miene.

Antonio Pérez überflog es und gab es kommentarlos zurück.

»Was sagt Ihr dazu?«

»Ich kann nur erneut darauf hinweisen, daß sich die Einstellung Eures Halbbruders ändern würde, wenn Ihr Euch entschließen könntet, ihm den Titel ›Hoheit‹ zu verleihen. Wie lächerlich es auch klingen mag, Don Juan kränkt es, daß Ihr ihm diese Gunst verweigert. Und ich muß gestehen, daß er als anerkannter Nachkomme Kaiser Karls V....«

»Schweigt!« unterbrach ihn der König. »Den Titel ›Hoheit‹ wird er niemals erhalten!«

»Und was ist, wenn Euch etwas zustößt?« wagte der Staatssekretär einzuwerfen. »Ihr habt keinen Erben.«

»Darum nehme ich ja das Opfer einer neuen Ehe auf mich.«

Antonio Pérez fragte sich unwillkürlich: Wird auch seine vierte

Frau an der Kälte seines steinernen Herzens zugrunde gehen? Für ihn gibt es nur eine Königin: die *Virgo immaculata*, die Gottesmutter, in deren Dienst er sein ganzes Denken und Handeln stellt.

»Außerdem habe ich zwei Töchter«, fuhr der Monarch fort. »Wenn in England Königinnen regieren können, wird das auch in Spanien möglich sein.«

Der Staatssekretär griff dankbar das Stichwort auf. »Was würdet Ihr davon halten, wenn wir die Königin von England als Köder benutzten, um das Herz Eures Halbbruders zu erwärmen?«

Die Stirn des Herrschers legte sich in Falten. Es war ihm anzusehen, daß er nicht begriff, worauf sein Günstling hinauswollte. »Drückt Euch klarer aus!«

»Majestät werden sich an unser Gespräch über Papst Gregor erinnern. Ich erörterte die Chance, seine Gunst durch den Plan eines Überfalls auf England zu gewinnen. Während meiner Fahrt nach Pastrana hatte ich Gelegenheit, alles nochmals in Ruhe zu überdenken. Und da kam mir die Idee: Warum Krieg führen, wenn sich eine Heirat als die viel bessere und einfachere Lösung anbietet? Denn wenn es Don Juan de Austria, dem Liebling der Frauen, gelingen könnte, die jungfräuliche Königin zu umgarnen, würde Euch der Papst mit Dukaten überhäufen. Euer Halbbruder wäre dann Königliche Hoheit und – außerhalb des Landes.«

Philipp II. nahm eine ruhelose Wanderung auf; vom Fenster zur Tür und von der Tür zum Fenster. Viel Raum stand ihm nicht zur Verfügung. Gelegentlich blickte er verkniffen zu seinem Günstling hinüber. Schließlich blieb er abrupt vor ihm stehen. »Euer Plan... Wir werden gleich nach den Hochzeitsfeierlichkeiten darüber sprechen. Solche Dinge müssen wohlüberlegt sein. Aber ich gebe zu... Die Idee als solche... Wie gesagt, wir werden darüber reden.«

»Ich bitte um Vergebung, Sire. Darf ich einen Gegenvorschlag unterbreiten?«

»Nur zu!«

»Eure Majestät sagten: ›nach den Hochzeitsfeierlichkeiten‹. Das bedeutet in etwa drei bis vier Wochen. Würdet Ihr gestatten, daß ich die Zeit nütze, um beim Papst behutsam vorzufühlen? Es wäre wichtig zu erfahren, ob und in welcher Höhe Seine Heiligkeit gegebenenfalls bereit wäre, Euch zu unterstützen. Und es wäre gut, wenn wir noch vor unserem Gespräch erfahren würden, wie der Papst darüber denkt.«

»Wen wollt Ihr entsenden?«

Der Staatssekretär hob die Schultern. »Die Frage ist nicht so leicht zu beantworten. Es müßte eine absolut vertrauenswürdige, jedoch nicht im Dienst der Regierung stehende Person sein. Man könnte sonst hellhörig werden. Eure Majestät wissen, daß es im Vatikan Spitzel aus allen Ländern gibt. Ohne Tarnung dürfen wir das Problem nicht angehen.«

Philipp II. nickte. »Ich gebe Euch freie Hand.«

Antonio Pérez dankte mit einer Verneigung. »Vielleicht könnte man...« Er unterbrach sich, als sei ihm gerade ein guter Gedanke gekommen. »Wäre Escobedo nicht der geeignete Mann? Er erfüllt beide Bedingungen. Wenn Ihr ihn für einige Wochen von seiner Tätigkeit als Vermögensverwalter der Fürstin Eboli beurlaubt...«

»Ihn wollt Ihr einweihen?«

»Auf keinen Fall! Er dürfte lediglich Überbringer des Schreibens sein. Und da ich vorgeschlagen habe, daß nicht Ihr Euch, sondern ich mich an den Papst wende, würde er nicht in Eurem, sondern in meinem Auftrag reisen.«

»Dann wäre es falsch, wenn *ich* ihn beurlaube. Das müßtet Ihr in diesem Fall schon selber tun.«

»Ihr habt recht, Sire! Entschuldigt, daß ich das nicht bedacht habe!«

»Der Gedanke, Escobedo einzusetzen, ist Euch ja eben erst gekommen«, erklärte der König nachsichtig. »Ihr habt also freie Hand. Denkt aber alles nochmals genau durch. In einer so heiklen Angelegenheit darf keinesfalls eine Vorsichtsmaßnahme versäumt werden.«

Dem Staatssekretär war nicht anzusehen, daß er triumphierte. Der zweite Schritt war getan; der dritte würde unweigerlich folgen. Seine Majestät brauchte dringend Geld.

Antonio Pérez befand sich in einer Glückssträhne. Was immer er anfaßte, entwickelte sich zum Guten und gewann ihm neue Freunde. Natürlich hatte er auch Feinde, unbedeutende, aber auch gefährliche. So eröffnete ihm Escobedo, der sich für den erteilten Auftrag, nach Rom zu reisen, überschwenglich bedankte, er würde ihn gerne zu einem Festessen einladen, sehe sich dazu jedoch außerstande, weil seine Frau sich weigere, den Freund zu empfangen. Er, Escobedo, habe sich in letzter Zeit einige Seitensprünge erlaubt, und seine Frau sei bedauerlicherweise der Überzeugung, ohne die Freundschaft mit Pérez wäre er ihr niemals untreu geworden.

»Nimm's nicht so tragisch«, tröstete ihn der Staatssekretär, »und sichere deine Amouren in Zukunft besser ab!«

Escobedo lachte. »Das hätte ich auch ohne deine Empfehlung getan.«

Antonio Pérez griff den Freund am Wams. »Ich gebe dir einen guten Rat: Laß dich auf der Reise nach Rom nicht von Weibern aufhalten! Je schneller du zurück bist, um so größer ist die Chance, dir einen verantwortungsvollen Posten zuzuschanzen. Neapel darfst du selbstverständlich nicht auslassen. Bemühe dich dort, das Vertrauen meines Freundes Don Juan de Austria zu erringen. Und bestelle ihm, daß die Einweihung meines ›Häuschens‹ in vier Monaten stattfindet. Sage aber niemandem, daß ich dich zu ihm geschickt habe. Wenn das herauskäme, müßte ich alles abstreiten und dich als Lügner hinstellen. Um deine Karriere wäre es dann geschehen.«

Escobedo umarmte ihn. »Du kannst dich auf mich verlassen.«

Der Staatssekretär klopfte ihm auf die Schulter. »Mach's gut! Und sei froh, daß du dem Hochzeitsrummel entfliehen kannst. Ich wette, daß wir vierzehn Tage keinen Schlaf finden werden.«

In der Tat wurde dem spanischen Volk fast drei Wochen lang ein Fest nach dem anderen geboten. Sogar bei Stierkämpfen konnte es sich vergnügen. Sonst durften solche Darbietungen nicht abgehalten werden, weil Philipp II. Tierquälerei verabscheute. Das hinderte ihn nicht, mit seinen beiden Töchtern und der neuen Königin jedes Autodafé zu besuchen. Während der Festtage wurden Hunderte von Menschen zur höheren Ehre Gottes ein Opfer der Flammen, und niemand kam auf die Idee, dies als grausam zu bezeichnen. Wieso auch? Man wohnte den Verbrennungen ja nicht bei, um sich zu erfreuen; man tat es um der

Erbauung willen. Ein Autodafé kam einem Gebet gleich, mit dem man Gott für die Befreiung von den Ketzern dankte.

Über die enormen Summen, die aufgeboten wurden, um das Land in die richtige Stimmung zu versetzen, murrte ebenfalls niemand. Das Volk betrachtete sich gewissermaßen als seinen eigenen Gast. Denn zahlte man nicht selbst die Zeche? Die Steuer war doch wegen der vielen Festlichkeiten erhöht worden. Da war es nur vernünftig, kräftig zuzugreifen. Zum Grollen blieb nach den Feiertagen noch genügend Zeit.

Antonio Pérez hatte in diesen Wochen alle Hände voll zu tun. Er erntete auch viel Lob, ärgerte sich aber darüber, daß ihm die Fürstin, obwohl sie sah, welchen Belastungen er ausgesetzt war, gerade in diesen Tagen Dinge abverlangte, die er nur schwer erfüllen konnte. Im Bett blieb er freilich der unschlagbare, unermüdliche Gladiator. Doch sie forderte von ihm die Lösung von Problemen, die sie aus Machtgelüsten, Mißgunst und Eifersucht selbst heraufbeschworen hatte. Und es erwies sich nun als Fehler, daß er damit einverstanden gewesen war, das vertrauliche Du niemals zu benutzen. Das hatte zur Folge, daß beide, gerade wenn einer den anderen überzeugen wollte, in einen unbeabsichtigt scharfen Ton verfielen. Dies um so mehr, als die Fürstin schnell die Beherrschung verlor und in solchen Augenblicken den Fehler machte, auf ihre Herkunft zu pochen.

In peinlicher Weise wurde dies deutlich, als sie das Gespräch wieder einmal auf Doña Brianda brachte, die ihr seit Antonio Pérez' erster Erwähnung im Kloster Pastrana schlaflose Nächte zu bereiten schien. »Merkt Euch ein für allemal, *Señor*, daß es Euch nicht ansteht, in Fragen der Etikette mitzureden! Weshalb also sollte ich Euch sagen, was mir an Doña Brianda mißfällt? Es muß Euch genügen, daß ich ihr die Fähigkeit abspreche, eine gute Hofdame zu sein, und ich erwarte von Euch, daß Ihr entsprechende Schritte in die Wege leitet.«

Antonio Pérez hätte gerne aufgetrumpft, aber dafür war es zu spät. Beide waren in ein Abhängigkeitsverhältnis geraten, beide strebten nach Macht. Und gerade dieses Streben fesselte sie mit unsichtbaren Ketten aneinander.

Welch grandiose Aussichten sich ihm boten, hatte der Staatssekretär erkannt, als die Fürstin ihm anvertraute, daß zwischen ihr und der vermutlichen Erbin des Thrones von Portugal, der Herzogin von Braganza, die keinen männlichen Nachkommen besaß, eine Abmachung bestehe, der zufolge ihr Sohn, der Herzog von Pastrana, mit einer der Töchter der Herzogin vermählt werden solle.

Angesichts dieser Perspektive ließ sich schon einiges ertragen, zumal auch Philipp II. ohne Thronerben war. Falls die neue Königin ihm keinen Sohn schenkte, würde sich Don Juan de Austria als Nachfolger präsentieren. Wenn er, Antonio Pérez, dank der Fürstin Eboli dann in die Lage versetzt wurde, Einfluß auf den künftigen portugiesischen Hof zu nehmen, boten sich ihm überraschende Möglichkeiten. Da lohnte es sich, die unbeherrschten Launen Ihrer Durchlaucht mit Geduld zu ertragen. Er verlor deshalb auch nicht die Nerven, als sie sich eine neuerliche Eskapade erlaubte, die unliebsame Erinnerungen an das zurückliegende Klosterdebakel heraufbeschwor.

Ursache war der Vater der Fürstin. Er hatte die Siebzig weit überschritten und erschien eines Tages in ihrem Stadtpalais, um ihr zu eröffnen, daß er sich nach dem Tode seiner Frau vereinsamt fühle, weshalb er beabsichtige, nochmals zu heiraten, und zwar ein reizendes Geschöpf, das allerdings jünger sei als er. Es zähle gerade achtzehn Lenze.

Die Fürstin war außer sich. »Alter Rammler!« schrie sie mit sich überschlagender Stimme. »Wenn du stinkender Hurenbock glaubst, deine Geilheit an noch nicht einmal voll behaarten Mädchen auslassen zu müssen, dann ist das deine Sache und geht mich nichts an. Wenn du aber versuchst, einer Zimtziege mein Erbe zuzuschanzen, bekommst du es mit mir zu tun. Dann werde ich dich unter Kuratel stellen und dir notfalls sogar deinen widerlichen Pimmel abhacken lassen.«

Der Vater ging auf der Stelle zum Gegenangriff über. Mit hochrotem Kopf schrie er zurück: »Zimtziege hast du gesagt? Hat dir das Volk von Madrid nicht den Spitznamen *La Canela* – ›Die Zimtartige‹ gegeben? Man weiß hier sehr genau, daß du allen Männern schön tust und sie zu betören versuchst. Wirf mir also nicht Geilheit vor, solange du dich wie eine läufige Hündin benimmst!«

Augenblicklich flog ihm eine Vase an den Kopf. Und dann

bewarfen sie sich gegenseitig mit allen möglichen Gegenständen. Nur das rechtzeitige Eingreifen des Majordomus und einiger beherzter Diener verhinderte, daß das ganze Mobiliar des Raumes zertrümmert wurde.

Der Leidtragende war Antonio Pérez. Als er am Abend durch die geheime Tapetentür in den Arbeitsraum des verstorbenen Fürsten trat, erwartete Ihre Durchlaucht ihn derart aufgebracht, daß er an Xanthippe, die streitsüchtige Gemahlin des Sokrates, denken mußte.

»Wieso kommt Ihr ausgerechnet heute so spät?« fuhr sie ihn ungnädig an. »Ich brauche Euch dringend. Ihr müßt sofort einen Anwalt aufsuchen.«

Er legte die Arme um sie. »Nun beruhigt Euch erst einmal. Was ist denn Schlimmes geschehen?«

Sie stieß ihn zurück und schilderte in wirren Worten die Auseinandersetzung, die sie mit ihrem Vater gehabt hatte.

Der Staatssekretär versuchte sie zu beschwichtigen.

Darauf legte die Fürstin keinen Wert. Sie verlangte von ihm, er solle unverzüglich alle Güter, die ihr dereinst zufallen würden, in ihrem Namen beschlagnahmen lassen. Außerdem solle er sofort den Antrag stellen, ihren verrückt gewordenen ›Hengst von Vater‹ für unzurechnungsfähig zu erklären und ihm die Eheschließung mit einer nicht volljährigen ›Erbschleicherin‹ zu versagen.

Der Staatssekretär sah die Dinge anders. Er wußte, daß sich die überzogenen Wünsche der Fürstin nicht erfüllen ließen. Doch wie sehr er sich bemühte, ihr dies klarzumachen, sie gab erst Ruhe, als er ihr versprach, gleich am nächsten Morgen einen Advokaten zu konsultieren.

Das Gespräch mit dem Rechtsgelehrten währte nicht lange. Als Staatssekretär gab er sich nicht die Blöße, unsinnige Anträge zu stellen. Er ersuchte den Advokaten vielmehr, ein Schriftstück auszuarbeiten, das die Aussichtslosigkeit, auf dem Prozeßweg erfolgreich zu sein, deutlich mache. Und er sicherte ihm ein Sonderhonorar zu, falls er sein fachmännisches Urteil bis zum Spätnachmittag abliefere.

Der Rechtsgelehrte versprach, sein möglichstes zu tun, und Antonio Pérez wollte die Kanzlei gerade verlassen, als ein junger Mann an ihn herantrat.

»Entschuldigt, Euer Gnaden«, sagte er ehrerbietig. »Ich habe schon wiederholt versucht, Euch in Eurem Haus zu erreichen, traf Euch aber nie an.« Er griff in die Tasche seiner Jacke. »Es geht um diese Dukaten. Ihr gabt sie meinem Sohn, nachdem meine Frau Euch gestattet hatte, ihm eine Tüte mit Zuckergebäck zu schenken. Erinnert Ihr Euch?«

»Ja, gewiß«, antwortete der Staatssekretär. »Ich hatte Eurer reizenden Gattin versprochen, Euch für ein besseres Gehalt, als Ihr es derzeit bezieht, in der Staatskanzlei zu beschäftigen.«

»Dafür danke ich Euch, Euer Gnaden. Die Dukaten aber muß ich Euch zurückgeben. Wir können doch kein Geld von Euch annehmen.«

»So war es nicht gemeint«, versicherte Antonio Pérez. »Ich schenkte die Dukaten dem Jungen, damit er sich gelegentlich etwas kaufen kann.«

»Genau das möchten wir nicht«, erklärte der junge Mann bestimmt. »Wir sind zufrieden und glücklich mit dem, was wir haben. Und wir fürchten, unser Glück zu verlieren, wenn wir aus unserem Kreis heraustreten und uns Dinge leisten, die uns nicht zustehen und geeignet sind, übertriebene Wünsche zu wecken. Deshalb möchte ich auch Euer Angebot, für das ich aufrichtig danke, nicht annehmen. Ich gehöre meiner Frau, und meine Frau gehört mir. Und das Kind gehört uns, und wir gehören dem Kind. Kann es etwas Schöneres geben?«

Der Staatssekretär war ratlos. »Wohl kaum«, antwortete er. »Aber was Euch soviel Freude bereitet, würde Euch doch nicht genommen, wenn Ihr gegen bessere Bezahlung in meine Dienste tretet.«

»Könnt Ihr mir das garantieren? Oder, anders ausgedrückt: Seid Ihr heute noch so glücklich, wie Ihr es wart, als Ihr Euch noch nicht alle Wünsche erfüllen konntet?«

Antonio Pérez stutzte. »Ich weiß nicht... Vielleicht. Ja, ich glaube, man ist am glücklichsten, wenn man sich *einen* langersehnten Wunsch, nicht aber, wenn man sich *alle* Wünsche erfüllen kann.«

Der junge Mann reichte ihm die Golddukaten. »Versteht, daß ich bei meinem Advokaten bleiben möchte. Er kann nicht mehr zahlen als das, was er mir gibt. Und wir sind beide vollauf zufrieden.«

»Ich beneide Euch«, erwiderte der Staatssekretär. »Wie ist Euer Name?«

»Sato.«

»Wenn es mir einmal schlecht gehen sollte, werde ich mich an Euch erinnern.«

Der junge Mann lachte. »Sollte es Euch wirklich einmal schlecht ergehen, dann kommt zu uns. Ein bißchen kann man immer helfen.«

Tief beeindruckt kehrte Antonio Pérez nach Hause zurück. Ihm war es, als habe er in das Antlitz Gottes geschaut, und ihm graute plötzlich vor dem Leben, das er führte.

Aber es war wie immer, wenn er von etwas beeindruckt war und edle Vorsätze faßte: Sie wurden von den Realitäten des Alltags schon bald wieder fortgespült. Und die Fürstin war eine aufregende Realität. Für sie endete das Theater, das sie wegen der Heiratsabsicht ihres Vaters aufführte, keineswegs mit der Kenntnisnahme der gelehrten Auslassungen des Advokaten. Im Gegenteil, jetzt legte sie erst richtig los. Sie trug den Fall in die Öffentlichkeit, engagierte mehrere Anwälte, strengte alle möglichen Prozesse an und wandte sich sogar an den König, der sich erstaunlicherweise ihrer Auffassung anschloß und dafür plädierte, sämtliche Besitzungen ihres Vaters vorsorglich sicherzustellen.

Natürlich wurde sofort wieder gemunkelt, dies sei ein weiterer Beweis dafür, daß Seine Majestät sich als der Erzeuger ihrer Kinder betrachte. Doch wie dem auch sein mochte, der Vater der Fürstin schuf, ohne viel Worte zu verlieren, vollendete Tatsachen, die nicht ignoriert werden konnten. Er heiratete das junge Mädchen und legte gleich nach der Trauung fest, daß seine Frau Haupterbin werden solle, falls sie ihm ein Kind schenke. Und dann muß er sich wohl mächtig ins Zeug gelegt haben, denn vier Tage später war er tot. Offensichtlich hatte er seine Kräfte überschätzt.

Zur Verwunderung vieler gab die Fürstin noch am gleichen Tag Order, sämtliche Prozesse bis auf weiteres ruhen zu lassen und nichts gegen die junge Witwe ihres Vaters zu unternehmen. Sie widerrief die Weisung auch nicht, als ihr später mitgeteilt wurde, daß die ›Erbschleicherin‹ ein Kind erwarte.

Antonio Pérez versöhnte diese Haltung, und er fragte die Fürstin in einer günstigen Stunde: »Was hat Euch eigentlich bewogen, die Prozesse einzustellen?«

Sie antwortete spöttisch: »Ich habe meinen Vater immer gemocht. Wenn wir aneinandergerieten, dann nur, weil wir uns so ähnlich waren. Nun, da er gestorben ist – wie dürfte es da noch Streit geben?«

»Das leuchtet ein«, erwiderte der Staatssekretär. »Aber was wird sein, wenn das Kind geboren ist?«

Die Fürstin lachte. »Mein Vater hat einen bösen Fehler gemacht. In seinem letzten Willen heißt es, wie ich inzwischen feststellen konnte, daß seine Frau zur Haupterbin werden soll, falls sie einen *Sohn* gebiert. Bekommt sie hingegen eine Tochter, hat sie die Partie verloren. Da muß ein Idiot Pate gestanden haben. Warten wir also in Ruhe ab, was sich ereignen wird.«

Es kam zu einer Totgeburt, die alle Probleme löste.

Noch bevor die erneute Eskapade der Fürstin ihr Ende gefunden hatte, war Escobedo von seiner Reise nach Rom und Neapel zurückgekehrt. Er überbrachte ein Schreiben Papst Gregors XIII., das den Staatssekretär nicht enttäuschte, wenngleich Seine Heiligkeit einige Bedingungen stellte, die nicht ohne weiteres erfüllt werden konnten. Aber das langersehnte Gespräch war wenigstens eingeleitet, und Antonio Pérez zweifelte nicht daran, daß sich Mittel und Wege finden würden, um bestehende Hindernisse fortzuräumen. Das Wichtigste war im Moment, daß sich der König nun bereit zeigte, den zur Debatte stehenden Plan ernstlich zu erwägen. Die vom Papst aufgeworfene Frage, welcher spanische Heerführer das Zeug habe, ein so gewaltiges Unternehmen wie die Landung in England erfolgreich durchzuführen, stellte er allerdings aus taktischen Gründen bis auf weiteres zurück.

Der Staatssekretär hätte sofort Don Juan de Austria, den Sieger der Seeschlacht bei Lepanto, vorschlagen können. Dies um so mehr, als ein vertrauliches Begleitschreiben Seiner Heiligkeit zum Ausdruck brachte, daß auch der Papst den unerschrockenen Halbbruder des Königs für befähigt hielt, mit den Truppen der englischen Königin fertig zu werden. Aber gerade weil Seine

Heiligkeit für den unehelichen Sohn Karls V. plädierte, hielt Antonio Pérez es für richtig, diesen zunächst nicht ins Spiel zu bringen. Er kannte die Eifersucht Philipps II. auf seinen Halbbruder, für den er dennoch Zuneigung hegte. Wegen seiner außergewöhnlichen Fähigkeiten als Feldherr befürchtete er jedoch, er könne ihn, den König, vom spanischen Thron verdrängen, wenn ihm weitere Erfolge beschert würden. Der Staatssekretär schwieg also vorerst. Dies nicht zuletzt, weil er Don Juan nicht nennen wollte, ohne zuvor mit ihm gesprochen zu haben. Sie waren seit Jahren befreundet, liebten beide aufwendige Feste und wußten, daß sie sich aufeinander verlassen konnten. Und es war ein glückliches Zusammentreffen, daß der Halbbruder des Königs die Fürstin Eboli, die er vertraut ›Doña Ana‹ nannte, sehr verehrte. Es verging kein Monat, in dem er ihr nicht in einem langen Brief von seinen unzähligen Liebschaften berichtete. Und jedesmal versicherte er ihr, es nicht abwarten zu können, ihren ausdrucksvollen Augen und deren faszinierendem Silberblick wieder zu begegnen. Seine Episteln endeten mit überschwenglichen Schmeicheleien wie: *Ich brenne darauf, Eure schönen Hände küssen und dabei denken zu können: Ich brauche morgen nicht weiterzureisen, bleibe in Eurer Nähe und werde täglich Euren ganzen Liebreiz in mich aufnehmen dürfen.*

Der Staatssekretär konnte die Stunde kaum erwarten, in der Don Juan zur Einweihung der Casilla nach Madrid kommen würde. Alles war auf das beste vorbereitet. Dem hohen Gast stand eine Suite mit zehn eigens für ihn abgestellten Lakaien zur Verfügung. Im ›Häuschen‹ wurden außer dem Küchenpersonal dreißig Diener beschäftigt. Sie trugen eine Livree aus Goldbrokat, die mit blauen Tressen besetzt war. Für den Dienst im Freien besaßen sie moosgrüne Umhänge aus feinstem Tuch.

La Casilla* lag weit vor den Mauern Madrids inmitten eines großen Parks. Diesen umgaben riesige Wälder, in denen Antonio Pérez das alleinige Jagdrecht zustand. Vier Türme flankierten das palastartige Gebäude. In einem wohnten die Pagen in luxuriös eingerichteten Zimmern, zwei weitere beherbergten das übrige Personal, und im vierten befanden sich Räume mit Geheimtüren,

* Aus dem ›Häuschen‹ wurde später das Kloster Santa Isabel.

hinter denen Glücksspiele aller Art geboten wurden, obwohl der König solche Zerstreuungen grundsätzlich untersagt hatte.

In den über vierzig Gemächern des ›Häuschens‹ standen Betten, Stühle, Truhen und Tische aus purem Silber. Es war dafür Sorge getragen, daß Don Juan de Austria während der drei Wochen, die er zu bleiben gedachte, niemals das gleiche Silbergeschirr vorgesetzt bekam. Daß seine Bettwäsche und die Brokatvorhänge an seinem Alkoven täglich erneuert wurden, war selbstverständlich.

Im Haushalt wurden goldene Schüsseln benutzt, von denen jede tausend Dukaten wert war. Das gesamte Geschirr wurde auf hundertvierzigtausend Golddukaten geschätzt.

Die prunkvolle Ausstattung der Räume verriet allerdings keinen guten Geschmack, und wo sich die persönliche Handschrift des Hausherrn zeigte, wurde es geradezu peinlich. So schwebten über seinem Bett silberne Engel mit einem Spruchband, das in goldenen Lettern verkündete: ›Sei leise! Antonio Pérez schläft!‹

Um so erstaunlicher war die Qualität der Bildergalerie des Staatssekretärs. Sechsundneunzig Gemälde bedeutender Meister schmückten die Räume des ›Häuschens‹. In den Gängen hingen vierundzwanzig Porträts von Päpsten und sechsundfünfzig von königlichen Personen. In der Empfangshalle überraschten den Besucher sechs große Gemälde, die alle Phasen der Seeschlacht bei Lepanto festhielten. Kein Geringerer als der berühmte italienische Seefahrer Andrea Doria hatte sie Antonio Pérez als Präsent zur Einweihung seiner Casilla geschickt.

Im Hauptsaal prangten die Perlen der Sammlung: Tizians ›Sündenfall‹, seine ›Anbetung der drei Heiligen Könige‹ und das ›Porträt Kaiser Karls V.‹*

Allein diese Gemälde stellten ein Vermögen dar, und es war nicht verwunderlich, daß die dreihundert Gäste, die der Günstling des Königs geladen hatte, angelegentlich über die zahlreichen Einnahmequellen des Staatssekretärs tuschelten. Man errechnete, daß Antonio Pérez monatlich zehntausend Dukaten aufbringen mußte, um die Ausgaben für Haushalt und Personal bestreiten zu können. Hinzu kamen die Kosten seines Marstalls, der den des

* Diese Werke befinden sich heute im Prado zu Madrid und im Hospital de Afuera in Toledo.

Königs bei weitem übertraf. Er besaß dreißig edle Pferde und viele Wagen und Karossen der unterschiedlichsten Bauart.

Doch so protzig auch alles war, niemand unter den Gästen hielt es für unvorsichtig, daß der Staatssekretär seinen gewiß nicht auf reelle Weise erworbenen Reichtum so ungeniert zur Schau stellte. Er hatte ausschließlich Freunde eingeladen, die mehr oder weniger von seiner Gunst lebten. Und wem es in den Sinn kam, an die vielen Bestechungsmöglichkeiten zu denken, die sich dem Vertrauten des Königs boten, der rief sich bald zur Ordnung. Denn es konnte keinem Zweifel unterliegen, daß Seine Majestät über die enormen Summen, die in Antonio Pérez' Taschen hängenblieben, genau Bescheid wußte. Die königlichen Spitzel waren allgegenwärtig. Die von Philipp II. geschaffene *visita,* ein Verfahren zur Überprüfung der Ehrlichkeit seiner Beamten, hätte gegen den Staatssekretär längst einen *proceso de visita* eingeleitet, wenn nicht bekannt gewesen wäre, daß eine allmächtige Hand ihn schützte.

Die angesehensten Gäste des Abends waren Don Juan de Austria und die Fürstin Eboli, die wie ein Herrscherpaar auftraten. Zur Einweihung des ›Häuschens‹ schenkten sie Antonio Pérez und seiner Frau Doña Juana, die inzwischen ihre zweite Tochter geboren hatte, ein Kohlenbecken aus massivem Silber, das der Halbbruder des Königs in Neapel für zweitausend Golddukaten hatte anfertigen lassen.

Die Fürstin sonnte sich im Glanze Don Juans. Der illegitime Sohn Kaiser Karls V. hatte ein ungewöhnlich ebenmäßiges Gesicht und schien die Wiedergeburt des schönen Adonis aus der griechischen Mythologie zu sein. Sein blondes, in weichen Locken auf die Schultern herabfallendes Haar, das seine Mutter Barbara Blomberg, ein Bürgermädchen aus Regensburg, ihm vererbt hatte, ließ aber auch an Siegfried, den Helden der germanischen Sage, denken. Doch er war nicht nur stattlich und schön. Er glänzte im Turnier sowohl mit der Lanze als auch mit Schwert und Degen. Er war ein bewährter Stierkämpfer, verwegener Reiter, erfahrener Jäger und guter Tänzer. Und er liebte ausgefallene Effekte, die selbst mutige Krieger verblüfften oder gar erschreckten. So war er vor der Truppe einmal mit einem Löwen erschienen, den er an kurzer Leine hielt. Und während einer längeren Ansprache hatte er ihm unentwegt sorglos die Mähne gekrault. Die Aura des tollkühnen Streiters und Siegers von Lepanto machte ihn zum Idol seiner Zeit.

Der Abend mit Don Juan de Austria wurde ein Höhepunkt im Leben der Fürstin Eboli. Tausend Sehnsüchte waren in ihr geweckt. Sie bedauerte sehr, sich nach dem Fest nicht dem Staatssekretär hingeben zu können. Doch die Schicklichkeit gebot, daß sie von ihrem Majordomus heimgeleitet wurde. Auch hingen über dem Bett ihres Geliebten ja silberne Engel mit dem Spruchband ›Sei leise! Antonio Pérez schläft!‹

4

Keiner der Gäste, die der Staatssekretär zur Einweihung der Casilla geladen hatte, nahm Anstoß an dem überladenen Prunk der palastartigen Villa. Man bewunderte ihn vielmehr. Selbst die Engel über dem Bett des Hausherrn fanden allgemeinen Beifall. Der lächerliche Spruch auf dem silbernen Band entsprach dem Geschmack der Epoche und paßte gut zu ihren seltsamen Usancen.

So war es eine Allüre der Kaiser und Könige, ihre Minister und Würdenträger des Morgens auf dem ›Topfstuhl‹ sitzend zu empfangen. Lever nannte man die Audienz während der Morgentoilette, und auch der Halbbruder Philipps II. hatte die Gepflogenheit, die Meldungen der ihm unterstellten Offiziere während des Levers entgegenzunehmen. Vielleicht wollte er auf diese Weise seine kaiserliche Abstammung dokumentieren.

Während Don Juans Aufenthalt in der Casilla war Antonio Pérez auf Wunsch seines Gastes allmorgendlich zugegen, wenn dieser – in einen weiten Seidenmantel gehüllt, der den unschönen Topfstuhl verdeckte – seine Notdurft verrichtete, sich gleichzeitig Hände und Füße pflegen und von der Dienerschaft heiße Schokolade, Süßigkeiten oder Obst reichen ließ. Da den Staatssekretär dies peinlich berührte, suchte er sich dadurch abzulenken, daß er dem Freund Vorträge hielt. So auch über die Wichtigkeit der Mundpflege.

»Sei überzeugt«, erklärte er, »die Zähne sind ebenso wichtig wie das Augenlicht. Benutze also die Zahnbürste, die ich dir geschenkt habe. Und vergiß nicht das Mundwasser, das übrigens auch eine Kreation von mir ist.«

Don Juan schüttelte verständnislos den Kopf. »Manchmal bist du genauso komisch wie ein gewisser Cervantes, der bei mir auf dem Schiff Dienst tat und in der Schlacht bei Lepanto verwundet wurde. Er behauptete steif und fest, ein Zahn sei wertvoller als ein Diamant.«

»Der Mann hat recht«, begeisterte sich der Staatssekretär, ließ das Thema jedoch bald darauf fallen und wandte sich dem Fenster zu, weil der Gesichtsausdruck des Freundes eine Anspannung verriet, die nicht mißdeutet werden konnte. Da schaute er lieber nach draußen und bediente sich seines Riechfläschchens.

Doch so unangenehm das Lever auch war, weitaus mehr bedrückte es Antonio Pérez, daß er tagelang jenes Thema, das ihm so auf den Nägeln brannte, nicht anschneiden konnte. Aber er durfte nicht vorpreschen, mußte sich gedulden und warten, bis er Don Juan, den wie seinen Halbbruder das unselige Habsburger Blut ständig zwischen Euphorie und Depression pendeln ließ, in einer günstigen Stimmung antraf. Einen in allzu großem Überschwang gefaßten Entschluß verwarf der Freund oft schon am nächsten Tag wieder.

Nach fast einer Woche hielt der Staatssekretär den Augenblick für gekommen, Don Juan seinen Plan hinsichtlich der Eroberung Englands mittels Heirat vorzutragen. Doch der Freund fiel ihm schon bald ins Wort.

»Ich weiß, daß du es gut mit mir meinst«, versicherte er wohlwollend. »Aber du kannst von mir nicht erwarten, daß ich in das Bett einer altjüngferlichen Königin steige, die Spinnweben vor der Tür hat. Ein solches Unterfangen würde unweigerlich auch zu einer Katastrophe führen. Es ist mir einfach unmöglich, zweimal die gleiche Frau zu nehmen. Ein Weib, das ich abends in die Arme schließe, kann ich am nächsten Morgen nicht mehr sehen. Nur bei *einer* Frau, ich weiß nicht, wieso, könnte sich das ändern: bei Maria Stuart, der katholischen Königin von Schottland, die von der verdammten protestantischen Queen eingekerkert worden ist. Ich kann es dir nicht erklären, aber ich bete Maria Stuart an, möchte sie befreien und heiraten.«

»Keine schlechte Idee«, pflichtete ihm der Staatssekretär bei. Er war schon bitter enttäuscht gewesen und schöpfte nun neue Hoffnung. Um seine impulsive Zustimmung abzuschwächen und nicht erkennen zu lassen, wie wichtig ihm das Gespräch war, fügte er launig hinzu: »Du wärst dann gewissermaßen König, und ich würde täglich beten, daß die schöne Maria Stuart dich nicht ebenso schnell umbringt wie jenen Lord Darnley, den sie nach dem Tod ihres ersten Gatten heiratete.«

»Mich umbringen?« Don Juan lachte aus vollem Halse. »Dazu gehören hundert kräftige Männer. Im übrigen, wenn ich ganz ehrlich bin, muß ich gestehen, daß es mich mehr reizt, Maria Stuart zu befreien, als sie zu heiraten. Ich glaube, jeder träumt einmal davon, eine schöne Frau aus höchster Gefahr zu retten.«

»Vielleicht hast du recht«, erwiderte Antonio Pérez vorsichtig. »Wenn ich mir aber vergegenwärtige, welche Folgen eine Befreiung Maria Stuarts durch dich haben könnte... Stell dir vor: Du wärest Gemahl der Königin von Schottland! Deine Heere würden in England einfallen und Elizabeth vom Thron jagen. Das ganze Land würde wieder katholisch werden. Die Niederlande...«

»Hör auf!« wehrte Don Juan ab. »Mit dieser Melodie ist mir bereits der Papst in den Ohren gelegen.«

Der Staatssekretär glaubte, nicht richtig zu hören. Offenbar hatte Gregor XIII. wieder einmal den Mund nicht halten können. »Wann warst du bei ihm?« erkundigte er sich.

»Kurz vor der Reise zu dir.«

Jetzt heißt es auf der Hut sein, dachte Antonio Pérez. Wenn Seine Majestät erfährt, daß der Papst mit Don Juan über den Geheimplan gesprochen hat, wittert er Unrat und sieht sich selbst in Gefahr.

Zu seinem Erstaunen nahm der Freund das Englandthema nochmals auf. »Ich habe mir schon überlegt, wie man Maria Stuart aus dem Kerker befreien könnte«, sagte er nachdenklich. »Aber ich sehe keine Möglichkeit. Es sei denn, ich würde mich zunächst als balzender Hahn an die Königin von England heranmachen.«

»Das ist es doch, was ich meine!« trumpfte der Staatssekretär auf.

»Antonio!« rief Don Juan vorwurfsvoll. »Überlege, was passiert, wenn ich in London aufkreuzen würde. Während ich die Königin anhimmeln müßte, würden ihre Hofdamen eine nach der anderen meinen Lebensstil kennenlernen. Zwangsläufige Folge: Die stocksteifen Mylords würden nach Rache schreien, wobei Degenkämpfe natürlich gar nicht so schlecht wären. Im Endeffekt gäbe es aber Mord und Totschlag. Da bleibe ich lieber hier und warte ab, bis mein Halbbruder das Zeitliche segnet.«

»Du vergißt, daß Königin Anna ein Kind erwartet«, gab Antonio Pérez zu bedenken.

Don Juan machte eine wegwerfende Bewegung. »Nach den Leistungen, die Seine Majestät bisher gezeigt haben, wird's wieder ein Mädchen sein.«

»Du vergißt Don Carlos!«

»Gewiß, ein männlicher Nachkomme, aber er war nicht zurechnungsfähig. Inzest! Der liegt auch diesmal vor. Königin Anna ist eine Tochter sowohl der Schwester als auch des Vetters unseres edlen Monarchen. Was soll dabei schon herauskommen?«

»Und wenn es doch ein Sohn wird? Noch dazu ein gesunder?«

»Dann werden wir neue Überlegungen anstellen. Bis dahin warte ich in Ruhe ab. Die Sache nähme sich freilich anders aus«, schränkte Don Juan plötzlich ein, »wenn Seine Majestät sich bereit erklären könnten, mir den Titel ›Hoheit‹ zu verleihen. Als Gleichberechtigter würde es mir Spaß machen, mich in England ein bißchen umzusehen.«

Antonio Pérez nahm sich vor, nochmals mit dem König zu sprechen. Vielleicht ließ sich der Monarch unter den gegebenen Umständen doch zur Verleihung des begehrten Titels überreden.

Mit der Begründung, Philipp II. habe einen Boten gesandt und ihn gebeten, umgehend zu ihm zu kommen, verabschiedete sich der Staatssekretär am Abend von Don Juan de Austria. Und schon in der Frühe des nächsten Morgens ritt er zum Escorial, wo ihn Mateo, der Adjutant des Königs, mit schadenfrohem Grinsen begrüßte.

»Was gibt's?« fragte Antonio Pérez unwillkürlich.

»Nichts«, antwortete der sonst stets griesgrämige Adjutant und strahlte über das ganze Gesicht.

Der Staatssekretär war gewarnt. Er konnte sich nicht erinnern, Mateo jemals in guter Stimmung gesehen zu haben. Was mochte der Grund für die erstaunliche Veränderung sein? Hatte Seine Majestät sich abfällig über die aufwendige Feier zur Einweihung der Casilla geäußert? Würde er, statt sein Anliegen vortragen zu können, Vorwürfe oder gar Zurechtweisungen hinnehmen müssen? Oder hatten die allgegenwärtigen Spitzel des Königs herausgefunden, daß der Papst und Don Juan zusammengetroffen waren?

Antonio Pérez glaubte plötzlich zu wissen, was den Adjutanten so verwandelt hatte: die Kenntnis eines Geheimdossiers aus Rom, dessen Entschlüsselung zu Mateos Aufgaben zählte. Aber der Bursche sollte sich zu früh gefreut haben. In leutseliger Art klopfte ihm Pérez auf die Schulter. »Übrigens herzlichen Dank!«

»Wofür?«

»Wäret Ihr schon länger hier tätig, würdet Ihr diese Frage nicht stellen«, antwortete der Staatssekretär sibyllinisch und begab sich zum Arbeitsraum des Königs, an dessen Tür er im vereinbarten Rhythmus klopfte. Er wurde auch gleich aufgefordert einzutreten.

Philipp II. blickte ihm mit seiner üblichen ausdruckslosen Miene entgegen. »Hattet Ihr nicht um Urlaub gebeten?«

»Ja, Sire! Es gibt jedoch Dinge, die einen treuen Diener zwingen, eigene Angelegenheiten hintanzustellen.«

»Oh...!« Knapper konnten Erstaunen und Mißtrauen nicht zum Ausdruck gebracht werden.

Antonio Pérez ließ sich nicht beirren. »Es mag seltsam klingen, Majestät, aber Hartgesottene sind oft zart besaitet.«

»Es erschüttert mich, das zu hören.«

Von diesem Augenblick an war die Situation für den Staatssekretär klar. Wenn Seine Majestät zynisch wurde, war Gefahr im Verzuge. Dann kam es wie beim Schachspiel darauf an, nicht in die Verteidigung gedrängt zu werden. »Mich hat etwas anderes erschüttert«, griff er das Wort des Königs auf. »Wie Ihr wißt, ist Don Juan derzeit mein Gast.«

»Ein sehr illustres und kostspieliges Vergnügen«, entgegnete der Monarch anzüglich.

»Wir haben ja auch große Pläne«, konterte Antonio Pérez. »Da darf man nicht kleinlich sein.«

»Und was war es, das *Euch* erschüttert hat?«

»Daß Seine Heiligkeit, wie ich gestern nachmittag erfahren habe, mit Eurem Halbbruder über unseren Geheimplan gesprochen hat. Ich bin außer mir, Sire. Das hätte der Papst niemals tun dürfen. Wer garantiert uns...«

»Niemand garantiert etwas«, fiel Philipp II. trocken ein. »Euer Bericht stimmt mich aber froh.«

»Darf ich fragen, warum?« erkundigte sich der Staatssekretär verwundert.

»Das erkläre ich Euch später. Etwas anderes ist mir im Moment wichtiger. Habt Ihr mit Escobedo über den Plan gesprochen?«

»Mit keinem Wort«, versicherte Antonio Pérez wahrheitsgemäß.

»Er hatte also nur den Auftrag, Euer Schreiben Papst Gregor zu übergeben und die Antwortnote entgegenzunehmen?«

»Jawohl, Seigneur«, erwiderte der Staatssekretär und fügte, weil er spürte, daß Seine Majestät auf den Busch klopfte, vorsorglich hinzu: »Ich habe Escobedo allerdings noch einen kleinen Privatwunsch genehmigt, den zu erwähnen ich bislang nicht für notwendig erachtete. Als Vermögensverwalter der Fürstin Eboli interessierte es ihn, in Italien den Ort Eboli und die Besitzungen der Fürstin kennenzulernen. Da zu erwarten stand, daß der Papst seine Antwort nicht gleich geben würde, gestattete ich ihm die Reise nach Eboli und bat ihn, auf dem Hin- oder Rückweg in Neapel bei Eurem Halbbruder vorzusprechen und ihm den genauen Termin der Einweihung meines Hauses zu nennen.«

»Eures ›Häuschens‹«, beliebte der Herrscher zu scherzen.

Antonio Pérez ließ sich nicht anmerken, daß ihm ein Stein vom Herzen fiel. Noch nie hatte der König sich ihm gegenüber auf einen Scherz eingelassen.

Philipp II. griff nach zwei Schreiben und reichte sie seinem Günstling. »Wenn Ihr sie gelesen habt, werdet Ihr verstehen, daß Euer Bericht mich erleichtert hat. Ich war nämlich bereits über alles informiert. Auch über Escobedos Besuch in Eboli und Neapel. Ich befürchtete schon, hintergangen zu werden.«

»Aber Majestät!«

»Zerstört nicht, was Ihr gewonnen habt, mit einer scheinheiligen Geste«, warnte ihn der Herrscher. »Sagt mir lieber, weshalb Ihr gekommen seid.«

»Das tat ich bereits, Sire. Es beunruhigt mich, daß der Papst Don Juan über unseren Geheimplan informierte.«

»Ja, das ist höchst unerfreulich. Dennoch kann ich mir nicht vorstellen, daß er mit anderen darüber spricht.«

»Hoffentlich nicht!«

»Und wie reagierte mein Halbbruder auf unseren Plan?«

»Er gibt sich leider sehr zugeknöpft«, bekannte der Staatssekretär und schilderte sein Gespräch mit Don Juan, wobei er freilich einiges verschwieg.

»Den Titel ›Hoheit‹ werde ich ihm nie verleihen«, erklärte Philipp II. unwillig, als Antonio Pérez seinen Vortrag beendet hatte. »Das habe ich Euch schon mehrfach gesagt. Macht ihm also keine falschen Hoffnungen.«

»Ich verstehe die Beweggründe Eurer Majestät. Aber...«

»Schweigt!« unterbrach ihn der König. »Und wenn der ganze Plan daran scheitern sollte – den Titel ›Hoheit‹ wird mein Halbbruder nie erhalten. Nie!«

Es wurde an die Tür geklopft, und gleich darauf steckte Mateo seinen Kopf mit ängstlicher, um Nachsicht heischender Miene in den Raum. »Ich bitte um Vergebung, Sire! Eine dringende, eine schreckliche Nachricht!«

Der Staatssekretär ging auf den Adjutanten zu und nahm ihm das für den König bestimmte Schreiben aus der Hand.

Mateos Augen brannten vor Eifersucht.

»Ihr könnt gehen«, sagte Antonio Pérez und faltete die Mitteilung auseinander. »Großer Gott!« Er bekreuzigte sich. »Requesens ist gestorben! Die Niederlande und Flandern sind ohne Statthalter!«

Es war, als habe ein höheres Walten den Staatssekretär veranlaßt, schon vor Monaten Pläne zu entwickeln, die einen Ausweg aus der nun eingetretenen gefährlichen politischen Lage bringen konnten. Er brauchte sein langgehegtes Vorhaben, England entweder mit finanzieller Unterstützung des Papstes militärisch niederzuringen oder durch eine zweckdienliche Heirat in den Schoß der alleinseligmachenden Kirche zurückzuführen, um auf diese Weise den Widerstand in Flandern und in den Niederlanden endgültig zu brechen, nur durch die Ernennung Don Juans de Austria zum Statthalter der nördlichen Provinzen zu erweitern. Der König, der gewöhnlich schnelle Entschlüsse verabscheute und wichtige Entscheidungen oft wochen- und monatelang vor sich herschob, war angesichts des unerwarteten Verlustes von Requesens mit dem Vorschlag seines Günstlings bereits einverstanden, als dieser seine

Ausführungen noch gar nicht beendet hatte. Nur eins machte ihm Sorge. Requesens' behutsame Hand beim Regieren hatte ihm gezeigt, daß das unerbittliche Vorgehen der früheren Jahre falsch gewesen war. Er befürchtete nun, daß sein nach militärischen Siegen und Eroberungen lechzender Halbbruder in heiklen Situationen nicht sorgfältig abwägen, sondern gleich nach dem Schwert greifen würde.

»Da könntet Ihr ihm immer Einhalt gebieten, Sire«, versicherte Antonio Pérez, als Philipp II. seine Bedenken zum Ausdruck brachte. »Als Anhänger der Friedenspartei möchte ich Eurer Majestät zuvor jedoch dafür danken, daß...«

»Verschont mich mit Blumen der Dankbarkeit«, unterbrach ihn der Monarch. »Sagt mir lieber, wie wir Don Juan an die Kandare legen können.«

Fast dozierend erklärte der Staatssekretär: »Es gibt zwei Wege. Der erste: Ihr bittet den Papst, das Geld, das er Euch gegebenenfalls zur Verfügung stellen will, beim Bankhaus Spinola in Mailand zu deponieren. Von dort überweisen wir jeweils nur so viel an Euren Halbbruder, daß er der Truppe den Sold auszahlen kann, aber nicht in die Lage versetzt wird, ein nennenswertes militärisches Unternehmen einzuleiten.«

»Weiter!« forderte der König, als Antonio Pérez in Erwartung einer Stellungnahme eine Pause einlegte.

»Der zweite Weg, sich abzusichern, wäre die Ernennung eines Beraters, der Don Juan in Eurem Sinne beeinflußt. Das setzt zwei Dinge voraus. Der Berater müßte Euch absolut ergeben sein und zugleich das Vertrauen Eures Halbbruders besitzen. Außerdem müßte seine Einstellung zur Politik Eurer Majestät Garantie dafür bieten, daß er Euch, ungeachtet der Interessen des Mannes, den er beraten soll, jederzeit über alle Vorgänge informiert.«

Die grauen Augen des Herrschers blickten spöttisch. »Und eine solche Idealgestalt könnt Ihr herbeizaubern?«

»Sie steht bereits zur Verfügung, Sire. Man könnte meinen, der Himmel habe sie Euch geschickt. Denn aus der Begegnung Don Juans mit Escobedo, der als Vermögensverwalter der Fürstin Eboli in Euren Diensten steht und Euch, wie ich aus vielen Gesprächen weiß, ehrlichen Herzens zugetan ist, erwuchs eine spontane Freundschaft. Außerdem ist Escobedo mir zu Dank verpflichtet.

Wenn Ihr ihn nun noch zum Berater Eures Halbbruders ernennt, werdet Ihr Euch auf ihn verlassen können.«

Der König schürzte die Lippen. »Erst Vermögensverwalter, dann Sonderkurier, nun Berater eines Statthalters ... Ist das nicht ein bißchen viel Escobedo?«

Der Staatssekretär hob die Schultern. »Bin ich ein bißchen viel Pérez?«

Philipp II. ging über die gewagte Gegenfrage hinweg. »Zu einem Entschluß werden wir heute ohnedies nicht kommen. Kehrt nach Madrid zurück, und besprecht Euch mit Don Juan und diesem Escobedo, für den Ihr Euch schon damals ins Zeug gelegt habt. Ich betone dies, weil ich sowohl dem einen als auch dem anderen gegenüber größte Bedenken hege. Aber ich gebe zu, daß ich im Moment niemand anderen benennen könnte, der fähig wäre, die auf uns zukommende schwierige Aufgabe zu meistern.«

Es trat ein, was Antonio Pérez befürchtet hatte. Don Juan de Austria zeigte nicht das geringste Interesse, sich in die nördlichen Provinzen zu begeben. »Da muß sich mein königlicher Halbbruder schon etwas anderes einfallen lassen«, erklärte er frostig. »Er kann doch nicht im Ernst glauben, daß ich so naiv bin, als Lückenbüßer die schäbige Aufgabe eines Statthalters zu übernehmen.«

Der Staatssekretär versuchte nun, dem Freund das Angebot schmackhaft zu machen. »Du mußt das anders sehen«, beschwor er ihn. »Als Befehlshaber der Niederlande und Flanderns wird es kein Problem für dich sein, eine Flotte zusammenzustellen, mit der du von Antwerpen nach England übersetzen kannst. Du möchtest dir doch ein eigenes Königreich schaffen! Betrachte also die Statthalterschaft als eine Zwischenstation auf dem Wege dorthin.«

»Das würde ich gerne tun, wenn der wichtigtuerische Philipp mich nicht schon einige Male in geradezu unglaublicher Weise hereingelegt hätte. Denk an den Tag, da ich nach langen Kämpfen mit ihm endlich erreichte, daß er mich zum General jener Armee ernannte, die den Krieg gegen die *moriscos* führen sollte. Was aber geschah nach der Ernennung? Ich erhielt Order, untätig in Granada zu verharren, anstatt gegen die immer aggressiver werdenden Mauren anzutreten. Bis diese schließlich zu einer Gefahr für ganz Spanien wurden. Erst da wurde mir erlaubt, zum Schwert zu greifen. Und wie reagierte mein königlicher Halbbruder, als ich in Las Alpujarras den Sieg errungen hatte? Er dachte nicht daran, sich zu bedanken, war vielmehr böse auf mich.«

»Nicht auf dich«, widersprach Antonio Pérez. »Der König nahm Anstoß daran, daß die Soldaten dich nach dem grandiosen Sieg als ›den wahren Sohn des Kaisers‹ feierten.«

»Das war nicht meine Schuld und beweist nur seine Eifersucht.«

»Du mußt bedenken, daß das Echo jenes Jubels monatelang im Land widerhallte und das Herz des ›einsamen Mannes im Escorial‹, wie man Seine Majestät nennen könnte, immer wieder aufs neue wie ein Dolch durchbohrte.«

»Das ist seine und nicht meine Sache.«

»D'accord. Aber hat er dich nicht bald darauf zum Oberbefehlshaber der Heiligen Liga ernannt?«

Don Juan fegte den Hinweis mit einer Handbewegung fort, als gelte es, eine lästige Fliege zu verjagen. »Das hat er nur getan, weil der Papst es verlangte. Der Ton seines letzten Schreibens, das er unmittelbar vor dem Auslaufen der Flotte an mich richtete, bewies es eindeutig. In seiner überheblichen Art schrieb er mir: ›Und wenn Seine Heiligkeit Euch hundertmal Hoheit nennt, Ich sehe Mich außerstande, Euch diesen Titel zu verleihen.‹«

Der Staatssekretär fuhr sich erregt durch das Haar. »In diesem Punkt ist der König tatsächlich schwerfällig wie eine Galeone. Es dauert unendlich lange, bis er den einmal eingeschlagenen Kurs ändert.«

»In meinem Fall wird er es nie tun. Das weiß ich seit meinem Sieg bei Lepanto. Kein Dank, keine Anerkennung – nichts! Und was geschah, als ich Tunis eroberte, das selbst unser gemeinsamer Vater, Kaiser Karl V., nicht ganz hatte niederringen können? Er verbot mir, in der Stadt zu bleiben und auf nordafrikanischem Boden ein christliches Königreich zu errichten, so wie ich es geplant und mit dem Papst abgesprochen hatte. Weshalb, so frage ich dich, stellte er sich mir auch dort wieder in den Weg?«

Antonio Pérez versagte es sich, diese Frage zu beantworten. »Vergessen wir das Vergangene, und wenden wir uns der Zukunft zu«, schlug er vor. »Du weißt, daß ich dein Freund bin und dir nichts vormache. Wenn du die Statthalterschaft übernimmst, erhältst du auch die Mittel, eine Flotte zur Eroberung Englands zusammenzustellen.«

»Caramba!« fluchte Don Juan. »Es steht doch fest, daß mir mein hochlöblicher Halbbruder – ganz gleich, was er mir heute verspricht – in den Rücken fallen wird, sobald es ihm zweckdienlich erscheint. Denk an den Herzog von Alba, dem er befahl, Rom zu erobern und den Papst festzusetzen. Und was folgte, als der Befehl durchgeführt war? Alba mußte den Papst auf den Knien um Verzeihung bitten.«

Der Staatssekretär wurde lebhaft. »Jetzt muß ich Seine Majestät aber in Schutz nehmen. Damals kam es doch in der ersten Phase darauf an, dem Papst zu zeigen, daß er nicht allein das Sagen hat. Später aber, als dieses Ziel erreicht war, mußte alles getan werden, um einen Bruch mit der Kirche zu vermeiden.«

Don Juan klopfte Antonio Pérez auf die Schulter. »Und damit sind wir genau bei dem, was ich meine. Jederzeit kann etwas eintreten, das eine neue Situation heraufbeschwört. Ich sitze dann in Brüssel oder Antwerpen und habe nach einer mir höchst unsympathisch klingenden Pfeife zu tanzen. Bestelle also Seiner Majestät, daß er das Amt des Statthalters der Niederlande und Flanderns jemand anderem übertragen soll. Und wenn er dich nach dem Grund meiner Ablehnung fragt, kannst du ihm getrost sagen, es sei mir unmöglich, mich einem Monarchen anzuvertrauen, dessen Herz sich als unzugänglich erwiesen hat.«

Antonio Pérez gab sich nicht geschlagen. Es ging ihm im Augenblick allerdings nicht darum, die Eroberung Englands mit Macht voranzutreiben. Vordringlich war jetzt die schnelle Entsendung eines Statthalters, der Autorität besaß und in der Lage war, die Niederlande und Flandern vor dem Abfall zu bewahren, ohne zum Schwert zu greifen. Don Juan de Austria war für diese schwierige Aufgabe gewiß nicht der ideale Mann, doch sein Name hatte Klang, und es durfte damit gerechnet werden, daß er mit seiner persönlichen Ausstrahlung manche Schwierigkeit überwinden würde. Außer ihm gab es zur Zeit niemanden, der für den verantwortungsvollen Posten in Betracht gezogen werden konnte.

Hinzu kam der glückliche Umstand, daß er sich gerade in Madrid aufhielt.

Nach dem Gespräch mit dem Freund zog sich der Staatssekretär in seinen Arbeitsraum zurück. In aller Ruhe wollte er überlegen, welche Schritte er einleiten konnte, um Don Juan doch noch zur Annahme der Statthalterschaft zu bewegen. Viele Möglichkeiten boten sich ihm nicht. Er konnte eigentlich nur Escobedo und die Fürstin Eboli bitten, ihren Einfluß geltend zu machen. Deshalb begab er sich als erstes zu Escobedo, den er zu einem Spaziergang einlud und mit der verheißungsvollen Eröffnung beglückte, ihn zum Berater des neuen Stattthalters der Niederlande und Flanderns bestallen zu wollen. Die Sache habe nur den Haken, daß Don Juan sich weigere, den Posten zu übernehmen. Er ersuche deshalb ihn, Escobedo, in seinem ureigensten Interesse alles daranzusetzen, den gemeinsamen Freund umzustimmen.

Mit vor Erregung roten Ohren versicherte Escobedo, sein möglichstes zu tun.

Den Nachmittag verbrachte der Staatssekretär bei der Fürstin, die er – wie immer, wenn er tagsüber zu ihr ging – nicht unter Benutzung des Geheimeingangs aufsuchte.

Ihr erster Schreck über Requesens' Tod legte sich schnell und mündete in einen Freudenschrei, als sie hörte, wer sein Nachfolger werden solle. »Mit Don Juan können wir all unsere Pläne verwirklichen«, begeisterte sie sich.

»Unser Freund will den Posten aber nicht übernehmen«, erklärte Antonio Pérez.

Die Fürstin geriet in Rage. »Dann werde ich ihm schnellstens klarmachen, was ihm verlorengeht, wenn er das Angebot ausschlägt.«

»Genau darum wollte ich Euch bitten. Wir müssen nur noch überlegen, wie wir am besten vorgehen.«

»Das weiß ich schon jetzt«, versicherte die Fürstin mit glänzenden Augen. Endlich konnte sie wieder einmal für eine große Sache kämpfen. »Habt Ihr Don Juan auf die Chance hingewiesen, die sich ihm von Antwerpen aus bietet?«

»Leider vergebens. England zu überfallen und Maria Stuart zu befreien, das würde ihn verlocken. Aber der Gedanke, dann die eine oder andere Königin heiraten zu müssen, widert ihn an. Er kann einfach keine Frau ein zweites Mal in die Arme schließen. Das ist geradezu krankhaft an ihm.«

»Und wie bezeichnet Ihr Eure diversen Veranlagungen, Pimpollo mio?«

»Ich glaube, wir waren bei einem wichtigeren Thema.«

»Weiß Gott! Und ich sagte bereits, daß ich einen Weg sehe, Don Juan zu seinem Glück zu zwingen.«

»Hoffentlich täuscht Ihr Euch da nicht.«

Sie schüttelte den Kopf. »Die Sache ist ganz einfach. Er hat mir vor ein paar Tagen versprochen, mit mir ein echtes Turnier auszufechten – einen *Tjost,* Mann gegen Mann.«

»In diesem Fall: eine Dame gegen einen Caballero aus kaiserlichem Geblüt«, korrigierte er sie steif.

Die Fürstin rang die Hände. »Von Turnieren scheint Ihr noch weniger zu verstehen als eine Nonne von der Liebe zwischen Männern. Auf den Pferden sitzen *Ritter,* Señor! Da spielt das Geschlecht keine Rolle. Und gestochen wird …«

»Wie, bitte?« fiel der Staatssekretär hintergründig ein.

»Ja, Ihr habt richtig gehört!« ereiferte sie sich. »Es wird *gestochen,* Señor! Und zwar mit dem ›Krönlein‹, der dreigeteilten Spitze der Lanze.«

Antonio Pérez lachte.

»Hört Ihr mir jetzt zu oder nicht?«

»Aber gewiß! Ich brenne darauf zu erfahren, wie Ihr es bewerkstelligen wollt, Don Juan mit Eurem ›Krönlein‹ zur Annahme der Statthalterschaft zu zwingen.«

»Folgendermaßen. Der Tjost ist bereits verabredet, über den Preis des Siegers aber haben wir noch nicht gesprochen. Ich werde nun vorschlagen, daß der Gewinner einen Wunsch frei hat, den der Unterlegene erfüllen muß.«

»Gelten solche Absprachen?«

»Selbstverständlich.«

»Und was wollt Ihr tun, wenn Don Juan siegt und wer weiß was von Euch fordert?«

»Das tut er nicht. Im übrigen habe ich bis heute noch keinen Tjost verloren. Vielleicht, weil mich die Herren der Schöpfung, ohne sich dessen bewußt zu sein, zu schwach angehen. Das nutze ich aus. Außerdem habe ich einige Tricks, auf die bis jetzt selbst die rauhesten Caballeros hereingefallen sind. Wahrscheinlich, weil sie einem Weib nichts zutrauen. Wenn sie dann aus dem Sattel gehoben werden, ist es zu spät.«

»Und Ihr wollt ihn, falls Ihr siegt, zur Annahme der Statthalterschaft auffordern?«

»Habt Ihr etwas dagegen?«

»Natürlich nicht. Ich frage mich nur: Kommt das nicht einer Erpressung gleich?«

Die Fürstin zuckte die Achseln. »Beim Turnier kann man sein Leben verlieren. Denkt an Heinrich den Zweiten von Frankreich, der anläßlich der Hochzeit seiner Tochter Elisabeth mit unserem König ein großes Festturnier veranstaltete, bei dem ihn Graf Montgomery so unglücklich traf, daß er daran starb. Es gibt natürlich auch Fälle, bei denen Einsätze auf dem Spiel stehen, die so hoch sind, daß der Sieger für sein Leben ausgesorgt hat. Daher der Name Glücksritter. Wer weiß, vielleicht macht Don Juan, wenn er den Kampf mit mir verliert und dann gezwungen ist, die Statthalterschaft zu übernehmen, in den Niederlanden sein Glück. Ich jedenfalls habe keinen Grund, bis dahin mit Seelenblähungen herumzulaufen.«

»Und wann soll der Kampf stattfinden?«

»Das müssen wir noch festlegen. Am besten gehen wir gleich zu Don Juan.«

Der Staatssekretär wurde mit einem Mal verlegen.

»Was gibt's?« fragte die Fürstin.

Er antwortete ausweichend: »Es geht darum ... Ich muß Euch sagen ... Bitte, laßt Euch nichts anmerken, wenn Ihr nachher seht, daß Tizians ›Anbetung der Heiligen Drei Könige‹ nicht mehr in der Casilla hängt.«

Ihre Augen weiteten sich. »Was hat das zu bedeuten?«

»Ich habe das Gemälde gegen eine lukrative Pfründe einem Bischof übereignet. Die Unkosten in der letzten Zeit waren zu groß. Dazu der aufwendige Haushalt ... Es war ein Fehler von mir, einfach drauflos zu bauen. Aber machen Könige und Fürsten es uns nicht vor?«

Die Fürstin stemmte wie eine Jahrmarktsfrau die Hände in die Hüften und stellte sich vor dem Staatssekretär in Positur. »So etwas möchte ich nicht noch einmal erleben. Ihr schlaft mit der vielleicht reichsten Frau Spaniens und verschleudert unersetzliche Kunstwerke? Welcher Betrag fehlt Euch?«

»Im Augenblick ist alles bezahlt und geregelt.«

»Und wie hoch sind die Aufwendungen für den Haushalt?«

»Rund zehntausend Dukaten im Monat.«

»Die übernehme ich bis auf weiteres. Und die Liegenschaften in den Niederlanden sind Euch hiermit übereignet. Seht also zu, daß Ihr sie günstig verkauft. Dann seid Ihr Eure Sorgen los und könnt Euren Haushalt wieder selbst bestreiten.«

»Ihr beschämt mich, Durchlaucht!«

»Das tut *Ihr* in anderer Hinsicht. Meine Sehnsucht ist weitaus größer, als ich dachte.«

Er umarmte sie. »Kleine Steigerungsmöglichkeiten sind gegeben.«

Während die Fürstin mit Don Juan durch den Park der Casilla wandelte, saßen Antonio Pérez und Doña Juana im Pavillon des Vorgartens. Ein rechtes Gespräch wollte aber nicht aufkommen. Beide beschäftigten sich mit eigenen Problemen, bis Doña Juana plötzlich forsch erklärte: »Ich muß mit dir sprechen, Antonio!«

Er blickte erstaunt auf. »Wir reden doch schon eine ganze Weile miteinander.«

Sie berührte seinen Arm. »Du weißt, wie ich es meine. Es geht um etwas sehr Konkretes und Wichtiges.«

»Dann tu dir keinen Zwang an.«

Doña Juana holte tief Luft. »Zunächst eine sehr erfreuliche Mitteilung: Mein lieber Antonio, wir werden in fünf Monaten unser viertes Kind bekommen.«

Der Staatssekretär sprang auf und beugte sich über seine Frau. »Juana! Welch ein Glück! Ich bete dich an.«

»Wird das auch der Fall sein, wenn es wieder ein Mädchen ist?«

»Selbstverständlich! Ob Mädchen oder Junge, das ist doch egal. Hauptsache, das Kind ist gesund.«

»Der König dürfte da anders denken.«

»Aber nur, weil ihm der Nachfolger fehlt.«

»In spätestens drei Wochen wird Königin Anna entbinden. Hoffentlich schenkt sie einem Jungen das Leben.«

»Das hoffe ich auch«, bekräftigte Antonio Pérez, dachte jedoch: Bis dahin wird Don Juan das Turnier hoffentlich verloren haben und bereit sein, den Posten eines Statthalters zu übernehmen.

»Setz dich wieder hin«, bat Doña Juana. »Jetzt kommt nämlich etwas Unerfreuliches.«

Er betrachtete sie besorgt und nahm ihren Kopf in die Hände. »Bist du krank?«

Sie lachte. »Ganz so schlimm ist es nicht. Aber was ich dir zu sagen habe, wird unangenehm für dich sein. Um es kurz zu machen: Ich bin nicht bereit, das Kind in der entsetzlichen Weitläufigkeit und prunkvollen Kälte deiner Casilla zur Welt zu bringen und es hier aufzuziehen. Bitte, verstehe mich, Antonio. Ich werde krank in diesem Haus. Über vierzig Gemächer und kein Raum, in dem es gemütlich ist. Überall vergoldeter Stuck, Brokat, Gemälde, Vitrinen, Geglitzer. Ich halte das nicht mehr aus. Nicht einmal kochen kann ich hier, nicht backen, nicht stricken, nicht schneidern. Es gibt überhaupt nichts, was ich tun darf. Domestiken umgeben mich auf Schritt und Tritt. Die Kinder werden mir entfremdet. Auf einem Pony zu reiten ist ja auch viel lustiger, als auf dem Schoß der Mutter zu sitzen. Doch das hört jetzt auf, das schwöre ich dir. Entweder du richtest mir in einem Flügel deiner Casilla eine normale Wohnung mit einem schlichten Schlaf- und Kinderzimmer ein, dazu eine Küche, die nur mir und meiner Dueña zur Verfügung steht, oder ich verlasse dich und ziehe in die Stadt zurück.«

Antonio Pérez schloß seine Frau in die Arme. »Warum hast du mir nicht längst gesagt, was dir fehlt?«

»Du verstehst mich?«

Er küßte sie. »So sehr, daß ich dich bitte, in der von dir gewünschten kleinen Wohnung, die selbstverständlich sofort hergerichtet wird, auch einen gemütlichen Raum zu schaffen, in dem wir mit den Kindern zusammensein können.«

Doña Juana schwelgte in Seligkeit. »Wirst du heute abend bei mir bleiben?«

Er nickte. »Ich werde dafür sorgen, daß Don Juan die Fürstin nach Hause bringt.«

Sie warf ihm einen warnenden Blick zu. »Da kommen die beiden.«

Der Staatssekretär wandte sich um und ging den Gästen entgegen.

Der Freund drohte ihm mit der Faust. »Ein ganz schönes Komplott, das du mit Doña Ana, der Fürstin meines Herzens, ausgeheckt hast!«

»Ich ...?« fragte Antonio Pérez.

»Ja, du! Als Doña Ana vorschlug, dem Sieger in dem von uns vereinbarten Turnier einen Wunsch freizustellen, wurde ich hellwach und habe ihr auf den Kopf zugesagt, daß ich weiß, worum es geht. Und daß du dahintersteckst. Deine Handschrift ist unverkennbar. Weil ich mich nicht freiwillig zur Übernahme der Statthalterschaft bereit erklärt habe, soll ich nun dazu gezwungen werden.«

»Wer spricht hier von Zwang?« entgegnete der Staatssekretär. »Du kannst ja ablehnen.«

»Ich denke nicht daran.« Don Juan griff nach der Hand der Fürstin. »Einer so schönen und liebreizenden Dame soll ich einen Wunsch abschlagen? Für wen hältst du mich?«

Antonio Pérez verneigte sich in höfischer Manier. »Deine Haltung ist bewundernswert.«

Die Fürstin lachte. »Besonders, wenn man bedenkt, daß unser Freund kaum eine Chance hat, den Sieg zu erringen.«

Don Juan küßte ihre Hand. »Es tut mir leid, verehrte Doña Ana, aber da ist das letzte Wort noch nicht gesprochen. Beim Tjost gelten nicht die Regeln der Courtoisie.«

»Das ist ja das Schöne daran«, konterte sie auf der Stelle. »Es wird nicht Süßholz geraspelt.«

»Eben! Und darum nun zum Siegespreis.« Er wandte sich an Antonio Pérez. »Ich werde, wie ich Doña Ana bereits erklärt habe, die Bedingung nur akzeptieren, wenn mir zugebilligt wird, daß meine Zusage null und nichtig ist, falls die Königin eine Tochter gebiert. Denn dann steigt meine Aussicht, die Nachfolge Seiner Majestät anzutreten. Ihr müßt verstehen, daß ich für diesen Fall darauf bedacht sein muß, meinen Namen als siegreicher Feldherr nicht zu verschleißen. Daß diese Gefahr besteht, wenn ich mich in den Norden begebe, liegt auf der Hand. Dort soll ich nicht kämpfen, sondern für Ruhe und Ordnung sorgen. Ob ich das schaffe, hängt von Umständen ab, die sich nicht übersehen lassen.«

Antonio Pérez trat zu seinem Freund. »Angesichts deiner grundsätzlichen Zustimmung wäre es schäbig, deine Einschränkung nicht anzuerkennen. Es bleibt nur die Frage: Was soll ich dem König melden? Etwa: ›Don Juan de Austria nimmt Euer Angebot an, falls die Königin einem Sohn das Leben schenkt?‹«

Der Freund tippte sich an die Stirn. »Da habe ich eine bessere Idee. Du wirst meinem Halbbruder mitteilen, daß ich eine Bedenkzeit von drei bis vier Wochen erbitte, um die Möglichkeit zu haben, von meiner Stiefschwester Margarethe von Parma, die, wie du weißt, vor dem Herzog von Alba Statthalterin der Niederlande war, Rat einzuholen.«

Da der Staatssekretär froh war, einen entscheidenden Schritt weitergekommen zu sein, stieß er den Freund übermütig vor die Brust. »Wenn du noch mehr so großartige Ideen hast, wirst du bestimmt als überragender Statthalter in die Geschichte eingehen.«

Das Turnier zwischen der Fürstin und Don Juan durfte nicht öffentlich ausgetragen werden. Kämpfe dieser Art waren vom Vatikan bei Strafe der Exkommunikation untersagt. In den meisten Ländern, besonders in Frankreich und Deutschland, wurde das Verbot nicht beachtet. Anders in Spanien, wo Philipp II. zwar regelmäßig die von der Inquisition veranstalteten Menschenverbrennungen besuchte, aber das faire Turnier der Edelleute nicht duldete. Den waffenlos gerittenen *Buhurt*, der bloß Gelegenheit bot, die Gewandtheit eines Reiters zur Schau zu stellen, akzeptierte er, nicht aber den Tjost, bei dem mit scharfen Waffen gekämpft wurde.

Die Fürstin und Don Juan hatten das Stechen mit der Lanze vereinbart. Das Turnier sollte als beendet gelten und nicht mit Schwertern fortgeführt werden, wenn einer der Gegner aus dem Sattel gehoben wurde oder eine Lanze brach. Festgelegt war des weiteren, daß nur die übliche Turnierrüstung und keine besondere Harnischkonstruktion getragen werden durfte.

Weil der Kampf im geheimen stattfinden mußte, hatte Antonio Pérez in seinem Park eine weite, ebene Rasenfläche zur Verfügung gestellt, über die mit gelbem Sand eine gerade Linie gezogen worden war. An ihr entlang hatten die Gegner aufeinander loszustürmen.

Nach dem gemeinsamen Frühstück wurden den Turniergegnern die Pferde vorgeführt, die sie sich schon am Tage zuvor ausgesucht hatten. Die Fürstin hatte sich für einen Schimmel entschieden, obwohl ihr vom Stallmeister bedeutet worden war, daß er diesen Araber für fast zu fromm halte und für den anstehenden Kampf ein feurigeres Tier vorziehen würde. Sie ließ sich jedoch nicht umstimmen und fühlte sich bestätigt, als ihr Don Juan auf dem Ritt zur Kampfstätte sagte:

»Wenn Ihr auf den Rat des Marschalls gehört hättet, säße ich jetzt auf Eurem Pferd. Der Mann hat, wie es scheint, nicht allzuviel Ahnung.«

»Wenn Ihr wollt, können wir noch tauschen.«

Er verneigte sich. »Ich möchte Eure Großzügigkeit nicht ausnutzen. Außerdem käme Euer aufregendes Reitkostüm auf meinem falben Engländer nicht so zur Geltung wie auf Eurem Schimmel.«

Auch dieses Kompliment tat der Fürstin wohl. Sie hatte eine schwarze hochgeschlossene Jacke und eine gleichfarbige, hauteng anliegende Hose gewählt. Außer kleinen Hals- und Ärmelkrausen war alles an ihr schwarz; selbst die Feder am Barett. Zu Turnieren erschien sie nie in anderer Kleidung, und schon oft hatte sie genüßlich viele Ahs und Ohs registriert, wenn sie vom Pferd sprang, ihre Jacke abstreifte und in einem dünnen Trikot, das ebenso eng anlag wie ihre Hose, mit federnden Schritten auf die bereitgelegte Rüstung zuging.

»Ein Knabe könnte nicht vollendeter gewachsen sein!« schwärmte der Staatssekretär.

Die Fürstin strich über ihren Busen. »Und was sagt Ihr dazu?«

Er blinzelte sie an. »Göttlich, Durchlaucht.«

Sie setzte sich in Reitposition auf einen vierbeinigen Holzbock und ließ sich von den Dienern Brustpanzer, Bein- und Armschienen anlegen. Über jeden Finger streifte sie einen Eisenring, um vor Verletzungen durch die Handscharniere geschützt zu sein.

Antonio Pérez reichte ihr den Helm. Er bewunderte die mutige Amazone. Dies um so mehr, als er selbst noch nie an einem Turnier teilgenommen hatte. Nichtadelige und Neugeadelte waren von diesem Kampfsport ausgeschlossen.

»Ich bin soweit«, rief die Fürstin zu Don Juan hinüber, der noch auf seinem Holzbock saß und sich die Beinschienen festzurren ließ. Ohne eine Entgegnung abzuwarten, nahm sie ihren Helm unter den Arm und ging auf den Schimmel zu.

Der Staatssekretär wich nicht von ihrer Seite. »Seid Ihr aufgeregt?« fragte er besorgt.

»Es geht«, antwortete sie.

»Ich drücke Euch die Daumen!«

»Versprecht mir lieber, mich heute abend in die Arme zu nehmen wie noch nie. Ein gewonnener Kampf macht wahnsinnig sehnsüchtig.«

»Schalmeienklänge!« seufzte er. »Ich werde ein besonderes Getränk mitbringen. Una botella ›Sillery sec‹. Ich kann es kaum erwarten, den Pfropfen knallen zu lassen.«

»Wartet erst mal ab, ob ich nicht auf den Hintern falle!«

Er verdrehte die Augen. »Wie kann man einen so schönen Po...«

»Redet nicht soviel! Es wäre besser, mich anzuspucken. Das bringt Glück.«

Antonio Pérez wußte nicht, was er zu dieser Aufforderung sagen sollte.

Sie wies einen Lakaien an, ihr beim Besteigen des Pferdes behilflich zu sein. Als sie im Sattel saß, stülpte sie sich den Helm mit dem noch offenen Visier über den Kopf und forderte die Lanze.

Ein Diener gab sie ihr. Sie griff in die Zügel und stürmte davon.

Don Juan, der sein Pferd inzwischen ebenfalls bestiegen hatte, ritt ihr nach.

Ein paar hundert Meter jagten sie so dahin, hoben und senkten ihre Lanzen, täuschten Angriffe vor und kehrten schließlich zurück.

»Welche Seite wählt Ihr?« rief der Held von Lepanto.

Die Fürstin schaute zur Sonne hoch. »Wir werden auf beiden Seiten nicht geblendet.«

»Dann entscheidet Euch.«

»Ich bleibe auf dieser Seite.«

»Einverstanden!« Don Juan schloß sein Visier. »Antonio gibt das Kommando!«

Der Staatssekretär ritt zur Mitte der gelben Linie.

Die Fürstin sprengte mit heruntergelassenem Visier davon. Am Ende der Linie kehrte sie um und ging in Angriffsposition. Wie im Spiel hob und senkte sie ihre Lanze.

»Achtung!« rief Antonio Pérez und hob den Arm.

Beide Reiter zeigten an, daß sie bereit waren.

»Los!«

Sie strafften die Zügel und gaben den Pferden die Sporen. Unter donnerndem Hufschlag jagten die Gegner aufeinander los. Hinter ihnen wirbelten Grasplacken durch die Luft. Die Geschwindigkeit nahm zu. Der Wind pfiff in den Schlitzen der Visiere.

Die Fürstin ritt leicht vorgeneigt und spornte sich selbst mit einem Kampfschrei an. Ihr Blick war starr auf Don Juan gerichtet, der ihr mit halb gesenkter Lanze entgegenstürmte. Sie erkannte, daß er die Lanze langsam weiter neigte und genau auf die schildartige *Tartsche* zielte, die an ihrem Brustpanzer befestigt war. In der Mitte der Tartsche befanden sich vier große, gehämmerte Nietköpfe, die, falls genau zwischen sie hineingestoßen wurde, der gegnerischen Waffe Halt boten und ein Abgleiten verhinderten. Auch die Fürstin senkte ihre Lanze; aber nur so weit, daß es aussah, als habe sie ihr Ziel noch nicht voll anvisiert. Dies war eine ihrer Finten.

Don Juan sah seinen Hals in Gefahr und hielt die Lanze wieder etwas höher, um den Angriff abwehren zu können.

Auf den Bruchteil einer Sekunde kam es jetzt an. Die Gegner waren keine zwanzig Meter mehr voneinander entfernt. Im Sturm galoppierten sie aufeinander zu.

Don Juans Lanze hob sich um eine Handbreit mehr. Warum zielte das Teufelsweib nicht richtig? Der Zusammenprall stand doch unmittelbar bevor!

In diesem Augenblick senkte die Fürstin ihre Lanze und stieß die dreigeteilte Spitze in die Beinschiene ihres Gegners.

Da Don Juan sich im letzten Moment vorgebeugt hatte, um den erwarteten Aufprall seiner Lanze besser abfangen zu können, bekam sein Oberkörper durch den tief geführten Angriff Übergewicht, und er hatte alle Mühe, nicht vom Pferd zu stürzen.

Satansweib, fluchte er insgeheim. So hat mich noch niemand hereingelegt. Aber jetzt weiß ich Bescheid. Das nächste Mal wird sie mich nicht täuschen.

Es dauerte jedoch lange, bis es zum zweiten Stechen kam. Ein Lederriemen des getroffenen Beinschutzes war gerissen und mußte genäht werden.

Die Fürstin öffnete ihr Visier und umkreiste Don Juan. Ihre Augen sprühten vor Übermut. »Laßt Euch einen neuen Schutz geben. Geflicktes Zeug hält nicht und reißt beim nächsten Mal noch schneller.«

»Zweimal falle ich nicht auf Euren Trick herein«, gab er lachend zurück.

»Abwarten«, entgegnete sie selbstsicher.

Er gönnte ihr den Erfolg, wenngleich er sich nicht darüber freuen konnte. Es ging ihm gehörig gegen den Strich, daß er, der vielgefeierte Held, im ersten Durchgang unterlegen war.

Zu allem Übel ließ sich der Beinschutz nicht zufriedenstellend reparieren, so daß ein neuer herbeigeschafft werden mußte.

Die Fürstin ritt in den Schatten eines Baumes. Vom Maul ihres Pferdes tropfte weißer Schaum.

Antonio Pérez preschte heran, um ihr Gesellschaft zu leisten. Aber noch bevor er sie erreichte, fuhr sie ihn an:

»Bleibt auf Eurem Posten! In kann Euer Geschwätz jetzt nicht ertragen.«

Betroffen ritt er zurück und fragte sich: Warum ist sie so nervös? Sie ist doch im Vorteil.

Es war die Unterbrechung, die der Fürstin zu schaffen machte. Hinzu kamen die schwere Rüstung und die Hitze. Schweiß perlte auf ihrer Stirn, als sie den Helm abnahm.

Don Juan brachte ihr ein Tuch.

Sie dankte ihm. »Ihr seid ein Kavalier vom Scheitel bis zur Sohle.«

Er deutete eine höfische Verneigung an. »Dann werdet Ihr auch verstehen, daß ich Euch in Anbetracht der Unterbrechung, deren Ende noch nicht abzusehen ist, den Abbruch des Turniers zu Euren Gunsten anbieten möchte.«

Die Fürstin schüttelte den Kopf. »So billig kommt Ihr mir nicht davon.« Sie wies in die Richtung, in der die Holzböcke standen. »Wenn ich mich nicht täusche, wird Euer Beinschutz gerade gebracht.«

»Gott sei Dank!« rief er und eilte davon.

Wenige Minuten später war es soweit, daß der Staatssekretär das Kommando zum zweiten Stechen geben konnte.

Erneut jagten beide Reiter aufeinander los. Wieder donnerte der Hufschlag, wieder flogen Erde und Grasplacken durch die Luft, wieder pfiff der Wind in den Schlitzen der herabgeklappten Visiere.

Anders als beim ersten Stechen saß die Fürstin diesmal aufrecht. Auch hielt sie ihre Lanze nicht in Kampfposition, sondern schräg nach oben gerichtet,

Don Juan nahm an, daß ihn eine neue Finte irritieren sollte. Bestrebt, sich nicht ein zweites Mal täuschen zu lassen, senkte er seine Lanze und zielte genau auf die vier dicken Nietköpfe auf der Tartsche.

Doch die Fürstin hatte diesmal gar nicht vor, ihn zu täuschen. Sie hatte plötzlich gegen eine Beklommenheit anzukämpfen, die ihr jedes Reaktionsvermögen raubte. Die Hitze, die lange Wartezeit und die schwere Rüstung setzten ihr allzusehr zu. Sie sah den Gegner in voller Karriere auf sich zujagen, sah die genau auf ihre Brust gerichtete Lanze und brachte es nicht fertig, die Angriffsposition einzunehmen oder sich zumindest auf die Verteidigung vorzubereiten. Jeden Augenblick mußte es zum Zusammenprall kommen.

Don Juan erkannte, daß etwas nicht stimmte. Den Bruchteil einer Sekunde zögerte er noch, dann versuchte er, seine Lanze zur Seite zu reißen. Zu spät. Sie traf, wenngleich verkantet, zwischen die vier Nietköpfe. In das metallische Aufeinanderprallen der Lanzenspitze mit der Tartsche mischte sich das Brechen und Splittern von Holz.

Die Fürstin taumelte. Vor ihren Augen tanzten Kreise. Sie wurde von Schwindel erfaßt und umklammerte instinktiv den Hals ihres Schimmels. In der Kehle spürte sie das Klopfen ihres Herzens. Mit letzter Kraft klappte sie das Visier hoch und holte tief Luft.

»Gratuliere!« hörte sie Don Juan wie aus weiter Ferne. »Ihr habt gewonnen. Meine Lanze ist zum Teufel. Ich möchte nur wissen, wieso Ihr nicht in hohem Bogen aus dem Sattel geflogen seid.«

Sie griff sich an den Hals. »Das ist mir auch ein Rätsel. Mir wurde plötzlich übel, und ich konnte die Lanze nicht senken.«

»Ich hab's geahnt. Darum mein Versuch, Euch den Zusammenprall zu ersparen. Hauptsache, es geht Euch wieder besser. Und den Kampf habt Ihr obendrein gewonnen.«

Sie nahm den Helm vom Kopf und schüttelte ihr Haar. »Anständig von Euch, aber der Sieger seid Ihr.«

Don Juan ließ seinen Kopfschutz zu Boden rollen. »Das aus Eurem Munde zu hören befriedigt mich. Doch wir wollen uns an die getroffene Vereinbarung halten. Verlierer ist, wer aus dem Sattel gehoben wird oder wem die Lanze bricht.«

Vierzehn Tage nach dem bedeutungsvollen Turnier gebar Königin Anna einen Sohn, der auf den Namen Ferdinand getauft wurde. Der König hatte einen Thronfolger. Für Don Juan de Austria waren damit die Würfel gefallen. In seiner Enttäuschung hätte er sich am liebsten sofort auf den Weg in den hohen Norden gemacht. Doch nun war es der Staatssekretär, der den Eifer des Freundes dämpfte. Er wünschte, daß der Monarch nicht vom Sinneswandel seines Halbbruders erfuhr, bevor Margarethe von Parma geantwortet hatte. Wegen des ausgezeichnet funktionierenden Nachrichtenapparates Philipps II. hatte Antonio Pérez darauf bestanden, daß Don Juan seiner Stiefschwester auch tatsächlich schrieb. In der gegenwärtigen Situation konnte der geringste Fehler verheerende Folgen haben.

Komplikationen gab es ohnehin genug. Als Don Juan den König ersuchte, Ihrer Majestät anläßlich der Geburt des Thronfolgers seine Aufwartung machen zu dürfen, erhielt er einen abschlägigen Bescheid. Mit diesem Affront wollte sich der Herrscher vermutlich dafür rächen, daß sein Halbbruder nicht zur Hochzeit gekommen war. Möglicherweise ging es ihm auch darum, zu dokumentieren, daß er, was die Statthalterschaft anging, zu keinerlei Konzessionen bereit sei. Doch welche Motive ihn auch bewogen haben mochten, fest stand, daß sich die Halbbrüder wie Katze und Hund zueinander verhielten.

Dies trat in seltsamer Weise zutage, als der Staatssekretär endlich die Bereitschaft Don Juans zur Übernahme der Statthalterschaft melden konnte und dieser mit Escobedo zu einer Audienz in den Escorial gerufen wurde. Philipp II. empfing den Halbbruder und dessen künftigen Berater nicht in seinem Arbeitsraum, wie es üblich war, sondern im *salón del trono,* dem großen Audienzsaal, in dem üblicherweise nur die Sitzungen des Kronrates stattfanden. Zu feierlichen Anlässen mochte ein großes Zeremoniell angebracht sein. Beim Empfang von nur zwei Personen, die Antonio Pérez zu begleiten hatte, wurde das, was sich in dem riesigen Saal abspielte, zu einer lächerlichen Komödie.

Zunächst wurden die Gäste und der Staatssekretär von Dienern in den Saal geleitet und vor drei Sessel postiert, die genau gegenüber dem von einem Baldachin überdeckten Thron standen. Dann zogen sich die Lakaien zurück, und es geschah lange nichts, bis der König endlich erschien, gefolgt vom *mayordomo mayor* und der Leibwache.

Antonio Pérez und seine Begleiter entblößten ihr Haupt und beugten das Knie.

Philipp II. schritt langsam auf den Thron zu und nahm Platz.

Die zur Audienz Gebetenen erhoben sich.

Der König wies auf ihre Kopfbedeckungen. »Cubríos! – Bedeckt Euch!«

Um sich für diesen Gnadenerweis zu bedanken, hatten die Geladenen nochmals das Knie zu beugen, sich danach ein zweites Mal zu erheben und ihren Kopf zu bedecken.

Es folgte die Aufforderung, sich zu setzen.

Bevor dieser Weisung entsprochen werden durfte, mußten sich die Gäste für die erwiesene Gunst mit einem weiteren Kniefall bedanken.

Danach trat der Mayordomo mayor vor, nahm sein Barett ab, beugte ein Knie, erhob sich wieder, setzte das Barett auf und schritt zum Vortragspult, wo er einen Folianten aufschlug und die Namen der zur Audienz Befohlenen vorlas.

»Está bien«, sagte der König.

Nun erhoben sich alle, entblößten ihr Haupt, beugten ein Knie, richteten sich wieder auf und bedeckten erneut den Kopf.

Philipp II. wandte sich mit ausdrucksloser Miene an Escobedo. »Ihr seid bereit, mir als Berater Don Juans de Austria zu dienen?«

»Ja, Majestät.«

»Gut. Staatssekretär Pérez wird Euch hinausbegleiten und über alles Wissenwerte informieren.«

Barett absetzen, Kniebeuge, Barett aufsetzen, drei Schritte rückwärts, erneutes Absetzen des Baretts, nochmals Kniebeuge, wiederum Bedecken des Kopfes und – ab zur Seite: spanisches Zeremoniell.

»So etwas Idiotisches«, ereiferte sich Escobedo, als sie den Escorial verlassen hatten und gewiß sein konnten, von niemandem gehört zu werden,

Antonio Pérez beschwichtigte den Freund. »Das Theater wird sonst nur vor den Sitzungen des Großen Kronrates gespielt. Wahrscheinlich ging es Seiner Majestät heute darum, Don Juan vor Augen zu führen, daß ihm keine Sonderrechte zustehen und er sich wie jeder andere im Staat zu verhalten hat.«

Escobedo schüttelte den Kopf. »Eine eigenartige Methode, die Statthalterschaft schmackhaft zu machen.«

Der Staatssekretär ging über diese Kritik hinweg und wies auf eine Bank, die am Ende des Weges stand. »Setzen wir uns dort drüben hin. Auch der König sucht diese Bank immer wieder auf. Von dort haben wir die schönste Aussicht über das Land. Im Volksmund heißt der Platz bereits *Silla del Rey*!«

»Was mag Don Juan jetzt wohl zu hören bekommen?«

»Vermutlich sehr wenig.«

»Warum schickte Seine Majestät uns dann fort?«

»Er gibt sich gerne geheimnisvoll. Mir hat er befohlen, später seinen Arbeitsraum aufzusuchen.«

Escobedo rümpfte die Nase. »Manchmal kommt es mir vor, als würden wir von einem Mann regiert, der ...«

»Darf ich dich daran erinnern, daß du soeben zum Berater Don Juans ernannt worden bist!« unterbrach ihn Antonio Pérez, um das unerfreuliche Thema zu beenden.

»Unter Ernennung habe ich mir etwas anderes vorgestellt«, maulte Escobedo. »Wie ein Domestik wurde ich abgespeist.«

»Gemessen am König, sind wir alle Domestiken«, wies ihn der Staatssekretär zurecht. »Es wäre gut, wenn du dir das merken würdest. Im Hinblick auf die Pflichten, die auf dich zukommen, kann dir ein bißchen Bescheidenheit nicht schaden. Zumal es, wie ich dir nun anvertrauen darf, nicht nur um die Verwaltung und Sicherung der Niederlande und Flanderns geht. Unser Ziel, das wir gemeinsam mit Papst Gregor ansteuern, ist die Rückführung der

Engländer in den Schoß der katholischen Kirche – sei es mit Gewalt oder auf dem Wege einer zweckdienlichen Eheschließung.«

Escobedos Augen weiteten sich. »Ist Don Juan das bekannt?«

»Natürlich. In dem Schreiben, das du Seiner Heiligkeit gebracht hast, ging es ausschließlich um dieses Thema.«

»Und Don Juan ist bereit, die englische Königin zu heiraten?«

»Sie oder die Königin von Schottland, die er gern aus dem Kerker befreien möchte.«

Der Freund schlug die Hände zusammen. »Hombre! Dann bin ich womöglich schon in Kürze auch Berater der englischen oder der schottischen Königin.«

»Ein Araber würde jetzt sagen: ›Die Melone, die man essen will, darf man nicht anschneiden, bevor sie reif ist.‹ Darum nochmals: Halte dich zurück! Das ist gar nicht so leicht, wenn man an Einfluß und Macht gewinnt.«

Nachdem sie ein Stück gegangen waren, erreichten sie die Bank, welche in der Nähe einer munter sprudelnden Quelle stand. Silla del Rey! Hier machte Antonio Pérez seinen Freund mit den auf ihn zukommenden Aufgaben vertraut. Zu seiner Freude erwies sich Escobedo als aufgeschlossen und geistig beweglich. Aber dann schoß er im Eifer der Unterredung plötzlich so weit über das Ziel hinaus, daß dem Staatssekretär größte Bedenken kamen.

»Wenn wir England und Schottland erobert haben«, hatte Escobedo in seiner Begeisterung ausgerufen, »segeln wir mit der gesamten Flotte nach Santander und stürmen von dort nach Madrid, Zaragoza, Barcelona ...«

»Bist du wahnsinnig geworden?« fuhr Antonio Pérez den Freund an.

Der war so verdutzt, daß er sekundenlang kein Wort hervorbrachte. »Mein Gott«, stöhnte er schließlich. »Ich sah mich mit einem Mal als Junge in Santander mit meinen Kameraden aus der alten Festung El Mogro herausstürmen, um ganz Spanien zu erobern. In unseren Köpfen spukten die Heldentaten des Cid Campeador. Hast du ihm in jungen Jahren etwa nicht nacheifern wollen?«

»Natürlich!« antwortete der Staatssekretär erleichtert. Kein böser Geist, vielmehr ein schwärmerischer Jugendtraum war in

Escobedo durchgebrochen. Er hakte sich bei ihm ein. »Ich glaube, unsere Zungen sind im Eifer der Debatte zu heiß geworden. Erfrischen wir uns drüben an der Quelle.«

Als sie zur Bank zurückkehrten, sagte Antonio Pérez wie nebenbei: »Ich habe dir übrigens noch einen kleinen Privatauftrag zu erteilen. Die Fürstin Eboli besitzt, wie du weißt, in den Niederlanden einige Güter, die sie verkaufen möchte. Bitte, erledige das für sie. Die Unterlagen werde ich dir geben. Der Erlös kann zur Besoldung der Truppe verwendet werden. Wir verrechnen den Betrag über das Bankhaus Spinola in Mailand, wohin der Papst die von ihm zugesagten Gelder überweist.«

Escobedo wurde hellhörig. »Kann das Geschäft ganz offiziell abgewickelt werden?«

»Ja und nein«, bekannte der Staatssekretär nach kurzer Überlegung. »Offiziell insofern, als ich von der Sache weiß und dich mit dem Verkauf der Güter beauftrage. Ob der verstorbene Fürst den König über seine niederländischen Besitzungen genau in Kenntnis gesetzt hat, vermag die Fürstin nicht zu sagen. Ich persönlich wage es zu bezweifeln und habe deshalb nie mit Seiner Majestät darüber gesprochen. Im Interesse des Ansehens des Verstorbenen solltest auch du Stillschweigen bewahren.«

»Das verspreche ich dir.«

»Ich werde es der Fürstin melden.«

Escobedo rückte näher an den Freund heran. »Du könntest mir ebenfalls einen Gefallen tun.«

»Bitte.«

»Steht dir in Mailand – ich meine für die finanzielle Transaktion über das Bankhaus Spinola – schon ein Vertrauter zur Verfügung?«

»Mir scheint, du kannst Gedanken lesen. Ich suche seit Wochen einen geeigneten Fachmann für die Abwicklung der gesamten Geldgeschäfte zwischen dem Vatikan und den Niederlanden.«

»Dann solltest du den Gatten von Doña Brianda wählen. Er kennt sich in finanziellen Dingen vorzüglich aus und würde Gott auf Knien danken, wenn er einen solchen Posten bekäme.«

Der Staatssekretär stutzte. »Welches Interesse hast du an ihm?«

»Ich bin mit Doña Brianda befreundet und möchte ihr helfen. Wenn ihrem Mann, der im Amt für Finanzen ein bißchen abgerutscht ist, wieder auf die Beine geholfen wird, hat sie Aussicht, ihre verlorengegangene Ehrenstellung als Hofdame zurückzugewinnen.«

Das werde ich der Fürstin lieber nicht erzählen, dachte Antonio Pérez und reichte Escobedo die Hand. »Abgemacht. Ich schicke Doña Briandas Gatten nach Mailand. Aber auch das bleibt unter uns.«

»Ehrensache!«

Der Staatssekretär erhob sich. »Es wird Zeit, daß ich unseren frischgebackenen Statthalter von der Pein des Zusammenseins mit Seiner Majestät befreie. Warte hier auf uns!«

Als Antonio Pérez den Arbeitsraum des Königs betrat, saß dieser über Akten gebeugt am Schreibtisch. Don Juan de Austria hingegen schaute gelangweilt zum Fenster hinaus.

»Wir haben alles besprochen«, sagte Philipp II., ohne den Kopf zu heben. »Die Reise in die Niederlande wird schnellstens angetreten und soll durch Frankreich führen.«

Der Staatssekretär blickte verständnislos von einem zum anderen. »Es wird nicht der Seeweg gewählt?«

Der König versah ein Schreiben mit einer Paraphe. »Nein. Die Route an Englands Küste entlang erscheint mir zu gefährlich.«

»Der Weg durch Frankreich bietet meines Erachtens größere Gefahren«, widersprach Antonio Pérez. Er begriff die Entscheidung des Herrschers nicht.

Don Juan zwinkerte ihm zu. »Ich werde mich zu wehren wissen.«

»Außerdem wird inkognito gereist«, fügte der König hinzu und reichte seinem Günstling eine Schriftrolle. »Dies ist eine Abmachung mit dem Kaufmann Gonzaga, der oft durch Frankreich fährt und auf der ganzen Strecke weitgehend bekannt ist. Mit ihm wurde vereinbart, daß ihn Don Juan, als maurischer Diener verkleidet, bis zur nördlichen Grenze begleitet.«

Eine schlimmere Erniedrigung kann dem Helden von Lepanto nicht angetan werden, dachte der Staatssekretär empört und wunderte sich darüber, daß Don Juan diese Schmach wortlos hinnahm. War sein Wille gebrochen? Wenn ja, wodurch? Hatte ihn das unselige Erbe der Habsburger in eine Lethargie gestürzt, aus der er sich nicht befreien konnte? »Ich bitte um Vergebung,

Sire«, sagte Antonio Pérez impulsiv. »Aber diese Sicherung allein genügt nicht. Gestattet mir, daß ich Don Juan de Austria einen Begleiter zuteile, der seiner würdig und vor allen Dingen fähig ist, ihm beizustehen, wenn er in Gefahr geraten sollte. Ich denke an Capitán Arce, einen jungen Offizier der Garde, der seit Jahren alle in unserem Land ausgetragenen Wettkämpfe mit dem Degen und Schwert für sich entscheiden konnte und sich auch auf dem Schlachtfeld hervorragend bewährt hat.«

Don Juan verneigte sich vor Antonio Pérez. »So sicher ich mich auch fühle, es wird mir ein Vergnügen sein, mit einem Offizier solchen Ranges durch Frankreich zu reiten. Richtet ihm noch heute meine Grüße aus.«

In den ersten Tagen nach Don Juans und Escobedos Abreise kam sich Antonio Pérez wie verlassen vor. Fünf Wochen lang war er fast täglich mit den Freunden zusammengewesen, hatte mit ihnen Ausritte unternommen und Jagden veranstaltet. Nun verlangten die Regierungsgeschäfte wieder seinen vollen Einsatz, und zum Kummer der Fürstin, die einen zweiten Frühling zu erleben schien und schier unersättlich geworden war, mußte er sich jetzt oft im Escorial aufhalten.

Philipp II. verübelte es ihm nicht, daß er ihn während der Besprechung mit seinem Halbbruder gleichsam vor vollendete Tatsachen gestellt und dem neuen Statthalter, ohne vorher um Genehmigung nachgesucht zu haben, einen kampferprobten Gardeoffizier zugewiesen hatte. Der Staatssekretär war auf eine Rüge gefaßt gewesen, und sie wäre ihm vielleicht auch erteilt worden, hätte der Monarch nicht unmittelbar nach dem Aufbruch Don Juans die Hiobsbotschaft erhalten, sein erst wenige Wochen alter Sohn Ferdinand sei schwer erkrankt, und es müsse mit dem Schlimmsten gerechnet werden.

Der König begab sich sofort nach Madrid, mußte aber bald erkennen, daß das Leben des Kindes, auf das er so große Hoffnungen gesetzt hatte, nicht mehr zu retten war. Wie gelähmt verbrachte er mehrere Tage an seinem Bett. Als die Ärzte ihm eines Morgens aber meldeten, daß der Tod eingetreten sei, gab er einen Befehl, der auf allgemeines Unverständnis stieß und im ganzen Land Betroffenheit auslöste. Er wies das spanische Volk an, nicht zu trauern, sondern freudig zu feiern. Seine Proklamation lautete:

Als katholischer Fürst freue Ich Mich über den Tod Meines Sohnes, und Ich will, daß sich die gesamte Bevölkerung mit Mir darüber freut, daß er völlig unschuldig und sündenlos in das Himmelreich eingegangen ist.

»Das geht zu weit!« empörte sich die Fürstin, als Antonio Pérez ihr berichtete, welche Order der Monarch gegeben hatte. »Sein Verhalten ist nicht mehr normal. Ich bin bestimmt eine gute Katholikin und glaube daran, daß Kinder, wenn sie sterben, gleich in den Himmel kommen. Doch es ist unnatürlich, sich über den Tod zu freuen. An Stelle Seiner Majestät würde ich zerknirscht vor dem Totenbett knien und Gott bitten, meinen Glauben an die Unsterblichkeit zu festigen. Ich begreife den König nicht. Was mag in ihm vor sich gehen?«

Der Staatssekretär hob die Schultern. »Das ist schwer zu sagen.«

»Vielleicht hat er sich nur unglücklich ausgedrückt.«

»Das habe ich im ersten Moment auch gedacht. Inzwischen übermittelte er mir aber zwei Briefe an seine Töchter, die eindeutig belegen, daß er sich *wirklich* freut. Es scheint sich um so etwas wie eine Todeserotik zu handeln, natürlich nicht im Sinne einer wirklichen Krankheit. Es könnte eine Form der Liebe zum Reinen sein – ein Verlangen nach Vollendung, nach Ruhe und Erlösung. Deshalb vielleicht auch sein Kult mit den Särgen in der Gruft des Escorials. Auf der gleichen Linie liegt das Zusammentragen der Sarkophage seiner portugiesischen Vorfahren und das unentwegte Sammeln von Reliquien. Offensichtlich hat er eine fast körperliche Beziehung zu den Toten. Die Tatsache, daß über seinem Schreibtisch das Bild seines Sohnes Don Carlos hängt, den er so kaltherzig in den Turm werfen und dort elend zugrunde gehen ließ, ist für mich ein Beweis dafür.«

Die Fürstin seufzte. »Ich kann mir nicht helfen, das alles sieht nach einer krankhaften Veranlagung aus.«

Antonio Pérez stimmte ihr zu. »Seien wir froh, daß er die Toten nur um sich versammelt beziehungsweise ihre Bilder auf sich einwirken läßt. Dom Sebastián, der erst zwanzigjährige König von

Portugal, geht da einen scheußlichen Schritt weiter. Er ließ kürzlich die Särge seiner Ahnen öffnen, sprach zu ihnen, als lebten sie, und verlangte von seinen Ministern und Heerführern, daß sie die Hand der königlichen Leichname küßten.«

Der Fürstin lief es kalt über den Rücken. »Ich danke Gott, daß meine Kinder normal zu sein scheinen.«

5

Sieben Wochen nach der Abreise Don Juans de Austria erhielt Philipp II. die Nachricht von dessen Ankunft in Antwerpen. Der König überflog die Mitteilung, fuhr dann jedoch mit der Lektüre von Dokumenten fort, die er, um die Berechtigung seines Anspruches auf den Thron Portugals nachzuweisen, seit geraumer Zeit zusammentragen ließ. Es beruhigte ihn, daß Don Juan und sein Gefolge das Reiseziel wohlbehalten erreicht hatten, seine Gedanken aber gingen in eine andere Richtung. Zu seiner Überraschung hatten ihm mehrere seiner Agenten übereinstimmend gemeldet, daß König Sebastián von Portugal einen Feldzug gegen die Moriscos in Nordafrika vorbereitete. Ein solches Unternehmen konnte nicht gut ausgehen. Es mußte mit einer verheerenden Niederlage des jungen Herrschers gerechnet werden, und eben deshalb beschäftigte sich Philipp II. neuerdings fast ausschließlich mit Portugal. Wenn er geschickt vorging, fiel ihm das einstige Lusitanien wie eine reife Frucht in den Schoß. Natürlich war zu berücksichtigen, daß außer ihm ein ganzer Schwarm von Enkeln, Urenkeln und anderen Verwandten des großen Königs Manoel I. Anspruch auf den Thron erheben würde. Erringen aber konnte ihn nur, wer mit seinem Heer im entscheidenden Augenblick zur Stelle war. Aus diesem Grund interessierten den Monarchen die im Norden gelegenen Provinzen lediglich noch am Rande. Und vom nebelverhangenen England, dessen Eroberung in erster Linie den Ruhm Don Juans vermehren würde, wollte er überhaupt nichts mehr wissen.

Der Staatssekretär war entsetzt, als er erkannte, daß der König plötzlich allen Absprachen zuwider nicht daran dachte, den mit Papst Gregor XIII. besprochenen Plan zur Rückführung Englands in den Schoß der katholischen Kirche in die Tat umzusetzen. Und ausgerechnet ihm, Antonio Pérez, der von der Fürstin erfahren hatte, daß zwischen ihr und der Herzogin von Braganza eine Abmachung bestand, der zufolge der Sohn der Fürstin, der Herzog von Pastrana, durch eine Eheschließung mit einer der Töchter der Herzogin zum Herrscher von Portugal aufsteigen sollte, ausgerechnet ihm erteilte Philipp II. den Auftrag, alles zur Besetzung Portugals vorzubereiten.

Zwangsläufig geriet Antonio Pérez in eine höchst unangenehme Lage. Sowohl der Fürstin als auch Don Juan gegenüber mußte er nun eine Doppelrolle spielen.

Welche Schwierigkeiten auf ihn zukamen, zeigte ein vertrauliches Schreiben, das ihm Don Juan vierzehn Tage später sandte. Eindringlich brachte er seine Verzweiflung über die Verhältnisse, die er in den Niederlanden und in Flandern angetroffen hatte, zum Ausdruck. Er schrieb:

Seine Majestät hat mich, wie ich schon befürchtete, in ein Unternehmen verwickelt, das meinen Ruhm binnen kürzester Frist verblassen lassen wird. Meinem Vorgänger Requesens bot sich bei Antritt seiner Statthalterschaft die Chance, sich mit einem Schlag beliebt zu machen, indem er als erste Amtshandlung jenes Denkmal niederreißen ließ, das sein Vorgänger, der Herzog von Alba, sich selbst errichtet hatte. Und die Truppe besänftigte er mit der Versicherung, ihr den seit langem fälligen Sold in absehbarer Zeit mit Zinsen auszuzahlen. Dieses Versprechen konnte er nicht halten, weil Seine Majestät, mein unzuverlässiger Halbbruder, die zugesicherten Gelder nicht übersandte. Die Folge: Als Requesens starb, begannen unsere Soldaten zu plündern. Und das tun sie heute noch. Der König hat mich hierher geschickt, um mich kaltzustellen und damit zu vernichten. Aber das soll ihm nicht gelingen. Lasse ihn wissen, daß ich ihm den Gehorsam verweigern werde, wenn er die mir gemachten Zusagen nicht einhält. Sollte er die erforderlichen Mittel für die Truppe und für den Aufbau einer Flotte zur Eroberung Englands nicht unverzüglich überweisen, werde ich eigene Wege gehen. Deren bieten sich hier zur Genüge.

Um Don Juan zu helfen, ohne dem König zu schaden, forderte der Staatssekretär seinen Freund Escobedo noch am gleichen Tag brieflich auf, die Liegenschaften der Fürstin Eboli in den Niederlanden so bald wie irgend möglich zu einem einigermaßen günstigen Preis abzustoßen und den Erlös zur Besoldung der Truppe zu verwenden. Er wies ihn freilich auch an, die erzielte Summe dem Bankhaus Spinola zu melden. Auf diese Weise konnte der Staatssekretär den Gegenwert von den beim Mailänder Bankier eingehenden Geldern des Papstes abrufen und in die eigene Tasche leiten. Nachdem er das Schreiben aufgesetzt hatte, begab er sich zur Fürstin, um sich mit ihr zu besprechen.

Die Mitteilung Don Juans beunruhigte auch sie. Sie fand es gut, daß Antonio Pérez seinen Freund gleich beauftragt hatte, die Güter ihres verstorbenen Mannes zu veräußern. Als er ihr aber erzählte, welche Pläne Dom Sebastián von Portugal hegte und welche Schritte der König eingeleitet hatte, um zu gegebener Zeit mit Hilfe des Heeres in den Besitz des begehrten Thrones zu gelangen, verlor sie die Nerven. Wie eine Furie raste sie durch den Raum. Sie griff nach diesem und jenem Gegenstand und zerschmetterte, was ihr gerade in die Finger kam. Und als der Staatssekretär sie an der Zerstörung weiterer Kostbarkeiten hindern wollte, griff sie kurzerhand in seine Jacke und riß sie der Länge nach auf.

Es dauerte lange, bis es Antonio Pérez gelang, die Fürstin wieder einigermaßen zur Vernunft zu bringen. Vollends beruhigen ließ sie sich jedoch nicht. Sie kostete ihre Tobsuchtsanfälle ebenso aus wie ihre anderen Leidenschaften, und im Zustand der Erregung entwickelte sie oft erstaunliche Ideen.

So auch in dieser Stunde. Unvermittelt schlug sie sich vor die Stirn und rief triumphierend: »Ich muß blind gewesen sein. Unsere Sache steht gar nicht so schlecht. Im Gegenteil, ganz im Gegenteil!«

Der Staatssekretär sah sie verständnislos an. »Ich weiß jetzt wirklich nicht, wovon Ihr redet.«

Die Fürstin lachte und schien schon vergessen zu haben, daß sie sich eben noch wie eine Megäre gebärdet hatte. »Na, wovon schon? Von Dom Sebastián! Überlegt selbst! Wenn dieser Narr mit seinem Heer nach Afrika übersetzt, wird er dort nicht nur eine schwere Niederlage einstecken müssen. Sein Land ist dann von allen Truppen entblößt und kann selbst von einer kleinen Streitmacht erobert werden.«

»Darauf beruht doch der Plan Seiner Majestät«, ereiferte sich Antonio Pérez. »Der König will in Portugal einfallen, sobald es in Afrika zur Schlacht kommt.«

»Eben! Aber diesen Plan werde ich ihm versalzen!«

»Und woher wollt Ihr so viel Salz nehmen?«

»Natürlich aus Portugal! Geht Euch nun ein Licht auf?«

»Nein«, bekannte er verblüfft und dachte: Wenigstens keift und zetert sie nicht mehr.

»Dann will ich Euch auf die Sprünge helfen. Unter den vielen Thronanwärtern, die auftreten werden, gibt es nur drei, die Aussicht auf Erfolg haben: den spanischen König, weil sein Heer Portugal im entscheidenden Moment überfallen kann; den Prior von Crato, weil er nicht nur einen berechtigten Anspruch stellen kann, sondern auch Portugiese ist; des weiteren die Herzogin von Braganza, weil sie als Tochter des Onkels von König Manoel eine ausgezeichnete Legitimation besitzt und sich zudem in Portugal größter Beliebtheit erfreut. Und nun kommt meine Überlegung: Der Prior von Crato wird nicht unbedingt König werden wollen. Also dürfte es möglich sein, sich mit ihm zu arrangieren und mit seiner Hilfe einen Aufstand im Volke zu entfachen, falls Seine Majestät in Portugal einfallen sollte. Schon morgen werde ich zur Herzogin reisen und sie auffordern, erste Kontakte zu knüpfen und Verbindung mit allen namhaften Repräsentanten aufzunehmen!«

Der Staatssekretär, der mit jedem Satz blasser geworden war, verlor die Beherrschung. »Mir scheint, Ihr habt den Verstand verloren«, entrüstete er sich. »Was Ihr vorhabt, ist Landes-, ja Hochverrat!«

»Und was plant unser Herr König?« hielt die Fürstin dagegen. »Ist es nicht er, der Portugal überfallen will?«

»Das ist etwas anderes«, belehrte sie Antonio Pérez. »Wenn ein Monarch in einen Nachbarstaat eindringt, tut er das mit dem Recht des Herrschers, der sein Reich zum Wohle des eigenen Volkes vergrößern will. Wenn aber Ihr, ein Untertan, seine Pläne zu durchkreuzen versucht, noch dazu mit Hilfe von Informationen, die ich Euch anvertraut habe, dann ...«

»Schluß!« schrie sie aufgebracht. »Ich bin nicht bereit, mir von einem Menschen, der weder im Privatleben noch als Diener des

Staates die geringsten Skrupel kennt, eine Moralpredigt halten zu lassen!«

»Wir müssen doch Loyalität...«

»Ich scheiß auf Treu und Glauben, wenn diese Eigenschaften nur von *mir* erwartet werden«, fiel sie ihm ins Wort. »Der König kann mich mal. Ein Widerling ist er. Umgibt sich mit dem Mantel der Frömmigkeit und hurt überall herum. Daß er sich dabei als halbsteifer Stümper erweist, zeichnet ihn nicht gerade aus. Sprecht mal mit Doña Catalina oder mit der Herzogin von Lothringen, mit Doña Eufrasia oder mit Doña Isabel, der er allein fünf Kinder gemacht hat.«

»Was hat das mit unserer Sache zu tun?« erboste sich der Staatssekretär. »Doch nicht das geringste! Und wenn wir schon anfangen aufzukehren, sollten wir vor der eigenen Tür beginnen.«

Die Augen der Fürstin brannten wie glühende Kohlen. »Einverstanden!« schrie sie. »Dann fangen wir gleich mit den niederländischen Liegenschaften an, die ich Euch übereignet habe. Hintergeht Ihr den König etwa nicht, wenn Ihr ihm das verschweigt?«

Die Antwort auf diese Frage mußte Antonio Pérez schuldig bleiben.

»Damit ist alles klar«, fuhr sie siegesbewußt fort. »Ihr werdet Don Juan mit allen Euch zu Gebote stehenden Mitteln unterstützen. Die portugiesische Sache aber überlaßt gefälligst mir!«

In welch scheußliche Falle habe ich mich da manövriert, dachte der Staatssekretär betroffen.

»Bleibt nur noch zu erwähnen, daß ich Euch über die Klinge springen lasse, wenn Ihr gegen mich arbeiten solltet.«

»Daran habe ich nicht das geringste Interesse«, lenkte er ein.

Auch die Fürstin gab sich nun versöhnlich. Sie trat zu ihm und nestelte an der zerrissenen Jacke. »Wenn wir zusammenhalten, können wir die Welt verändern, Señor! Unseren Freund Don Juan machen wir zum Regenten von England, und meinen Sohn, den Herzog von Pastrana, setzen wir auf den Thron von Portugal. Auf die Dauer ist es doch langweilig, nur zu den Granden des Königreiches zu gehören. Aufregend wird das Leben erst, wenn man hoch über ihnen an der Spitze steht.«

An diesem Abend kehrte der Staatssekretär verwirrt in sein Heim zurück. Er war in eine Abhängigkeit geraten, die unübersehbare Gefahren heraufbeschwor. Seine Leichtfertigkeit hatte bereits zu einem unentschuldbaren Vertrauensbruch geführt. Wohin würde es führen, wenn er, ein Diener des Staates, dem König in den Rücken fiel? In seiner Not wandte er sich an seine Frau. Ihr rechtschaffenes Wesen und ihre Ausgeglichenheit hatten ihm schon manches Mal weitergeholfen. Natürlich konnte sie ihm keine konkreten Ratschläge erteilen, doch nie waren Gespräche mit ihr ohne ein positives Ergebnis geblieben. Sie stand über den Dingen, war selbstlos und versuchte stets, sich nicht nur in die Lage ihres Mannes, sondern auch in die jener Person zu versetzen, über die gesprochen wurde.

Nachdem Doña Juana sich alles angehört hatte, sagte sie beinahe heiter: »Ich sehe nichts Tragisches in der Sache, und an deiner Stelle würde ich tun, was die Fürstin dir geraten hat. Don Juan beizustehen ist jetzt das allerwichtigste. Wegen Portugal würde ich mir keine grauen Haare wachsen lassen. Noch ist ja nicht gewiß, daß Dom Sebastián gegen die Moriscos ins Feld zieht. Berichte also dem König in aller Offenheit, wie es in den Niederlanden und in Flandern aussieht.«

Antonio Pérez nagte an seiner Unterlippe. »Wenn ich ihm sage, daß Don Juan mir geschrieben hat, wird er den Brief lesen wollen.«

»Dann legst du ihn eben vor. Es macht nichts, wenn Seine Majestät sich über einige aggressive Passagen ärgert; das ist immer noch besser, als wenn er nichts erfährt.«

Der Staatssekretär beherzigte diese Empfehlung und ritt gleich am nächsten Morgen zum Escorial, wo er Philipp II. in einer ungewöhnlich gelösten Verfassung antraf.

»Escobedo hat mir geschrieben«, erklärte der König unmittelbar nach der Begrüßung. »Ich muß schon sagen, ein unverschämtes Früchtchen, das Ihr mir da ins Nest gesetzt habt. Hört Euch nur den Ton an, den er sich mir gegenüber erlaubt!« Der Monarch griff nach einem Schreiben und las vor: »›Die Verzweiflung Eures Halbbruders Don Juan kennt keine Grenzen. Sein schönster Traum, nach England überzusetzen und Maria Stuart zu befreien, verflüchtigt sich angesichts dessen, was wir hier erleben. Die

Flamen und Niederländer verlangen einstimmig den Abzug unserer Truppen, und ich muß gestehen, daß diese sich schändlich aufgeführt haben. Die Schuld aber liegt nicht bei ihnen. Eure Majestät haben den Soldaten seit Monaten den Sold verwehrt. Das muß sofort anders werden, sonst wird Don Juan dieses Land verlassen. Er ist bereits schwermütig und spricht davon, sich in eine Einsiedelei zurückzuziehen, wie es Eurer Majestät und Don Juans gemeinsamer Vater, Kaiser Karl V., getan hat. Er denkt daran, Eurer Majestät vorzuschlagen, eine Frau als Statthalterin einzusetzen; entweder wieder Margarethe von Parma oder Margarethe von Lothringen. Ich kann Don Juan verstehen. Wenn nicht unverzüglich ein Wandel eintritt, müßt Ihr damit rechnen, daß er über kurz oder lang in Madrid auftaucht. Und was ist dann?‹« Philipp II. hob den Kopf. »Was sagt Ihr zu diesem Burschen?«

»Zunächst darf ich feststellen, daß Escobedo, wenngleich er sich entschieden im Ton vergriffen hat, kein Blatt vor den Mund nimmt«, antwortete Antonio Pérez. Insgeheim fragte er sich: Wieso ist Seine Majestät heute anders als sonst? Irgend etwas an dem Brief muß ihm gefallen haben. »Escobedos Offenheit ist, wieder mit der von mir gemachten Einschränkung, grundsätzlich positiv zu bewerten. Er nennt die Dinge beim Namen und belügt Euch nicht. Das zu wissen ist in der gegenwärtigen Situation beruhigend.«

»Daß Ihr ihn verteidigt, konnte ich mir denken«, entgegnete der König unwillig. »Ihr habt ihn mir ja empfohlen. Doch lassen wir das. Kommen wir zur Sache! Wie würdet Ihr auf den Brief reagieren?«

Der Staatssekretär legte ein Billett vor. »Bevor ich Stellung nehme, muß ich Eurer Majestät ein weiteres, nicht weniger grobes Schreiben zur Kenntnis bringen. Don Juan sandte es mir.«

»Ach, ein Komplott?«

»Keineswegs, Sire! Wie Ihr wißt, sind wir befreundet. Da ist es verständlich, daß er mir, Eurem Vertrauten, aus berechtigter Sorge sein Herz öffnet.«

Der König nahm den Brief entgegen und las ihn mit unbewegter Miene. »Doch ein Komplott!« stellte er lakonisch fest, als er das Schreiben zurückreichte.

»Ich bin anderer Auffassung, Seigneur.«

»Euer Vorschlag?«

»Ich plädiere dafür, das Bankhaus Spinola zu beauftragen, von den Geldern, die Seine Heiligkeit inzwischen überwiesen hat, Don Juan nur so viel zur Verfügung zu stellen, wie er zur Besoldung der Truppe benötigt.«

»Aber keinen Maravedi mehr!« betonte Philipp II.

Antonio Pérez atmete auf. »Ihr seid einverstanden, Sire?«

»Ja.«

Was mag diesen plötzlichen Sinneswandel verursacht haben, fragte sich der Staatssekretär.

Der König erhob sich. »Teilt Don Juan mit, daß das England-Unternehmen auf unbestimmte Zeit verschoben werden muß. Er soll dem Wunsche der Niederländer und Flamen entsprechen und fünftausend Soldaten nach Spanien in Marsch setzen. Das wird ihn bei der Bevölkerung beliebt machen.«

Die Katze ist aus dem Sack, dachte Antonio Pérez. Die Frage, warum sich der König trotz des rüden Tones, den Escobedo angeschlagen hatte, in guter Stimmung befand, war beantwortet. Der Hinweis in dem Schreiben auf den Wunsch des unterdrückten Volkes, die Truppen aus den besetzten Gebieten abzuziehen, versetzte Philipp II. in die angenehme Lage, sein für Portugal vorgesehenes Heer um fünftausend Mann zu verstärken. Und damit die Soldaten dem Befehl zur Heimkehr auch willig nachkamen, gab er plötzlich Geld frei.

»Ich bitte um Vergebung, Sire, aber ...«

»... die abziehende Einheit muß auf dem Landweg in Marsch gesetzt werden – das wolltet Ihr doch sagen?« fiel ihm der Monarch zynisch ins Wort. »Da habt Ihr recht. Und das freut mich für Euch. Denn in dieser Sache dulde ich keinen Widerspruch. Wenn Escobedo und Don Juan glauben, mich unter Druck setzen zu können, täuschen sie sich gewaltig.«

Antonio Pérez begriff den König nicht. Ohne mit der Wimper zu zucken, rief er fünftausend Soldaten zurück und gab damit einen Befehl, der seinen Halbbruder an den Abgrund führen mußte. Und er scheute sich nicht, seine egoistische Entscheidung im nachfolgenden Gespräch noch zu unterstreichen.

Nachdem Philipp II. ans Fenster getreten war und eine Weile

nach draußen geschaut hatte, sagte er fast freudig erregt: »Der unverschämte Ton in den Briefen meines Statthalters und seines Beraters hat mich auf eine Idee gebracht, die uns helfen wird, künftig bis auf den tiefsten Grund ihrer Seelen zu schauen. Die Sache ist so einfach, daß ich mich wundere, nicht schon früher auf den Gedanken gekommen zu sein. Wir machen folgendes: Ihr werdet beide Briefe beantworten und meine Zahlungsbereitschaft loben, im übrigen aber böse und schlimme Worte über mich finden. Das wird die Herren verleiten, Euch als Verbündeten anzusehen und Euch anzuvertrauen, was sie sonst für sich behalten würden. Auf diese Weise erfahren wir alles Wissenswerte und können, falls Don Juan versuchen sollte, eigene Wege zu gehen, rechtzeitig eingreifen und ihm das Leben zur Hölle machen.«

Was der König seinem Halbbruder antut, ist tausendmal schlimmer als mein fatales Verhalten in der portugiesischen Sache, schoß es dem Staatssekretär durch den Kopf.

»Beantwortet die Briefe noch heute«, fuhr Philipp II. fort. »Ich bin gespannt, wie diese Herren darauf reagieren werden.«

Das ist widerlich, abscheulich, sagte sich Antonio Pérez.

»Eure Entwürfe bitte ich mir vorzulegen. Ich möchte mir Gewißheit verschaffen, daß Ihr Euch auf die abfälligste Weise über mich geäußert habt.«

Der Staatssekretär begann am Verstand des Königs zu zweifeln. Nur ein krankes Hirn konnte eine solche Weisung erteilen. Doch er meldete keine Bedenken an. Seine finanziellen Transaktionen geboten ihm, sich zurückzuhalten. Er mußte alles unterlassen, was den Monarchen gegen ihn aufbringen konnte. Also entwarf er die von ihm verlangten Briefe, würzte sie mit boshaften Bemerkungen und nahm es widerspruchslos hin, als Seine Majestät am Rand eines Entwurfs notierte: *Soweit ganz gut, aber noch nicht provozierend genug. Unterstellt Mir schlimmere Dinge.*

Antonio Pérez tat, wie ihm geheißen war, fühlte sich jedoch nicht mehr wohl in seiner Haut. Er wurde sich der banalen Wahrheit des arabischen Sprichwortes bewußt: ›Wer sich vor einem Menschen verneigt, kehrt einem anderen den Rücken.‹

In den nächsten Wochen und Monaten wurde die Korrespondenz zwischen Antwerpen und Madrid immer unerbittlicher. Der König hatte richtig vermutet. Don Juan und Escobedo vertrauten dem Staatssekretär nun jede Kleinigkeit an und entwarfen in ihrer Enttäuschung über die im fernen Norden angetroffenen Verhältnisse Pläne, die nur als unverantwortlich bezeichnet werden konnten. So forderten sie als Äquivalent für das vorerst verschobene Unternehmen gegen England die Genehmigung, Heinrich III. von Frankreich im Kampf gegen die protestantischen Hugenotten unterstützen zu dürfen. Und als der König ihnen jegliche Einmischung untersagte, wurden ihre Schreiben noch aggressiver. Sie ließen sich jetzt zu Schritten hinreißen, die auch ihr Freund Antonio Pérez nicht mehr gutheißen konnte.

Don Juan schrieb dem Staatssekretär, daß er mit dem Gesandten der englischen Königin eine Unterredung gehabt habe, die ihn zu größten Hoffnungen berechtige. Sein Schreiben endete mit den Worten:

Und so trennten wir uns, indem ich darum bat, mir ein Bild von Queen Elizabeth zu senden und ihr auszurichten, daß ich sie gerne inkognito aufsuchen würde, um ihr die Hände zu küssen.

Der Staatssekretär konnte nicht umhin, diesen Brief Philipp II. vorzulegen. Zu seiner Erleichterung reagierte der König gelassen. Er reichte das Schreiben ohne erkennbare Verstimmung mit dem Vermerk zurück: *Das war zuviel gesagt.*

Die ohnedies blassen Wangen des Herrschers wurden jedoch kreidebleich, als Escobedo ihm vier Wochen später ein Billett schickte, das an Unhöflichkeit und Anmaßung nicht zu überbieten war. Unverblümt schrieb der Berater des Statthalters:

Don Juan de Austria, dessen Fähigkeiten ich täglich mehr bewundere, ist ein Mann, der, ohne irgend jemandes Rat einzuholen, sehr wohl weiß, was er zu tun und zu lassen hat. Und ich bin mit ihm der Meinung, daß die Pflicht Eurer Majestät ihm gegenüber nicht damit erfüllt sein kann, daß Ihr ihm eine subalterne Beschäftigung zuweist. Wohl ist er bereit, Euch zu dienen, wie er es in den Schlachten gegen die Großtürken und Mauren getan hat. Hier in Antwerpen ist er jedoch kaltgestellt. Er verlangt deshalb, an Euren Hof berufen zu werden, denn dort ist der Platz, der ihm gebührt, solange Eure Majestät ihm, dem Sohn

Kaiser Karls v., *nicht ein Reich zusprechen, in dem er allein regieren kann. Und Eure Majestät mögen wissen, daß es mir Genugtuung bereitet, Euch dies mitteilen zu müssen.*

Sich mühsam beherrschend, übergab Philipp II. das Schreiben seinem Staatssekretär und erbat dessen Stellungnahme.

Nachdem Antonio Pérez den Brief gelesen hatte, erklärte er empört: »Das Bankhaus Spinola muß sofort angewiesen werden, Eurem Statthalter kein Geld mehr zur Verfügung zu stellen. Ich bin zwar überzeugt, daß nicht Don Juan, sondern Escobedo die treibende Kraft ist ...«

»Vergeßt nicht, daß Ihr ihn mir empfohlen habt!« unterbrach ihn der Monarch gereizt.

»Dessen bin ich mir bewußt«, bekannte der Staatssekretär. »Abgesehen von der Geldsperre ist zu überlegen, was wir sonst noch tun können, um dem nun wirklich unverantwortlichen Treiben ein Ende zu bereiten.«

Der König machte plötzlich einen verzagten Eindruck. Die Arme auf den Schreibtisch gestützt und wie ermattet vornübergebeugt, seufzte er: »Ich weiß kein Mittel, die Niederlande und Flandern zu halten, wenn Don Juan mir die Treue versagt. Redet ihm noch einmal gründlich ins Gewissen. Auf Euch wird er gewiß hören.«

»Ich bitte um Vergebung, Sire«, erwiderte Antonio Pérez, »aber das ist mir nicht mehr möglich. Nach den vielen Briefen, in denen ich Euch weisungsgemäß als einen schlechten und ungerechten Herrscher dargestellt habe, kann ich Euren Halbbruder jetzt nicht anflehen, Euch in Treue zu dienen. Wir sind in unserer eigenen Falle gefangen.«

Der Monarch ließ den Kopf sinken. »Daran trage ich die Schuld!«

»Ich war es aber, der Escobedo falsch eingeschätzt hat«, erklärte der Staatssekretär im Bestreben, das bittere Eingeständnis des Königs abzuschwächen.

Philipp II. richtete sich auf. »Was können wir tun?«

»Laßt mir Zeit«, bat Antonio Pérez. »Vielleicht finde ich doch noch einen Weg, Don Juan klarzumachen, daß er alles verliert, wenn er sich gegen Euch stellt. Ich fürchte nur, daß Escobedo ihn weiter aufhetzen wird. Zweimal habe ich gespürt, daß er gefährlich werden kann, und beide Male gelang es ihm, mich zu düpieren.«

»Dann sollten wir ihn abberufen.«

Der Staatssekretär schüttelte den Kopf. »Wir kämen vom Regen in die Traufe. Don Juan würde seinen Berater nicht im Stich lassen und mit ihm hier erscheinen. Ich möchte versuchen, einen Weg zu finden ...«

»Ihr habt Zeit, soviel Ihr wollt«, fiel der König ungewohnt spontan ein. Die Not hatte seine starre Maske aufgebrochen; menschliche Züge kamen zum Vorschein.

Noch ehe der Staatssekretär einen Ausweg gefunden hatte, erhielt er von Escobedo einen Brief mit Vorschlägen, die, wenngleich verklausuliert, darauf abzielten, Philipp II. zu entmachten und Don Juan de Austria die Regierung zu übertragen. Als vorbereitende Maßnahme empfahl er den sofortigen Ausbau der Festung El Mogro bei Santander, wohin sich die noch in den Niederlanden und in Flandern stehenden Truppen zu gegebener Zeit einschiffen würden, um von dort zur letzten Operation anzutreten.

Antonio Pérez hätte sich die Haare raufen mögen. Schon damals, auf jener Bank nahe der Quelle beim Escorial, hatte Escobedo davon geträumt, aus der alten Festung herauszustürmen und ganz Spanien zu erobern. Jugenderinnerungen an die Heldentaten des Cid Campeador waren seine Entschuldigung gewesen. Und er, der versierte Staatsmann, war auf diese Ausrede hereingefallen. Jetzt aber wurde es ernst. Er mußte dem König reinen Wein einschenken.

Doch die Ereignisse überstürzten sich. Ein Kurier brachte die Nachricht, daß Don Juan in seiner Wut über den Friedensvertrag, den Seine Majestät inzwischen anläßlich des Abzuges der fünftausend Soldaten mit den Niederländern und Flamen abgeschlossen hatte, zu den Waffen gegriffen und die Stadt Namur erobert habe. Und um das Faß zum Überlaufen zu bringen, erschien Escobedo höchstpersönlich bald darauf in Madrid.

»Unser Ziel rückt in greifbare Nähe!« rief er emphatisch, als er völlig unerwartet mit noch verstaubter Kleidung in den Arbeitsraum des Staatssekretärs stürmte. »Der Friede mit Frankreich ist gebrochen! Feuer und Blut gegen unsere Feinde! Jetzt muß der König zu den Waffen greifen!«

Antonio Pérez war so schockiert, daß er nur noch hilflos nach Worten ringen konnte.

Escobedo umarmte ihn übermütig. »Hat's dir die Sprache verschlagen?«

»So kann man es nennen.«

»Morgen reiten wir zum Escorial, und dann erzählen wir unserem Greis, was wir von ihm erwarten.«

Der Staatssekretär bekam sich wieder in die Gewalt. »Einverstanden«, sagte er beherrscht. »Aber in einem anderen Tonfall!«

»Das weiß ich selber.«

»Deine groben Briefe an Seine Majestät ließen das nicht erkennen.«

Escobedo stutzte. »Das hört sich ja an, als stündest du nicht auf unserer Seite.«

»Das hört sich nicht nur so an, das ist auch so«, bekannte Antonio Pérez. »Du hast den Bogen überspannt. Und warum? Weil du überheblich geworden bist. Bleib bescheiden, hatte ich dir geraten.«

»Wenn du mir so kommst, gehe ich eigene Wege«, brauste Escobedo auf. »Und solltest du mir Schwierigkeiten bereiten, dann pack ich aus!«

»Spielst du etwa auf den Verkauf der Güter der Fürstin an?«

»Erraten!«

Der Staatssekretär setzte alles auf eine Karte und log mit frecher Stirn: »Die Ihrer Durchlaucht erwiesene Gefälligkeitssünde habe ich in Anbetracht der Entwicklung der Dinge Seiner Majestät inzwischen vorsorglich gebeichtet. Und es wurde mir Absolution erteilt.«

Escobedo starrte ihn mit verzerrter Miene an.

Antonio Pérez forderte ihn mit einer Handbewegung auf, Platz zu nehmen. »Ich mache dir einen Vorschlag. Wir wissen seit jeher, daß wir gut miteinander auskommen, uns aber schnell auch mal in die Haare geraten. Deshalb, und weil wir uns heute nicht mehr auf privater, sondern auf politischer Ebene bewegen, dürfte es zweckmäßig sein, alles beiseite zu schaffen, was einer gegen den anderen ausspielen könnte. Verbrennen wir also unsere gesamte Korrespondenz und was wir sonst noch an belastenden Dokumenten besitzen.«

Da Escobedo nicht wußte, daß seine vertraulichen Briefe an den Staatssekretär längst dem König vorgelegt worden waren, ging er bereitwillig auf diesen Vorschlag ein. Und bereits am Abend saßen die einstigen Freunde, die beide ein schlechtes Gewissen hatten, in der Casilla bei einem Becher Wein beisammen und tauschten sämtliche Unterlagen aus, die den einen oder anderen belasten konnten.

Antonio Pérez ließ sich seine Genugtuung nicht anmerken. Ohne weiter darüber gesprochen zu haben, hatte er die Verkaufsanweisung, die Besitzurkunden, die Überweisungsbelege an das Bankhaus Spinola und viele andere Dokumente erhalten, die ihn und die Fürstin in arge Bedrängnis hätten bringen können. Wie durch einen geheimen Zauber war die Belastung, die ihn in letzter Zeit oft bedrückt und unsicher gemacht hatte, von ihm genommen. Reaktionsvermögen und kühles Kalkül hatten ihn wieder einmal einen unerhofften Sieg erringen lassen. Jetzt konnte ihn nichts mehr daran hindern, energisch aufzutreten. Noch in der gleichen Nacht setzte er den König über Escobedos Eintreffen in Madrid und über dessen Auffassungen und Wünsche in Kenntnis. Die Mitteilung schloß mit den Worten:

Ich werde Escobedo morgen zu Euch führen. Bitte, laßt Euch nicht anmerken, daß Ihr informiert seid. Wir müssen Zeit gewinnen. Es wird deshalb von Vorteil sein, zunächst zu keinem Punkt Stellung zu nehmen, sondern darauf zu verweisen, daß keine Entscheidung ohne den Kronrat getroffen werden kann.

Nachdem sie gemeinsam durch einen fast schon frühlingshaften Morgen geritten waren, erreichten Antonio Pérez und Escobedo den Escorial.

Der Staatssekretär klopfte den Staub von seinen Kleidern, während sie das riesige Gebäude betraten. »Ich bin neugierig, wie der König reagiert, wenn er dich plötzlich vor sich sieht.«

Der Berater Don Juans grinste. »Das Herz wird ihm leider nicht stehenbleiben.«

»Sei nicht so gehässig! Beherzige lieber meinen Rat, in der

nächsten Stunde nicht zu fordern, sondern zu bitten. Die höflichen Franzosen sagen: C'est le ton, qui fait la musique.‹ – ›Der Ton macht die Musik.‹«

Escobedo rümpfte die Nase. »Du scheinst dir neuerdings in der Rolle eines Kindermädchens zu gefallen.«

»Ich will dir nur helfen.«

»Indem du mir nahelegst zu bitten, wo Forderungen zu stellen sind? Nein, mein Lieber, *die* Zeiten sind vorbei. Ich habe dir schon wiederholt gesagt, daß Don Juan gleichberechtigt mit dem König ist. Und das werde ich unmißverständlich zum Ausdruck bringen.«

Die Vermessenheit und Arroganz des Mannes, dem er zum Aufstieg verholfen hatte, empörten Antonio Pérez und ließen ihn das Schlimmste befürchten. Würde Escobedo wirklich den Mut aufbringen, dem Herrscher gegenüber so dreist zu sprechen? Würde es ihm unter dem eisigen abschätzenden Blick des Königs nicht die Rede verschlagen?

Der Staatssekretär rechnete damit, daß Philipp II. die Rolle, die er ihm in seinem nächtlichen Sendschreiben empfohlen hatte, bestimmt nicht schlecht spielen würde. Was er jedoch erlebte, war vollendete Schauspielkunst. Schon die Begrüßung war ein Meisterwerk.

Als er mit Escobedo den königlichen Arbeitsraum betrat und die Ankunft des Beraters Don Juans meldete, blickte der Monarch kurz auf und bat darum, schnell noch einen Satz beenden zu dürfen. Und als er die Feder fortlegte, hob er verwundert die Augenbrauen, und fragte: »Habe ich richtig gehört? Escobedo? Ich vermutete Euch in Namur. Die Stadt wurde doch gerade erst erobert!«

»Ich bin gewissermaßen Tag und Nacht geritten«, antwortete Escobedo irritiert. Er hatte mit Vorwürfen gerechnet, nicht aber mit einer nüchternen Feststellung über die Eroberung.

»So, so!« Philipp II. strich über seinen ergrauten Bart. »Tag und Nacht seid Ihr geritten? Dann werdet Ihr gewiß sehr müde sein.«

»Es geht, Sire.«

»Immerhin. Wenn man Verhandlungen führen will – und ich vermute, daß Ihr das wollt –, muß man einen klaren Kopf haben. Schlaft Euch also erst einmal gründlich aus. Mein Staatssekretär wird Euch behilflich sein, in einer der Herbergen, die durch den

Bau des Escorials hier in der Umgebung wie Pilze aus der Erde geschossen sind, eine Bleibe zu finden. Die Sauberkeit wird wahrscheinlich zu wünschen übriglassen, aber für ein paar Tage ... Ihr seid ja noch jung und werdet Euch nicht daran stören.«

Escobedo stieg das Blut in den Kopf. Wurde er nicht ernst genommen? Er hatte erwartet, auf Granit zu stoßen, aber jetzt fühlte er sich wie in einem Netz gefangen. »Ich bin durchaus in der Lage, darüber zu urteilen, ob ich müde bin oder nicht«, entgegnete er aggressiv. »Und was ich vorzubringen habe, duldet keinen Aufschub.«

»Wenn das so ist«, der König erhob sich und trat ans Fenster, »stehe ich Euch natürlich gleich zur Verfügung.«

Antonio Pérez staunte über die Ruhe und Höflichkeit des Monarchen.

Escobedo straffte sich. »Don Juan hat mich entsandt, um einige Dinge klarzustellen, die sich hier im Escorial verwischt zu haben scheinen. Und ich spreche gleichzeitig im Namen des Nuntius Sega, der unsere Überlegungen billigt und unterstützt.«

Philipp II. wandte sich halb um. »Hat er Euch das gesagt?«

»Ja.«

»Interessant.«

Escobedo hob die Stimme. »Wir müssen auf sofortiger Erfüllung folgender Forderungen bestehen. Erstens: Uns werden die Mittel zur Durchführung eines Krieges gegen Frankreich zur Verfügung gestellt. Zweitens: Es wird unverzüglich mit dem Bau einer Flotte begonnen, die uns in die Lage versetzen soll, England zu erobern und seine Bewohner in den Schoß der katholischen Kirche zurückzuführen. Drittens: Die Hafenanlagen des Forts El Mogro, das als Ausgangspunkt für die geplante Invasion vorgesehen ist, sind ohne Aufschub zu erweitern. Viertens: Don Juan erwartet von Euch, durch ein Dekret öffentlich als gleichberechtigtes Familienmitglied bestätigt zu werden.«

»Fahrt fort!« sagte der König, als Escobedo schwieg.

»Das war's, was ich vorzutragen hatte.«

Der Monarch wandte sich nun ganz um und blickte nachdenklich vor sich hin. »Was machen wir jetzt? Ihr habt so entscheidende Fragen aufgeworfen, daß ich meine, sie dürfen nicht auf die lange Bank geschoben werden. Aber der Kronrat könnte uns

Schwierigkeiten bereiten. Wenn wir ihm nicht genügend Zeit gewähren, lehnt er Eure Gesuche ab. Einfach aus Prinzip. Ich kenne das. Wir müßten also ...« Er wandte sich an den Staatssekretär. »Könntet Ihr die Mitglieder des Rates entsprechend beeinflussen?«

»Gewiß, Seigneur.«

»Wieviel Zeit würdet Ihr dazu brauchen?«

»Bis ich mit allen gesprochen habe, werden vier bis fünf Wochen vergehen.«

»So lange soll ich warten?« ereiferte sich Escobedo.

»Das hat niemand von Euch verlangt«, erwiderte der König begütigend. »Ihr braucht nicht länger zu bleiben, als Ihr benötigt, um Eure Gesuche in vierzig Exemplaren abzuliefern. Bedenkt aber, daß sie ausführlich zu begründen sind und nicht en bloc behandelt werden dürfen, sondern einzeln gestellt werden müssen. Da es sich um vier Forderungen handelt, habt Ihr also hundertsechzig Anträge zu schreiben, ohne deren Vorlage kein Mitglied des Kronrates bereit sein wird, eine Entscheidung zu fällen.«

Der Berater Don Juans verlor die Beherrschung. »Verzeiht, Majestät«, schrie er aufgebracht, »aber angesichts des Theaters, das man hier, wie es scheint, regieren nennt, würde ich mich am liebsten aufhängen.«

»Und warum tut Ihr das nicht?« fragte Philipp II. trocken.

»Weil ich mich als Henker für denjenigen aufbewahren muß, der uns soviel Böses antut.«

Der König wurde kreidebleich. Nur ihm konnte diese Drohung gegolten haben. Mühsam beherrscht, bat er um Verständnis für den komplizierten Regierungsapparat und sicherte Escobedo zu, die Angelegenheit soweit wie möglich zu beschleunigen. Dann verabschiedete er ihn mit einer Liebenswürdigkeit, die sogar Escobedo beeindruckte und ihn glauben ließ, er habe den richtigen Weg eingeschlagen und Seine Majestät wirklich nachdenklich gestimmt.

Seinem Günstling bedeutete der Monarch: »Mit Euch habe ich noch einige andere Dinge zu besprechen.«

»Sehr wohl, Sire.«

Der König nahm an seinem Schreibtisch Platz.

Antonio Pérez geleitete Escobedo nach draußen. Als er zurückkehrte, stand Philipp II. erneut am Fenster.

»Nun?« fragte der Monarch und ging auf den Staatssekretär zu. »Was sagt Ihr zu diesem Menschen?«

»Ich bin außer mir, Majestät!«

»Ich habe mich eben entschlossen, ihn in unserer Korrespondenz künftig ›Grünschwarz‹ zu nennen. Denn der Mann ist mir nicht grün, und er hat eine schwarze Seele.«

Antonio Pérez war verblüfft. »Ein treffendes Codewort.«

»Ich nenne Euch noch ein zweites: ›Happen‹.«

»Ich verstehe nicht.«

»Happen! Ihr müßt Escobedo einen Happen geben, der ihn für immer einschläfert.«

Dem Staatssekretär war die Kehle wie zugeschnürt. »Ich bitte um Vergebung, Majestät, soll das ein Scherz sein?«

»Nein. Es gibt keinen anderen Weg. Ich habe alles gründlich durchdacht. Escobedo muß verschwinden. Ihr selbst habt gesagt, er und nicht mein Halbbruder sei das Ungeheuer, das mich zu verdrängen sucht. Das und nichts anderes will er. Oder glaubt Ihr, er hätte nicht mich gemeint, als er davon sprach, sich als Henker aufbewahren zu müssen? Er trachtet mir nach dem Leben! Und da Ihr ihn mir ins Nest gesetzt habt, ist es an Euch, mich von ihm zu befreien. Je schneller Ihr ihm den Happen gebt, um so besser.«

»Ihr meint, ich soll ihn mit Gift...«

»Ein häßliches Wort«, fiel Philipp II. unwillig ein. »Ich ziehe ›Happen‹ vor.«

»Aber ich kann doch nicht...«

»Ihr müßt!« unterbrach ihn der König erneut. »Ich sehe keine andere Möglichkeit. Würde ich Escobedo den Prozeß machen, was ohne weiteres möglich wäre, erwüchse mir in Don Juan ein Todfeind. Lasse ich ihn wie damals Montigny nach Simancas schaffen und dort erdrosseln, wird mein irregeleiteter Halbbruder niemals glauben, daß sein Berater eines natürlichen Todes gestorben ist. So oder so würde er Rache nehmen wollen und in aller Welt die schlimmsten Geschichten über mich verbreiten. Nein, Ihr müßt ihm einen Happen geben. Nur so kann ein natürlicher Tod vorgetäuscht werden. Wichtig ist auch, daß der Happen nicht schlagartig wirkt. Escobedo soll noch beichten und die Sterbesakramente empfangen können. Selbstverständlich werden wir für eine würdige Bestattung sorgen. Und seine Familie soll nicht Hunger leiden. Mehr kann man für einen Hochverräter wirklich nicht tun.«

Die Nerven des Staatssekretärs waren bis zum Zerreißen gespannt. Er sollte einen Menschen töten? Noch dazu jemanden, mit dem er befreundet gewesen war! Der König hatte gewiß recht, wenn er darauf hinwies, daß ein gegen Escobedo eingeleitetes Gerichtsverfahren Don Juan zu seinem Todfeind machen würde. Und es traf auch zu, daß man Escobedo nicht wie im Fall Montigny erdrosseln lassen konnte, ohne Komplikationen heraufzubeschwören. Nicht von der Hand zu weisen war ferner, daß Philipp II. seine irdische Mission, die er für göttlichen Ursprungs hielt und die ihm die Bewahrung des Katholizismus in den von ihm regierten Ländern auferlegte, um jeden Preis verteidigen mußte. Als König war er der Überzeugung, weder Religion noch Gesetze zu verletzen, wenn er aus Gründen der Staatsräson die Tötung eines Menschen befahl. Aber durfte er, Antonio Pérez, einem solchen Befehl widerspruchslos Folge leisten?

»Ich verstehe Euch, Sire!« sagte er, nachdem er versucht hatte, die Überlegungen des Monarchen zu seinen eigenen zu machen. »Für mich, der ich Euch diene und nicht im Auftrag des Allmächtigen handle, ist die Rechtslage jedoch eine andere. ›Du sollst nicht töten!‹ heißt es in den Zehn Geboten. Wer erteilt mir Absolution, wenn ich dagegen verstoße?«

Philipp II. hob die Hand wie zum Schwur. »Ich, der König von Gottes Gnaden. Und ich füge hinzu, daß ich dieses Problem, das ja nicht von heute auf morgen auf mich zugekommen ist, mit meinem Beichtvater bereits besprochen habe und daß ich von ihm die Versicherung erhielt, mich in außerordentlichen Fällen jederzeit auch ungewöhnlicher Mittel bedienen zu dürfen. Hier ...« Der König entnahm den Papieren auf seinem Schreibtisch ein Blatt. »Dies ist die schriftliche Begründung der Auffassung von Pater Chaves. Ihr dürft sie behalten. Sie wird Euch beruhigen.«

Antonio Pérez las:

Wenn das Gesetz jedem Privatmann gestattet, einen von der Justiz verurteilten Straßenräuber, dessen die Behörde nicht habhaft werden kann, auf der Stelle zu töten, wieviel mehr muß es dann einem König gestattet sein, ein Urteil über einen Verbrecher zu fällen und dieses, auf welche Art auch immer, vollstrecken zu lassen. Fürsten pflegen sich außerordentlicher Mittel zu bedienen, falls die von ihnen geforderte notwendige Strafe auf dem gewöhnlichen Wege nicht in Anwendung gebracht werden kann.

»Nun?« fragte Philipp II., als der Staatssekretär das Blatt sinken ließ.

»Über die Sache zu schreiben ist leichter, als sie auszuführen.«

Der König stimmte ihm zu und wies darauf hin, daß Antonio Pérez den Happen nicht persönlich zu reichen brauche. Das könne selbstverständlich ein anderer besorgen, sofern feststehe, daß dieser verschwiegen und treu ergeben sei.

Der Staatssekretär machte einen letzten Versuch, sich aus der schrecklichen Lage zu befreien, in die er geraten war. »Majestät, es würde mir sehr helfen, wenn ich eine ehrenhafte Person, die Ihr benennen könnt, um Rat und Meinung angehen dürfte.«

»Wozu das?« wehrte der Monarch ab. »Das bringt doch nichts. Jeder Arzt kann Euch bestätigen, daß er in schweren Fällen schnell und ohne den Rat anderer handeln muß. Außerdem steckt selbst in der bestgemeinten Empfehlung oft mehr Gefahr als Gewinn.«

Alles schön und gut, dachte Antonio Pérez. Ohne Zeugen lasse ich mich auf nichts ein. Das Schreiben des Paters Chaves ist kein Beweis dafür, daß der König mir den Auftrag erteilt hat, Escobedo zu vergiften. »Ich ersuche dennoch um die Gnade, mich mit einer Persönlichkeit, die Ihr für geeignet haltet, besprechen zu dürfen«, bat der Staatssekretär hartnäckig.

Philipp II. antwortete abfällig: »Wenn Ihr einen Vorwand braucht, um Euch von der Verantwortung zu befreien, will ich einverstanden sein. Ihr erfahrt in den nächsten Tagen, an wen Ihr Euch wenden könnt.«

Der Staatssekretär dachte erleichtert: Da ich noch heute nach Madrid zurückkehre, werde ich den Bescheid schriftlich erhalten. Ihn beschäftigte nur noch die Frage, wie er sich absichern konnte. Daß Escobedo vergiftet werden sollte, war bereits fast zur Nebensache geworden.

Auf dem Ritt zurück nach Madrid wurde es Antonio Pérez klar, daß es für den König wirklich keinen anderen Weg gab, als sich Escobedos mit Hilfe von Gift auf unauffällige Weise zu entledigen. Es tat ihm jetzt beinahe leid, daß seine Forderung, ihm jemanden zu benennen, der ihn beraten könne, den Herrscher in die peinliche Lage brachte, sich vor einem weiteren Menschen dekuvrieren zu müssen. Doch was half es? Ohne Rückendeckung konnte er den ihm zugedachten Auftrag keinesfalls ausführen.

Noch am gleichen Abend suchte er die Fürstin Eboli auf, um sich mit ihr zu besprechen. Das war gewiß ein Vertrauensbruch, aber der Befehl zu einem Mord war etwas so Ungeheuerliches und Belastendes, daß er allein damit nicht fertig wurde. Seine Frau durfte er nicht einweihen. Sie hätte keine ruhige Minute mehr gehabt und wäre vor Angst gestorben.

Zu seiner Verwunderung reagierte die Fürstin anders, als er es erwartet hatte. Sie blieb völlig gelassen und stellte sichtlich zufrieden fest: »Jetzt könnt Ihr mir endlich nicht widersprechen, wenn ich behaupte, daß unser König der widerlichste Mensch ist, den es auf dieser Erde gibt. Das kann mich freilich nicht daran hindern, froh darüber zu sein, daß er ausgerechnet Euch zum Mörder machen will.«

»Seid Ihr verrückt geworden?« empörte sich Antonio Pérez.

Ihr Gesicht glich einer diabolischen Maske. »Denkt nach, Señor! Bietet sich uns jetzt nicht die Möglichkeit, dem König die Schlinge um den Hals zu legen? Wenn der Mord geschehen ist, haben wir ihn in der Hand. Wir sind die einzigen, die von seinem ruchlosen Befehl wissen. Da können wir von ihm fordern, was wir wollen. Es ist gut, daß Ihr schon damit begonnen habt, belastendes Material zu sammeln. Escobedo darf erst vergiftet werden, wenn Ihr schriftlich beweisen könnt, daß Seine Majestät Euch angewiesen hat, ihn umzubringen.«

Der Staatssekretär starrte die Fürstin entgeistert an. »Langsam bekomme ich Angst vor Euch. Da soll ein Mensch getötet werden, und Ihr gedenkt ein Geschäft daraus zu machen?«

»Warum nicht?« erwiderte sie unbekümmert. »Besser, *wir* sind die Nutznießer als dieser Escobedo. Heute nachmittag erschien er unangemeldet bei mir und verlangte mit dem Hinweis auf seine Ernennung zum Vermögensverwalter einen Beleg über die Anlage der Gelder, die aus dem Verkauf der niederländischen Besitzungen erzielt wurden.«

Antonio Pérez schlug in seiner Erregung auf den Tisch. »Unglaublich!«

»Ich hätte ihn umbringen können.«

»Und was habt Ihr ihm gesagt?«

»Kein Wort habe ich an ihn verschwendet. Ihr scheint mich noch immer nicht zu kennen. Ich habe ihn vom Majordomus hinausschmeißen lassen.«

Der Staatssekretär ließ sich in einen Sessel fallen. »Da haben wir noch einmal Glück gehabt.«

»Wieso?«

Antonio Pérez erzählte von seiner Unterredung mit Escobedo und vom Austausch jener Dokumente, die ihn und die Fürstin hätten belasten können.

»Ihr habt's ja faustdick hinter den Ohren«, rief sie begeistert. »Nun kann uns nichts mehr passieren. Kommt, nehmt mich in die Arme! Das müssen wir feiern.«

Obwohl er sehr leidenschaftlich verlaufene Stunden mit ihr verbracht hatte, verließ Antonio Pérez die Fürstin in bedrückter Stimmung. Er wußte, daß er sich zumindest an diesem Abend gegen sie hätte auflehnen müssen. Aber die Verstrickung, in die er geraten war, hatte ihn so verwirrt, daß er sich kaum noch zurechtfand. Er beschäftigte sich weder mit Escobedo noch mit dem Mord, der ihm abverlangt wurde. Seine Gedanken kreisten ausschließlich um die Frage, wie er sich absichern könne. Der König hatte ihm einmal gesagt: ›Keiner ist so geeignet, sein Wort zu brechen, wie einer, der im Rufe steht, es immer zu halten.‹ Und Seine Majestät hatte in jener Stunde auch die Frage gestellt: ›Ist Euch noch nie der Gedanke gekommen, daß ein Mann an meiner Seite zum Märtyrer werden kann?‹ Er mußte auf der Hut sein, wenn *ihm* dieses Schicksal erspart bleiben sollte.

Antonio Pérez fühlte sich wie erlöst, als er zwei Tage später von Pater Chaves einen Brief erhielt, der ihn entlasten sollte, der indirekt aber auch zum Ausdruck brachte, welcher Auftrag ihm erteilt worden war. Der Beichtvater des Königs schrieb:

Es ist mir ein Anliegen, Euch zu sagen, daß der weltliche Fürst Macht über das Leben all seiner Untertanen hat. So wie er es diesen durch Gerichtsbeschluß nehmen kann, darf er gleiches auch ohne Urteilsspruch tun, wenn er solches aus einem gerechten Grund für erforderlich hält. Denn die Ordnung, die für andere gilt und die in der Rechtssprechung ihren Niederschlag gefunden hat, bedeutet nichts für den König und seine Gesetze. Selbst wenn ihn aber eine Schuld treffen sollte, bleibt der Vasall schuldlos, der auf Sein Geheiß einen anderen Vasallen tötet. Sein Befehl ist gerecht, wie es alle Handlungen eines höchsten Fürsten sind.

Dieses Schreiben bedurfte keines Kommentars, belegte aber nicht eindeutig, daß Philipp II. seinen Günstling mit der Ermordung Escobedos beauftragt hatte. Den Beweis lieferte der König am nächsten Tag selbst. Er schrieb:

In zwei schlaflosen Nächten und vielen unruhigen Stunden habe Ich nochmals intensiv über die Angelegenheit Meines Halbbruders und seines Beraters nachgedacht. Ich finde, daß wir uns beeilen müssen, sonst könnte es zu spät sein. Es gibt nur das mit Euch besprochene Mittel, Grünschwarz aus dem Weg zu räumen. Euch habe Ich diese heikle Aufgabe übertragen, weil Euer Eifer Mir ebenso bekannt ist wie Eure Treue. – Der Marqués de los Vélez wird Euch vielleicht noch heute, spätestens jedoch morgen im Alcázar aufsuchen.

Tatsächlich erschien der hochgeachtete Hofmarschall der Königin und Präsident von Kastilien schon wenige Stunden später im Arbeitsraum des Staatssekretärs und erklärte, daß Seine Majestät ihn beauftragt habe, sein Einverständnis in der ›bewußten Angelegenheit‹ zum Ausdruck zu bringen.

Antonio Pérez war nahe daran, den Marqués um eine schriftliche Bestätigung zu bitten. Er unterließ es jedoch, weil ihm ein solches Verlangen als Zumutung erschien. Auf alle Fälle hatte er jetzt einen Zeugen, auf den er sich berufen konnte.

Nach der Unterredung mit dem Präsidenten zögerte der Staatssekretär nicht mehr, die notwendigen Vorbereitungen zur ›Beseitigung‹ Escobedos zu treffen. Er war allerdings nicht gewillt, ihm das Gift selbst zu verabreichen. Das sollte sein ihm treuergebener Majordomus Martínez besorgen, der sich gewiß nicht sträuben würde, wenn er erfuhr, daß der König der Auftraggeber war. Die

Art und Weise hatte er, Antonio Pérez, sich bereits ausgedacht, und er war sicher, daß sie nach menschlichem Ermessen keinen Verdacht erregen konnte. Ein Problem blieb freilich die Beschaffung des Giftes. An einen Apotheker durfte er sich nicht wenden; das wäre zu gefährlich gewesen. Deshalb schickte er den Majordomus, nachdem er sich eingehend mit ihm besprochen und ihm im Namen Seiner Majestät tausend Golddukaten als Belohnung zugesichert hatte, in die Provinz Murcia. Schon die Römer, die widrige Probleme nicht nur mit Giftpilzen lösten, hatten das alte Vergila wegen der vielen giftigen Pflanzen geschätzt, die in den Ausläufern der Gebirge östlich von Alicante zu finden sind.

Es dauerte Wochen, bis Martínez mit vielen giftigen Kräutern zurückkehrte, die es dem Staatssekretär ermöglichten, in seiner Alchimistenküche den verlangten tödlichen Happen zusammenzubrauen. Die Verzögerung hatte aber auch ihr Gutes, denn Philipp II. stellte während der Wartezeit einen weiteren eindeutigen Beweis dafür zur Verfügung, daß Escobedo in *seinem* Auftrag umgebracht werden sollte. Er schrieb an Antonio Pérez:

Es ist unumgänglich, den Tod von Grünschwarz zu beschleunigen. Wir kommen sonst womöglich nicht mehr zur rechten Zeit. Grünschwarz schläft nicht, noch ändert er seine Gewohnheiten. Handelt also und beeilt Euch, bevor er uns zugrunde richtet.

Tatsächlich entfaltete Escobedo erstaunliche Aktivitäten. So ließ er sich nicht davon abhalten, ein zweites Mal bei der Fürstin zu erscheinen, obwohl er mit einem erneuten Hinauswurf rechnen mußte. Doch er glaubte, über einen unschlagbaren Trumpf zu verfügen. Und den setzte er ein, als der Majordomus ihn wieder hinauskomplimentieren wollte. Ungeachtet der anwesenden Lakaien rief Escobedo drohend: »Wenn Ihr mir den Weg zu Ihrer Durchlaucht versperrt, werde ich Seine Majestät davon in Kenntnis setzen, daß die Fürstin und Antonio Pérez intime Beziehungen unterhalten.«

Der Hausverwalter, der als einziger im Stadtpalais von den vielen Nächten wußte, die der Staatssekretär bei seiner Herrin verbrachte, bekam es mit der Angst zu tun. Kleinlaut meldete er der Fürstin, daß und warum Escobedo sie zu sprechen wünsche. Sie aber ließ sich nicht einschüchtern.

»Schmeißt ihn raus!« schrie sie und eilte in die Empfangshalle, um ihrer Weisung höchstpersönlich Nachdruck zu verleihen. Mit einem Feuerhaken, den sie auf ihrem Weg ergriffen hatte, ging sie auf den Eindringling los.

Einen Kampf aber wollte Escobedo nicht riskieren. Er suchte schleunigst das Weite.

Die Fürstin war sich natürlich darüber im klaren, daß die vor den Lakaien erhobene Anschuldigung schlimme Folgen haben konnte. Sie warf sich deshalb auf der Stelle in ihre Kutsche und gab den Befehl, zur Casilla zu fahren, wo sie Antonio Pérez beschwor, nicht mehr zu zögern und den ehemaligen Freund schnellstens aus dem Wege zu räumen.

»Ihr könnt unbesorgt sein«, beruhigte er sie. »Escobedos Ende ist nur noch eine Frage von Tagen.«

»Seid vorsichtig!« warnte sie ihn. »Er ist gefährlicher, als wir annahmen. Mein Majordomus hätte ihm am liebsten das Genick gebrochen.«

Hätte er es doch getan, dachte der Staatssekretär. Dann wären alle Probleme gelöst. Totschlag im Handgemenge – das wäre das richtige gewesen.

Die Fürstin sah ihn erwartungsvoll an. »Wenn Ihr Hilfe braucht, steht Euch mein Hausverwalter bedingungslos zur Verfügung.«

»Das zu wissen ist gut«, erwiderte Antonio Pérez. »Sollte ich in Not geraten, werde ich mich an ihn wenden.«

»Kommt Ihr heute abend?« fragte sie zärtlich.

Er nickte.

»Ich werde erst wieder ruhig schlafen, wenn Escobedo unter der Erde liegt.«

Am nächsten Morgen erhielt Antonio Pérez eine Mitteilung vom König, die ihn sehr nachdenklich stimmte. Sie lautete:

Ich habe Mich über die Wirkung bestimmter Stoffe unterrichten lassen und erfahren, daß diese nach und nach, und zwar jedesmal in größeren Mengen, verabreicht werden müssen, wenn man nicht Gefahr laufen will, daß Spuren nachweisbar sind. Richtet Euch danach! Gebt den Happen nicht auf einmal, sondern in kleinen Portionen.

Der Staatssekretär nahm sich vor, diesen Rat zu beherzigen, und legte den neuerlichen Entlastungsbeweis zu den übrigen ihm wichtig erscheinenden Dokumenten. Er hatte vorgehabt, Escobedo bei einem Abendessen, zu dem er ihn einladen wollte, so viel Gift in den Wein mischen zu lassen, daß ein Überleben unmöglich gewesen wäre. Nun änderte er seinen Plan. Er bat den einstigen Freund, ihn im Alcázar aufzusuchen, und als Escobedo erschien, verblüffte er ihn mit einer ungewöhnlich zuvorkommenden Begrüßung. Auch was er ihm eröffnete, war dazu angetan, die Stimmung Escobedos, der schon befürchtet hatte, wegen seiner Anschuldigung zur Rede gestellt zu werden, wesentlich zu heben. Denn Antonio Pérez leitete die Unterredung mit verheißungsvollen Worten ein.

»Du hast viel Glück, mein Lieber«, sagte er und forderte Escobedo auf, Platz zu nehmen. »Ich hätte geschworen, daß Seine Majestät die Wünsche seines Halbbruders rundweg ablehnt. Aber nein, er hat mich angewiesen, die Angelegenheit zu beschleunigen. Und er empfiehlt mir, dich zu einigen Essen einzuladen, die ich ab nächster Woche für jeweils drei Mitglieder des Kronrates geben soll. Du kannst dir denken, warum. Die Herrschaften sollen für die von dir gestellten Anträge gewonnen werden. Du selbst darfst das Thema selbstverständlich nicht aufgreifen. Das könnten die Herren als Beeinflussung deuten. Du mußt vielmehr versuchen, durch Zurückhaltung und geschicktes Auftreten einen möglichst günstigen Eindruck zu erwecken.«

Anstatt sich zu bedanken, brüstete sich Escobedo mit neuer Überheblichkeit. »Ich habe gewußt, daß man fordern muß und nicht bitten darf. Das solltest du dir merken! Mit Speichelleckerei kommt man nicht weit. Man muß auftrumpfen. Nur so setzt man sich durch.«

Der Staatssekretär fragte sich unwillkürlich: Wie kann man so verblendet sein? Er ruft seinen Tod geradezu herbei!

»Ich war übrigens nochmals bei der Fürstin«, fuhr Escobedo in verändertem Ton fort.

Antonio Pérez stellte sich dumm. »Nochmals? Wie soll ich das verstehen?«

»Das erste Mal war ich bei ihr, um Auskunft über die Anlage der Gelder aus dem Verkauf der niederländischen Besitzungen zu erbitten.«

»Davon ist mir nichts bekannt.«

»Sie hat mich hinauswerfen lassen, obwohl ich doch immer noch ihr Vermögensverwalter bin.«

Der Staatssekretär lachte. »Mach dir nichts daraus. Das ist mir bei ihr auch schon passiert.«

»Das zweite Mal ist sie mit einem Feuerhaken auf mich losgegangen.«

»Donnerwetter! Dann mußt du ihr aber ganz schön auf die Zehen getreten sein.«

Escobedo druckste herum: »Na ja... Es war eine Dummheit von mir. Ich hatte da einiges läuten hören und dachte, ich könnte die Fürstin einschüchtern.«

»Womit?«

»Mein Gott, Antonio! Ich sagte doch schon, daß es eine Dummheit war.«

Dem Staatssekretär gefiel das Spiel. »Also, wenn du schon anfängst zu reden, dann mußt du auch mit der Sprache herausrükken. Sonst kann ich mir kein Bild machen.«

Escobedo stieß einen Seufzer aus. »Es ist mir peinlich, daß ich mich habe hinreißen lassen. Meine Frau hatte mir erzählt, sie habe gehört, du hättest ein Verhältnis mit der Eboli.«

»Du meinst, mit der *Fürstin* Eboli.«

»Entschuldige, es war nicht so gemeint.«

»Und du hast Ihrer Durchlaucht an den Kopf geworfen, daß sie und ich...?«

»Ach, weißt du, das ist in der Erregung passiert.«

»Danke deinem Schöpfer, daß der Fürstin keine Pistole in die Hand gefallen ist. Und was die Sache selbst anbelangt: Ich verlange von dir, daß du herausfindest, wer deiner Frau diese unglaubliche Geschichte erzählt hat. So schön es wäre, der Geliebte Ihrer Durchlaucht zu sein, in ihrem und in meinem Interesse werde ich nicht daran vorbeikommen, eine Untersuchung einzuleiten. Noch in dieser Stunde setze ich mich mit der Fürstin ins Benehmen. Vermutlich hat sie bereits einen Advokaten beauftragt, gegen dich vorzugehen. Wenn das bekannt wird, dürfte der Kronrat deine Anträge in Stücke reißen. Dann war alles umsonst.«

Escobedo schien erst in diesem Augenblick zu erkennen, was er angerichtet hatte. Besorgt versicherte er: »Ich verspreche dir, alles in Ordnung zu bringen. Ich werde die Fürstin gleich aufsuchen und mich bei ihr entschuldigen.«

Wieder einmal hatte Antonio Pérez gleichsam aus dem Nichts eine Festung um sich aufgebaut. »Du wirst nicht zur Fürstin gehen«, erklärte er bestimmt. »Du läufst nur Gefahr, ein drittes Mal auf die Straße gesetzt zu werden. Ich werde mit Ihrer Durchlaucht reden und ihr klarmachen, daß sie Don Juan schadet, wenn sie das dumme Gerede jetzt an die große Glocke hängt.«

Zum Empfang der illustren Gäste war alles auf das beste vorbereitet. Der Staatssekretär hatte Escobedo etwas früher in die Casilla gebeten, um gemeinsam mit ihm den Grafen de Chinchón und die Honoratioren de Herrera und de Puebla zu empfangen.

Escobedo fühlte sich geehrt und in seiner Auffassung bestätigt, daß nicht Bitten, sondern Forderungen zum gewünschten Ziel führen. Weder ihm noch den Mitgliedern des Kronrates fiel auf, daß die Wandlampen im kleinen Speisesalon nicht angezündet waren. Nur auf dem prächtig gedeckten Tisch brannten in zwei neunarmigen Leuchtern langgezogene Wachskerzen, die das kostbare chinesische Porzellan, goldene Platten und Bestecke, erlesene venezianische Gläser und eine in Drachenmotiven gewirkte Seidendecke in ein phantastisches Licht tauchten.

Aufgetischt wurden in ununterbrochener Reihenfolge: Austern, Garnelen, Anchovis, Schinken, Melone, Artischocken, Forellen, Hummerscheren, Kabeljau, Puter, Ziegenfleisch, verschiedene Käsesorten und frisches Obst von den Kanarischen Inseln. Dazu gab es köstliche Weine, die der Majordomus Martínez so unauffällig und geschickt kredenzte, daß das wiederholte Wechseln der Karaffen, die im Hintergrund auf einer Anrichte standen, von niemandem bemerkt wurde. Auch entwickelte sich die Unterhaltung bald so lebhaft, daß den Lakaien und dem Hausverwalter, die diskret und lautlos servierten, nicht die geringste Beachtung geschenkt wurde. Und als das opulente Mahl gegen Mitternacht zu Ende ging, waren alle Gäste in animierter Stimmung und versicherten dem Hausherrn, selten so gut gespeist und getrunken zu haben. Beim Verabschieden riß Escobedo noch einige Witze. Er zeigte keinerlei Anzeichen von Beschwerden.

»Ich freue mich schon auf übermorgen«, raunte er Antonio Pérez zu.

Der wandte sich, kaum daß die Gäste davongefahren waren, an seinen Majordomus. »Verlief alles nach Plan?«

»Wie besprochen. Ich fürchte nur, daß unser Klient über eine ungewöhnlich gute Konstitution verfügt. Jedenfalls war ihm nichts anzumerken.«

»Ich glaubte schon, Ihr hättet aus irgendwelchen Gründen nicht gewagt ...«

»Doch, doch«, fiel Martínez lebhaft ein. »Ich habe, weil Escobedo soviel getrunken hat, am Schluß sogar noch eine Walnußschale voll hinzugegeben.«

»Insgesamt also drei.«

»Ja.«

»Dann gebt ihm das nächste Mal vier bis fünf Schalen voll. Vielleicht ist das Gift nicht so stark, wie behauptet wird.«

Der Majordomus wiegte den Kopf. »Da bin ich anderer Meinung. Der Hahn, bei dem ich das Mittel ausprobiert habe, war nach ein paar Minuten tot.«

»Ein Mensch ist bekanntlich größer und dementsprechend widerstandsfähiger.«

»Dennoch, die Wirkung bei dem Tier war erstaunlich.«

»Wahrscheinlich ist Escobedo sehr kräftig. Wenn ihm gleich schlecht geworden wäre, hätte uns das in Bedrängnis bringen können. Gebt ihm übermorgen vielleicht doch nur vier Walnußschalen.«

»Wie Ihr wünscht, Euer Gnaden.«

Kalt und nüchtern, ohne jeglichen Skrupel, erörterten der Staatssekretär und Martínez, wie sie einen Menschen, noch dazu einen, der als Freund im Haus verkehrt hatte, ins Jenseits schicken sollten.

Als der Berater Don Juans zwei Tage später zum nächsten Abendessen erschien, klopfte ihm Antonio Pérez auf die Schulter und fragte: »Alles gut bekommen?«

»Ausgezeichnet«, antwortete Escobedo, korrigierte sich jedoch gleich darauf mit der Feststellung: »Nur am anderen Morgen war mir ziemlich übel. Aber das verging bald wieder. Offensichtlich hatte ich zuviel getrunken.«

»Zuviel wohl nicht«, widersprach der Staatssekretär. »Die Weine waren wahrscheinlich zu schwer.«

»Auch möglich. Laß dir aber nicht einfallen, sie künftig zu verwässern.«

Antonio Pérez lachte und klopfte ihm auf die Schulter. »Da kannst du ohne Sorge sein.«

An diesem Abend klagte Escobedo in vorgerückter Stunde über Herzbeschwerden. Der Staatssekretär gab sofort Weisung, einen Medikus zu holen. Doch davon wollte Escobedo nichts wissen. Es ging ihm bald darauf auch wieder so gut, daß er um einen Branntwein bat, der ihn weiterhin belebte.

Als sie sich schließlich trennten, sagte er unvermittelt: »Am liebsten würde ich hierbleiben und die ganze Nacht hindurch trinken.«

»Vergiß nicht, daß du übermorgen voll zur Verfügung stehen mußt«, ermahnte ihn der Staatssekretär. »Die Herren, die ich zum nächsten Abendessen geladen habe, sind besonders wichtig.«

Escobedo schwankte leicht. »Keine Sorge. Spätestens morgen nachmittag bin ich wieder auf dem Posten.«

Daß er nicht übertrieben hatte, erkannte Antonio Pérez, als er sein Opfer am folgenden Abend zufällig beim Paseo auf der Plaza Mayor traf. Escobedo klagte zwar über eine leichte Magenverstimmung, die er wiederum auf den Genuß von zuviel Wein zurückführte, fühlte sich sonst aber wohl und nahm die Gelegenheit war, sich für die Mühen zu bedanken, die der Staatssekretär seinetwegen auf sich genommen habe. »Vor ein paar Stunden schrieb ich an Don Juan«, fügte er aufgeräumt hinzu. »Ich hielt es für meine Pflicht, ihm mitzuteilen, daß du sehr bemüht bist, die Herren vom Kronrat für seine Pläne zu gewinnen.«

Antonio Pérez registrierte diesen Hinweis mit Genugtuung. Er hatte inzwischen mit dem Majordomus vereinbart, die Dosis wesentlich zu erhöhen. Hartgesotten, wie sie waren, sprachen sie über die Menge des Giftes so, als handele es sich um Zutaten, die benötigt werden, um einen Kuchen richtig aufgehen zu lassen. Doch die Anspannung der vorangegangenen Abende zerrte an ihren Nerven. Der Gedanke, noch bei vielen weiteren Gastmählern mit dem tödlichen Elixier hantieren und immer wieder hoffend und bangend auf die Wirkung warten zu müssen, wurde ihnen so unerträglich, daß sie sich zu einem radikaleren Vorgehen entschlossen.

Das Ergebnis ließ nicht lange auf sich warten. Noch während des nächsten Essens wurde es Escobedo plötzlich übel. Seine Wangen fielen ein, er wurde kreidebleich und mußte erbrechen.

Antonio Pérez und der Hausverwalter Martínez führten ihn eilig ins Freie. Sie konnten ihn kaum halten. Seine Beine versagten ihm den Dienst.

Nachdem Escobedo eine Weile in der frischen Luft gewesen war und nochmals erbrochen hatte, fühlte er sich etwas besser und bat darum, nach Hause gebracht zu werden.

Während der Staatssekretär sofort eine Kutsche beorderte, fragte der Majordomus den Gast, ob er ihm wieder von dem Branntwein geben solle, der ihm das letzte Mal so gut getan habe.

Escobedo starrte unschlüssig vor sich hin. »Ich weiß nicht...«

»Schaden kann Branntwein auf keinen Fall«, ermunterte ihn Antonio Pérez, der in diesem Augenblick hinzukam.

»Nun gut.«

Sie kehrten in den Speisesalon zurück, wo die Herren des Kronrates das Essen unterbrochen hatten. Eine maurische Küchenmagd war damit beschäftigt, den von Escobedo verlassenen Platz zu säubern. Als der Berater Don Juans die Maurin sah, fragte er verwundert: »Wer ist das?«

»Eine Bedienstete, die einiges wieder in Ordnung bringt«, antwortete Antonio Pérez.

Martínez trat hinzu und reichte Escobedo den empfohlenen Branntwein, in den er vorsorglich noch etwas Gift geschüttet hatte.

Escobedo leerte das Glas, ohne den Blick von der eifrigen Magd zu wenden. »Seltsam, ich bilde mir ein, dieses Weibsbild auf meiner Reise nach Rom gesehen zu haben.« Schwindel erfaßte ihn. Ihm wurde dunkel vor den Augen. Er stieß einen heiseren Laut aus und brach zusammen.

Dem Staatssekretär gelang es gerade noch, Escobedo aufzufangen. »Gleich in den Wagen«, flüsterte er dem Majordomus zu. »Wir haben es geschafft.«

Antonio Pérez täuschte sich, als er annahm, seinen schwierigen Auftrag ausgeführt zu haben. Escobedo besaß eine Widerstandskraft und Energie, die ihm niemand zugetraut hätte. Obwohl sterbenselend und tagelang kaum in der Lage, richtig zu sprechen, leitete er vom Krankenbett aus ein Gerichtsverfahren gegen das maurische Mädchen ein, das seinen Verdacht erweckt hatte, als er sah, daß es sich an seinem Platz zu schaffen machte. Seit ihm die konsultierten Ärzte übereinstimmend gesagt hatten, die Symptome seiner Krankheit sprächen dafür, daß er unter Vergiftungserscheinungen leide, war er von der Überzeugung beherrscht, die Magd habe ihn umbringen wollen. Ein Erlebnis, das er auf der Reise nach Rom mit einem dunkelhäutigen Geschöpf gehabt haben mochte, schien die Ursache dieser Wahnvorstellung zu sein.

Der Staatssekretär erkannte mit Schrecken, daß es gefährlich für ihn werden würde, wenn Escobedo seine Anzeige nicht zurückzog. Er eilte deshalb an das Krankenlager seines Opfers, beklagte in bewegten Worten dessen Mißgeschick und versicherte, die Maurin, die nur in der Küche beschäftigt werde, sei zu keiner Minute in der Lage gewesen, ihm Gift zu reichen.

Mehr lallend als sprechend bedeutete ihm der Todkranke, daß er seine Anklage dann eben erweitern und auf das ganze Personal ausdehnen müsse. Zuvor werde er jedoch darauf bestehen, daß die Magd ›peinlich verhört‹ und gezwungen werde, auszusagen, von wem sie den Befehl erhalten habe, ihn zu vergiften. Er sei überzeugt, daß niederländische oder flämische Feinde dahinterstünden.

Antonio Pérez änderte auf der Stelle seine Taktik. Unter den gegebenen Umständen konnte sich seine Lage nur verschlimmern, wenn er die Maurin weiterhin in Schutz nahm. Also beteuerte er Escobedo, seine Interessen bei Gericht vertreten und alles daransetzen zu wollen, den Namen desjenigen zu erfahren, der die Sache angezettelt habe. Der Verdacht, die Niederländer oder die Flamen könnten beteiligt sein, sei tatsächlich nicht von der Hand zu weisen. Doch er war in großer Sorge und schrieb dem König noch zur gleichen Stunde:

Dem Grünschwarz geht es sehr schlecht. Er wird sich wohl nicht mehr erholen. Ich fürchte aber, daß wir Schwierigkeiten bekommen. Grünschwarz bildet sich nämlich ein, von einer meiner

Küchenmägde vergiftet worden zu sein. Er hat sich bereits ans Gericht gewandt und verlangt, daß sie notfalls unter der Folter zu einem Geständnis gezwungen werden soll.

Philipp II. antwortete mit einem Billett, das der Staatssekretär als weiteres Entlastungsdokument verwenden konnte:

Das ist schlimm, was dem Grünschwarz da eingefallen ist. Womöglich bringt man das Mädchen dahin, Dinge auszusagen, die man hören möchte. Seid vorsichtig! Geht kein Risiko ein! Das können wir uns jetzt nicht leisten. Die Gefahr muß unverzüglich gebannt werden!

Antonio Pérez sorgte mit gemischten Gefühlen für die Erfüllung dieser Order. Nach einem kurzen Gerichtsverfahren, das unter Ausschluß der Öffentlichkeit stattfand, wurde die Maurin zum Tod durch den Strang verurteilt. Und schon eine Stunde später wurde das Urteil vollstreckt. Wozu zögern bei einem Menschen, der nicht der christlichen Gemeinde angehörte? Zumal die Magd die Frechheit besessen hatte, bei ihrer Vernehmung Allah zum Zeugen ihrer Unschuld anzurufen. Daß jedoch alle Spanier, die das alltägliche Wort *ojalá* aussprechen, den Namen Allahs im Munde führen, bedachte niemand. ›Ojalá!‹, eine Verballhornung des arabischen *wa xa Allah!*, sagt in Spanien jeder, der seinem Mitmenschen Gutes wünscht: ›Gott sei mit dir!‹

Im übrigen brachte die Hinrichtung des Küchenmädchens für alle Beteiligten nur Vorteile: Escobedo war zufriedengestellt, Antonio Pérez brauchte nichts mehr zu befürchten, und der Untersuchungsrichter kassierte ein hübsches Sümmchen und vermerkte im Protokoll, die Angeklagte habe freiwillig gestanden, daß sie von einem Flamen gegen Entgelt zu der ruchlosen Tat bewogen worden sei.

Aber wie sollte es nun weitergehen? Escobedo mußte endlich verschwinden. Gift durfte freilich nicht noch einmal verwendet werden. Es blieb nichts anderes übrig, als eine Waffe einzusetzen.

Der Staatssekretär schob letzte Skrupel beiseite und erklärte seinem Majordomus: »Der König erwartet von Euch, daß der Berater Don Juans binnen kürzester Frist zum Schweigen gebracht wird. Besorgt drei, vier beherzte Burschen, die bereit sind, für eine Belohnung von zweihundert Golddukaten und die Ernennung zum Fähnrich mit einem gesicherten Jahreseinkommen auf Lebenszeit einen Feind des Staates und Seiner Majestät zu beseitigen.«

»Bei einem so verlockenden Angebot wird es keine Schwierigkeit bereiten, vier *bravos* zu verpflichten«, erwiderte Martínez ohne Bedenken. »Um jedes Risiko auszuschließen, werde ich nur Leute aus meiner Heimat wählen. Dann weiß ich, daß alles klappen wird.«

»Einverstanden. Wir dürfen aber keine Zeit verlieren.«

»Ich weiß schon, an wen ich mich wenden werde. Es wäre nur gut, wenn ich den Männern sagen könnte, wie das Unternehmen ablaufen soll. Bei Tage? Des Nachts? Auf der Straße...?«

»Das werde ich mir in Ruhe überlegen. Bis Ihr zurückkehrt, sind alle Fragen geklärt.«

Es war kaum zu glauben, mit welcher Gelassenheit und Kälte die nächsten Schritte besprochen wurden. Das blieb auch so, als der Majordomus vierzehn Tage später nach Madrid zurückkehrte und meldete, er habe, vorsorglich auf verschiedenen Wegen, vier absolut zuverlässige Burschen herbeordert, so daß der Befehl Seiner Majestät jederzeit durchgeführt werden könne.

Antonio Pérez blieb nur noch wenig zu tun. Er hatte einen Plan ausgearbeitet, der ihn und alle Beteiligten absicherte und nach menschlichem Ermessen nicht aufgedeckt werden konnte.

Besonders wichtig war, daß die Fürstin Eboli sich bereit erklärt hatte, Escobedo am Ostersonntag zur Zeit des abendlichen Paseo zu empfangen. Sie sollte ihn am Nachmittag durch einen Boten davon in Kenntnis setzen, daß sie, veranlaßt durch das Fest der Auferstehung des Herrn, versöhnlich gestimmt und bereit sei, die Entschuldigung entgegenzunehmen, die er ihr durch den Staatssekretär angeboten habe. Nach einem kurzen Gespräch sollte sie einen erneuten Streit provozieren. Wenn Escobedo dann das Stadtpalais verließ, konnten ihm die gedungenen Männer leicht folgen und ihn in einem günstigen Augenblick, am besten in der Nähe der Kirche Santa María beim Einbiegen in die dahinter liegende dunkle Gasse, überfallen und mit einem Stilett töten. Wohin sie sich nach der Tat zu begeben hatten, war bis ins kleinste vorbereitet. Martínez und der Majordomus der Fürstin würden ihnen dabei behilflich sein.

Des weiteren war festgelegt, daß der Staatssekretär mit seiner

Familie Madrid schon am Karfreitag verlassen und sich nach Alcalá de Henares begeben würde, um sich dort mit dem Marqués de los Vélez, der ihn einst im Auftrage des Königs im Alcázar besucht hatte, zu treffen. Seine Abwesenheit von Madrid zur Tatzeit würde auf diese Weise eindeutig belegt sein.

Und schließlich sollte die Fürstin traditionsgemäß am Ostermontag mit ihrem Gefolge zum Frühjahrsaufenthalt in Pastrana aufbrechen.

Nur eines war nicht bedacht: daß junger Most alte Schläuche zu sprengen droht.

Zweites Buch

Die Folgen des Mordes

1

Die Göttin des Glücks schien sich mit denen verbündet zu haben, die Escobedo nach dem Leben trachteten. Jedenfalls war es seltsam, daß ausgerechnet am Osterabend während des Paseo, gerade zu der Zeit, die Antonio Pérez in seinem Mordplan festgelegt hatte, ein Gewittersturm ausbrach, der die Einwohner Madrids nach Hause trieb und viele besorgte Bürger veranlaßte, die Fackeln in den Straßen und Gassen zu löschen. Eine größere Hilfe konnte den Verbrechern, die auf ihr Opfer warteten, nicht zuteil werden.

Merkwürdig war auch das zufällige Zusammentreffen Escobedos mit einem – wie es sich dem Polizeioffizier Velázquez zunächst darstellte – Unbekannten vor der Haustür Doña Briandas. Denn erst dies an sich belanglose Ereignis lenkte den Stadthauptmann auf eine falsche Fährte. Und die kapriziöse ehemalige Hofdame Doña Brianda sorgte für weitere Verwirrungen. Zunächst dadurch, daß sie, wenngleich notgedrungen, den Namen des Unbekannten preisgab: Capitán Arce, Schwiegersohn des Polizeioffiziers Velázquez. Und in der Folge, weil sie vom Sohn des ermordeten Escobedo Dokumente erbat, die der Getötete heimlich für sie besorgt hatte. Der junge Mann hatte daraufhin prompt versucht, ein Geschäft daraus zu machen. Doch er geriet an den Staatssekretär und erlitt eine klägliche Abfuhr. Dies wiederum führte Antonio Pérez zu Doña Brianda.

Die Göttin des Glücks schien wahrhaftig alles zu tun, um von den Spuren der Mörder abzulenken, und die zwischen Philipp II. und seinem Günstling einsetzende Korrespondenz über diese wundersame Entwicklung ließ bald erkennen, daß beide Mühe hatten, nicht zu frohlocken. Insgeheim dankten sie dem Schicksal für die ihnen so unverhofft zuteil gewordene Hilfe. Erst als die Witwe des Ermordeten sich nicht scheute, öffentlich zu erklären, der Staatssekretär sei der Mörder ihres Mannes, hatte sich das Blatt gewendet. Antonio Pérez hatte den König nun um eine baldige Rücksprache gebeten. Daraufhin war vom Monarchen die Aufforderung gekommen, umgehend bei ihm zu erscheinen, da Königin Anna in der folgenden Woche ihr zweites, diesmal hoffentlich gesundes Kind erwarte, und er, der Herrscher, sich nach Madrid begeben wolle, wo er sich keinesfalls mehr mit der leidigen Escobedo-Sache zu befassen wünsche.

Im Morgengrauen war der Staatssekretär losgeritten, und die Pracht des langsam heller und farbiger werdenden Tages hatte ihn so beglückt, daß er fast vergaß, was der Anlaß seines frühen Rittes war. Auf einer Anhöhe, die einen herrlichen Ausblick auf den noch in der Ferne liegenden Escorial bot, war er vom Pferd gestiegen, um eine kleine Pause einzulegen. Und hier hatte er sich an sein Gespräch mit Escobedo erinnert. Rückblickend hatte er sich mit ihm in der Nähe einer Quelle sitzen sehen, und wie von Geisterhand gesteuert, waren die vergangenen Jahre plötzlich kaleidoskopartig an ihm vorübergezogen. Noch einmal hatte er all jene Widerwärtigkeiten erlebt, die zu der schändlichen Ermordung des einstigen Freundes geführt hatten.

Bedrückt bestieg Antonio Pérez nach einer quälenden Stunde voll böser Erinnerungen wieder sein Pferd, um zum Escorial weiterzureiten. Die Anschuldigung der Witwe Escobedos machte ihm mehr zu schaffen, als er es sich eingestehen wollte. Würde der König bedingungslos zu ihm halten und ihn schützen? Sein Ausspruch ›Ist Euch noch nie der Gedanke gekommen, daß ein Mann an meiner Seite zum Märtyrer werden kann?‹ beunruhigte ihn erneut. Doch was konnte ihm schon geschehen? Er besaß Dokumente, die eindeutig belegten, daß er im allerhöchsten Auftrag gehandelt hatte.

Im Vorzimmer zum Arbeitsraum Philipps II. traf der Staatssekretär mit Mateo zusammen. Der Adjutant schien mürrischer denn je zu sein. Der Ausdruck seiner Augen verriet neben Eifersucht und Auflehnung jetzt auch Haß.

Antonio Pérez sah darüber hinweg. Er konnte sich denken, was Mateo nun in noch größerem Maße gegen ihn aufgebracht hatte.

Seit Wochen waren die zwischen dem König und ihm gewechselten Schreiben mit dem Wappen des Herrscherhauses beziehungsweise mit dem Siegel des Staatssekretärs versehen gewesen und so dem Einblick des Adjutanten entzogen worden. Dieser aber glaubte aus Gerüchten, die überall auftauchten, zu wissen, was in den Briefen erörtert worden war. Er hatte nicht vergessen, daß der Monarch den ersten Bericht über die Ermordung Escobedos von seinem Günstling und nicht vom Madrider Stadthauptmann angefordert hatte, der allein zuständig gewesen wäre. Und auch vorher war schon manche versiegelte Mitteilung abgeschickt worden und eingetroffen. Das kränkte ihn. Warum wurde er nicht in alles eingeweiht? Was seine Herkunft betraf, so stand er dem Staatssekretär, dessen Vater angeblich ein Geistlicher gewesen war, der mit einer Hofdame ein Verhältnis gehabt hatte, um nichts nach. Auch sein Vater war Priester gewesen. Und er, Mateo, war von einem Domherrn, der ihn als Pagen aufgenommen hatte, erzogen worden. Später hatte er bei den Jesuiten studiert. Lediglich über seine Mutter, die in maurische Gefangenschaft geraten war und ihn in irgendeiner Festung zur Welt gebracht hatte, vermochte er nichts zu sagen. Er konnte sich nicht an sie erinnern, hielt sie aber hoch in Ehren, obwohl er sich schon als Junge gegen die Behauptung hatte verteidigen müssen, sie sei eine maurische Hure gewesen und er somit ein arabischer Bastard.

Philipp II. begrüßte Antonio Pérez mit dem gleichen Wort, das er seinem letzten Schreiben vorangestellt hatte. »Sosegáos! – Beruhigt Euch! Bei allem, was Ihr mir zu berichten habt, solltet Ihr nicht vergessen, daß es sich bei den Gerüchten, die jetzt kursieren, nur um das Gerede von dummen Menschen handelt, das durch nichts belegt werden kann. Woher sollte denn auch jemand wissen, was sich wirklich zugetragen hat?«

»Ihr habt gewiß recht, Sire«, erwiderte der Staatssekretär. »Ich kann aber nicht hinnehmen, daß die Witwe Escobedos öffentlich erklärt...«

Der König hob die Hand. »Das nehmen wir selbstverständlich nicht schweigend in Kauf. Ich habe mich nach reiflicher Überlegung entschlossen, die Frau des Verstorbenen – Gott habe ihn selig – in den nächsten Tagen zu mir zu bitten. Ich werde sie in Gegenwart meines Beichtvaters empfangen und ihr erklären, daß sie unrecht tut, wenn sie Euch oder irgend jemand anderen verdächtigt. ›Denn‹, so werde ich ihr sagen, ›der hier neben mir stehende Pater Chaves kann bezeugen, daß ich weiß, wer die Schuldigen sind. Es handelt sich um sogenannte Freiheitskämpfer, welche die Sicherheit in den Niederlanden und in Flandern bedrohen und das Leben Don Juans auslöschen möchten. Solange diese Gruppe nicht überführt und unschädlich gemacht ist, bin ich gezwungen, meine Kenntnisse nicht preiszugeben. Vielleicht ist es mir in einigen Wochen oder Monaten möglich, über die Hintergründe der Ermordung Eures mir so treu ergeben gewesenen Gatten zu sprechen. Bis dahin kann ich nichts anderes tun als Euch in Anerkennung seiner Verdienste zehntausend Golddukaten überweisen, die Euer Leben und das Eurer Familie sichern sollen.‹« Philipp II. legte eine Pause ein und sah Antonio Pérez erwartungsvoll an. »Nun...? Ich denke, Ihr werdet mit mir der Meinung sein, daß die Witwe Escobedos nach diesem Vortrag schweigen wird.«

Der Staatssekretär war sichtlich erleichtert. Er verneigte sich und antwortete: »Ihr beschämt mich, Sire! In meiner Sorge über das schlimme Gerücht fragte ich mich schon, ob Ihr zu mir halten würdet, falls ich in Schwierigkeiten geraten sollte.«

»Wir haben alle unsere schwachen Stunden«, tröstete ihn der König. »Aber nun wißt Ihr ja, daß Ihr Euch auf mich verlassen könnt.«

Flüchtig erinnerte sich Antonio Pérez an den Ausspruch Machiavellis, den der Monarch gerne zitierte: ›Keiner ist so geeignet, sein Wort zu brechen, wie einer, der im Rufe steht, es immer zu halten.‹ Doch er schob den Gedanken schnell beiseite. Es war nicht recht, in dieser Stunde anzunehmen, der Monarch könne eines Wortbruches fähig sein.

»Sprechen wir von etwas Wichtigerem«, fuhr der König fort. »Sind die Täter in Sicherheit?«

»Ja. Sie befinden sich in ihren Verstecken und sollen die Stadt erst verlassen, wenn sie die Fähnrichspatente erhalten haben und von meinem Majordomus entsprechend ausstaffiert worden sind.«

»Laßt sie ruhig noch eine Woche warten«, empfahl Philipp II. »Die Kontrollen sind im Augenblick überall verstärkt. Und sorgt dafür, daß die Männer verschiedene Routen wählen und nicht gleichzeitig aufbrechen. Vier frisch eingekleidete Offiziere könnten Aufsehen erregen.«

»Ich habe veranlaßt, daß sie keine neuen Uniformen erhalten«, erklärte Antonio Pérez.

Dieser Bescheid beruhigte den König. »Ich sehe, daß Ihr an alles gedacht habt.«

Der Staatssekretär entnahm einer Dokumentenrolle vier Pergamente. »Hier sind die Ernennungsurkunden für die Männer, die als Fähnriche unserer italienischen Armee zugeteilt werden sollen. Die Patente sind noch zu unterschreiben.«

Der Monarch warf einen Blick auf die Papiere und reichte sie zurück. »Zunächst Eure Unterschrift.«

Antonio Pérez stutzte. Noch nie hatte er eine solche Ernennungsurkunde gemeinsam mit dem König unterschrieben. »Ihr wünscht, daß ich links unten meine Paraphe anbringe?«

»Nein, Ihr sollt mit mir unterschreiben. Ich kenne die Männer ja nicht.«

Die waren ihm auch sonst nicht bekannt, überlegte der Staatssekretär. Wenn er meine Unterschrift verlangt, kann das nur bedeuten, daß er sich absichern will. Er möchte notfalls nachweisen können, daß ich die treibende Kraft war. Eine gemeinsame Unterschrift beweist aber auch, daß ich angewiesen wurde zu unterzeichnen. Kurz entschlossen griff er nach der Feder, schrieb viermal seinen Namen und reichte die Urkunden zurück.

Philipp II. setzte seine steile und doch schwungvolle Unterschrift neben die des Günstlings. »Das Datum fehlt«, sagte er, auf eines der Pergamente weisend. »Sorgt dafür, daß es eingesetzt wird.«

»Sehr wohl, Seigneur«, erwiderte Antonio Pérez und dachte: Das ist bezeichnend. Ein Datum ist ihm wichtig, Wesentliches aber ist ihm gleichgültig. Ebenso wie er nach der Schlacht bei Lepanto keine Frage über den Verlauf des Kampfes stellte und sich mit der Siegesmeldung begnügte, so interessiert ihn jetzt nicht im geringsten zu erfahren, wie Escobedo umgebracht wurde. Für ihn ist der Fall erledigt.

Der Staatssekretär täuschte sich. Der Monarch beschäftigte sich noch in hohem Maße mit dem Mord. Es mißfiel ihm, daß es in seiner Armee Fähnriche geben sollte, die sich als Mörder hatten anwerben lassen und nun jederzeit über die Tat reden konnten. Wohl war er damit einverstanden gewesen, den vier Subjekten als Belohnung Fähnrichspatente in die Hand zu drücken. Diese Idee aber stammte nicht von ihm, sondern von seinem Staatssekretär. Also war es auch dessen Aufgabe, der nun drohenden Gefahr entgegenzutreten.

»Auf ein Problem muß ich Euch noch aufmerksam machen«, sagte der König, als er die vier Urkunden unterzeichnet hatte. »Mit diesen Patenten begeben wir uns in die Hände von Verbrechern, die sich irgendwann einmal rühmen werden, von uns beauftragt worden zu sein. Bringt das baldmöglichst in Ordnung!«

Antonio Pérez' Backenknochen traten hervor.

Philipp II. reichte ihm ein gesiegeltes Dokument. »In Anerkennung Eurer Verdienste übertrage ich Euch das einträgliche Pronotariat von Sizilien.«

Aufgewühlt verließ der Staatssekretär den Arbeitsraum des Herrschers. Er mied diesmal das Vorzimmer und ging durch die Tür, die zum Thronsaal führte. Vage wurde ihm bewußt, daß der König verwundert hinter ihm herblickte. Sein Hirn rebellierte. Er wollte niemanden sehen, schon gar nicht den griesgrämigen Adjutanten Mateo. Wie konnte dieser Narr nur eifersüchtig auf ihn sein, eifersüchtig auf einen Untertan, dem Mordbefehle erteilt wurden. Am liebsten hätte er laut hinausgeschrien, was ihn zutiefst verletzt hatte: Ein Pronotariat für ein paar Leichen!

Im Thronsaal begegnete Antonio Pérez einem Franziskaner, dessen Aussehen ihn faszinierte und ablenkte. Die üppigen hellen Haare des Mönches erinnerten an Flammen, die nach allen Seiten wehen. Eine gesunde Bräune zeigte, daß er sich viel im Freien aufhielt. Am erstaunlichsten aber waren seine hellblauen, lebhaften Augen, die alles mit einem Blick zu erfassen schienen. Kontemplation und Klosterzelle hatten ihm allen Anschein nach nicht nur geistige Reife, sondern auch Aufgeschlossenheit verliehen.

»Was macht Ihr hier?« fragte der Staatssekretär verwundert.

»Seine Majestät gestattete mir, die in diesem Saal hängenden

Gemälde des Malers Hieronymus Bosch zu besichtigen«, antwortete der Franziskaner in gebrochenem Spanisch.

»Ihr seid nicht von hier?«

»Ich komme aus Österreich.«

»Gehört Ihr etwa zum Gefolge der Königin Anna?«

Der Mönch deutete auf seine strapazierte Kutte. »Könnte ich in diesem Gewand hoffähig sein? Nein, ich bin auf dem Weg nach Santiago de Compostéla.« Er zwinkerte mit einem Auge. »Das ist das Schöne an der Pilgerei: Sie kann niemandem verwehrt werden, und man lernt viele Länder kennen. Und obendrein«, er senkte die Stimme, »kann man noch Geschäfte machen.«

Antonio Pérez vergaß, was ihn bedrückte. Die erfrischende Offenheit des Franziskaners gefiel ihm. »Wie heißt Ihr?«

»Pater Edgar.«

»Und was macht Ihr für Geschäfte?«

Der Mönch schmunzelte. »Ihr seht weder verstockt aus noch macht Ihr einen – wie soll ich sagen – bigotten Eindruck. Ich werde es Euch also verraten können. Als ich hörte, daß Euer König ein eifriger Reliquiensammler ist, habe ich eine unserer Reliquien, ein kleines Knöchelchen, in ein mit Samt ausgelegtes Kästlein gelegt, eine Glasplatte darüber befestigt und ein Schildchen mit dem Namen ›Santa Barbara‹ hinzugefügt. Der Hergott muß es gut mit mir gemeint haben. Denn ich wußte nicht, daß die deutsche Mutter Don Juans de Austria Barbara hieß. Außerdem gilt die heilige Barbara als die Nothelferin gegen Gewitter …«

»… von denen eines vor Jahren einen Turm des Escorials durch Blitzschlag in Brand setzte«, fiel der Staatssekretär ein.

»Eben! Ich hatte einen selten guten Griff getan. Und nun«, er klopfte gegen seine Kutte, »klimpert es ganz schön in meinem Säcklein. Daheim wird der Prior staunen, wenn er sieht, was ich für die Reliquie aus unserem Kloster bekommen habe. Hundert Golddukaten hat mir Seine Majestät gegeben.«

Antonio Pérez lachte aus vollem Halse. »Das ist die schönste Geschichte, die ich seit langem gehört habe. Wahrhaftig, Ihr seid ein Unikum.«

»Zu Hause nennt man mich ein ›Urviech‹.«

»Ich verstehe zwar nicht den Sinn des Wortes, aber es klingt recht lustig.«

Pater Edgar wies auf eines der Bilder, die den Thronsaal schmückten. »Hieronymus Bosch könnte man auch ein Urviech nennen. Denn was er darstellt, mutet im ersten Moment ziemlich kurios an. Man glaubt, in seinem Hirn sei etwas ver-rückt worden. Doch ich habe heute erkannt, daß er nicht nur ein großer Künstler, sondern auch ein erstaunlicher Moralist ist.«

»Das müßt Ihr mir näher erklären.«

»Kommt!« Der Franziskaner zog den Staatssekretär am Ärmel zu einem der Gemälde des Niederländers. »›Der Heuwagen‹ heißt dieses Triptychon. Dem Werk liegt das Sprichwort zugrunde: ›Die Welt ist wie ein Heuwagen; jeder ergreift, soviel er kann.‹ Was wir sehen, nimmt sich zunächst wie eine unsinnige Narretei aus. Schauen wir jedoch genauer hin, erkennen wir Phantastisches. Da gibt es Männer, die versuchen, auf den Heuwagen zu klettern, um ihn an sich zu bringen. Andere reißen mit Haken ganze Ballen heraus. Der Mann dort unten will von dem, was er ergattert hat, nicht ablassen und wird von den Rädern des Wagens zermalmt. Und hier wartet eine fette Äbtissin mit einem Glas Wein ungeduldig darauf, daß ihre Nonnen reiche Beute machen. Diese denken natürlich auch an sich selbst. Eine der Klosterschwestern versucht, einen Jüngling zu verführen. Vergebens, denn der hübsche Bursche trägt einen Dudelsack: das Symbol der Liebe von Mann zu Mann. Die vor den Wagen gespannten Ungeheuer versinnbildlichen menschliche Leidenschaften. Ein Teufel tanzt vor Freude darüber, daß die von Gier zerfressenen Erdbewohner bald ihm gehören werden. Und da, in einem Busch, umarmt sich ein Pärchen und wird dabei vom betrogenen Ehemann beobachtet.«

»Woher wollt Ihr wissen, daß es sich um den Ehemann handelt?« fragte Antonio Pérez.

»Über seinem Kopf hängt ein umgedrehter, leerer Krug: Symbol des Gehörnten.«

Der Staatssekretär schüttelte den Kopf. »Von Euch scheint man viel lernen zu können.«

»Nicht von mir, von Hieronymus Bosch!« wehrte Pater Edgar ab. »Der Niederländer ist ein Künstler, der sein Anliegen nicht im Zorn vorträgt. Ironie ist seine Waffe. Ich könnte mir denken, daß Seine Majestät ihn gerade deshalb schätzt. Hieronymus Bosch stellt den Menschen nicht dar, wie wir ihn sehen; er zeigt uns seine

Seele. Das wird Eurem König gefallen. Außerdem besteht zwischen ihm und dem Maler eine gewisse Wesensverwandtschaft. Beide lassen die Menschen Dinge tun, die dem Normalbürger fast als wahnsinnig erscheinen. Schauen wir aber näher hin, erkennen wir hinter ihren Ver-rücktheiten höchst moralische Bestrebungen.«

Noch lange unterhielt sich Antonio Pérez mit dem Franziskaner, der ihn so manches in neuem Licht erscheinen ließ. Als sie sich schließlich trennten, fühlte er sich von der Last befreit, die ihn nach dem Gespräch mit Philipp II. fast erdrückt hatte. Der König war ihm verständlicher geworden. Er mußte ihn denken – und Gott lenken lassen.

Doña Juana sah verweint aus, als der Staatssekretär vom Escorial zurückkehrte. »Antonio!« rief sie und eilte ihm entgegen, kaum daß er die Casilla betreten hatte. »Hast du gehört, was erzählt wird? Dein Name wird in Verbindung mit der Ermordung Escobedos genannt!«

Er umarmte seine Frau. »Es tut mir leid, daß du von dem scheußlichen Gerücht gehört hast. Ich hatte den Majordomus angewiesen, es von dir fernzuhalten. Wo steckt er überhaupt?«

»Ich habe ihn in die Stadt geschickt. Er soll herausfinden, wer die unverschämte Behauptung in die Welt gesetzt hat.«

»Aber Juana!« erwiderte Antonio Pérez unwillig. »Du darfst dich nicht in Staatsaffären einmischen.«

Ihre Augen weiteten sich. »Willst du damit sagen, daß Escobedo aus Gründen der Staatsräson umgebracht wurde?« Sie warf die Arme um den Hals ihres Mannes und verbarg ihr Gesicht. »Es ist also wahr! Darum warst du so nervös, als wir am Karfreitag nach Alcalá de Henares fuhren. Darum diese Veränderung, als ... O Gott, Antonio! Wie konntest du bloß?«

Einen Augenblick überlegte der Staatssekretär, ob er seiner Frau ausreden sollte, was sie erkannt hatte. Doch wozu? Es bestand durchaus die Gefahr, daß sie eines Tages alles erfuhr. Da war es besser, sie nicht erst zu belügen, sondern ihr gleich die Wahrheit zu sagen. Selbstverständlich nur, soweit die Umstände dies gestatteten. »Beruhige dich!« beschwor er sie. »Ich habe nichts Unrechtes getan. Und was das Gerücht anbelangt: Ich kann dir versichern, daß es nicht mehr lange umherschwirren wird. Der König kommt wegen der Entbindung Ihrer Majestät noch heute nach Madrid, und er wird an einem der nächsten Tage, vielleicht schon morgen, die Witwe Escobedos zu sich bitten und ihr sagen, daß es unverantwortlich ist, was sie behauptet. Denn *sie* ist es, die das Gerücht aufgebracht hat.«

Doña Juanas Gestalt straffte sich. Alle Verzagtheit war schlagartig von ihr gewichen. »Escobedos Frau hat die Frechheit besessen, eine Lüge in die Welt zu setzen, die unser Ansehen untergräbt?« Was Doña Juana eben noch entsetzt hatte, war in Sekundenschnelle ins Gegenteil umgeschlagen. Sie glich plötzlich einer Löwin, die sich anschickt, einen Feind anzufallen, der sich ihren Jungen nähert.

»Vergiß nicht, daß Escobedo sein Leben auf schreckliche Weise verloren hat«, gab Antonio Pérez zu bedenken. »Da ist es naheliegend, daß seine Frau auf abwegige Gedanken kommt. Übrigens wird Seine Majestät sie in Gegenwart von Pater Chaves empfangen. Der Beichtvater kann bezeugen, daß weder ich noch sonst jemand in unserem Land die Ermordung betrieben hat. Und der König wird der Witwe Escobedos in Anerkennung der Verdienste ihres Mannes zehntausend Golddukaten überweisen, so daß sie und ihre Familie gut versorgt sind.«

Doña Juana strich eine Haarsträhne aus ihrer Stirn. »Ist das, was du ›Anerkennung der Verdienste‹ nennst, in Anführungszeichen zu setzen?«

»Erraten.«

»Es waren wirklich politische Gründe, die Escobedo zum Verhängnis wurden?«

»Ich darf darüber nicht sprechen, kann dir aber versichern, daß er die Interessen unseres Königreichs schändlich mißachtet hat.«

»Dann stehe ich zu dir, was immer du auch getan haben magst.«

Der Staatssekretär küßte seine Frau. »Du bist wunderbar. Stellst keine weiteren Fragen und bist bereit, gegen jeden zu kämpfen, der es wagt, mich anzugreifen?«

Ihre Augen leuchteten. »Du bist schließlich der Vater meiner Kinder.«

»Gewiß. Aber das allein ist kein Grund ...«

»Doch!« beharrte sie. »Das ist sogar ein sehr wichtiger Grund. Oder möchtest du von mir keine Kinder mehr bekommen?«

»Hältst du das für möglich?«

»Nein. Und damit ist alles gesagt. Ich brauche dich!« Sie schmiegte sich an ihn. »Wirst du heute abend hierbleiben?«

»Mit dem größten Vergnügen«, antwortete er und dachte: Zu dumm, daß sich die Fürstin ausgerechnet jetzt in Pastrana aufhält. Ich muß mit ihr sprechen.

Des Monarchen Hinweis auf die zu Fähnrichen beförderten Verbrecher saß ihm wie ein Gespenst im Nacken.

Zwei Tage später geriet Madrid in einen Freudentaumel. Ihre Majestät, Königin Anna von Spanien, hatte einen gesunden Knaben geboren, der nach seinem Vater benannt wurde und dereinst als Philipp III. das Land regieren sollte.

Der König, der sich so sehr einen Erben gewünscht hatte, nahm das denkwürdige Ereignis mit der ihm eigentümlichen Gelassenheit hin. Nun, da die Nachfolge gesichert zu sein schien, hatte er nur noch den Wunsch, in den Escorial zurückzukehren. Zuvor mußte er jedoch die Witwe Escobedos empfangen, und die ihr gewährte Audienz verlief nicht anders, als es zu erwarten war.

Der Erfolg der Unterredung wurde bald erkennbar. Im Hinblick auf die zugesagten zehntausend Golddukaten – das Jahressalär eines Offiziers betrug hundertfünfzig Dukaten – beeilte sich die Familie Escobedo, offen zu bekennen, daß sie den ausgesprochenen Verdacht zutiefst bedaure und ihn nicht aufrechterhalten könne.

Erleichtert darüber kehrte Philipp II. in den Escorial zurück. Sein Staatssekretär wiederum zögerte nicht, umgehend nach Pastrana zu reisen. Er mußte loswerden, was ihn trotz der positiven Entwicklung der Dinge nach wie vor bedrückte. Die Mutter seiner Kinder wollte er keinen weiteren Belastungen aussetzen. Es war gerade genug, was er ihr hatte eingestehen müssen. Und Doña Brianda, mit der er abermals eine glutvolle Nacht verbracht hatte, kam in diesem Fall als Gesprächspartnerin nicht in Frage.

Daß die einstige Hofdame auf eigene Vorteile bedacht war, erkannte Antonio Pérez, als er das Landgut der Fürstin erreichte.

Er hatte erwartet, freudig begrüßt zu werden. Doch weit gefehlt. Ihre Durchlaucht, die gerade von einem Ausritt zurückkehrte, sprang vom Pferd und ging, ungeachtet des anwesenden Personals, mit einer Reitpeitsche auf ihn los. Ihr überforsches Vorgehen aber ließ ihn die drohende Gefahr rechtzeitig erkennen. Blitzschnell schützte er sein Gesicht, ergriff die auf ihn niedersausende Peitsche und riß sie der Fürstin aus der Hand.

»Schweinehund!« schrie sie. »Von mir aus könnt Ihr herumhuren, soviel Ihr wollt. Wer jedoch zu dieser Brianda ins Bett steigt, ist für mich erledigt.«

Um die peinliche Situation herunterzuspielen, lachte er aus vollem Halse und erwiderte auf französisch, so daß nur die Fürstin ihn verstehen konnte: »D'accord! Ihr werdet die Sache aber nachsichtiger beurteilen, wenn ich Euch sage, daß ich jene Dame nur verführte, um eine Gefahr abzuwenden, die Euch und mir drohte. Nichts anderes trieb mich zu Doña Brianda.«

Die Fürstin war so geistesgegenwärtig, in sein Lachen einzustimmen. »Ach, du lieber Gott«, antwortete sie auf spanisch. »Dann hätte ich ja beinahe einen Riesenfehler gemacht. Ich glaubte, *Ihr* wäret so taktlos gewesen.«

»Zu meinem Glück war es der Marqués ...«

»Keinen Namen!« fiel sie warnend ein.

»Ihr habt recht. Laßt uns hineingehen. Ich werde Euch alles erzählen.«

Es war ein erstaunliches Theater, das die beiden aus dem Stegreif spielten. Eine Meisterleistung hatte dabei der Staatssekretär vollbracht. Sein plötzliches Gelächter und der Wechsel in die französische Sprache imponierten der Fürstin so sehr, daß sie ihm gleich nach dem Betreten des Boudoirs ihre Bewunderung auf recht leidenschaftliche Art zeigen wollte.

Doch er drängte sie zurück, denn er war nicht gewillt, die beschämende Attacke mit der Reitpeitsche kommentarlos hinzunehmen. Empört stellte er die Frage: »Was hat Euch veranlaßt, mich vor Eurem Marschall und den Dueñas wie einen Verbrecher züchtigen zu wollen?«

»Das habe ich nicht *gewollt*«, verteidigte sie sich. »Es geschah plötzlich mit mir. Als ich Euch sah, packte mich der Zorn.«

»Worüber in drei Teufels Namen?«

»Über das, was mir Doña Brianda mitgeteilt hat. Ein eigens hierher gesandter Kurier brachte mir ein Billett mit der lapidaren Feststellung: ›Euch mag der Staatssekretär beraten, mir steht er bei! In einer einzigen Nacht habe ich ihn für mich gewonnen. Das ist mehr wert, als Hofdame zu spielen. Ich verzichte für die Zukunft auf diese Ehrenstellung. Alles andere läßt mich kalt.‹«

Insgeheim bewunderte Antonio Pérez den Mut Doña Briandas. »Ich hätte nicht gedacht, daß sie so unverschämt sein kann.«

»Und warum habt Ihr dieses Luder ins Bett gezogen?«

Der Staatssekretär nutzte die Gunst der Stunde. »Eins nach dem anderen. Zunächst möchte ich wissen, warum Ihr dem Stadthauptmann, als er Euch in der Mordnacht aufsuchte, ohne ersichtlichen Grund erklärt habt, Ihr hättet mich erwartet?«

Die Fürstin senkte den Kopf. »Die Antwort muß ich Euch schuldig bleiben. Ich weiß wirklich nicht, weshalb ich das getan habe. Wahrscheinlich hat mich das unerwartete Erscheinen des Polizeioffiziers so irritiert, daß ich im Bestreben, möglichst natürlich zu erscheinen, den Fehler machte. Aber woher wißt Ihr davon?«

»Der Stadthauptmann hat es mir erzählt. Seit der Ermordung Escobedos hat sich in Madrid ja einiges ereignet. Sogar ich selbst geriet in Verdacht.«

»Wie ist das möglich? Ihr seid doch zu der fraglichen Zeit in Alcalá de Henares gewesen.«

Antonio Pérez berichtete nun im Zusammenhang, was sich seit dem Ostermontag, an dem die Fürstin verabredungsgemäß nach Pastrana aufgebrochen war, in der Stadt ereignet hatte. Nur sein Erlebnis mit Doña Brianda schilderte er nicht der Wahrheit entsprechend. Er blieb dabei, sich mit ihr eingelassen zu haben, um in den Besitz der von Escobedo heimlich beschafften Dokumente zu kommen. Selbstverständlich verschwieg er auch, daß er Doña Brianda inzwischen nochmals aufgesucht und wiederum leidenschaftliche Stunden mit ihr verbracht hatte.

Die Fürstin erhob sich aus ihrem Sessel und setzte sich auf den Schoß des Staatssekretärs. »Es tut mir leid, daß ich vor dem Personal...«

»Die Situation habe ich ja noch retten können«, fiel er ihr ins Wort. »Reden wir also nicht mehr darüber. Ich rate Euch aber dringend, in Zukunft beherrschter zu sein. Eure Wildheit bringt Euch sonst eines Tages in eine furchtbare Lage.«

Sie rümpfte die Nase. »Mein Temperament wird mich selbst auf dem Sterbebett nicht verlassen.«

Er blickte gottergeben zur Decke. »Ich flehe den Allmächtigen an, Euch beizustehen. Wenigstens in der letzten Stunde solltet Ihr Ruhe finden. Aber wechseln wir das Thema. Es gibt eine Sache, die mich sehr bedrückt. Sie ist der eigentliche Grund meiner Reise hierher. Ich muß mich einmal aussprechen, brauche Euren Rat.«

Die Fürstin erhob sich. »Dann ist es wohl besser, wenn ich wieder in meinem Sessel Platz nehme.«

Antonio Pérez zögerte einen Moment, ehe er schilderte, was er mit dem König über die Mörder, die für ihr Verbrechen zu Fähnrichen ernannt worden waren, besprochen hatte.

Zu seiner Verwunderung empörte sich die Fürstin nicht im mindesten. Sie erklärte vielmehr spontan: »So viel Schläue hätte ich Seiner Majestät nicht zugetraut. Die Kerle müssen tatsächlich verschwinden, bevor sie Unheil anrichten. Das kann schon morgen passieren. Wenn die Halunken saufen und womöglich mit Golddukaten zahlen – hombre, das kann unangenehm werden! Im Suff wird geprahlt! Seid froh, daß der König das bedacht hat.«

»Im Prinzip gebe ich ihm ja recht. Aber es ist etwas anderes, einen Befehl zu erteilen, als ihn entgegenzunehmen.«

»Und warum richtet Ihr Euch nicht nach dieser Erkenntnis?« fragte die Fürstin mit verblüffender Logik. »Ihr braucht doch nur das, was man Euch aufgetragen hat, weiterzugeben. Oder glaubt Ihr, der König erwartet, daß Ihr selbst Hand anlegt?«

»Natürlich nicht.«

»Also! Wohin haben sich die Fähnriche zu begeben?«

»Nach Neapel.«

Die Fürstin ließ sich übermütig zurückfallen. »Dann ist das Problem mit einem einzigen Schreiben gelöst. Der dortige Befehlshaber, Marco Antonio Colonna, zählt zu meinen Verehrern.«

Der Staatssekretär griff sich an den Kopf. »Wo waren meine Gedanken? Ich bin mit ihm sogar befreundet. Seine Stellung erhielt er durch mich.«

Sie lachte. »Und da habt Ihr Euch Gedanken gemacht? Bei der

Truppe kann man doch verschwinden lassen, wen man will. Tausend Übungen, hundert Unfälle.«

Gegen seine Einsicht handeln heißt keinen Mut aufbringen, dachte Antonio Pérez, erhob sich und beugte sich über die Fürstin. »Ihr habt mein Herz erleichtert. Womit kann ich mich erkenntlich zeigen?«

Sie zog ihn zu sich herab. »Bleibt drei Tage in Pastrana, und ich bin königlich belohnt.«

Als der Staatssekretär nach Madrid zurückkehrte, lagen selten schöne und erholsame Tage hinter ihm. Ein makellos blauer Himmel hatte sich über Pastrana gewölbt. Mit der Fürstin war er täglich stundenlang über Hügel und Felder gewandert. Das frische Grün der Sträucher und Weiden, das geheimnisvolle Erwachen der Natur hatte ihre Sinne trunken gemacht. Beide hatten plötzlich das Bedürfnis gehabt, einmal von anderen Dingen zu sprechen als nur von Staatsgeschäften, von Intrigen und den vielen Möglichkeiten, ihre gesellschaftliche Stellung zu verbessern und ihr Vermögen zu vergrößern. Die Fürstin hatte angeregt von ihren Kindern erzählt. Ihre Tochter, Doña Ana, die schon bald den Herzog Medina Sidonia heiraten sollte, wuchs in Toledo auf und erhielt dort ihre Ausbildung in einem angesehenen Internat. Ihr Sohn, Don Rodrigo, den der König zum Herzog von Pastrana ernannt hatte, besuchte die Universität von Alcalá de Henares und würde, so hoffte Ihre Durchlaucht, durch die von ihr vorgesehene Eheschließung mit einer Tochter der Herzogin von Braganza dereinst König von Portugal werden. Sie schwärmte von ihren Kindern, lobte ihren verstorbenen Mann und scheute sich nicht, gemeinsam mit ihrem Geliebten die Stiftskirche aufzusuchen und vor dem Sarkophag des Dahingeschiedenen niederzuknien und zu beten. Warum auch nicht? Antonio Pérez war vermutlich ein illegitimer Sohn des Fürsten Eboli, eine Vorstellung, die sie besonders beglückte, wenn sie in seinen Armen lag. Ihr um viele Jahre älterer Mann hatte ihn für sie gezeugt; so wollte sie es sehen.

Während der Rückfahrt nach Madrid träumte der Staatssekretär davon, den nächsten Urlaub mit seiner Familie in Pastrana zu verbringen. Gemeinsam mit seiner Frau und der Fürstin, die sich ja gut verstanden, gedachte er weite Spaziergänge zu machen. Das Glück jenes jungen Paares, dessen hübschem Sohn er einmal Zuckergebäck spendiert hatte, stand ihm vor Augen. Mit sich selbst zufrieden zu sein, die Natur in sich aufzunehmen und in Harmonie mit seinen Nächsten zu leben, betrachtete er nun als eine ungeheure Bereicherung des Daseins. Die Befriedigung, die ein erhöhtes Einkommen oder das Erklimmen einer weiteren Sprosse auf der Leiter der Macht geben konnte, hatte für ihn in dieser Stunde nichts Verlockendes mehr.

In selten ausgeglichener Stimmung nahm Antonio Pérez am nächsten Morgen in seinem repräsentativen Arbeitsraum im Alcázar Platz. Zu seinem Bedauern ersah er aus einem Billett Philipps II., daß der König noch immer befürchtete, einer der vier Fähnriche könne festgenommen und zum Reden gebracht werden. Der Monarch forderte seinen Staatssekretär auf, die Büttel in Kastilien anzuweisen, unverzüglich alle Ausländer einer strengen Kontrolle zu unterziehen. Auf diese Weise, so hoffte Philipp II., würde die Aufmerksamkeit von den frischernannten Offizieren abgelenkt werden. Er befahl des weiteren, als Begründung für die verschärfte Überprüfung der Ausländer anzugeben, es bestehe der Verdacht, daß Escobedos Mörder Niederländer oder Flamen gewesen seien, die mit den Franzosen konspirierten.

Obwohl Antonio Pérez die angeordnete Maßnahme für überflüssig hielt, informierte er die entsprechenden Stellen im gewünschten Sinne. Für ihn selbst war der Fall Escobedo erledigt. Und was die vier Fähnriche anbelangte – er brauchte nur noch dem Kommandanten der Armee in Neapel zu schreiben. Natürlich in verblümter Form. Er würde schon verstanden werden, wenn er zum Ausdruck brachte, daß Seine Majestät bedaure, einer Täuschung erlegen zu sein und vier durchtriebene Gauner zu Offizieren gemacht zu haben.

In einem Punkt aber irrte sich der Staatssekretär. Der Fall Escobedo war bei weitem noch nicht ausgestanden. Er fing gerade erst an zu gären. Die Hefe kam von einem Mann, der Antonio Pérez am Tage nach seiner Rückkehr von Pastrana im Alcázar aufsuchte. Es war der Astrologe de la Hera, den der Günstling des Königs sehr schätzte. Schon mehrfach hatte er von ihm Horoskope erhalten, in denen ein späteres Geschehen vorausgesagt worden war. Unangenehm waren allerdings sein wichtigtuerisches Gehabe und seine gespreizte Sprache. Fachausdrücke wie ›Akzidens‹, ›Ekliptik‹, ›Positionsbogen‹, ›Kulmination‹, ›Konstellation‹, ›Planetenkreis‹, ›Division‹ und dergleichen flocht er nur allzu gerne in seine Ausführungen ein. Aber das wurde in Anbetracht seiner zuverlässigen Voraussagen gerne in Kauf genommen.

»Höre ich richtig?« rief der Staatssekretär, als ihm de la Hera gemeldet wurde. »Spaniens berühmtester Astrologe besucht mich im Amt?«

Die winzigen Augen des Sternkundigen wurden lebhaft. »Allzu wahr! Allzu wahr!« entgegnete er mit Stentorstimme und reichte Antonio Pérez die Hand. »Noch nie habe ich einen meiner Klienten aufgesucht. Jeder kommt selbstverständlich zu mir. Auch Ihr, verehrter Freund, habt meine Würde trotz Eures hohen Amtes stets respektiert und mich niemals dadurch verletzt, daß Ihr mich habt rufen lassen.«

»Und warum heute dieser erstaunliche Wandel?« fragte der Staatssekretär amüsiert und wies auf einen Sessel, der vor seinem Schreibtisch stand.

Der Gelehrte blickte sich um. »Ich möchte Euch unter vier Augen sprechen.«

Antonio Pérez gab den aufwartenden Dienern zu verstehen, den Raum zu verlassen und die Tür hinter sich zu schließen. »Wenn Ihr in Schwierigkeiten seid, brauchen wir nicht lange darüber zu reden. Ich stehe Euch jederzeit zur Verfügung.«

Die kleinen Augen de la Heras wurden stechend, gerade so, als wollte er den Staatssekretär hypnotisieren. »Ich habe keine Sekunde daran gezweifelt, daß Ihr mir zu Diensten sein werdet.«

»Um welchen Betrag handelt es sich?« fragte Antonio Pérez, nun doch etwas kurz angebunden.

Der Sterndeuter hob abwehrend die Hände. »Für wen haltet Ihr mich? Ich werde niemals die Taktlosigkeit besitzen, von Euch Geld zu erbitten.«

»Sondern?«

Der Astrologe strich über seinen schlohweißen Knebelbart. »Ihr müßt mich verstehen. Ich habe Eurem Wunsche entsprochen und Euch vorausgesagt, welcher Tag für den Beginn einer für Euch bedeutsamen neuen Ära besonders günstig ist. Wie Ihr wißt, nannte ich Euch den Ostersonntag. Und nun erfahre ich, daß Escobedo genau an diesem Tag ermordet wurde. Ihr werdet einsehen, daß ich angesichts meiner präzisen Voraussage und der Wichtigkeit dessen, was sich inzwischen ereignet hat, ein nachträgliches Zusatzhonorar erbitten muß. Doch ich möchte Euch persönlich nicht zur Last fallen. Ich schlage vor, daß Ihr mir den gerade vakant gewordenen Posten des Proviantmeisters bei der Artillerie in Burgos verschafft. Für Euch kein Problem, für mich aber eine wichtige Angelegenheit.«

»Hinaus!« schrie Antonio Pérez. Seine Stirnadern waren angeschwollen, sein Gesicht färbte sich puterrot.

»Ich warne Euch!« drohte de la Hera. »Wenn Ihr meinem Wunsch nicht entsprecht, werde ich durchsickern lassen, was ich weiß. Wäre es da nicht vernünftiger, sich zu arrangieren?«

Der Staatssekretär schlug klatschend in die Hände.

Die beiden Bediensteten, die er hinausgeschickt hatte, eilten herbei.

»Begleitet den Herrn hinaus! Aber bis auf die Straße.«

»Das werdet Ihr mir büßen!« kreischte der Astrologe.

Antonio Pérez forderte die Lakaien auf, sich diese Drohung gut zu merken, da er sie gegebenenfalls zum Gegenstand einer Anzeige machen müsse.

Daran kam er tatsächlich nicht vorbei, denn schon eine Woche später kursierte in Madrid das Gerücht, der Günstling des Königs habe sich vom Astrologen de la Hera den geeigneten Termin für die Ermordung Escobedos nennen lassen.

Dem sofort angestrengten Prozeß sah der Staatssekretär sorglos entgegen. Um so entsetzter war er, als ihn der König, von dem Gerücht aufgeschreckt, in einem Billett ersuchte, bis zur Gerichtsentscheidung nicht mehr zu ihm in den Escorial zu kommen. Philipp II. schrieb:

Euer Besuch könnte gegenwärtig falsch gedeutet werden. Wir müssen alles unterlassen, was den aufgekommenen Verdacht verstärken könnte.

Wenn es hart auf hart geht, wird der Monarch nicht hinter mir stehen, dachte Antonio Pérez besorgt und ersuchte das Richterkollegium, das Verfahren gegen de la Hera weitmöglichst zu beschleunigen. Und da seine Diener die Drohung des Angeklagten unter Eid bestätigten und der Astrologe nolens volens zugeben mußte, die Stellung eines Proviantmeisters erbeten zu haben, wurde der Ausgang des Prozesses schon in der ersten Verhandlung entschieden.

Damit hatte der Staatssekretär einen wichtigen Sieg errungen. Vor Gott und der Welt war aktenkundig gemacht, daß er sich auch auf die Gefahr hin, in ein ungünstiges Licht zu geraten, auf keine Erpressung einließ.

Von allen Seiten erhielt Antonio Pérez Glückwunschschreiben. Höchste Würdenträger des Staates und der Kirche gratulierten ihm zum gewonnenen Prozeß. Nur der König überging den guten Ausgang. Aber das besagte nichts. Es zählte zu seinen Eigenarten, Siege und Niederlagen kommentarlos hinzunehmen.

Trotzdem atmete der Staatssekretär auf, als Philipp II. ihn nach gut einer Woche aufforderte, in den Escorial zu kommen. ›Zur Rücksprache über die Entwicklung in Portugal‹, hieß es in dem Billett.

Da es nicht zu den Gepflogenheiten des Herrschers zählte, das Gesprächsthema vorher schriftlich zu fixieren, dämpfte dieser Hinweis die Erleichterung, die Antonio Pérez im ersten Augenblick empfunden hatte. Und in der Tat wäre mit dem König über nichts anderes als über dessen lusitanische Pläne gesprochen worden, wenn der Staatssekretär nach Beendigung der fast dreistündigen Unterredung, in der kein einziges persönliches Wort gewechselt worden war, die eigene Angelegenheit nicht angeschnitten hätte.

Der Monarch versicherte ihm in durchaus freundlichem Ton, daß er die Anzeige gegen den Astrologen begrüßt habe und über den Ausgang des Prozesses auch sehr froh sei. Doch er müsse befürchten, daß die öffentliche Erörterung des Mordes zu neuerlichem Gerede Anlaß geben könne. Denn der Herr Staatssekretär habe außer acht gelassen, daß er – bedingt durch die ihm vom Fürsten Eboli übertragene Stellung in der Friedenspartei – nicht nur Freunde, sondern auch Feinde habe. Und diese gruppierten sich jetzt gegen ihn, allen voran die einflußreichen Führer der Kriegspartei. Gegen Angriffe von dieser Seite könne er, der König, ihn nicht schützen. Das sei ausschließlich seine eigene Sache.

Antonio Pérez erlaubte sich daraufhin zu erklären, daß er sich seiner Widersacher nicht erwehren könne, wenn diese den Eindruck gewönnen, er habe die Gunst Seiner Majestät verloren.

»Aber das ist doch nicht der Fall!« erklärte Philipp II. »Ich stehe wie ein Fels hinter Euch und werde nicht dulden, daß man Euch des Mordes an Escobedo verdächtigt. Seid also unbesorgt! Und vergeßt nicht, daß nur wir die wahren Zusammenhänge kennen. Ihr könnt ebensowenig beschuldigt werden wie ich.«

Der Staatssekretär war beruhigt und schalt sich einen Hasenfuß, als er seine Situation auf dem Heimweg nochmals überdachte. Es war wirklich unsinnig, sich Sorgen zu machen.

Und dennoch: Zwei Wochen später erhob sich erneut ein Gerücht. Es rankte sich um den plötzlichen Tod des Astrologen de la Hera, der, ohne krank gewesen zu sein, eines Morgens leblos im Bett gefunden wurde. Die konsultierten Ärzte bekundeten Herzversagen. Das Gerücht aber wisperte: Herzversagen infolge einer Vergiftung. Es nutzte nichts, daß die Mediziner widersprachen. Sie wurden mit in den Strudel gezogen und sogar beschuldigt, vom Günstling des Königs, der Rache an de la Hera habe nehmen wollen, bestochen worden zu sein.

Einen neuen Prozeß konnte Antonio Pérez nun allerdings nicht anstrengen, da niemand den Mut hatte, ihn öffentlich der Schuld am Tode des Sterndeuters zu bezichtigen.

Einer aber witterte Morgenluft: Escobedos Sohn. Er hatte zwar vom Staatssekretär fünfhundert Golddukaten für die Dokumente seines Vaters erhalten, war aber ungeachtet des hohen Preises der Unterlegene gewesen. Nun jedoch glaubte er, als Sieger hervorgehen zu können. Er fühlte sich so sicher, daß er an die Möglichkeit einer Niederlage überhaupt nicht dachte. Ohne die geringsten Bedenken suchte er den Alcázar auf, ließ sich beim Staatssekretär melden und marschierte mit dem Elan eines Gladiators in dessen Arbeitsraum.

Antonio Pérez begrüßte ihn zuvorkommend. Für ihn gab es keinen Grund zur Besorgnis. Die Familie Escobedo hatte inzwischen die ihr vom König zugesagten zehntausend Dukaten erhalten und war somit gut versorgt. »Was führt Euch zu mir?« fragte er deshalb freundlich und reichte dem Besucher die Hand.

Der Sohn des Ermordeten redete nicht lange um den heißen Brei herum. »Ich möchte ein zweites Geschäft mit Euch tätigen. Das erste hat mich nicht ganz zufriedengestellt. Dafür wird's diesmal erstklassig werden. Glaubt Ihr nicht auch?«

Der Staatssekretär wußte nicht, worauf der junge Escobedo hinauswollte. Hatte er womöglich weitere Dokumente gefunden? »Ich kann Eure Frage nicht beantworten, da ich nicht weiß, wovon Ihr redet.«

»Von Gift!«

»Ah, Ihr denkt an den Tod von de la Hera. Es wäre gar nicht schlecht, wenn Ihr mich bezichtigen würdet, ihn vergiftet zu haben. Dann hätte ich endlich jemanden, gegen den ich vorgehen könnte. Gerüchte sind leider anonym; man kennt ihre Urheber nicht und kann sich somit nicht wehren.«

Escobedos Sohn erwiderte großspurig: »Ich bedaure, Euch enttäuschen zu müssen. Ich bin gekommen, um Euch eine Überlegung vorzutragen, die mehr als zehntausend Golddukaten wert ist.«

»So, so!«

»Eure Sicherheit werdet Ihr schnell verlieren.«

Antonio Pérez ließ sich nicht anmerken, daß ihn die Unbekümmertheit des jungen Mannes nervös machte. »Schießt los! Räubergeschichten höre ich besonders gerne.«

»So, so!« ahmte ihn der junge Escobedo nach. »Dann wollen wir mal sehen, ob das stimmt. Es gibt, wie Ihr wißt, ein Gerücht, das besagt, der Astrologe de la Hera sei von Euch vergiftet worden. Dies nachzuweisen wäre natürlich schwierig. Was geschieht aber, wenn ich der Öffentlichkeit in Erinnerung rufe, daß in Eurem Haus schon früher jemand vergiftet werden sollte, nämlich mein Vater! Eine hübsche Parallele zum Fall de la Hera, findet Ihr nicht?«

Der Staatssekretär gab sich gelassen, obwohl sein Herz schneller schlug. »Die Frau, die Eurem Vater nach dem Leben trachtete, wurde bekanntlich verurteilt und gehängt.«

»Ich weiß. Damit ist jedoch nicht aus der Welt geschafft, daß in Eurem Haus versucht wurde, meinen Vater mit Hilfe von Gift umzubringen. Erst als das nicht gelang, wurde er mit dem Dolch ermordet.«

»Das ist eine Kombination, die untersuchenswert wäre, wenn in meinem Hause Menschen leben würden, denen böse Taten zuzutrauen sind.«

»Ebendas kann ich beweisen!« triumphierte der Sohn des Ermordeten. »Oder habt Ihr mir nicht Dokumente abgekauft, die Euch schwer belasteten?«

Jetzt wird's gefährlich, dachte Antonio Pérez und fragte, sich nachdenklich stellend: »Ich habe Euch Dokumente abgekauft? Wann soll das gewesen sein?«

»Ihr scheint mich für reichlich dumm zu halten«, mokierte sich der junge Escobedo. »Wollt Ihr womöglich auch abstreiten, daß Ihr mir fünfhundert Dukaten dafür gezahlt habt?«

»Entschuldigt, aber ich weiß wirklich nicht, wovon Ihr redet. Und ich versichere Euch, daß ich Euch belangen werde, wenn Ihr Eure ungeheuerliche Behauptung nicht belegen könnt.«

»Die fünfhundert Dukaten kann ich jederzeit vorweisen.«

»Wenn ich richtig informiert bin, wurden Eurer Mutter unlängst zehntausend Dukaten übersandt. Da kann man leicht fünfhundert präsentieren.«

Escobedos Sohn war sekundenlang wie erstarrt, fing sich jedoch schnell wieder und erklärte süffisant: »Ihr habt Pech, Señor! Es gibt nicht nur das Geld, es gibt auch eine Zeugin: Doña Brianda, die mir für dieselben Dokumente dreihundert Dukaten geboten hatte.«

Der Staatssekretär erkannte, daß ihn nur noch Verwegenheit retten konnte. Er mußte alles riskieren. Kurz entschlossen klatschte er in die Hände und befahl den gleich darauf in den Raum tretenden Dienern, zwei Männer der Scharwache zu holen.

»Wenn Ihr *mich* festnehmen laßt, wird das *Euch* ins Gefängnis bringen!« begehrte der junge Escobedo auf.

»Es ist nicht meine Absicht, Eure Freiheit anzutasten«, beruhigte ihn Antonio Pérez. »Ich brauche lediglich Zeugen. Wir gehen nämlich jetzt gemeinsam zu Doña Brianda, um sie zu fragen, ob sie etwas von Dokumenten weiß, für die sie, wie Ihr sagt, dreihundert Dukaten geboten haben soll. Kann sie Eure Aussage nicht bestätigen, erstatte ich Anzeige wegen Verleumdung und versuchter Erpressung.«

Der junge Escobedo wurde blaß, gab sich aber nicht geschlagen. Doña Brianda würde sich schon erinnern. Der Staatssekretär wollte ihn zweifellos ins Bockshorn jagen. »Gut«, sagte er couragiert. »Gehen wir. Daß zwei Menschen zu gleicher Zeit ihr Gedächtnis verlieren, halte ich für ausgeschlossen.«

»Der Meinung bin auch ich«, stimmte ihm Antonio Pérez zu. »Und die Scharwache soll uns begleiten, damit Ihr später nicht behaupten könnt, ich hätte Doña Brianda vor unserem Zusammentreffen mit ihr heimlich verständigt.«

Der Weg zur Calle Mayor war nicht weit. Um kein Aufsehen zu erregen, das ihm nur geschadet hätte, wies der Staatssekretär die Männer der Wache an, ihnen unauffällig zu folgen. Mit dem Sohn Escobedos sprach er kein weiteres Wort.

Doña Brianda empfing die unerwarteten Gäste mit gemischten Gefühlen. Als ihr gemeldet wurde, wer sie zu so ungewöhnlicher Stunde aufsuchte, ahnte sie gleich Böses. Der Anblick der Scharwache aber erschreckte sie in höchstem Maße und ließ sie auf der Hut sein. Irgend etwas stimmte nicht. Das bewies ihr auch der warnende Blick, den Antonio Pérez ihr zuwarf, als er ohne Umschweife zur Sache kam.

»Entschuldigt, daß wir, begleitet von Männern der Wache des Alcázars, ohne vorherige Anmeldung bei Euch eingedrungen sind. Doch es handelt sich um eine äußerst wichtige Angelegenheit.«

»Gestattet, daß ich das Wort an Doña Brianda richte«, fiel der junge Escobedo ein. »Ich möchte verhindern, daß ihr Suggestivfragen gestellt werden.«

Dem Staatssekretär war es, als wehe ihm frischer Wind ins Gesicht. Eindeutiger konnte Doña Brianda nicht gewarnt werden. »Bitte, Ihr sollt nicht sagen können, ich hätte mir Vorteile verschafft.«

Der Sohn Escobedos trat vor. »Ihr werdet Euch erinnern, Madame, daß Ihr mich am Tage nach der Ermordung meines Vaters zu Euch gebeten habt.«

»Gewiß«, antwortete die einstige Hofdame. »Ich ersuchte Euch, mir einen Schlüssel zurückzugeben, den ich Eurem Vater anvertraut hatte.«

»Des weiteren erbatet Ihr die Aushändigung von Dokumenten«, erklärte der junge Escobedo mit Nachdruck.

Instinktiv erfaßte Doña Brianda, daß sie Antonio Pérez in Gefahr brachte, wenn sie diese so betont vorgebrachte Behauptung bestätigte. »Die Aushändigung von Dokumenten?« wiederholte sie gedehnt. »Ich verstehe nicht, was Ihr meint.«

»Aber Ihr habt mir doch dreihundert Dukaten dafür geboten!«

»Ich? Warum hätte ich das tun sollen?«

»Das ist eine Verschwörung!« brauste Escobedos Sohn auf.

»Señores!« wandte sich der Staatssekretär an die Männer der Scharwache. »Merkt Euch jedes Wort, das hier gesprochen wird! Ihr werdet vor Gericht zu bezeugen haben...«

Der junge Escobedo verlor die Nerven. »Geschenkt!« schrie er und drohte wild mit der Faust. »Macht, was Ihr wollt. Aber ich schwöre, daß ich Euch eines Tages erledigen werde.«

Antonio Pérez wandte sich erneut der Scharwache zu. »Auch diese Aussage werdet Ihr unter Eid wiederholen müssen!«

Escobedos Sohn griff sich an den Kopf. »Ich Idiot! Nach allem, was ich mit Euch erlebt habe, hätte ich wissen müssen, daß ich gegen Euch nicht ankomme.«

»Zumindest nicht, solange Ihr die Wahrheit mißachtet«, schränkte der Staatssekretär kaltschnäuzig ein.

Doña Brianda gab sich ungehalten. »Würdet Ihr so freundlich sein, mir zu sagen, worum es geht? Ich habe ja nicht die geringste Ahnung.«

»Das erzähle ich Euch später«, antwortete Antonio Pérez. »Zunächst muß ich überlegen, was jetzt zu tun ist. Soll ich diesen Burschen gleich abführen lassen und Anzeige wegen versuchter Erpressung erstatten?«

Der junge Escobedo war verdattert. »Nur das nicht, Euer Gnaden! Das Ansehen meines Vaters... Meine Mutter würde die Schande nicht überleben.«

Der Staatssekretär gab sich großzügig. »Nun gut, betrachten wir die Sache als das, was sie wahrscheinlich ist: ein Dummejungenstreich. Wenn Ihr Euch bereit erklärt, schriftlich zu bekennen, daß Ihr den Versuch gemacht habt, mich mit einer unwahren Behauptung zu erpressen, will ich im Interesse des Ansehens Eurer Familie Gnade vor Recht ergehen lassen. In diesem Fall werde ich die Männer der Scharwache dazu vergattern, über alles, was sie gehört haben, absolutes Stillschweigen zu bewahren. Es sei denn, Ihr würdet mich durch eine abermalige Dummheit zwingen, doch noch einen Prozeß gegen Euch einzuleiten.«

Escobedos Sohn ließ den Kopf sinken. »Ich gebe mich geschlagen und unterschreibe, was Ihr wollt.«

»Nicht, was *ich* will!« ermahnte ihn Antonio Pérez. »Ihr sollt lediglich bekennen, was *Ihr* getan habt.«

Kaltblütigkeit und Gerissenheit hatten den Staatssekretär aus einer Lage befreit, die trotz ihrer Absurdität in einer Katastrophe hätte enden können. Er nahm sich vor, eine Lehre daraus zu ziehen und sich in Zukunft, gleichgültig, in welche Lage er geraten würde, durch nichts irritieren zu lassen. Selbst beim König, dessen in letzter Zeit zutage getretene Reserviertheit ihn unsicher gemacht hatte, wollte er bestimmter denn je auftreten. Er hatte keinen Grund, sein Licht unter den Scheffel zu stellen. Sollte er wirklich einmal in ernste Schwierigkeiten kommen, dann besaß er genügend Dokumente, die belegten, daß er im allerhöchsten Auftrag gehandelt hatte. Ihn störte es deshalb auch nicht allzusehr, daß die Gerüchte über die Ermordung Escobedos und über den plötzlichen Tod des Astrologen nach Monaten noch nicht verstummt waren.

Doña Juana, die inzwischen ihr fünftes Kind erwartete, litt freilich sehr unter den Verdächtigungen, die gegen ihren Mann vorgebracht wurden. Sie wußte um seine Schuld, und es half ihr wenig, daß politische Gründe den Monarchen veranlaßt hatten, seinem Günstling einen Auftrag zu erteilen, der Gesetz und Moral mißachtete. Für sie war es unvorstellbar, daß eine böse Tat ohne Sühne bleiben würde. So bangte sie denn Tag für Tag einer ungewissen Zukunft entgegen.

Und es traten Dinge ein, die verheerende Folgen haben sollten. Es begann mit der Hiobsbotschaft vom Ableben Don Juans de Austria, der das Opfer einer in Flandern grassierenden Pestilenz geworden war. Die Nachricht traf den König wie ein Keulenschlag, denn nur wenige Tage zuvor hatte sein Halbbruder ihm geschrieben:

Ich weiß sehr wohl, daß Escobedos Tod mich treffen sollte – warum, das wissen Eure Majestät besser als ich. Niemals jedoch werde ich müde werden, Euch an den Ermordeten zu erinnern und für ihn zu bitten, bis ihm volle Gerechtigkeit widerfährt und Ihr die Pflicht erfüllt, die Euch als Edelmann auferlegt ist.

Philipp II., der wenig für Don Juan übrig gehabt hatte, war nicht wiederzuerkennen. Ein quälendes Schuldgefühl hatte ihn erfaßt, ausgelöst vielleicht vom letzten Schreiben des Halbbruders, das wie eine Mahnung aus dem Jenseits anmutete. Bestimmt aber bedrückte ihn der Gedanke, daß die Ermordung Escobedos nun jeden Sinn verloren hatte. Wie sehr er sich gegen diese Erkenntnis auflehnte, bewies ein Gespräch zwischen ihm und Antonio Pérez, den er sofort in den Escorial gerufen hatte.

Des Königs ohnehin blasse Wangen waren aschgrau. Er schien über Nacht um Jahre gealtert zu sein. »Ich will Euch nicht anklagen«, sagte er und blickte ausdruckslos in seinen geliebten Rosengarten hinunter. »Aber *Ihr* seid es gewesen, der Escobedo mit Don Juan zusammenbrachte. Und als ich Bedenken anmeldete, habt *Ihr* dagegen geredet und selbstsicher erklärt, daß *Ihr* die Verantwortung übernehmt. Wie gesagt: Ich will Euch nicht anklagen, doch die Schuld liegt einzig und allein bei Euch.«

»Wenn es Eure Majestät erleichtert, in mir einen Packesel zu sehen, den man mit Schuldgefühlen beladen kann, will ich zufrieden sein«, entgegnete der Staatssekretär ohne Hemmung. »Protestieren werde ich erst, wenn Ihr versuchen solltet, einen Schurken aus *mir* zu machen, um *Eure* Hände in Unschuld waschen zu können.«

Der Herrscher fuhr herum. »Habt Ihr den Verstand verloren?«

Antonio Pérez verneigte sich steif. »Ich bitte um Vergebung, Sire. Aber Eure Worte haben mich so hart getroffen, daß ich...«

»Gut, gut«, unterbrach ihn der König. »Dennoch müßt Ihr verstehen, daß ich mir in diesen Stunden große Vorwürfe mache. Escobedo hätte nicht zu sterben brauchen. Aber wer konnte ahnen, daß mein Halbbruder so früh das Zeitliche segnen würde. Gott habe ihn selig! Veranlaßt die sofortige Überführung seines Leichnams, und gebt Weisung, die gesamte bei ihm aufgefundene Korrespondenz hierherzuschicken.«

Weder der König noch sein Günstling sahen voraus, daß mit dieser Anordnung ein Stein ins Rollen gebracht wurde, den niemand mehr würde aufhalten können.

Ganz ohne Hintergedanken handelte Philipp II. allerdings nicht. Er schrieb noch am selben Abend an den sechzigjährigen Kardinal Granvela, der sich nach Rom zurückgezogen hatte:

Schifft Euch sofort nach Spanien ein! Ich habe beschlossen, Euch wegen der Liebe und des Eifers, mit dem Ihr Mir immer gedient habt, an Meinen Hof zu berufen. Meine Ärzte halten Mich für übermüdet und haben Mir das Lesen und Schreiben verboten. Es ist dringend erforderlich, daß Mir eine Persönlichkeit Euren Formats zur Seite steht.

Antonio Pérez wäre gewiß hellhörig geworden, wenn er erfahren hätte, daß Granvela nach Madrid kommen sollte. Die Berufung des Kardinals konnte nichts anderes als das Ende der eigenen Karriere bedeuten.

Doch der König hatte noch keineswegs den Entschluß gefaßt, mit seinem Staatssekretär zu brechen. Er spielte nur vage mit dem Gedanken, und um keine Komplikationen heraufzubeschwören, wies er seinen Adjutanten an, das Schreiben an Granvela Antonio Pérez nicht zur Kenntnis zu bringen.

Von diesem Moment an war Mateo wie verwandelt. Das griesgrämige Wesen wich von ihm, als wäre er aus dem Schatten in die Sonne getreten. Er hatte das Vertrauen des Monarchen gewonnen und war gewillt, seine Zuverlässigkeit unter Beweis zu stellen. Schon lange hatte er auf diesen Tag gewartet und sich dafür einen Spruch zurechtgelegt, den er gleich anbrachte. »Ihr könnt Euch auf mich verlassen, Sire! Verschwiegenheit ist der Schlüssel zu geistiger Herrschaft.«

Philipp II. horchte auf. Der Satz gefiel ihm. »Ihr habt recht«, erwiderte er. »Wem es an Treue und Loyalität fehlt, der hat keine Verzeihung von mir zu erwarten.«

Beide waren sich nicht bewußt, daß in dieser Minute der Grundstein für ein Vertrauensverhältnis gelegt wurde, das dem Staatssekretär nicht gleichgültig sein konnte. Der Adjutant war jedoch so klug, nicht erkennen zu lassen, daß sich seine Stellung auf eine andere, höhere Ebene verlagert hatte. Wohl war er jetzt nicht mehr so mürrisch wie bisher, und er begrüßte Antonio Pérez, den er nicht ausstehen konnte, von nun an auch wesentlich freundlicher. Aber es machte ihm diebischen Spaß, wenn dieser ihn nach wie vor wie einen Lakaien behandelte. Es würde der Tag kommen, an dem er sich das nicht mehr gefallen lassen mußte.

Der weitere Verlauf der Ereignisse bekam in seiner Zwangsläufigkeit unversehens ein Eigenleben, das nicht mehr vom Willen der Akteure bestimmt wurde. So traf eines Tages im Escorial die von Philipp II. angeforderte Korrespondenz Don Juans ein, und der dienstbeflissene Mateo machte sich unverzüglich daran, die Schreiben in private und dienstliche zu ordnen und sie zu registrieren, um sie nach erfolgter Durchsicht dem Archiv in Simancas übersenden zu können. Dabei stieß er auf die Briefe, in denen Antonio Pérez den König einen miserablen Herrscher nannte und mit Worten traktierte, die dem Adjutanten den Schweiß auf die Stirn trieben. Er wußte ja nicht, daß diese Passagen auf Wunsch des Monarchen geschrieben worden waren. Doch es war nicht nur Empörung, was sein Blut in Wallung brachte. Ihm bot sich plötzlich die Chance, den überheblichen Staatssekretär einer Schuld zu überführen, die das Ende dessen kometenhaft anmutender Laufbahn herbeiführen mußte.

Der Adjutant sah sich am Ziel seiner Wünsche, meldete sich aber nicht gleich zum Vortrag. Er wartete ab, bis Philipp II. Veranlassung fand, eine Maßnahme seines Günstlings zu kritisieren.

»Ich werde den Herrn Staatssekretär sofort informieren, Majestät«, versicherte Mateo devot. »Ob es einen Sinn haben wird, wage ich allerdings zu bezweifeln.«

Der König stutzte. »Was wollt Ihr damit sagen?«

Der Adjutant seufzte. »Sire! Es fällt mir schwer, Euch etwas außerordentlich Betrübliches mitteilen zu müssen. Antonio Pérez, der Mann Eures Vertrauens, hat Euch auf schändliche Weise hintergangen. Aus seiner Korrespondenz mit Don Juan, die ich gerade sichte und ordne, geht hervor, daß er Euren Halbbruder und dessen Vertrauten Escobedo gegen Euch aufgehetzt hat.«

Der Monarch schloß für einen Moment die Augen. Wie hatte er nur vergessen können, daß sich unter den Schriftstücken auch jene befanden, in denen er, seinem eigenen Wunsche gemäß, herabgesetzt und verunglimpft worden war!

»Womöglich kam Escobedo hierher«, fuhr der Adjutant fort, »um mit Euch über diese Briefe zu sprechen. Für eine gewisse Person wäre das natürlich gefährlich gewesen. Vielleicht mußte der Berater Don Juans deshalb sterben.«

»Es ist nicht Eure Sache, Vermutungen anzustellen«, wies ihn

Philipp II. zurecht. Seine Gedanken bewegten sich im Kreis. Er saß in einer Zwickmühle, mußte Zeit gewinnen, um einen Ausweg zu finden. Verteidigen durfte er seinen Günstling nicht; das hätte seine königliche Person unglaubwürdig gemacht. Empörte er sich jedoch, würde dies noch schlimmere Folgen haben, denn dann blieb dem Staatssekretär nichts anderes übrig, als sich zu verteidigen und die Wahrheit zu sagen. In seiner Not suchte der König Zuflucht in einer Lösung, die ihm schon mehrfach geholfen hatte. »Von Eurer Vermutung einmal abgesehen«, sagte er nach kurzer Überlegung, »könnt Ihr *belegen*, daß Antonio Pérez meinen Halbbruder und Escobedo wirklich gegen mich aufgehetzt hat?«

»Ich bin auf drei Briefe gestoßen, die das eindeutig beweisen.«

»Dann muß ich Euch bitten, mir einen Bericht zu schreiben, in dem Ihr die belastenden Stellen zitiert und kommentiert, das heißt zum Ausdruck bringt, was Eurer Meinung nach mit der Hetze gegen mich bezweckt werden sollte. Ohne Grund wird das ja nicht geschehen sein. Oder seid Ihr anderer Meinung?«

»Gewiß nicht, Sire.«

»Dann macht mir für jeden Brief mit herabsetzenden Äußerungen gegen mich, den Ihr gefunden habt oder noch finden werdet, eine Meldung im angedeuteten Sinne. Der Vorgang ist so ungeheuerlich, daß schwerwiegende Konsequenzen unvermeidlich sein werden.«

Fürs erste hatte sich der König aus der Schlinge befreit. Wie es weitergehen sollte, wußte er nicht. Aber er spürte die Schuld, die er auf sich geladen hatte. Der Tote warf plötzlich gespenstische Schatten. Kaum war Escobedos Familie zufriedengestellt, hatte der Staatssekretär Gnadenerweise gefordert, die ihn vor seinen Feinden im Lager der Kriegspartei schützen sollten. Gerade deren Unterstützung brauchte der König jedoch in Kürze, denn Dom Sebastián von Portugal hatte in dem mutwillig entfachten Krieg gegen die Mauren sein Leben verloren. Die portugiesische Nachfolge verlangte eine schnelle Lösung. Ohne Hilfe des Herzogs von Alba, des in die Verbannung geschickten führenden Kopfes der Kriegspartei, konnte Philipp II. nichts unternehmen. Und nun kam dieser Mateo und wühlte auf, was schon über ein Jahr zurücklag. Wie sollte er sich verhalten, wenn er die von ihm erbetenen Berichte erhielt? Irgendwann mußte er Stellung nehmen.

Philipp II. fand eine teuflisch geniale Lösung. Er übergab die drei ersten, zu gefährlichen Anklageschriften hochstilisierten Dokumentationen Mateos seinem Staatssekretär und forderte diesen auf, die Sache aus der Welt zu schaffen, ohne ihn, den König, zu belasten. Die Folge mußte ein schwerwiegender Streit zwischen den einander ohnehin nicht gutgesinnten Staatsdienern sein. Das Rencontre der beiden aber, denen er bei Todesstrafe verbat, über den Inhalt der Briefe zu sprechen, würde über kurz oder lang publik werden. Das war sogar wünschenswert. Denn ohne jeden Zweifel würde der Zwist als ein persönlicher Konflikt gedeutet werden und von dem Problem ablenken, um das es in Wirklichkeit ging: um die Mitwisserschaft des Monarchen an den scheußlichen Briefen, die Antonio Pérez an Don Juan und Escobedo geschickt hatte.

Der Staatssekretär durchschaute den Plan des Monarchen. Er lehnte sich jedoch nicht dagegen auf. Die Entwicklung kam seinen Wünschen durchaus entgegen. Das nicht enden wollende Gerücht, er habe die Ermordung Escobedos betrieben, würde sich angesichts der nun bevorstehenden Auseinandersetzung nicht mehr lange halten. Denn die Nachricht von einer schweren Kontroverse zwischen ihm und dem Adjutanten würde das Volk mit großer Neugier aufnehmen. Das war etwas Konkreteres als die unbeweisbare Behauptung über einen Mord, der vor Jahr und Tag geschehen war und dessen Aufklärung wohl nie erfolgen würde.

Philipp II. und Antonio Pérez kalkulierten richtig. Über die Ermordung Escobedos wurde plötzlich nicht mehr gesprochen. Über Nacht war der Konflikt zwischen dem Staatssekretär und dem Adjutanten zum Thema des Tages geworden. Sogar unter den in Madrid anwesenden Gesandten und an den Höfen Europas beschäftigte man sich mit dem von Woche zu Woche wachsenden Streit der beiden Staatsdiener, der Formen annahm, die niemand für möglich gehalten hätte. Es blieb nicht dabei, daß sie sich gegenseitig anschrien und Unflätigkeiten an den Kopf warfen. Als der Staatssekretär von Mateo auf offener Straße zur Rede gestellt wurde, weil er dessen vorschriftsmäßigen Gruß nicht gleichfalls durch das Lüften der Kopfbedeckung erwidert hatte, schlug Antonio Pérez dem Adjutanten kurzerhand ins Gesicht.

Diese Beleidigung seines Vertrauten konnte der Monarch nicht unwidersprochen hinnehmen. Seine Reaktion aber verschlimmerte den Streit und entfachte einen Brand, der zum gefräßigen Feuer anwuchs. Denn Philipp II. beförderte, um zwischen den Streithähnen Gleichheit herzustellen und seinen Günstling unmißverständlich zu warnen, den Adjutanten Mateo zum Staatssekretär.

Eingedenk seines Vorsatzes, sich durch nichts irritieren zu lassen, ging Antonio Pérez über die ihm erteilte Lektion mit Gelassenheit hinweg. Er glaubte, Mateo zu kennen, und vermutete, daß dieser nun überheblich werden und schon in Kürze eine Forderung stellen würde, die den König in Verlegenheit bringen mußte. Denn irgendwann würde der Adjutant nicht daran vorbeikommen, Seiner Majestät nahezulegen, gegen ihn, den erfahrenen Staatssekretär, vorzugehen. Einem solchen Wunsch aber konnte der Monarch nicht entsprechen, ohne Gefahr zu laufen, selbst belastet zu werden. Auf der anderen Seite war es fast undenkbar, daß Mateo sich keine Gedanken darüber machte, weshalb ein Mann, der Briefe mit so belastendem Material geschrieben hatte, nicht längst zur Rechenschaft gezogen wurde. Aber selbst wenn er solche Überlegungen anstellte, kalkulierte Antonio Pérez, würde Mateo in seiner Sturheit nicht Ruhe geben, sondern den Herrscher ständig bedrängen und sich ihn dadurch schließlich zum Gegner machen.

Die Überlegungen des dem Adjutanten geistig weit überlegenen Günstlings des Königs waren nicht von der Hand zu weisen. Das Geschehen aber entwickelte erneut ein Eigenleben.

Die Nachricht von der Beförderung Mateos, die in den Augen des Volkes einer Degradierung des bisherigen Staatssekretärs gleichkam, ermutigte den Sohn Escobedos, sich mit dem Adjutanten ins Benehmen zu setzen. Er hatte die Hoffnung nicht aufgegeben, aus der Ermordung seines Vaters Kapital zu schlagen. Und diesmal schien er Glück zu haben. Mateo kamen die Erzählungen des jungen Escobedo über dessen Erfahrungen mit Antonio Pérez sehr gelegen, und in der Hoffnung, nunmehr ein Verfahren gegen den Staatssekretär einleiten zu können, meldete er Philipp II., was ihm zugetragen worden war. Dabei betonte er, daß sein Widersacher höchstwahrscheinlich nicht nur Beziehungen zu Doña Brianda unterhalte, sondern auch mit der Fürstin Eboli liiert sei.

Im ersten Moment war der König so außer sich, daß er Pérez

sofort zu sich rufen lassen wollte. Dann aber erkannte er, daß ihm das aufgekommene Gerede die Chance bot, sich den immer quälender werdenden Ermahnungen seines Adjutanten zu entziehen. »Ist der Sohn Escobedos bereit, seine Anschuldigungen vor mir oder einer hochstehenden Vertrauensperson zu wiederholen?« fragte er scheinheilig.

»Selbstverständlich, Sire!« versicherte Mateo.

»Dann befehlt ihn und den Bischof de Pazos zu mir in den Escorial.«

Dieser Weisung entsprach der Adjutant allzu gerne. Er konnte es kaum erwarten, daß seinem Widersacher der Prozeß gemacht wurde.

Philipp II. empfing den Kirchenfürsten zunächst alleine, begrüßte anschließend Escobedos Sohn und sagte ihm, er habe de Pazos in seiner Eigenschaft als Präsident von Kastilien gebeten, die zur Debatte stehende Angelegenheit in seinem Auftrag zu erledigen. Nach diesem Hinweis entließ er den Besucher und wies Mateo an, sich gemeinsam mit Escobedo in die *antecámara* zu begeben, wo der Bischof sie erwarte.

Was folgte, war für den Adjutanten beinahe noch schlimmer als die Ohrfeige, die Antonio Pérez ihm gegeben hatte. Der Kirchenfürst erklärte beiden, der Monarch sei entschlossen, Gerechtigkeit zu üben; er empfehle den Herren aber, sich gut zu überlegen, ob sie es darauf ankommen lassen wollten, eine so hochstehende Dame wie die Fürstin Eboli und einen Staatssekretär, der des Königs volles Vertrauen besitze, ohne beweiskräftiges Material bei Gericht anzuzeigen. »Denn darauf müßte Seine Majestät bestehen, um ein für allemal Klarheit zu schaffen«, fügte er hinzu. Er, der Bischof und derzeitige Präsident von Kastilien, der über viele Vorkommnisse genauestens informiert sei, könne ihnen versichern, daß die vorgebrachten Anschuldigungen nicht stichhaltig seien. Im Gegenteil, er sei überzeugt von der Unschuld der Fürstin und des Staatssekretärs, und somit sei es seine Pflicht, dem Sohn des Ermordeten und dem Adjutanten des Königs dringend zu raten, keinen Prozeß anzustrengen, der sie selbst hinter Gitter bringen könnte. Falls sie seiner Empfehlung entsprechen wollten, erbitte er von ihnen eine schriftliche Erklärung, die zum Ausdruck bringe, daß sie die gegen Antonio Pérez und die Fürstin Eboli vorgebrachten Verdächtigungen niemals wiederholen würden. Philipp II. hatte sich als routinierter Taktiker erwiesen. Außer seinem Günstling hatte nun auch sein Adjutant eine Zurechtweisung erhalten, die ihn, den Monarchen, in Zukunft davor schützen würde, mit Verdächtigungen belästigt zu werden, denen er im eigenen Interesse nicht nachgehen konnte.

Mateo hütete sich denn auch, noch einmal etwas gegen den Staatssekretär vorzubringen. Aber er kannte andere, mindestens ebenso wirksame Methoden. Es war viel einfacher, die belastenden Briefe, die er in den nächsten Wochen fand, dem Herrscher kommentarlos vorzulegen.

Die Schreiben hatten eine unvorhersehbare Wirkung. Den König erregten jene mit seinem Wissen verfaßten Briefe, in denen er als unzuverlässig, verlogen, hinterhältig, pervers und nicht mehr ganz zurechnungsfähig dargestellt wurde, mit der Zeit so sehr, daß er sich innerlich von ihnen distanzierte. Dabei blieb es aber nicht. Er begann sich einzureden, von diesem und jenem Billett nichts gewußt zu haben, und so gelangte er schließlich zu der Überzeugung, Antonio Pérez sei es gewesen, der ihn auf die verwerfliche Idee gebracht habe, Don Juan und dessen Berater vermittels raffinierter Provokationen zu verleiten, ihre wahre Meinung über ihn kundzutun.

Zu diesem Zeitpunkt, da der Monarch die Vergangenheit nicht mehr objektiv beurteilte und dem Staatssekretär die Schuld für das Dilemma gab, in das er geraten war, verbreitete sich in Madrid das Gerücht, die Fürstin Eboli sei es gewesen, die den Günstling des Königs zum Mord am Berater Don Juans angestiftet habe. Der Grund: Als Vermögensverwalter der Eboli hätte Escobedo der Fürstin Verschwendungssucht vorgeworfen und sie zur Sparsamkeit zwingen wollen.

Die Vermutung lag nahe, daß Mateo oder der Sohn des Ermordeten das Gerücht lanciert hatte. Doch wer es auch gewesen sein mochte, es kam ein Stein ins Rollen, der für neue Verwirrung sorgte.

Antonio Pérez sah sich in einer heiklen Situation. Bis jetzt war es ihm gelungen, die Fürstin zu überzeugen, daß es klug sei, die gegen ihn erhobenen Anschuldigungen zu ignorieren. Nun aber, da sie selbst verdächtigt wurde, war sie nicht mehr zu halten. Wie ein Ausrufer ging sie auf die Straße und schrie den Passanten ins Gesicht: »Meldet euch gefälligst, wenn ihr glaubt, ich hätte den Mord an Escobedo betrieben. Aber ich sage euch gleich: Ich werde jedem, der das behauptet, die Schnauze einschlagen. Und nehmt zur Kenntnis, daß über hundert Spitzel, die ab heute in meinem Auftrag tätig sind, mir jeden melden werden, der Lügen über mich verbreitet.«

Damit war die Angelegenheit für die Fürstin jedoch keineswegs beendet. Nach diesem spektakulären Auftritt, der nicht ohne Wirkung blieb, da viele jetzt fürchteten, Ihrer Durchlaucht gemeldet zu werden, schrieb sie an Philipp II. einen Brief, der an Deutlichkeit nichts zu wünschen übrigließ:

Ich teile Euch hierdurch folgendes mit: Euer Adjutant Mateo hat sich zu der Behauptung verstiegen, alle, die ihren Fuß in mein Haus setzen, verlören die Gnade Eurer Majestät. Ist einem Menschen, der solche Unterstellung verbreitet, nicht auch zuzutrauen, daß er es war, der das empörende Gerücht in die Welt gesetzt hat, ich hätte Staatssekretär Pérez bewogen, Escobedo umzubringen? Als König und Oberster Gerichtsherr seid Ihr verpflichtet, die Frechheit und Unehrerbietigkeit dieses von einer Hure geborenen maurischen Hundes, den Ihr – Gott weiß, warum – zum Staatssekretär befördert habt, nachdrücklich zu bestrafen und seine Züchtigung öffentlich bekanntzugeben. Sollte Eure Majestät nicht bereit sein, mir die erbetene Genugtuung zu gewähren, so bitte ich darum, mir diesen Brief zurückzureichen. Ich schwöre aber, daß ich, sofern Ihr mich nicht rächt, Mateo vor Euren Augen erdolchen lassen werde.

Philipp II. war außer sich, als er das Schreiben erhielt. Unmöglich konnte er dem Wunsch der Fürstin entsprechen. Übergehen aber durfte er ihre Bitte nicht. Er sandte deshalb seinen Beichtvater als Verhandlungspartner nach Madrid.

Vergebens. Die Fürstin verlangte eine klare Antwort und lehnte es ab, Pater Chaves, den sie als inkompetent bezeichnete, in ihrem Palais zu empfangen. Statt dessen bat sie den hochangesehenen Dominikaner Fray Hernando zu sich und ersuchte ihn, ihre Interessen beim König zu vertreten.

Das Ergebnis war eine Strafrede des unerschrockenen Mönches, der die Wahrheit über die Ermordung Escobedos ebenso kannte wie der Beichtvater des Königs, an die Adresse des Adjutanten Mateo. Seine Ausführungen endeten mit den Worten:

Mehr noch als über Euch bin ich über Seine Majestät entsetzt. Autorität und Christentum verpflichten ihn, dafür zu sorgen, daß aus einem geschehenen Unglück nicht noch Schlimmeres erwächst. Es ist mir unbegreiflich, woher der König, der über den wahren Hergang genau Bescheid weiß, den Mut nimmt, hier seine Hilfe zu verweigern. Was aber Euch anbelangt: Ihr seid ein Teufel, der aus der Hölle entsandt wurde, um Zwietracht zu säen.

Für den König wurde die Situation immer verzwickter. Verteidigte er die Fürstin und Antonio Pérez, dann drängte sich unweigerlich die Frage auf: Woher weiß Seine Majestät so bestimmt, daß die beiden mit der Ermordung Escobedos nichts zu tun haben? Trat er nicht für sie ein, stellte sich die Frage: Warum versagt er ihnen seine Hilfe, zitiert sie aber dennoch nicht vor Gericht? Will er den wahren Schuldigen decken? Ist er womöglich selbst in die Mordaffäre verstrickt?

Philipp II. sah keinen anderen Ausweg, als sich mit seinem Günstling zu besprechen.

Der Staatssekretär wußte längst, in welch peinliche Lage der Monarch geraten war. Er erklärte deshalb ohne Umschweife: »Sire! Die beste Lösung wäre, wenn Ihr das Gericht beauftragen würdet, die schwerwiegenden Anschuldigungen zum Gegenstand einer ordentlichen Untersuchung zu machen. Das Verfahren darf natürlich nur gegen mich, den Hauptverdächtigen, eingeleitet werden. Die Fürstin Eboli muß, wie es üblich ist, wenn die Ehre einer Frau auf dem Spiele steht, verschont bleiben.«

Trotz der Ritterlichkeit dieses Vorschlages war der König nicht bereit, das Gericht einzuschalten. »Das ist mir zu gefährlich«, erwiderte er. »Wer weiß, was in einem Prozeß alles zur Sprache kommt.«

»Majestät können unbesorgt sein«, versicherte Antonio Pérez. »Euch kann nichts geschehen. Die wahren Zusammenhänge kennen doch nur wir beide. Und da keiner der Täter festgenommen wurde und alle vier wohlbehalten in Neapel angekommen sind, wird es niemanden geben, der Beweise gegen mich vorlegen könnte. Das Urteil wird somit zu meinen Gunsten ausfallen, und dann herrscht endlich Ruhe.«

Der König blieb bei seiner Ablehnung. Das Risiko eines öffentlichen Prozesses war ihm zu groß. »Aber ich werde mir nochmals alles sehr genau überlegen«, fügte er hinzu. »Vielleicht hilft mir Gott, eine bessere Lösung zu finden.«

Der Allmächtige schien wirklich auf seiner Seite zu stehen, denn wenige Tage später starb der Marqués de los Vélez. Sein Tod entzog dem Staatssekretär den einzigen Menschen, der hätte bezeugen können, daß Philipp II. ihn mit der ›Beseitigung‹ Escobedos beauftragt hatte.

Daß der Monarch wußte, welche Gedanken Antonio Pérez sich jetzt machte, zeigte ein Billett, das er ihm gleich nach der Todesnachricht sandte.

Durch das Ableben des Marqués verliere Ich viel, Ihr hingegen verliert ungleich weniger, denn Ich lasse Euch nicht im Stich. Seid dessen gewiß, und überwindet den Kummer, den Euch der Tod unseres Freundes bereitet. Ihr könnt es, denn Ihr habt ja Mich.

Als Nachsatz hatte er noch vermerkt:

Überlegt, wer in der Lage wäre, den Posten des Marqués als Hofmarschall der Königin zu übernehmen. Ich wüßte niemanden, der dafür in Frage käme.

Sosehr diese Mitteilung den Staatssekretär zunächst beruhigte, das Postskriptum verriet ihm bereits vierundzwanzig Stunden später, daß er an der Nase herumgeführt wurde. Denn völlig überraschend ernannte Philipp II. den Grafen Barajas, der als führendes Mitglied der Kriegspartei ein Todfeind seines Günstlings war und sich überdies mit Mateo angefreundet hatte, zum Hofmarschall der Königin.

Antonio Pérez war wie vor den Kopf gestoßen. Es war nun erwiesen, daß der König, um es gelinde auszudrücken, mit gezinkten Karten spielte. Seiner Majestät schien es geradezu Freude zu bereiten, ihn zu quälen. Er schrieb dem Herrscher:

Sire! Ihr werdet verstehen, daß ich dem hiesigen Verdruß entfliehen möchte. Ohne Eure Genehmigung bin ich dazu aber nicht berechtigt. Erweist mir die Gnade, mich von meinen Verpflichtungen zu befreien.

Der König antwortete umgehend:

Es kommt nicht in Frage, daß Ihr Mich verlaßt. Stellt ein solches Ansinnen niemals wieder!

Die knappe Absage machte dem Staatssekretär deutlich, daß seine Tage so oder so gezählt waren. Er schickte deshalb die bei ihm eingehende Korrespondenz mit dem Vermerk an den König:

Ich habe diese Briefe nicht gelesen, weil ich dazu im Augenblick nicht in der Lage bin. Im Geiste sehe ich schon, wie meine Feinde sich mit Johlen und Pfeifen auf mich stürzen. Doch das schwöre ich Euch: Usque ad hoc! – Bis hierher und nicht weiter! Ich sammelte sowohl alle Papiere, die Ihr mir geschickt habt, als auch die Kopien meiner Schreiben an Euch. Ich tat dies, um sicher sein zu können, daß die Wahrheit, wenn es für mich einmal gefährlich werden sollte, nicht verdreht werden kann.

Antonio Pérez' unangemessene Sprache konnte nicht ohne Folge bleiben. Doch Philipp II. entband ihn nicht seines Amtes. Zu groß war seine Befürchtung, der Staatssekretär könnte ins Ausland gehen und die belastenden Dokumente, die er zweifelsohne besaß, zur Erpressung und Erfüllung ungestillter Wünsche mißbrauchen.

Doña Juana machte ihrem Mann schwere Vorwürfe, als er ihr erzählte, was er dem König geschrieben hatte. »Und wenn du hundertmal im Recht bist«, erklärte sie aufgebracht, »du hast dich im Ton vergriffen. Denk an Escobedo! Ihn hast du mit den Worten gewarnt: ›C'est le ton, qui fait la musique!‹ Und jetzt erdreistest du dich, dem König ein ›Usque ad hoc!‹ entgegenzuschleudern? Ihm allein hätte das zugestanden. Wie konntest du nur so vermessen sein? Wenn du nicht Schiffbruch erleiden willst, mußt du unverzüglich vom Thron der Überheblichkeit herabsteigen.«

Insgeheim gab Antonio Pérez seiner Frau recht. Er war über das Ziel hinausgeschossen. Die Ernennung seines größten Feindes, des Grafen Barajas, zum Hofmarschall der Königin, hatte ihn zu sehr getroffen.

Um sich seine Auffassung bestätigen zu lassen, begab er sich zur Fürstin Eboli und legte ihr die Abschrift seines Briefes an den Monarchen vor.

»Bravo!« rief sie, kaum daß sie mit der Lektüre begonnen hatte. »Großartig! Endlich habt Ihr kein Blatt vor den Mund genommen. Nun weiß der König, wohin die Reise geht, wenn er Euch nicht schützt. Man muß auftrumpfen!«

Der Staatssekretär erinnerte sich unwillkürlich an Escobedo.

Hatte der sich nicht ähnlich ausgedrückt? Und wie war er geendet?

Die Fürstin war nicht mehr zu halten. Sie schrieb einen Brief, den sie dem König am nächsten Tag überreichen ließ:

Ich höre von Antonio Pérez, daß Ihr ihn nicht aus dem Amt entlassen wollt. Ich beglückwünsche Euch zu diesem Entschluß, denn er vergaß, Gunstbeweise zu verlangen, die er fordern muß, damit sein Ansehen keinen Schaden leidet. Gebt ihm das Staatssekretariat für Italien. Das ist eine Quelle einträglicher Geschäfte, die es ihm ermöglichen wird, sich mit geringen Bezügen abzufinden. Wenn Ihr ihm monatlich dreitausend Dukaten gewährt, werde ich die gleiche Summe drauflegen. Diesen Brief lasse ich Euch durch Bischof de Pazos übergeben, um eine Garantie dafür zu haben, daß er nicht in die dreckigen Pfoten des in Euren Diensten stehenden maurischen Hundes gerät.

Anstatt sich zu empören, reagierte Philipp II. klug und staatsmännisch. Gelassen antwortete er der Fürstin:

In diesen Tagen werde Ich beichten und kommunizieren und Mich Gott anbefehlen, damit er Mich erleuchte und Mir den Weg weise, den Ich nach Ostern zum Besten Meines Landes und zur Erleichterung Meines Gewissens einschlagen soll.

Doch unversehens trat eine weitere Komplikation ein. Durch eine Indiskretion, die vermutlich von Mateo lanciert worden war, erfuhr Antonio Pérez, daß der König den Kardinal Granvela nach Madrid berufen hatte. Nun stand für ihn fest, daß er in Schande entlassen werden sollte.

Zu dieser Überzeugung gelangte auch Bischof de Pazos. Besorgt schrieb er dem Monarchen:

In meiner Eigenschaft als Präsident von Kastilien flehe ich Euch an, die Ehre des Mannes zu wahren, der Euch stets ein treuergebener Diener gewesen ist.

Der König wich erneut aus. Er antwortete:

Ich werde Meinen Staatssekretär nicht entlassen, bevor die Geschäfte, die in seinen Händen liegen, abgewickelt sind. Ich versichere Euch darüber hinaus, daß Ich berücksichtigen werde, was er für Mich getan hat.

Philipp II. ging es um Zeitgewinn. Er sehnte den Tag herbei, an dem Kardinal Granvela eintreffen würde. Dann konnte er tun, was er sich seit dem herausfordernden Brief seines Günstlings und dem unverschämten Ultimatum der Eboli vorgenommen hatte. Daß die Fürstin aus der Rolle gefallen war, wunderte ihn nicht. Er kam aber nicht darüber hinweg, daß sein Staatssekretär ihm gedroht hatte. Das verlangte Konsequenzen.

Auch Antonio Pérez war sich dessen bewußt. Während der Osterferien, die er diesmal mit Doña Juana, den Kindern und der Fürstin Eboli auf deren Gut in Pastrana verbrachte, hatte seine Frau immer wieder auf ihn eingeredet und ihm nahegelegt, sich beim König zu entschuldigen. Er suchte deshalb nach Beendigung des Landaufenthaltes den Bischof de Pazos auf und bat ihn, Seiner Majestät zu bestellen, daß er den unehrerbietigen Ton seines Briefes aufrichtig bereue.

Philipp II. ließ ihm daraufhin übermitteln, er betrachte die Angelegenheit als beigelegt und werde noch offenstehende Fragen in Kürze klären.

Der Staatssekretär war beruhigt und setzte seine Arbeit in der gewohnten Weise fort. Der König unterhielt jetzt auch wieder normale Beziehungen zu ihm, und das Verhältnis besserte sich so sehr, daß Philipp II. ihn Anfang Juni sogar aufforderte, auf einer Reise nach Toledo und Aranjuez sein Begleiter zu sein.

Wenn man davon absah, daß beide nicht gerade gesprächsfreudig waren, verlief die Fahrt recht angenehm. Das änderte sich allerdings, als ihnen die Nachricht von der Ankunft des Kardinals übermittelt wurde.

Den König drängte es nun, schnellstens in den Escorial zurückzukehren, wo er Antonio Pérez einen Stapel Akten mit der Weisung übergab, sie sofort zu bearbeiten und unter Umgehung seines Adjutanten an ihn persönlich zurückzuleiten. Um den Transport des umfangreichen Arbeitsmaterials zu erleichtern, stellte er ihm großzügig die königliche Karosse zur Verfügung.

Der Staatssekretär war in gehobener Stimmung, als er am Spätnachmittag die Casilla erreichte und seine Frau aufatmend in die Arme schloß. »Es ist alles in Ordnung!« seufzte er erleichtert. »Ich habe dir sehr dafür zu danken, daß du mir geraten hast, mich bei Seiner Majestät zu entschuldigen.«

2

Zur Verwunderung von Antonio Pérez überbrachte ihm kurz vor Anbruch der Dunkelheit ein Bote des Königs ein versiegeltes Paket und ein Schreiben, dessen Inhalt zwar unbedeutend war, ihn aber doch aufhorchen ließ. Es lautete:

Ich vergaß, Euch die italienischen Papiere mitzugeben. Die portugiesischen Unterlagen behalte Ich, da Ich sie noch nicht durchgesehen habe. Eure persönliche Angelegenheit wird, soweit Ich damit zu tun habe, umgehend erledigt.

Seltsam, dachte der Staatssekretär, Ermunterung und Einschränkung zugleich. Unwillkürlich drängte sich ihm die Redensart auf: ›Gott bewahre dich vor der allzu großen Güte des Königs!‹ Es war bekannt, daß Philipp II. niemals gegen jemanden vorging, ohne ihn zuvor in Sicherheit gewiegt zu haben.

Du siehst Gespenster, schalt er sich, trank mit seiner Frau noch ein Glas Wein und legte sich zu Bett. Das tagelange Reisen hatte ihn todmüde gemacht.

Ruhe sollte Antonio Pérez aber nicht finden. Er mochte vielleicht eine Stunde geschlafen haben, da ertönten polternde Schritte, und die Tür zu seinem Schlafzimmer wurde aufgestoßen. Begleitet von einem Diener, der mit einem Kerzenleuchter voranging und ängstlich zum Bett des Hausherrn hinüberblickte, betrat der Wachoffizier Garcia den Raum und verkündete mit barscher Stimme: »Señor Pérez! Im Namen Seiner Majestät erkläre ich Euch für verhaftet. Versucht nicht, Euch zu widersetzen! Das Haus ist umstellt. Vor diesem Raum sind vier Soldaten postiert!«

Schlaftrunken blinzelte der Staatssekretär in das Kerzenlicht. Träumte er? Erlag er einer Sinnestäuschung? Nein, es war Wirklichkeit. Vor ihm stand der stadtbekannte Capitán Garcia.

Der Offizier entrollte ein Pergament. »Hier ist der Haftbefehl.«

Antonio Pérez sah, daß Philipp II. die Order selbst unterschrieben hatte. Die langen Striche seines steilen Namenszuges glichen spitzen Dolchklingen. Es war sinnlos, zu protestieren oder sich aufzulehnen. Die Verhaftung war zweifellos von langer Hand vorbereitet. Daß man ihm vor knapp zwei Stunden noch Arbeitsunterlagen und den Brief mit dem eigentümlichen Vermerk zugestellt hatte, kennzeichnete die Hinterhältigkeit des Herrschers. Schneller konnte die Angelegenheit wirklich nicht erledigt werden. »Wohin habt Ihr mich zu bringen?« fragte er mühsam beherrscht.

Capitán Garcia gab sich nunmehr zuvorkommend. »Ich habe Weisung, Euch bis auf weiteres in meinem Haus aufzunehmen und Euch eine Behandlung zuteil werden zu lassen, die Eurem Rang entspricht. Dienstliche Papiere dürft Ihr mitnehmen und in meiner Wohnung bearbeiten. Es ist Euch jedoch untersagt, den Raum, den ich Euch zuteilen werde, zu verlassen. Ihr dürft auch mit niemandem sprechen oder korrespondieren. Ich selbst bin bei Androhung schwerer Strafe gehalten, kein Gespräch mit Euch zu führen. Vor Eurem Zimmer wird Tag und Nacht ein Doppelposten stehen.«

»Dürft Ihr mir wenigstens noch sagen, ob es mir erlaubt ist, Kleidung zum Wechseln mitzunehmen?« fragte Antonio Pérez. Nur mit Mühe gelang es ihm, Ordnung in seine Gedanken zu bringen.

»Selbstverständlich!«

In diesem Augenblick stürzte Doña Juana in den Raum. Sie hatte einen Morgenrock übergeworfen. Ihr Haar war zerzaust. »Was geht hier vor?« rief sie aufgebracht.

Ihr Mann versuchte, sie zu beschwichtigen. »Beruhige dich! Es besteht kein Grund zur Aufregung. Capitán Garcia hat lediglich Weisung, mich vorübergehend bei sich aufzunehmen.«

»Heißt das, daß du verhaftet bist?«

»Ich würde es anders nennen«, antwortete Antonio Pérez. »Seine Majestät wünscht aus Gründen, die mir noch nicht klar sind, daß ich in Sicherheit gebracht werde. Ist es nicht so?« wandte er sich an den Offizier.

»Gewiß, Señor«, bestätigte der Capitán bereitwillig. Er fühlte sich erleichtert, weil er Schwierigkeiten befürchtet hatte. »Deshalb könnt Ihr ja auch Eure Arbeitsunterlagen mitnehmen.«

Doña Juana wollte sich nicht damit zufriedengeben, aber ein

warnender Blick ihres Mannes ließ sie erkennen, daß er ein bestimmtes Ziel verfolgte.

»Mach dir also keine Sorgen«, sagte er. »Der König weiß schon, was er tut.«

Capitán Garcia pflichtete ihm bei. Es war durchaus möglich, daß der Vertraute des Monarchen tatsächlich nur in Sicherheit gebracht werden sollte. Wenn er etwas verbrochen hätte, würde man ihn bestimmt in eine Festung einliefern und nicht in eine komfortable Privatwohnung einquartieren.

»Gestattet Ihr meiner Frau, mir beim Packen behilflich zu sein?« fragte der Staatssekretär.

»Gewiß«, antwortete der Offizier konziliant. »Ich warte, bis Ihr Euch angekleidet habt, vor der Tür.«

Doña Juana begriff, was ihren Mann bewogen hatte, sich nicht aufzulehnen. Er wollte sie ohne Zeugen sprechen. Sie bewunderte seine Disziplin und schnelle Reaktion.

»Hör zu«, flüsterte er, als sie allein waren. »In meinem Arbeitsraum befinden sich im Geheimschrank drei große Pakete, auf denen ein versiegeltes kleines Päckchen liegt. Nimm das morgen früh an dich und übergib es dem Schreiber Sato, der beim Advokaten Coscón tätig ist. Ich lernte ihn und seine Frau durch ihren reizenden Sohn kennen, dem ich einmal Zuckergebäck schenkte. Sage Sato, jetzt könne er mir helfen. Er soll das Päckchen gut verstecken und niemandem erzählen, daß ich mich an ihn gewandt habe. Füge hinzu, ich sei bereit, seine Gefälligkeit königlich zu honorieren. Falls er jemals Sorgen haben sollte, möge er sich unauffällig an dich wenden. Du würdest ihm jederzeit helfen.«

Doña Juana betrachtete ihren Mann besorgt. »Sind in dem Päckchen die von dir gesammelten Dokumente zu deiner Entlastung?«

»Ja.«

»Und die willst du ihm übergeben?«

»Wenn es außer dir noch einen Menschen gibt, dem ich vertraue, dann ist es Sato. Und noch etwas anderes ist wichtig. Keiner von uns beiden hat jemals etwas mit ihm oder mit seiner Frau zu tun gehabt. Niemand kann also auf die Idee kommen, daß zwischen ihnen und uns eine Verbindung besteht. Damit du ihn sprechen kannst, ohne Aufmerksamkeit zu erregen, wirst du den Advokaten Coscón aufsuchen und ihn fragen, ob du gegen meine Verhaftung Einspruch erheben sollst. Er wird dir bestimmt raten, vorerst nichts zu unternehmen. Dann bittest du ihn, das Honorar für diese Auskunft gleich zahlen zu dürfen. Zwischen dir und ihm darf es keinesfalls zu weiteren Kontakten kommen!«

»Ich werde alles deinem Wunsch entsprechend erledigen«, versprach Doña Juana. »Aber warum läßt der König dich verhaften?«

Er hob die Schultern. »Das kann mehrere Gründe haben. Ich bin im Augenblick nicht in der Lage, Überlegungen anzustellen. Gewiß scheint nur zu sein, daß es sich um einen vorübergehenden Arrest handelt. Sonst hätte Seine Majestät mich gleich in den Turm werfen lassen.«

Seine Frau umarmte ihn. »Ich werde zu dir halten und bis zum letzten Blutstropfen für dich kämpfen.«

Er küßte ihre Stirn.

Sie schmiegte sich an ihn. »Wenn nur das schreckliche Gerede der Menschen nicht wäre. Was die Leute wieder alles erzählen werden!«

Antonio Pérez blickte nachdenklich vor sich hin. »Vielleicht können wir etwas dagegen unternehmen. Sag dem Majordomus, er soll das Gerücht verbreiten, der König habe mich unter die Obhut des Capitán Garcia gestellt, um mich vor Mateo und den Angehörigen der Kriegspartei, die mir nach dem Leben trachten, in Sicherheit zu bringen.«

Doña Juana nickte lebhaft. »Das ist eine gute Idee.«

Er reichte ihr die Hand. »Gott sei mit dir und den Kindern!«

Zur gleichen Zeit, da Staatssekretär Pérez verhaftet wurde, erschien Capitán Villena mit zwanzig Soldaten der königlichen Wache vor dem Stadtpalais der Fürstin Eboli und verlangte, laut an das Portal klopfend, sofortigen Einlaß. Da die Lakaien sich bereits zur Ruhe begeben hatten, dauerte es eine Weile, bis hastige Schritte laut wurden und jemand nach dem Begehr fragte.

»Wenn Ihr nicht augenblicklich öffnet, wenden wir Gewalt an«, drohte der Hauptmann.

»Ihr müßt Euch einen Moment gedulden«, entgegnete der Diener hinter der Tür. »Ich hole den Majordomus. Er hat den Hausschlüssel.«

Minuten vergingen, bis Capitán Villena mit seinen Männern in das Palais eindringen konnte. »Wo befinden sich die Gemächer der Fürstin?« forderte er militärisch knapp.

Die Gestalt des Hausverwalters, der einen verstörten Eindruck machte, straffte sich. »Ihr werdet doch nicht so vermessen sein, Ihre Durchlaucht im Schlaf stören zu wollen?«

Noch ehe der Wachoffizier etwas erwidern konnte, ertönte die Stimme der Fürstin. »Das ist bereits geschehen.« Sie war im Negligé und hatte sich einen seidenen Umhang übergeworfen, dessen Enden auseinanderwehten, als sie mit schnellen Schritten auf den kleingewachsenen Capitán zuging. »Was wünscht Ihr?«

»Ich habe den Befehl, Euch festzunehmen, Durchlaucht.«

Sie wandte sich unbeeindruckt an ihren Majordomus. »Sorgt für bessere Beleuchtung. Bei dem Licht sind Zwerge schlecht zu erkennen.«

Der Offizier lief rot an, beherrschte sich aber und ging über die Beleidigung hinweg. »Im Namen Seiner Majestät erkläre ich Euch für verhaftet.«

Die Augen der Fürstin glänzten. »Daß mir diese Ehre einmal zuteil werden würde, hätte ich nicht für möglich gehalten. Doch wie steht's mit Euch, verehrter Herr? Schämt Ihr Euch nicht in Grund und Boden, einem König zu dienen, der mitten in der Nacht hochgestellte Damen im Schlaf stören läßt?«

»Ich bin nicht gekommen, um Fragen zu beantworten, sondern um Euch zu verhaften und abzuführen!« begehrte Capitán Villena auf.

»Darf ich mich erkundigen, wohin Ihr mich bringen sollt?«

»In den Turm von Pinto.«

Sekundenlang war die Fürstin wie erstarrt. Sie erbleichte. Hatte sie recht gehört? Sie, die Fürstin Eboli aus dem Hause Mendoza, dessen überragendes Familienmitglied der Herzog del Infantado war, sollte in dieses uralte, von den Römern erbaute Verlies geworfen werden? Schwäche erfaßte sie. Die Knie versagten ihr fast den Dienst. Sie fühlte sich dem Zusammenbruch nahe. Aber dann siegte ihr Stolz. Sie warf den Kopf in den Nacken. »Schon seit geraumer Zeit zweifle ich am Verstand unseres Königs. Nun liefert er selbst den Beweis dafür, daß er tatsächlich verrückt geworden ist.«

»Das ist Majestätsbeleidigung!« erregte sich der Wachoffizier. »Ihr begebt Euch sofort in Euer Gemach und kleidet Euch an!«

»Zunächst einmal *aus*«, stellte die Fürstin trocken fest. »Wollt Ihr mitkommen? Eine nackte Adelige habt Ihr bestimmt noch nicht gesehen.«

Die Soldaten lachten.

Ruhe gebietend hob sie die Hand. »Ihr könnt alle mitkommen. Hübsche Schenkel und einen wohlgeformten Hintern zu präsentieren ist weniger ordinär, als eine Fürstin aus kleinlicher Rache einsperren zu lassen. Doch es gibt einen Trost für mich. *El prudente*, der wegen seiner angeblichen Klugheit so genannte Philipp der Zweite von Spanien, hat wohl kaum bedacht, daß die Historie nichts vergißt. Sein miserables Spiel geht in diesem Augenblick in die Geschichte ein. Man wird ihn für ewige Zeiten einen kleinen Despoten nennen.« Sie faltete die Hände wie zum Gebet. »Herrgott, ich danke dir, daß du unseren König diesen Fehler hast machen lassen. Dafür wandere ich mit Wonne in den Turm von Pinto.«

Der Offizier verlor die Beherrschung. »Ich fordere Euch ein letztes Mal auf, Euch anzukleiden!«

Sie zuckte die Achseln. »Ich könnte Euch jetzt in arge Verlegenheit bringen, indem ich mich weigere, Eurem Befehl nachzukommen, und Euch auf diese Weise zwinge, Hand an mich zu legen. Aber dann wäre ich nicht besser als der König. Ich werde Eurem Wunsche also entsprechen. Zunächst möchte ich allerdings erfahren, ob ich meine Dienerinnen mitnehmen darf.«

»Drei Dueñas werden Euch zugebilligt.«

»Wie zuvorkommend! Unter diesen Umständen kleide ich mich gerne um. Würdet Ihr mir ein Reitkostüm empfehlen?«

»Euch steht ein Wagen zur Verfügung.«

»In den werde ich aber nur einsteigen, wenn *Ihr* draußen auf dem Bock Platz nehmt.«

»Meine Männer und ich reiten vor, neben und hinter Eurem Wagen.«

Die Fürstin lachte. »Welch ein Aufwand! Aber sei's drum.

Meldet Seiner Majestät, daß Ihr nicht eine Fürstin, sondern eine Königin in den Turm von Pinto eingeliefert habt.«

Erst gegen Mittag des nächsten Tages erhielt der Adjutant Mateo genaue Berichte über die Verhaftung des Staatssekretärs und der Fürstin Eboli. Zu seiner Enttäuschung ging aus beiden Meldungen hervor, daß die Festgenommenen sich keineswegs verzagt gezeigt hatten. Ihre Reaktionen ließen vielmehr auf ungewöhnliche Selbstsicherheit schließen. Antonio Pérez hatte sich als ein Staatsdiener erwiesen, der einem Befehl des Königs auch dann widerspruchslos gehorcht, wenn dieser ihm selbst zum Schaden gereicht. Daß die Fürstin einen Wirbel veranstalten würde, war vorauszusehen, nicht aber, daß es sie geradezu mit Stolz zu erfüllen schien, im Namen des Königs eingekerkert zu werden.

Besorgt fragte sich Mateo, was er Seiner Majestät melden solle. Er entschloß sich, die Wahrheit zu verfälschen und vorzutragen, die Verhafteten seien unter Tränen zusammengebrochen.

Philipp II. aber unterbrach seinen Adjutanten, kaum daß er den Mund aufgemacht hatte. »Notiert!« sagte er mit kalter Stimme. »Gleichlautende Schreiben an den künftigen Schwiegersohn der Fürstin, Herzog Medina Sidonia, und an den Chef des Hauses Mendoza, Herzog del Infantado.«

Mateo schrieb:

Ihr werdet erfahren haben, daß sich die Streitigkeiten zwischen Antonio Pérez und Meinem Sekretär *trotz Meiner wiederholten Bemühungen nicht beilegen ließen. Verursacht wurden die Auseinandersetzungen durch die Fürstin Eboli. Ich habe Meinen Beichtvater eingeschaltet und ihn gebeten, Ihre Durchlaucht zu beschwören, eine andere Haltung einzunehmen. Vergebens. Sie war nicht bereit einzulenken, so daß Ich Mich gezwungen sah, ihrem hemmungslosen Intrigenspiel gewaltsam ein Ende zu bereiten. Mir blieb nichts anderes übrig, als die Fürstin nach Pinto bringen zu lassen. Dies ist in der vergangenen Nacht im Interesse der öffentlichen Ordnung und Sicherheit geschehen.*

»Vielleicht darf ich Eurer Majestät jetzt vortragen ... «

»Unterbrecht mich nicht!« wies der König Mateo zurecht. »Ein weiteres Schreiben an unseren Geschäftsträger in Lissabon.«

Erneut notierte Mateo:

Ich nehme an, daß der portugiesische Hof in Kürze von der Verhaftung der Fürstin Eboli erfahren wird. Wenn Ihr in dieser Angelegenheit angesprochen werdet, so beschränkt Euch darauf zu sagen, die Maßnahme gefährde nicht ihr Leben; sie sei erforderlich gewesen, um unabsehbaren Schaden zu verhüten.

»Darf ich nun . . . «

Zum drittenmal schnitt der Monarch seinem Adjutanten das Wort ab. »Die Briefe müssen noch heute hinausgehen. Beeilt Euch also!«

Wie ein geprügelter Hund schlich sich Mateo, der geglaubt hatte, den größten Triumph seines Lebens feiern zu können, aus dem Raum.

Philipp II. stützte den Kopf in die Hände. Die Verhaftung seines Günstlings und der Fürstin Eboli setzte ihm mehr zu, als er erkennen ließ. Außer Mateo hatten nur sein Beichtvater und der Graf Barajas, der Todfeind des Staatssekretärs, von der bevorstehenden Arrestation gewußt. Beide hatten ihm empfohlen, so schnell wie möglich zu handeln, weil die sensationelle Festnahme die Aufmerksamkeit der Bevölkerung von der Ermordung Escobedos ablenken würde.

»Ihre Einkerkerung wird zu tausend Gerüchten Anlaß geben und jedes andere Gerede verstummen lassen«, hatte ihm Pater Chaves versichert.

Der Beichtvater sollte recht behalten. Doch er täuschte sich in der Annahme, das Volk würde die Verhaftung der beiden hochgestellten Persönlichkeiten als eine gerechte Strafe betrachten. Das Gegenteil war der Fall. Fast einhellig sah man in der Maßnahme des Königs einen Akt despotischer Willkür. Noch erstaunlicher war, daß das Geschehen erneut ein Eigenleben bekam. Und diesmal wirkte es sich sowohl gegen den Monarchen als auch gegen Mateo aus, der zur treibenden Kraft geworden war, nun jedoch wenig Fortune hatte.

Die Gereiztheit Philipps II. gegenüber seinem Adjutanten erklärte sich aus seinem schlechten Gewissen. Der König spürte, daß er mit dem Sprengen des Teufelskreises nichts erreicht hatte, und befürchtete neue Komplikationen. Eine Drachensaat schien aufzugehen. Er sah keine Möglichkeit mehr, aus dem Zwiespalt herauszufinden, in den er geraten war. Hier die Forderung nach Sühne für Escobedos Ermordung – dort das Wissen um die eigene Mitschuld. Hinzu kam die ursprünglich von ihm nicht beabsichtigte Verhaftung der Fürstin. Ihre wiederholten Ausbrüche hatten seine durch den Streit zwischen Antonio Pérez und Mateo ohnehin stark angespannten Nerven so strapaziert, daß er sich um jeden Preis vor weiteren Attacken seitens Ihrer Durchlaucht schützen wollte. Zudem war er der Auffassung, daß ihr Hochmut und ihr Mangel an Respekt eine harte Strafe verdienten. Auch war er davon überzeugt, daß sie den Staatssekretär gegen ihn aufgehetzt hatte. Er neigte dazu, die Wurzel allen Übels im Weibe zu sehen. Überdies konnte er sich nicht von dem Mißtrauen gegenüber dem spanischen Hochadel befreien, das er von seinem Vater Kaiser Karl V. geerbt hatte.

Daß ihn Pater Chaves und Graf Barajas in jeder Hinsicht schlecht beraten hatten, mußte er bald erkennen. Die Nachricht von den Verhaftungen ging wie ein Lauffeuer durch Europa. Und die Kommentare waren vernichtend. ›Der Untergang der Habsburger-Dynastie ist eingeläutet‹, schrieb ein französischer Diplomat. »Für die Welt ist es anstoßerregend, was sich in unserem Lande tut«, erklärte Kardinal Quiroga. Mehrere Minister Philipps II. reichten Klageschriften ein, in denen sie ihr Bedauern über die Festnahme zum Ausdruck brachten und den Beschluß sowie seine Ausführung unmißverständlich kritisierten. Sogar der Abgesandte des Papstes protestierte: »Eure Majestät wissen, daß Antonio Pérez zuverlässig ist. Wenn er sich in seinem Arbeitsbereich wirklich etwas hat zuschulden kommen lassen, kann als äußerste Strafe allenfalls eine Verbannung nach Alcalá oder Toledo ausgesprochen werden.« Und Dom Cristóvâos, der Geschäftsträger des inzwischen zum König von Portugal ernannten Kardinals Enrique, schrieb mannhaft: ›Ich bekenne mich zu der Freundschaft, die mich mit dem in Ungnade gefallenen Staatssekretär verbindet, und ich bedaure ganz außerordentlich, daß Eure Majestät sich eines so vorzüglichen Mitarbeiters berauben.‹

Größer aber noch war die Erregung über die Einkerkerung der Fürstin Eboli. Von allen europäischen Höfen und Fürstenhäusern hagelte es Protestschreiben. Doch der inzwischen gewitzte Mateo sorgte dafür, daß im Escorial mindestens ebenso viele Briefe eingingen, die dem Monarchen höchstes Lob für sein unbeirrbares Vorgehen zollten.

Philipp II. durchschaute das Spiel seines Adjutanten und fragte, als dieser ihm wieder einmal mit strahlender Miene neue Glückwunschschreiben überreichte: »Habt Ihr schon eines der Werke des jungen Dichters Cervantes gelesen?«

»Nein, Sire.«

»Er scheint Euch zu kennen, denn er behauptet in einem Drama, das kürzlich erschienen ist, in Spanien genüge es, lesen und schreiben zu können, um Sekretär des Königs zu werden.«

Antonio Pérez brauchte Tage und Wochen, bis er sich damit abgefunden hatte, in Ungnade gefallen zu sein. Aber er ließ den Kopf nicht hängen, gab sich vielmehr unbekümmert und versuchte, bedrückenden Grübeleien auszuweichen, indem er die Akten bearbeitete, die der König ihm wenige Stunden vor der Verhaftung hatte überbringen lassen. Und zu seinem Erstaunen brachten ihm Kuriere, so als wäre nichts geschehen, täglich neue Arbeitsunterlagen. Darunter befanden sich sogar geheime Dokumente, und der Staatssekretär fragte sich, was der Monarch damit bezwecken mochte, ihm, einem unter Arrest gestellten Untergebenen, Beweise seines ungebrochenen Vertrauens zu liefern. Beschäftigte man ihn, um ihn in Sicherheit zu wiegen, oder brauchte man ihn, weil Kardinal Granvela sich noch nicht genügend eingearbeitet hatte? Würde die ihm auferlegte milde Haft ein jähes Ende nehmen, wenn man seiner nicht mehr bedurfte? Erwartete ihn dann der Kerker?

Wie sehr sich Antonio Pérez auch bemühte, seinen Gedanken eine andere Richtung zu geben, er verfiel doch immer wieder in hoffnungslose Grübeleien. Fragen über Fragen stürmten auf ihn ein. Wie mochte es seiner Frau und den Kindern ergehen? Seit seiner Verhaftung hatte er nichts von ihnen gehört. Mit niemandem hatte er ein Wort wechseln können. Der Doppelposten vor der Tür des ihm zugewiesenen Wohn- und Schlafraumes wurde täglich gewechselt, so daß keine Möglichkeit bestand, mit einem der Wächter in näheren Kontakt zu kommen. Wie mochte die Fürstin Eboli auf seine Verhaftung reagiert haben? Er hoffte nur, sie habe sich in ihrer Empörung zu keiner unüberlegten Handlung hinreißen lassen. Mateo würde sonst auch sie ins Unglück stürzen. Er zweifelte nicht daran, daß es der Adjutant gewesen war, der seine Festnahme betrieben hatte. Die Schuld dafür aber gab er sich selbst. Deutlicher konnte ihm nicht vor Augen geführt werden, welch katastrophale Folgen es haben kann, wenn man den unverzeihlichen Fehler begeht, einen Mitmenschen zu mißachten. Hätte er sich nicht aufs hohe Roß gesetzt und Mateo gegenüber etwas mehr Menschlichkeit gezeigt, würde ihm im Vorzimmer des Monarchen kein Gegner erwachsen sein. Dann säße er jetzt in seiner Casilla und brauchte nicht Trübsal zu blasen. Wenn er abwägend über alles nachdachte, war er nahe daran, dem Adjutanten zu verzeihen. Doch es gab auch Stunden, in denen er ihm am liebsten den Hals umgedreht hätte.

Dieser immer aufs neue aufflackernde Zorn brachte Antonio Pérez eines Tages auf einen rettenden Gedanken. Die Arbeitsunterlagen wurden von zwei Kurieren befördert, die sich abwechselten, und er war gehalten, die Papiere persönlich entgegenzunehmen und auszuhändigen. Im Laufe der Zeit – er befand sich bereits seit drei Monaten von der Außenwelt abgeschnitten in der Wohnung des Wachoffiziers – hatte sich zwischen den Boten und ihm eine Art kameradschaftliches Verhältnis entwickelt, das ihn ermunterte, einem der beiden Kuriere einen Golddukaten zuzustecken. Und da das Geld nicht empört zurückgewiesen wurde, drückte er dem Mann, der sich als bestechlich erwiesen hatte, beim nächsten Mal einen Brief an Doña Juana in die Hand und flüsterte ihm zu: »Bring das Schreiben meiner Frau! Ich habe sie gebeten, dir für jede Nachricht, die du ihr überbringst, einen Dukaten zu geben. Umgekehrt zahle ich das gleiche. Geh aber niemals von hier aus zur Casilla. Das könnte auffallen. Warte lieber einen Tag, bevor du den Auftrag ausführst.«

Von diesem Zeitpunkt an entwickelte sich ein reger Briefverkehr, der ihn über alles unterrichtete, was in der Stadt geschehen war und weiterhin geschah. Neben der erfreulichen Nachricht, daß es Doña Juana und den Kindern gut ging, gab es freilich die schlimme Mitteilung, daß die Fürstin Eboli in derselben Nacht wie er verhaftet und im Turm von Pinto gefangengesetzt worden war. Zum Glück habe sie schon bald einen Weg gefunden, Doña Juana einen Brief zu schicken, und inzwischen habe sie bereits drei Kassiber erhalten. Über seine Verhaftung sei die Fürstin entsetzt gewesen. Sie habe jedoch vermerkt:

Macht Euch keine Sorgen! Euer Mann wird über kurz oder lang Mittel und Wege finden, mit Euch in Verbindung zu treten. Und es wird nicht allzu lange dauern, bis er wieder frei ist. Seine Majestät ist hilflos ohne ihn. Grüßt Euren Mann von mir so bald als möglich und sagt ihm, daß ich sehnlichst auf ein Billett von ihm warte. Allein weiß ich nicht recht weiter, und das Leben hier ist sehr schwer. In meiner Wut habe ich damit begonnen, meinen Wächtern das Leben zur Hölle zu machen. Es wird nicht lange dauern, dann dürften sie sich wünschen, statt meiner hinter den Gittern zu sitzen. Ich sage Euch dies, damit Ihr nicht denkt, ich sei der Verzweiflung nahe.

Die Nachricht von der Verhaftung der Fürstin traf den Staatssekretär so hart, daß er nahe daran war, eine Verzweiflungstat zu begehen. Er begriff den König nicht. Wie konnte er die Frau des Mannes, der sein treuester, vielleicht sogar sein einziger wirklicher Freund gewesen war, in den Turm von Pinto werfen? Und hieß es nicht, er sei der Vater ihrer Kinder? Wahr oder unwahr: Wie würden die Fürsten Europas die Mißachtung ihres Standes hinnehmen? Er suchte Trost in den Worten der Fürstin Eboli. Sie kapitulierte nicht, würde niemals zu Kreuze kriechen. Bei der Lektüre ihrer Zeilen sah er sie vor sich. Er hörte sie krakeelen, unflätige Worte schreien und fühlte sich ihr plötzlich sehr nahe. Es war, als wehe ihm ein frischer Wind ins Gesicht. Er mußte etwas für sie tun. Aber was?

Während Antonio Pérez vergeblich überlegte, wie er der Fürstin beistehen könne, fuhr seine Frau im Gewand einer Nonne auf einem Ochsenkarren nach Pinto. Sie hatte es sich in den Kopf gesetzt, die Eingesperrte im Kerker zu besuchen, und sie war überzeugt, daß es ihr gelingen würde, diesen vermessenen Wunsch in die Tat umzusetzen. Sie wollte zwischen ihrem Mann und der Fürstin eine Verbindung herstellen.

Geführt wurde der Karren vom Majordomus Martínez, der sich als Bauer verkleidet hatte. Der Weg nach Pinto war nicht weit und konnte mit dem langsamen Gefährt in gut drei Stunden bewältigt werden.

Schon von weitem war der aus schweren Granitblöcken erbaute, hoch aufragende Turm zu sehen. Sein Anblick war beängstigend. Auf halber Höhe befand sich ein einziges vergittertes Fenster, das gerade ausreichte, genügend Licht einzulassen. Den Turm umgab eine Mauer, hinter der sich die Unterkünfte für die Wachmannschaft befanden. Die Anlage sah trostlos aus, und das Herz Doña Juanas klopfte schneller, als sie vom Wagen stieg und auf einen Wachposten zuging, der vor einem schmalen Eisentor stand.

»Ich möchte der Fürstin Eboli meine Aufwartung machen«, sagte sie mit jener weichen Stimme, die Nonnen so eigentümlich ist.

Der Posten wies hinter sich. »Da müßt Ihr Euch an Capitán Villena wenden. Ich glaube aber kaum, daß es Zweck hat. Der Fürstin ist jeder Kontakt mit der Außenwelt untersagt.«

»Ich will mein Glück dennoch versuchen«, erwiderte sie demütig, schritt durch das Tor und ließ sich von einem Soldaten zum Wachoffizier führen, dem es nicht viel besser als der Fürstin zu ergehen schien. Er saß, die Beine weit von sich gestreckt, in einem kleinen, weiß gekalkten Raum, der sich von einer Kerkerzelle kaum unterschied. Ein Stuhl, ein Tisch, eine Matratze und eine Waschschüssel, die auf einer Kiste stand, waren das ganze Mobiliar.

»Gelobt sei Jesus Christus!« grüßte Doña Juana den Offizier.

Capitán Villena erhob sich, erwiderte den Gruß und fragte, womit er ihr dienen könne.

Sie senkte den Kopf. »Ich möchte die Fürstin Eboli sprechen, Euer Gnaden.«

Der Offizier hob die Brauen. »Dieses Weib wollt Ihr besuchen?«

»Aber, aber!« protestierte Doña Juana milde. »Ihre Durchlaucht bleibt auch hinter Gittern eine erlauchte Dame.«

Die Arme des Hauptmannes ruderten wild durch die Luft. »Ich garantiere Euch, daß Ihr Eure Meinung ändern würdet, wenn Ihr die Fürstin zu bewachen hättet. Meine Nerven vibrieren schon, wenn ich nur ihren Namen höre. Gerade gestern habe ich meine Ablösung beantragt. Wißt Ihr, was das für mich bedeutet? Degradierung um mindestens einen Dienstgrad! Das nehme ich aber lieber in Kauf, als hier weiterhin den Wächter spielen zu müssen.«

Doña Juana stellte sich betroffen. »Ich bin entsetzt. Was treibt Ihre Durchlaucht?«

»Die unglaublichsten Dinge leistet sie sich«, schimpfte der Capitán. »Schon am zweiten Tag ging es los. Die Fürstin nutzt das ihr zugebilligte Recht, sich selbst verpflegen zu dürfen, in schamloser Weise aus. Sie beauftragte Madrids ersten Gastronomen, ihr täglich ein Menü mit sechs Gängen für vierzehn Personen zu schicken, und sie bestellt die teuersten Weine. Dort drüben«, er wies durch das Fenster auf einen langen Holztisch, »läßt sie im Freien aufdecken und lädt stets zehn Mitglieder meiner zwanzig Mann starken Wache zum Essen ein.«

Doña Juana gab sich naiv. »Das ist doch sehr nett von ihr.«

»*Nett* nennt Ihr das?« wetterte Hauptmann Villena. »Das tut sie doch nur, weil sie genau weiß, daß ich meinen Leuten verwehren muß, an der Tafel Platz zu nehmen.«

»Aber warum?«

»Weil es *verboten* ist.«

»Habt Ihr der Fürstin das nicht gesagt?«

»Selbstverständlich. Doch ihr geht es ja darum, meine Soldaten gegen mich aufzuwiegeln. ›Kommt her!‹ hat sie ihnen zugerufen. ›Ich lade Euch zu Speis und Trank ein. Jeden Tag zehn Mann. Leistet mir Gesellschaft. Ihr braucht nicht mit mir zu sprechen und sollt eure Weisung nicht mißachten. Ich möchte lediglich, daß ihr, solange ich hier bin, ein um den anderen Tag wie im Schlaraffenland lebt.‹«

»Ich dachte, Ihre Durchlaucht ist in eine Zelle eingesperrt.«

»Das ist sie auch. Es ist ihr jedoch erlaubt, sich täglich zwei Stunden im Hof aufzuhalten. Diese Zeit nutzt sie in ihrem Sinne. Meine Männer lassen sich von mir nichts mehr sagen. Sie speisen mit der Fürstin und schäkern mit ihren Dienerinnen.«

Doña Juana lächelte. »Nehmt's nicht so tragisch, Euer Gnaden! Freut Euch lieber darüber, daß es Begüterte gibt, die einfache Menschen so großzügig bewirten.«

»Wenn's nur das wäre! Es ist so weit gekommen, daß einige meiner Leute sich nachts in die Zelle geschlichen und dort getrunken und gesungen haben. Und als ich einschreiten wollte, schüttete mir die Fürstin den Inhalt ihres Nachttopfes ins Gesicht.«

»O Gott!« jammerte Doña Juana. »Das hätte Ihre Durchlaucht nicht tun dürfen.«

»Es gibt noch schlimmere Dinge. In der letzten Woche hat sie Seiner Majestät geschrieben, ich hätte beim Inspizieren ihres Raumes meinen Hosenlatz nicht zugeknöpft gehabt und anzügliche Bewegungen gemacht.«

»Nein, nein, nein! Das ist doch nicht möglich«, alterierte sich Doña Juana, die Mühe hatte, einen Lachreiz zu unterdrücken. »Ich werde Ihrer Durchlaucht ins Gewissen reden. Auf mich hat sie immer gehört.«

»Sprecht mit ihr, soviel Ihr wollt. Auf eine Übertretung mehr oder weniger kommt es nicht an. Ich habe ja meine Ablösung bereits beantragt und muß so oder so zahlen.«

Doña Juana bedankte sich für das Entgegenkommen, und Capitán Villena ließ sie von einem Wachsoldaten in den Turm führen.

Die Mauern waren mindestens zwei Meter dick. Eine hölzerne Wendeltreppe, die so schmal und niedrig war, daß sie nur in gebückter Haltung mit gekrümmtem Oberkörper begangen werden konnte, führte zum einzigen, auf halber Höhe des Turmes gelegenen Raum, der ungefähr fünfzehn Fuß in der Breite und zwanzig in der Länge maß.

»Ich dulde keine hinterhältige Nonne in meiner Nähe«, schrie die Fürstin, als Doña Juana die Treppe betrat. Allem Anschein nach hatte sie am Fenster gestanden und die Klosterschwester kommen sehen.

Doña Juana rief geistesgegenwärtig zurück: »Antonio María, gratia plena!«

Sekundenlang herrschte Schweigen. Dann antwortete die Fürstin. »Ach, Ihr seid's! Kommt herauf, Antonia María!«

Doña Juana eilte die Stufen hinauf und wurde von der Inhaftierten mit offenen Armen empfangen. Nach der Begrüßung aber wurde die Fürstin unnahbar. In ihrem Stolz, nicht erkennen zu lassen, wie sehr es sie schmerzte, eingekerkert und gedemütigt zu sein, verhielt sie sich weitaus reservierter, als es sonst ihre Art war. Erst als sie hörte, daß Doña Juana erfahren hatte, auf welche

Weise sie dem Wachoffizier das Leben schwermachte, lachte sie und wurde gelöster.

»Ich werde Seine Majestät zwingen, mich aus diesem Turm freizulassen«, erklärte sie selbstsicher. »Und wenn der König zehn Offiziere zu meiner Bewachung abkommandieren sollte, es wird ihm nichts nützen. Dann werde ich eben zehn Caballeros entnerven. Mich wird niemand kleinkriegen. Und was Euren Mann anbelangt: Mein Hoflieferant, der mir allwöchentlich heimlich einen Bericht über die Stimmung in Madrid zu geben hat, ist überzeugt, daß Euer Gatte in Kürze freikommen wird. Er begründet seine Auffassung damit, daß der Präsident von Kastilien dem Monarchen mit seinem Rücktritt gedroht hat, falls der Staatssekretär nicht bald die Freiheit wiedererlangt. Ihr werdet also die bangen Wochen und Monate des Wartens in absehbarer Zeit überstanden haben. Mich aber wird man noch lange festhalten, weil die Hosenscheißer Philipp und Mateo Angst haben, ich könnte ihnen nach dem Leben trachten.«

Noch über eine halbe Stunde unterhielten sich die beiden Frauen, dann verabschiedete die Fürstin ihren Besuch und bat Doña Juana, ihrem Mann auszurichten, daß sie ihn wie einst in Pastrana als Mönch verkleidet erwarte, sobald er entlassen sei.

Antonio Pérez war entsetzt, als ihm seine Frau über den bestochenen Kurier mitteilte, welches Spektakel die Fürstin in Pinto aufführte. Es stand zu befürchten, daß der König die Unbeherrschtheiten Ihrer Durchlaucht mit drakonischen Maßnahmen beantworten würde.

Doch so klar der Staatssekretär auch unausweichliche Folgen voraussah, es geschah in jener Stunde etwas Merkwürdiges mit ihm. Das vitale Temperament und die Auflehnung der Fürstin gegen das Unrecht, das ihr zugefügt wurde, brachten ihn auf die Idee, sich nicht mehr ganz so widerspruchslos wie bisher mit seinem Schicksal abzufinden. Vier Monate schon saß er eingesperrt in einem Raum, dessen Fenster vernagelt worden waren, so daß er nicht einmal frische Luft bekommen konnte. Außer einigen Schritten hin und her gab es für ihn keine Möglichkeit, sich Bewegung zu verschaffen. Nur seiner hervorragenden körperlichen Verfassung verdankte er es, daß er nicht längst krank geworden war.

Nun entschloß sich Antonio Pérez von einem zum anderen Tag, eine Krankheit vorzutäuschen, Ärzte zu verlangen und dem König mitzuteilen, daß er nicht mehr in der Lage sei, die ihm übersandten Akten zu bearbeiten. Wahrscheinlich, so deutete er an, würde er seine Tätigkeit auch in absehbarer Zeit nicht wieder aufnehmen können, denn es fehle ihm an frischer Luft und Bewegung, und gewisse Symptome sprächen dafür, daß ihn das Scharlachfieber erfaßt habe.

Um Capitán Garcia, in dessen Haus der Staatssekretär untergebracht war, in seinen Plan einzubeziehen und ihn zu bewegen, einen ähnlichen Bericht aufzusetzen, ließ er sich von zwei Ärzten, die dafür ein beachtliches Honorar kassierten, rötliche Punkte auf Gesicht und Hände malen. Mit dem Erfolg, daß ihm bereits wenige Tage später erlaubt wurde, in das früher von ihm bewohnte Haus an der Plaza del Cordón, das er als Stadtwohnung beibehalten hatte, umzuziehen und dort mit seiner Frau, den Kindern, dem Majordomus und fünf Dienern zu leben. Er mußte sich nur ehrenwörtlich verpflichten, das von zwei Soldaten bewachte Anwesen nicht zu verlassen und zeitlebens den Versuch zu unterlassen, dem Adjutanten Mateo Schaden zuzufügen. Diese Verpflichtungen hatte er vor Capitán Garcia, dem er weiterhin unterstellt blieb, für sich, seine Angehörigen und für sein Personal zu beschwören.

Doña Juana und ihr Mann atmeten auf, als sie endlich wieder zusammen waren. Erstaunlicherweise begrüßte auch die Madrider Bevölkerung, die dem Staatssekretär bis dahin wenig Gutes nachgesagt hatte, die Nachricht von seiner Hafterleichterung. Ja man bereitete ihm sogar Ovationen vor seinem Haus. Der Gnadenerweis Philipps II. ließ das Volk glauben, daß nun das Ende aller Verfolgungen gekommen sei und daß auch die Fürstin Eboli bald wieder auf freien Fuß gesetzt werde.

Zum Kummer Mateos, der dem König vergeblich geraten hatte, Antonio Pérez jeden Kontakt mit Freunden und Bekannten zu verwehren, wurde das Haus an der Plaza del Cordón bald zum Treffpunkt des hohen Adels, namhafter Kirchenfürsten und vieler führender Persönlichkeiten der Friedenspartei sowie Gesandter zahlreicher Länder. Nie zuvor waren dem Staatssekretär so beeindruckende Gunstbeweise zuteil geworden wie in diesen Tagen. Er mußte seine ganze Überredungskunst aufwenden, um einige Kardinäle davon abzuhalten, gegen seinen Rivalen Mateo vorzugehen. Der Nuntius plädierte sogar im Namen des Vatikans dafür, den Adjutanten kaltzustellen, und es wäre tatsächlich nicht schwer gewesen, ihn aus dem Escorial zu entfernen. Denn Mateo war vom Kardinal von Sevilla, dem er als Page gedient hatte, vor Jahren zum Archidiakon von Carmona ernannt worden. Er konnte somit gezwungen werden, seiner Pfründe vorzustehen, was das Ende seiner Laufbahn im Staatsdienst bedeutet hätte.

Aus naheliegenden Gründen lehnte Antonio Pérez ein solches Manöver ab. Er mußte sich hüten, in falschen Verdacht zu geraten. Deshalb erklärte er mit Nachdruck: »Ich habe geschworen, Mateo keinen Schaden zuzufügen. Darüber hinaus gibt es menschliche Gründe, die mich hindern, ihn zu verdrängen. Auch bin ich der festen Überzeugung, daß er sich mit der Zeit selbst erledigt. Einen Menschen wie ihn kann der König nicht lange ertragen. Mein Weizen wird also in die Ähren schießen, ohne daß ich einen Finger krümme.«

Die Haft hatte den Staatssekretär geläutert und konzilianter gemacht, und daß er seine Situation richtig beurteilte, ersah er aus der Abschrift eines Billetts, die ihm zugespielt wurde. Vor gut einem Monat nämlich hatte Mateo dem Herrscher geschrieben:

Ich vermute, daß gewisse Kreise versuchen werden, Eure Majestät davon zu überzeugen, daß Antonio Pérez im Haus des Capitán Garcia ein zu beengtes Dasein führt. Solchen Einflüsterungen möchte ich vorbeugen, indem ich darauf hinweise, daß weder Gott noch die Gesetze, weder staatspolitische Erwägungen noch Euer persönliches Wohlergehen eine Hafterleichterung zulassen. Im Gegenteil, ich muß sogar dafür plädieren, den Staatssekretär umgehend in eine Festung mit zuverlässigen Wächtern zu verlegen.

Des Königs Kommentar am Rand des Schreibens lautete knapp und vielsagend: *Nein!*

Antonio Pérez zeigte die Abschrift sichtlich zufrieden seiner Frau. »Hier! Diese Zeilen beweisen, daß Seine Majestät nicht gegen mich eingenommen ist.«

»Und weshalb ließ er dich und die Fürstin verhaften?« begehrte Doña Juana auf.

»Die Einkerkerung Ihrer Durchlaucht hat nicht unmittelbar mit meinem Fall zu tun, wenngleich freilich ein gewisser Zusammenhang besteht«, belehrte er seine Frau. »Aber das ist eine andere Sache. Meines Erachtens haben die maßlosen Briefe der Fürstin das Faß zum Überlaufen gebracht. Es ist bestimmt schrecklich, daß der König glaubt, sich an einer Frau rächen zu müssen. Doch wenn man sich in seine Lage versetzt, ergeben sich Gesichtspunkte, die sein Vorgehen verständlicher machen. Ich glaube, daß er in seiner Ratlosigkeit versucht hat, einer von ihm befürchteten öffentlichen Konfrontation aus dem Wege zu gehen. Und was mich anbelangt: Ich habe den Fehler gemacht, den Streit mit Mateo nicht beizulegen. Der König wiederum steckt, wie mir scheint, in einer Gewissenskrise. Die Folge: Er bereut von Tag zu Tag mehr, die Ermordung Escobedos befohlen zu haben. Eine verzwickte Situation für ihn und für mich. Wir sind zum Kampf angetreten und haben beide Angst voreinander. Spanisches Roulette!«

Ursache und Wirkung wurden vom Staatssekretär richtig eingeschätzt. Um so mehr erschrak er, als ihn die Nachricht erreichte, die Fürstin Eboli sei in die Festung Santorcaz verbracht worden. Jedem war bekannt, daß aus diesem berüchtigten Kerker selten jemand die Freiheit zurückerlangt hatte. Zu seiner Erleichterung erfuhr Antonio Pérez jedoch bald darauf, daß die Fürstin nicht in eine jener Zellen eingeliefert wurde, in denen man seit Jahrhunderten Geistliche, die sich etwas hatten zuschulden kommen lassen, ihre harte Strafe verbüßen ließ. Der erlauchten Dame waren Räume zugewiesen worden, die dem Erzbischof von Toledo zur Verfügung standen, wenn er die Festung inspizierte. Nach sechs Monaten Haft im Turm von Pinto mußte der Ortswechsel für die Fürstin ein wahres Labsal sein. Dennoch protestierte sie gleich nach ihrer Ankunft energisch gegen die Unterbringung in den neuen Räumen,

Der Grund, der Philipp II. bewogen hatte, die Fürstin aus dem Turm von Pinto herausholen zu lassen, lag auf der Hand. Antonio Pérez fragte sich aber besorgt, weshalb sie in ein Gefängnis gebracht wurde, das bis dahin ausschließlich Geistlichen vorbehalten war. Nachdenklich stimmte ihn auch die ihr zuteil gewordene, begrüßenswerte Bevorzugung. Aus ihr mußte geschlossen werden, daß die Haft von langer Dauer sein würde. Er bat deshalb seine Freunde herauszufinden, was den Herrscher veranlaßt hatte, die Fürstin ausgerechnet in Santorcaz einzukerkern.

Bereits nach einer Woche erfuhr der Staatssekretär die Gründe. Die Zustände in Pinto waren so unhaltbar geworden, daß Mateo sich nicht hatte anstrengen müssen, eine sofortige Verlegung der Gefangenen herbeizuführen. Zur Freude des Adjutanten war der König auch gleich mit der in Vorschlag gebrachten gefürchteten Festung Santorcaz einverstanden gewesen. Hinter Mateos Rücken hatte Philipp II. jedoch dafür gesorgt, daß der Fürstin die Räume des Erzbischofs zur Verfügung gestellt wurden. Und er hatte Samaniego, den Leibdiener ihres verstorbenen Gatten, zu ihrem Wächter bestimmt.

Eine bessere Nachricht konnte es für Antonio Pérez nicht geben. Samaniego zählte zu seinen Verehrern und war die Güte selbst. »Die Verlegung bedeutet Hafterleichterung!« triumphierte der Staatssekretär, umarmte seine Frau und wirbelte sie im Kreis herum.

Auch Doña Juana war froh. Die vergangenen Wochen waren die schönsten ihres Lebens gewesen. Nie zuvor hatte sie ihren Mann ganz für sich allein gehabt. Er konnte weder fortgehen noch sich Pagen oder Geliebte leisten. Vom Morgen bis zum Abend war er auf sie angewiesen, und sie genoß es, daß die fünf Monate Einzelhaft seine Sehnsucht noch gesteigert hatten. Überglücklich aber war sie, als sie ihrem Mann sagen konnte, daß sie ihr sechstes Kind erwarte.

Er schloß seine Frau zärtlich in die Arme, konnte sich jedoch nicht aus vollem Herzen freuen. Sein Instinkt verriet ihm, daß er die Gnade Seiner Majestät noch nicht zurückerlangt hatte und mit weiteren Schwierigkeiten rechnen mußte. Da war es nicht gut, ein Kind in die Welt zu setzen.

Seine Gedanken wanderten nun oft zur Fürstin Eboli, die, wie er aus neuen Informationen ersah, keine Ruhe gab und auf dem besten Wege war, sich selbst das Leben zur Hölle zu machen. In geharnischten Briefen an den König beschwerte sie sich in unflätiger Weise darüber, daß sie vom Diener ihres verstorbenen Gatten bewacht werde. Das sei die größte Beleidigung, die man ihr antun könne. Wenn sie schon der Freiheit beraubt werden solle, dann nicht unter der Aufsicht eines lahmen Domestiken. Sie verlange scharfe militärische Bewachung.

Dem Monarchen, der anfänglich den Kopf geschüttelt hatte, wurde es mit der Zeit zuviel, sich in immer neuen Schreiben anpöbeln zu lassen. Er entsprach deshalb ihrem Wunsch und teilte ihr Soldaten als Wächter zu. Daraufhin sandte sie ihm einen Brief, der ihm fast den Atem verschlug. Sie behauptete, eines Nachts von einem Unbekannten vergewaltigt worden zu sein, und benannte ihre Dienerinnen als Zeugen. Diese hätten zwar, da es völlig dunkel gewesen sei, nichts sehen können, aber ihre, der Fürstin, Hilferufe und die Lustschreie des Verbrechers klängen ihnen jetzt noch in den Ohren.

Diese Behauptung wurde zwar von niemandem geglaubt, doch auf Verlangen des Herzogs Medina Sidonia, der inzwischen die Tochter der Fürstin geheiratet hatte, mußte eine Untersuchung eingeleitet werden, in die zwangsläufig alle Wächter und die in der Verwaltung der Festung Beschäftigten einbezogen wurden. Ein Eklat größten Ausmaßes drohte.

Wiederum gingen Philipp II. aus aller Welt zahlreiche Protestschreiben zu. Und der Sohn der Fürstin, der Herzog von Pastrana, entwickelte plötzlich ein Temperament, das dem seiner Mutter in nichts nachstand. Er bestürmte den Monarchen mit immer neuen Eingaben, in denen er die Verbringung seiner Mutter nach Pastrana forderte, wo sie ohne weiteres dazu verpflichtet werden könne, ihr Palais nicht zu verlassen. Gegen eine solche Verbannung, wie sie bei hochgestellten Persönlichkeiten üblich sei, werde er nichts einwenden.

Der König ließ sich so leicht nicht erweichen. Erst nach einem halben Jahr, als der Nachfolger Dom Sebastiáns, Kardinal Enrique von Portugal, das Zeitliche gesegnet hatte und sich die große Chance bot, in Lusitanien einzufallen, gab er nach und verbannte die Fürstin auf ihr Gut in Pastrana. Und da die unerbittliche Politik, die der alternde Kardinal Granvela neuerdings wieder eingeschlagen hatte, einen Aufstand in den Niederlanden und in Flandern befürchten ließ, beeilte sich der Monarch, nun auch dem Wunsche des Präsidenten von Kastilien zu entsprechen und Antonio Pérez Hafterleichterung zu gewähren. Er verfügte, daß der Staatssekretär sich frei bewegen dürfe und lediglich gehalten sei, in seinem Haus an der Plaza del Cordón zu wohnen und die Nächte dort zu verbringen.

Antonio Pérez atmete auf. Endlich konnte er Spaziergänge unternehmen und dem geliebten Reitsport nachgehen. Über ein Jahr war er nicht im Freien gewesen.

Auch seine Frau sah die Welt wieder in rosigen Farben. In einem Punkt aber hatte sie sich täuschen lassen. Die einstige Hofdame Doña Brianda war oft zu später Stunde als Magd verkleidet in das Haus an der Plaza del Cordón geschlichen und hatte es meistens erst früh am Morgen wieder verlassen.

Antonio Pérez gab sich keinen Illusionen hin. Es konnte kein Zweifel darüber bestehen, daß nicht die Gunst des Monarchen, sondern die Entwicklung in Portugal es war, die ihm die halbe Freiheit zurückgegeben hatte. Das galt auch für die Fürstin Eboli. Nach dem Tod des portugiesischen Königs Dom Sebastián war die Krone des Landes dem Kardinal Enrique übertragen worden, und Philipp II. hatte seither sehnlichst darauf gewartet, seinen kühnsten Traum, die Iberische Halbinsel zu einem einzigen Reich zu vereinen, in die Tat umsetzen zu können. Als Erbe der burgundischen Dynastie war er in gewisser Hinsicht berechtigt, Anspruch auf den Thron des Nachbarlandes zu erheben. Ihm fehlte nur noch der geeignete Anlaß, um seine Forderung zu stellen und sie mit einem schlagkräftigen Heer zu unterstreichen, das er sorgfältig auf diese Aufgabe hatte vorbereiten lassen. Er fühlte sich deshalb wie erlöst, als ihm gemeldet wurde, daß der gekrönte Kardinal gestorben sei. Sofort gab er den Befehl, Portugal zu besetzen. Das Oberkommando übertrug er dem aus der Verbannung zurückgeholten Herzog von Alba, und im Bestreben, sich ganz auf die Unterwerfung Lusitaniens zu konzentrieren, befreite er sich durch die Aufhebung der Haftbefehle von der leidigen Pérez- und Eboli-Affäre, deren aufsehenerregende Zuspitzung ihm ohnehin nicht behagt hatte.

Der Staatssekretär genoß die Hafterleichterung in vollen Zügen. Die lange Freiheitsberaubung hatte ihn bescheidener gemacht. Deshalb störte es ihn auch wenig, als er feststellte, daß er trotz der ihm gewährten Freizügigkeit auf Schritt und Tritt bewacht wurde. Er vermutete, daß diese Order Mateo gegeben hatte, der es wohl nicht verwinden konnte, daß sein Vorgänger langsam wieder Fuß faßte.

Im Gegensatz zu Antonio Pérez, der sich bemühte, durch Zurückhaltung und gewissenhafte Bearbeitung der ihm weiterhin laufend zugehenden Akten das Vertrauen des Herrschers aufs neue zu gewinnen, schien die Fürstin Eboli den umgekehrten Weg einzuschlagen. Als wäre sie nicht bei Verstand, machte sie aus ihrem Gut in Pastrana das reinste Vergnügungsetablissement. Wer immer sie aufsuchte, wurde königlich bewirtet. Das sprach sich natürlich schnell herum, und wie einst, als sie im Kloster der Karmeliterinnen ihre Kapriolen zum besten gegeben hatte, währte es nicht lange, bis Freunde und Bekannte von weit her anreisten. Der Speisesaal und Innenhof ihrer Sommerresidenz erwiesen sich bald als zu klein, um alle Besucher aufzunehmen. Kurz entschlossen ließ sie auf dem Platz vor dem Gutshaus, der einen herrlichen Ausblick über das Land bot, Bänke und Tische aufstellen. Der Zustrom wurde schließlich so groß, daß eine hundertköpfige Dienerschaft gerade noch ausreichte, um die zum Teil hochangesehenen Gäste gebührend zu bewirten. Die auf den angrenzenden Gütern arbeitenden Bauern waren schon nach kurzer Zeit kaum noch in der Lage, Lebensmittel und Wein in ausreichender Menge zu liefern. Gutgemeinte Ratschläge, den aufwendigen Lebenswandel nicht zu übertreiben, schlug die Fürstin in den Wind. Sie brauchte Maßlosigkeit, Unruhe und Durcheinander, und manches sprach dafür, daß sie es bewußt darauf anlegte, den König zu provozieren. So jagte sie viele treuergebene Diener und Dienerinnen davon und engagierte statt dessen zwielichtige Gestalten, die sie unter das Kommando von *desperados* stellte. Allein das Aussehen dieser Banditen war furchterregend. Sie bevorzugten lange Schnurrbärte, breitkrempige Hüte, wallonische Kragen, farbige Strümpfe, ungewöhnlich breite Schwerter und funkelnde Pistolen, die lässig in ihren Kniehosen steckten. Drei dieser verwegenen Burschen ernannte sie zu ihren Leibwächtern, und damit die Gelage, die des Mittags begannen und sich bis in die Dämmerung erstreckten, nicht langweilig verliefen, ließ sie Musikanten, Tänzerinnen, Sänger, Zauberkünstler; Spaßmacher und

Schauspieler aus Barcelona und Sevilla nach Pastrana kommen. Ein Fest jagte das andere; es ging zu wie in den mittelalterlichen Ritterromanen aus den Tagen des schönen Amadis von Gallien. Von Mal zu Mal wurden die leichtgeschürzten Tänzerinnen lebhafter, die engagierten Darsteller lauter, die Fürstin und ihre Gäste ausgelassener.

Als Antonio Pérez von diesen Gelagen erfuhr, rief er außer sich: »Das kann nicht gutgehen! Ihre Durchlaucht muß den Verstand verloren haben. Wenn sie sich nicht ändert, läßt Seine Majestät sie wieder inhaftieren. Schon wegen des Geldes, das sie zum Fenster hinausschmeißt.«

»Fahr zu ihr und rede ihr ins Gewissen«, riet ihm Doña Juana in ihrer Besorgnis.

Er rang die Hände. »Hast du vergessen, daß ich die Nächte in diesem Haus verbringen muß? Selbst wenn ich an jeder Poststation die Pferde wechsle, brauche ich allein für die Hinreise einen vollen Tag.«

Seine Frau widersprach ihm dennoch. »Ich will dich bestimmt nicht zum Leichtsinn verleiten, Antonio. Aber wenn du es geschickt anstellst, wird deine Abwesenheit den Aufpassern nicht auffallen. So etwas läßt sich arrangieren. Wenn du nicht ausgehst, sieht dich ja auch niemand. Und ich meine, daß du verpflichtet bist, die Fürstin auf Biegen und Brechen vor weiteren Dummheiten zu bewahren.«

Der Staatssekretär gab seiner Frau recht. Es mußte etwas geschehen, um Schlimmeres zu verhüten. Außerdem war der Gedanke, mit der Fürstin wieder einmal vereint zu sein, mehr als nur reizvoll. Wie aber sollte er es anstellen, damit seine Abwesenheit nicht auffiel? Nach einigen Überlegungen kam ihm ein rettender Gedanke. Er quartierte einen Pater bei sich ein, den er täglich morgens zur ersten Messe schickte. Und als diejenigen, die sein Haus zu bewachen hatten, diesem Vorgang keine Beachtung mehr schenkten, suchte er selbst, als Mönch verkleidet, die Kirche auf, verließ sie jedoch gleich darauf durch einen Seitenausgang und eilte zu einer schnellen zweisitzigen Kutsche, mit der sein Hausverwalter Martínez in der Nähe auf ihn wartete. Und er schaffte, was er sich vorgenommen hatte. Bereits am Spätnachmittag erreichten sie Pastrana, wo die Plaza mayor allerdings gesperrt war, so daß der Majordomus nicht bis zum Gut der Fürstin fahren konnte.

Auf dem Platz herrschte der reinste Jahrmarktsbetrieb. Hier spielten Musikanten, dort sang ein Chor, und zwischen den in langen Reihen aufgestellten Tischen agierten Künstler aller Art, schlugen Harlekine ihre Purzelbäume.

Als der verkleidete Staatssekretär, der die letzte Strecke zu Fuß zurückgelegt hatte, durch das offenstehende Tor den Innenhof der Sommerresidenz betreten wollte, verstellte ihm ein Desperado den Weg. »Mönche haben hier nichts zu suchen!« fuhr er den vermeintlichen Pater grob an. »Euch spendet Christus Brot und Wein.«

»Da habt Ihr recht, mein Sohn«, erwiderte Antonio Pérez salbungsvoll. »In meinem Fall liegen die Dinge aber anders. Ich bin ein Verwandter der Fürstin. Meldet Ihrer Durchlaucht, Pater Antonio sei gekommen, sie zu besuchen.«

Es dauerte nur wenige Minuten, bis die Fürstin mit geröteten Wangen und vor Freude glänzenden Augen auf den Staatssekretär zueilte. »Ich hatte bereits befürchtet, Euch nie wiederzusehen.«

Er küßte ihr die Hand. »Ihr scheint seltsame Anfechtungen zu haben. Wir sind doch noch nicht in dem Alter, in dem man beginnt, an das Ende zu denken.«

»Für Euch mag das zutreffen, für mich nicht«, widersprach sie mit einem jugendlichen Feuer, das ihre Worte Lügen strafte. »Aber kommt erst einmal in mein Boudoir!« Sie wandte sich an den Desperado. »Ich bin jetzt für niemanden zu sprechen.«

»Sehr wohl, Durchlaucht!«

Die Fürstin schritt mit Antonio Pérez auf das Portal zu. »Mir wurde berichtet, daß Ihr Hafterleichterung habt, die Nächte jedoch daheim verbringen müßt.«

Er nickte. »Ihr seid gut informiert. Ich habe mir aber die Freiheit genommen, für eine Nacht auszubrechen.«

Sie blieb betroffen stehen. »Ihr mißachtet die Euch auferlegten Vorschriften?«

»Ich hatte keine andere Wahl. Die Feste, die Ihr hier veranstaltet, sind in aller Munde, und das zwang mich, zu Euch zu fahren.«

»Um mir eine Moralpredigt zu halten?«

»Erraten!« Der Staatssekretär wies auf seine Kutte. »Ich hoffe, daß dieses Gewand meinen Worten den nötigen Nachdruck verleiht.«

Die Fürstin lachte. »Solange Ihr spaßig bleibt, werde ich nicht protestieren.«

Von Doña Juana und den Kindern sprechend, stiegen sie die Freitreppe hinauf.

»Erinnert Ihr Euch?« fragte Antonio Pérez. »Hier empfing ich Euch, als es mir gelungen war, Euch zu bewegen, mit dem Klosterleben Schluß zu machen.«

»Richtig! Ihr wart vorausgefahren und hattet mir die schönste Robe geschickt, damit ich in würdiger Form in mein Heim zurückkehren konnte. Ihr selbst hattet Eure mit Heu bestreute Kutte schon im Garten des Klosters abgestreift.«

»Das ist diesmal leider nicht möglich, da ich aus Sicherheitsgründen darunter kein anderes Gewand anlegen durfte. Das hätte bei einer Kontrolle auffallen können. Aber ich bin auch so in Form.«

Sie hob die Hand und spreizte die Finger. »Wißt Ihr noch? Fünfmal!«

Er feixte. »Ihr seid damals noch nicht verwöhnt gewesen.«

Sie stieß ihn burschikos in die Seite.

Als sie das Boudoir erreichten, wies die Fürstin auf zwei Sessel. »Ganz brav haben wir uns damals zunächst dorthin gesetzt.«

Er betrachtete ihr Gesicht. Die lange Haft in Pinto und Santorcaz hatte deutliche Spuren hinterlassen. »Stimmt«, sagte er, auf ihre Bemerkung eingehend. »Und das werden wir heute wieder tun. Die gelöste Stimmung, in der wir uns zu jener Stunde befanden, können wir allerdings nicht zurückrufen.«

»Und warum nicht?«

»Weil ich heute die Moralpredigt noch *vor* mir habe. An jenem Tag lag sie bereits *hinter* mir. Und ich hatte Euch überzeugt!«

Die Fürstin nahm Platz. »Es beruhigt mich, daß Ihr Euch die Illusion erspart, mich auch diesmal überreden zu können.«

Antonio Pérez trat zu ihrem Sessel und beugte sich über sie. »Versuchen wir's dennoch. Ich muß Euch sagen, Durchlaucht, daß Euch der König, wenn Ihr hier weiterhin ein Fest nach dem anderen feiert, über kurz oder lang wieder in einen Kerker sperren wird.«

»Vielleicht möchte ich das«, erwiderte sie ungerührt.

»Macht keine unpassenden Scherze!«

»Das war kein Scherz«, erklärte sie mit Nachdruck. »Aber das werdet Ihr nicht verstehen. Als Bürgerlicher könnt Ihr nicht nachempfinden, was in einer Fürstin vor sich geht, die von einem König, der ihr einmal sehr nahegestanden hat, in unglaublicher Weise beleidigt wird. Begonnen hat es an jenem Tag, da Ihr mir die Nachricht brachtet, Seine Majestät erwarte mich noch vor Anbruch der Dämmerung im Escorial. Was ich in jener Nacht erlebte – es war schrecklich, Señor! Jedes Selbstbewußtsein sollte mir genommen werden. Inzwischen bin ich zu einem Kretin herabgesunken, den man ohne Anklage und ohne Gerichtsverfahren je nach Gutdünken einsperren und verbannen kann. Und das alles nur, weil ich mir erlaubte, eine eigene Meinung zu haben und diese offen zum Ausdruck zu bringen. Aber der König wird sich noch wundern. Die Fürstin Eboli kapituliert nicht! Ihr Stolz ist größer als der seine. Nach den Beleidigungen, die ich hinnehmen mußte, nach der Schmach, im Turm von Pinto eingesperrt zu werden, ist es mir gleichgültig, was weiterhin mit mir geschieht. Deshalb kann und werde ich alles tun, um die schäbige Gesinnung dieses Menschen noch mehr zu provozieren. Für ewige Zeiten soll sich Philipp der Zweite von Spanien selbst an den Pranger der Geschichte stellen und demonstrieren, zu welch abstoßenden Handlungen er fähig war. Wenn man später von ihm spricht, wird man sagen: Das war ein Mann, der Frauen mißachtete, sobald sie ihm nicht mehr als Lustobjekt dienten. Ein scheußlicher Despot war dieser König.«

»Aber Durchlaucht!« ereiferte sich der Staatssekretär. »Was Ihr vorhabt, grenzt an Wahnsinn. Ihr könnt Euer Leben doch nicht hinter Gittern beenden.«

»Gerade das will ich!« stellte die Fürstin unmißverständlich fest. »Ich werde den König in die größte Verlegenheit bringen. Handelt er, wie erfahrungsgemäß anzunehmen ist, grausam gegen mich, nur weil ich mich nicht kujonieren lasse, dann weiß die Menschheit, was von ihm zu halten ist. Sieht er über meine Spinnereien und emotionalen Ausbrüche hinweg – gut, dann ist er ein grandioser Edelmann, und ich habe mich lächerlich gemacht.«

Antonio Pérez schüttelte den Kopf. »Das sind Hirngespinste. Wenn Ihr ...«

»Mir bleibt keine andere Wahl«, fiel sie erregt ein. »Vor drei Wochen besuchte mich mein Sohn, der Herzog von Pastrana, den ich im Geiste schon auf dem Thron von Portugal sitzen sah. Wißt Ihr, was er in aller Öffentlichkeit hinausgeschrien hat? ›Meine Mutter, die Fürstin Eboli, Gott sei's geklagt, ist eine Dirne, eine Hure, die es mit dem Günstling des Königs getrieben hat und deshalb zu Recht von Seiner Majestät in den Kerker geworfen wurde.‹«

Der Staatssekretär war tief betroffen. »Womöglich hat Mateo ihn aufgehetzt.«

Sie lachte abfällig. »Wenn das ein Trost sein soll, dann ist er ebenso schlecht wie der, den mir der Admiral von Kastilien gegeben hat. Er schrieb mir die bitteren Worte: ›Wäre der Herzog von Pastrana mein Sohn, ich würde ihn auf der Stelle erdolchen. Ein Sohn, der seine Mutter auf so schändliche Weise anklagt, darf nicht leben.‹«

Antonio Pérez griff sich an den Hals. »Auf der Rückreise nach Madrid wird mein Herz um vieles schwerer sein als auf der Fahrt zu Euch. Mein Gott, wohin sind wir gekommen?«

Sie legte den Arm um ihn. »Nicht denken, leben! Vielleicht sind wir morgen schon tot. Kommt, macht mich glücklich!«

In welch schrecklicher Ernüchterung die folgenden Stunden enden würden, hatte wohl keiner von beiden geahnt. Das Debakel begann damit, daß Antonio Pérez irgendwann – die Nacht neigte sich schon fast dem Ende zu – die Fürstin in einer zärtlichen Aufwallung fragte: »Bist du wenigstens mit mir zufrieden, Ana?«

Empört richtete sie sich auf. »Seid Ihr von Sinnen? Wie kommt Ihr zu dieser Vertraulichkeit?«

Er war wie vor den Kopf gestoßen. »Entschuldigt ...«

»Euer Verhalten ist unentschuldbar!« brauste sie auf, stieg aus dem Bett und schlüpfte in ihren Morgenrock. »Für Euch bin ich immer noch die Fürstin Eboli, *Señor*! Wir waren übereingekommen ...«

»Ja, ja, ja!« schrie er, nun seinerseits empört. »Ich kenne unsere Vereinbarung. Aber in einer Stunde wie dieser, da wir nicht wissen, ob wir uns jemals wiedersehen ...«

Sie schnitt ihm das Wort ab. »Glaubt Ihr etwa, daß Kaiser Karl, der viele Liebschaften mit Damen des Hofes und auch mit bürgerlichen Mädchen unterhielt, nur einer einzigen seiner Geliebten gestattet hätte, ihn zu duzen?«

»Nein«, antwortete er ernüchtert, erhob sich ebenfalls und griff nach einem Kleidungsstück.

»Und Ihr meint, die Fürstin Eboli aus dem Hause Mendoza müsse sich das gefallen lassen? Nur weil sie in Pinto und Santorcaz eingesperrt war?«

Ihr Geist ist krank geworden, dachte er erschrocken. Ihr Stolz zerstört sie von innen heraus. Da kann man nur die Flügel hängen lassen.

»Geht in Euer Zimmer!« befahl sie herrisch.

Antonio Pérez erwiderte kein Wort, warf sich die Mönchskutte über, griff nach einem Leuchter und verließ den Raum.

Als der Morgen graute, erhob sich der Staatssekretär von dem Lager, auf das er sich ausgestreckt hatte, um die Zeit bis zum Aufbruch zu überbrücken. Sein Hirn war in Aufruhr, er konnte keinen vernünftigen Gedanken fassen. Ihm war zumute, als würde sein Kopf von einem Schraubstock zusammengepreßt. War das, was er erlebt hatte, Wirklichkeit, oder hatte ihn ein böser Traum genarrt? Schwerfällig, als habe er zuviel getrunken, verließ er das ihm zugeteilte Zimmer und begab sich in die Halle, wo ihn zu seiner Verwunderung ein Diener erwartete, der ihn bat, sich einen Moment zu gedulden, da Ihre Durchlaucht ihn zu sprechen wünsche.

Er sah, daß der Majordomus Martínez mit dem Wagen bereits im Durchgang zum Innenhof auf ihn wartete.

Es dauerte nicht lange, bis die Fürstin erschien. Bedächtig, eine Stufe nach der anderen nehmend, stieg sie die Freitreppe herab. Mit beiden Händen trug sie, als sei es eine Monstranz, eine säuberlich verschnürte Schachtel.

Er ging ihr entgegen.

Ihre Augen waren verweint. »Seid mir nicht böse. Meine Nerven ... In letzter Zeit weiß ich manchmal nicht ... Ich möchte, daß wir im guten auseinandergehen. Nehmt dies als letzten Gruß von mir.«

Antonio Pérez nahm das Präsent betroffen entgegen und wunderte sich über dessen Gewicht. Um seine Verwirrung zu verbergen, entgegnete er leichthin: »Wenn ich den Inhalt erraten müßte, würde ich auf einen Basaltstein tippen.«

Ein vages Lächeln spielte um ihren Mund. »Im Staatsdienst habt Ihr bessere Leistungen vollbracht. Ratet also nicht weiter! Außerdem bitte ich Euch, die Schachtel erst zu öffnen, wenn Ihr erfahrt, daß ich die ewige Ruhe gefunden habe. Auf dieser Erde ist sie mir versagt.«

»Beschwört so etwas nicht!« bat er eindringlich. »Ich habe nochmals über alles nachgedacht, und ich flehe Euch an...«

»Kein Wort mehr!« unterbrach sie ihn und reichte ihm die Hand zum Kuß. »Ich habe mich mit meinem Schicksal abgefunden und danke Euch für alles, was Ihr für mich getan habt. Ich bereue nichts. Es war mein Fehler, daß ich glaubte, nach den Sternen greifen zu können. Nun, da ich sehe, daß mir der Weg zum höchsten Gipfel verwehrt ist und sich mein Traum, Königsmutter von Portugal zu werden, endgültig zerschlagen hat, klammere ich mich an das, was ich Euch gestern sagte. Seine Majestät hat es in der Hand, sich so oder so der Geschichte zu präsentieren. Euch aber werde ich bis zum letzten Tage dankbar sein.«

Die Fürstin hatte den Satz kaum beendet, da entzog sie Antonio Pérez ihre Hand und eilte, ohne sich noch einmal umzuwenden, die Freitreppe hinauf.

3

Das Treffen mit der Fürstin Eboli ging dem Staatssekretär nicht aus dem Kopf. Ihr wahnwitziger Entschluß, eher zugrunde zu gehen als sich zu beugen, trieb ihm den Schweiß auf die Stirn. Er suchte nach einem Ausweg und fragte sich, ob er dem König offen darlegen sollte, was er erfahren hatte. Nach reiflicher Überlegung gelangte er zu der Überzeugung, daß er nicht nur ihre, sondern auch die eigene Lage verschlechtern würde, wenn er bekannte, in Pastrana gewesen zu sein. Ohne dieses Bekenntnis war es jedoch nicht möglich, den Zustand der Fürstin zu schildern.

Doña Juana, die der Bericht ihres Mannes sehr angegriffen hatte, atmete auf, als sie hörte, daß er den Plan, sich an Seine Majestät zu wenden, endgültig aufgegeben habe. »Gott sei Dank!« seufzte sie erleichtert. »Du hättest dich in einen Haufen Brennesseln gesetzt. Wir wollen dem Allmächtigen dafür danken, daß deine Fahrt unbemerkt geblieben ist.«

Darin täuschte sich Doña Juana. Wohl hatten die Aufpasser versagt und nicht herausgefunden, daß es Antonio Pérez gelungen war, die Stadt für achtundvierzig Stunden heimlich zu verlassen. Der Spitzeldienst aber meldete dem Monarchen, unter der Bevölkerung von Pastrana kursiere das Gerücht, der Staatssekretär habe die Fürstin Eboli aufgesucht und schmiede Pläne, mit ihr ins Ausland zu fliehen.

Philipp II. war gerade dabei, nach Lissabon aufzubrechen, als ihn diese Nachricht erreichte. Portugals Heer war geschlagen, der Thron des Nachbarlandes wartete darauf, bestiegen zu werden. Im Gegensatz zu seiner sonstigen Art verfügte der König, ohne lange zu überlegen, die sofortige Aufhebung der Hafterleichterung für Antonio Pérez. Des weiteren ordnete er die kerkermäßige Unterbringung der Fürstin Eboli im Balkonzimmer ihres Gutes in

Pastrana an. Da er genaue Ortskenntnis besaß, befahl er, den schmiedeeisernen Balkon, der etwa fünf Fuß breit und drei Fuß tief war und ihm selbst einmal dazu gedient hatte, Ovationen der Bevölkerung entgegenzunehmen, zu einem geschlossenen Käfig umzubauen, so daß eine Flucht unmöglich wurde. Auch gab er Weisung, die zum Balkon führende Tür, die mit einem Fenster versehen war, durch eine lichtundurchlässige Bohlentür zu ersetzen. Vor dem Eingang zum Balkonzimmer, das über kein weiteres Fenster verfügte und der Fürstin als einziger Raum zur Verfügung stehen sollte, hatte Tag und Nacht ein Doppelposten Wache zu halten. Dem Offizier der Truppe schärfte er ein, seine Männer darüber zu belehren, daß jegliche Kontaktaufnahme mit Ihrer Durchlaucht verboten sei und die standrechtliche Erschießung zur Folge haben werde. Die Balkontür dürfe am Tag nur einmal während der Mittagszeit für eine Stunde geöffnet werden. Kerzen anzuzünden sei der Fürstin versagt.

Wenige Tage nach Antonio Pérez' Rückkehr aus Pastrana erschien Capitán Garcia bei ihm und überbrachte den Befehl, er sei wieder unter Arrest gestellt und dürfe das Haus bei Todesstrafe nicht verlassen. Der Staatssekretär hatte gehofft, ja fest damit gerechnet, anläßlich der siegreichen Beendigung des portugiesischen Feldzuges, dessen administrativen Teil er selbst ausgearbeitet hatte, die endgültige Begnadigung zu erfahren. Im Geiste hatte er sich bereits in die Casilla zurückkehren sehen. Und nun sollte er wieder verhaftet werden?

»Ich begreife nichts mehr«, sagte er entgeistert und preßte seine Hände gegen die Schläfen. »Ist Euch wenigstens bekannt, weshalb ich erneut unter Arrest gestellt werde?«

»Nein«, antwortete der Gardeoffizier. »Ich bin aber angewiesen, Euch zu sagen, daß es sich bei dieser Inhaftierung um eine vorläufige Maßnahme handelt. Eine endgültige Entscheidung wird der König nach seiner Rückkehr aus Portugal treffen.«

An diesem Abend glich der Staatssekretär einem gebrochenen Mann. »Bis Seine Majestät aus Lissabon zurückkehrt, vergehen mindestens zwei Jahre!« jammerte er. »Ich weiß, welche Arbeit dort jetzt zu leisten ist. Die Befriedungspläne sind ja von mir ausgearbeitet worden. Zwei Jahre dauert es bestimmt, bis der Verwaltungsapparat reibungslos läuft. So lange soll ich hier eingesperrt sein? Das überstehe ich nicht.«

Doña Juana versuchte ihn zu trösten: »Vielleicht siehst du alles zu schwarz.«

»Nein, meine Liebe, ich sehe die Dinge klarer denn je. Es ist niederträchtig, mich an einem Tag zu arretieren, an dem andere begnadigt werden. Das habe ich nicht verdient. Aber so ist der König. Doch diesmal werde ich protestieren. Und zwar auf der Stelle! Noch morgen schicke ich unseren Beichtvater, Pater Rengifo, nach Lissabon. Er soll Seiner Majestät versichern, daß ich mir keiner Schuld bewußt, jederzeit aber bereit bin, zu schwören, daß ich Madrid nicht verlasse, wenn mir meine Bewegungsfreiheit, ohne die ich nicht arbeiten kann, durch einen Gnadenerlaß zurückgegeben wird.«

Die Hoffnung, die Antonio Pérez an die Mission des Beichtvaters knüpfte, ging nicht in Erfüllung. Der Jesuit kehrte erfolglos zurück. Philipp II. hatte ihn nicht einmal empfangen. Das war eine ungewöhnliche, niederschmetternde Zurechtweisung.

Es kam jedoch noch schlimmer. Der Staatssekretär erhielt eine Mitteilung, die ihm das Blut in den Kopf trieb. Von Lissabon aus hatte der Monarch beim Madrider Gericht ein Verfahren zur Untersuchung der Verwaltungstätigkeit seines einstigen Vertrauten eingeleitet, der offiziell noch immer im Amt war und wie früher besoldet wurde. Offensichtlich sollte nachgeholt werden, was zuvor versäumt worden war. Obwohl seine erste Verhaftung schon fast zwei Jahre zurücklag, hatte man Antonio Pérez noch keines Vergehens beschuldigt. Er vermutete, daß Mateo, der ebenfalls nach Portugal gereist war, den Stein ins Rollen gebracht hatte.

»Der Mann ist gefährlicher, als ich dachte«, ereiferte sich Antonio Pérez. »Untersuchung der Verwaltungstätigkeit! Als ob es in Spanien einen einzigen Staatsdiener gäbe, der nicht von Bestechung lebt. Spielend wird man mir den einen oder anderen Fall nachweisen und mich so auf die einfachste, allerdings auch schäbigste Art meines Amtes entheben können. Das Raffinierte dabei ist, daß von dem, was zwischen Seiner Majestät und mir steht, überhaupt nicht die Rede sein wird.«

»Siehst du wirklich eine Gefahr für dich?« fragte Doña Juana beklommen.

»Es hat keinen Zweck, die Augen zu verschließen. Man wird mir mein Amt nehmen und mir eine Geldstrafe aufbürden, die mich ein für allemal erledigen soll. La Casilla werden wir verkaufen müssen.«

»Das werde ich zu verhindern wissen«, erklärte Doña Juana mit einer Bestimmtheit, die ihrem Mann trotz der bedrückenden Lage, in der er sich befand, ein Lächeln abzwang.

»Ich bin gespannt, wie du das zuwege bringen willst.«

»Indem ich nach Lissabon fahre. Ich bin gewiß, daß der König nicht ins rechte Bild gesetzt wurde und einlenken wird, wenn er erfährt, was dir und uns droht.«

Antonio Pérez setzte sich zu seiner Frau. »Ich bewundere deinen Unternehmungsgeist, Juana. Aber hast du vergessen, daß du im siebenten Monat bist?«

»Im Gegenteil! Ich will, daß unser Kind in einer frohen und glücklichen Atmosphäre das Licht der Welt erblickt. Nichts wird mich davon abhalten, deine Sache zu der meinen zu machen und dich würdig zu vertreten. Solange du dieses Haus nicht verlassen darfst, brauchst du jemanden, der für dich kämpft. Wer ist dafür wohl geeigneter als die eigene Frau?«

Betroffen erkannte der Staatssekretär, daß Doña Juana ernstlich gewillt war, sich für ihn einzusetzen. »Entschuldige«, sagte er nachsichtig und doch unmißverständlich. »Ich werde nicht dulden, daß du dich in deinem Zustand all den Strapazen aussetzt, die mit einer Reise nach Lissabon verbunden sind.«

»Aber in der Sache gibst du mir recht?« fragte sie lauernd.

»Nun ja, der König würde wahrscheinlich beeindruckt sein, wenn du solche Mühsal auf dich nimmst.«

»Also fahre ich!«

Was immer Antonio Pérez an Gegenargumenten vorbrachte, seine Frau ließ sich nicht davon abbringen, selbst die Wende herbeizuführen. Und Bischof de Pazos, der Präsident von Kastilien, den sie heimlich aufsuchte und für ihren Plan gewann, erschien einige Tage später beim Staatssekretär und erklärte ihm, daß er Doña Juanas Vorhaben gutheiße und ihr behilflich sein werde, auf bequeme Weise nach Aldeia Galego zu reisen, wo sie ein Schiff besteigen und ohne jegliche Mühe auf dem Tejo nach Lissabon gelangen könne. Darüber hinaus werde er für sie beim Monarchen um eine Audienz nachsuchen und dabei zum Ausdruck bringen, daß Doña Juana in gesegneten Umständen sei und die Reise mit seiner Genehmigung antrete.

Antonio Pérez gab nach. Er sah keine andere Möglichkeit, das gegen ihn eingeleitete Verfahren abzuwehren. Angesichts der Beschwernisse, die eine hochschwangere Frau auf sich nahm, um ihrem unter Arrest gestellten Mann beizustehen, würde Philipp II. zumindest die Weisung erteilen, den angelaufenen Prozeß bis zu seiner Rückkehr auszusetzen.

Der König aber reagierte anders, als es sich der Staatssekretär vorgestellt hatte. Das deutete sich bereits im Hafen von Aldeia Galego an. Hier forderte ein Uniformierter Doña Juana auf, ihn zur Kontrolle ihrer Papiere in seinen Dienstraum zu begleiten.

Gewitzt durch die Erfahrungen der letzten Zeit, erwiderte sie freundlich: »Ich komme gerne mit Euch, möchte nur noch dafür sorgen, daß die kleine Reisetruhe, die drüben auf dem Deck des Flußseglers steht, nicht in falsche Hände gerät. Ich bin gleich zurück.«

Der Uniformierte hatte das Nachsehen, denn Doña Juana wandte sich sofort an den Schiffseigner, übergab ihm ihren Ausweis und bat ihn, sie bei der Behörde zu vertreten, da sie, wie er wohl sehe, ein Kind erwarte und sich wegen einer Unpäßlichkeit hinlegen müsse.

In der Nähe von Santiago de Carbajo, wo der Segler am Abend anlegte, kam ein Büttel an Bord, der Doña Juana ersuchte, gleich nach Hause zurückzukehren, da ihr Mann krank geworden sei und ihrer Hilfe bedürfe.

Sie erfaßte augenblicklich, daß ihr eine Falle gestellt werden sollte. »Das könnte dem Saufbold so passen«, antwortete sie lachend. »Laßt meinem Mann ausrichten, daß ich froh bin, ihn nicht zu sehen.«

Dagegen ließ sich kaum etwas einwenden.

In Constância, dem Hafen an der Grenze zwischen Spanien und Portugal, wurde es schon unangenehmer. Dort erschien ein Offizier der königlichen Armee und forderte Doña Juana auf, ihm unverzüglich zu folgen.

»Ich denke nicht daran«, erklärte sie unerschrocken. »Ich bin auf dem Weg zu einer Audienz, die Seine Majestät mir gewährt hat. Ich weiß, daß einigen Personen das nicht paßt, und gebe Euch, falls die Euch erteilte Weisung von Staatssekretär Mateo unterschrieben sein sollte, den dringenden Rat, keinen Fehler zu machen. Ihr könntet unversehens zwischen Mühlsteine geraten.«

Die Wirkung ihrer Worte war verblüffend. Der Offizier zog sich auf der Stelle zurück.

Im Hafen von Lissabon aber wurde die Lage ernst. Ein Major der königlichen Wache untersagte Doña Juana, an Land zu gehen, und als sie sich über diese Anordnung hinwegsetzen wollte, trat eine Rotte Soldaten vor und versperrte ihr den Weg.

»Was fällt euch ein?« rief sie aufgebracht und versuchte weiterzugehen.

Der Major zückte seinen Degen und kommandierte: »Nehmt die Señora fest und bringt sie ins Gefängnis!«

Empörte Mitreisende und Schiffsleute mischten sich ein und warnten die Soldaten mit drohenden Gesten, sich an einer schwangeren Frau zu vergreifen. Ein Wort gab das andere. Es kam zu einem Handgemenge, bei dem Doña Juana zu Boden stürzte. Menschen stürmten über sie hinweg. Alles weitere nahm sie nicht mehr wahr. Als sie wieder zur Besinnung kam, lag sie auf einer Pritsche, und ein Medikus sagte ihr, daß sie eine Fehlgeburt erlitten habe und für einige Tage das Bett hüten müsse.

Dennoch wurde Doña Juana eine Woche lang einem Verhör nach dem anderen unterzogen. Über staatspolitische Vorgänge, die ihr absolut unbekannt waren, sollte sie aussagen. Sie konnte nur immer wieder erklären, nichts von alldem zu wissen, und der vernehmende Offizier, der ihr längst glaubte und wohl auch Mitleid mir ihr hatte, gestattete ihr schließlich, ein Gnadengesuch an den König zu richten. Erklärend fügte er hinzu, daß er zum Vortrag geladen sei und die Bittschrift Seiner Majestät persönlich überreichen werde.

Der Offizier hielt Wort. Doña Juana konnte er jedoch nur mitteilen, daß Philipp II. ihr Gesuch ungelesen ins Feuer seines Kamins geworfen habe.

Das Herz des Monarchen schien zu Stein geworden zu sein. Empört schrieb er dem Präsidenten von Kastilien:

Diese Angelegenheit wird nachgerade lästig. Als Antonio Pérez ohne Familie inhaftiert war, gab es nichts von dem, was jetzt vor sich geht. Nun macht seine Frau sogar Eingaben und stört meine Ruhe. Es wäre vielleicht das beste, alle unter Arrest zu setzen. Ich will sehen, wie die Geschichte weiterläuft und was sich als nötig erweist.

Als Kaiserin Maria, die Schwester Karls V., vom unbegreiflichen Verhalten ihres Neffen hörte, schaltete sie sich ein und erreichte, daß Doña Juana den Bescheid erhielt, sie möge getrost nach Hause fahren. Der Monarch verbürge sich mit seinem Wort dafür, daß die ›Krankheit‹ ihres Gatten ungefährlich sei und das gegen ihn eingeleitete Verfahren erst eröffnet werde, wenn Seine Majestät nach Madrid zurückkehre.

Körperlich geschunden, aber mit dem Sieg im Herzen begab sich Doña Juana auf den Weg nach Hause. Philipp II. hatte ihr sein Wort verpfändet.

Der König brach sein Wort. Die Visita, das gegen Antonio Pérez eingeleitete ›Ermittlungsverfahren wegen Untreue und Bestechlichkeit in gesellschaftlichen und dienstlichen Belangen‹, wurde nicht aufgeschoben. Der von Philipp II. mit der Untersuchung beauftragte Vorstand des Finanzrates setzte seine Arbeit fort und versuchte, durch die Vernehmung angesehener Zeugen, die in der Casilla verkehrt hatten, die verschwenderische Lebensführung des Staatssekretärs zu belegen. Dies fiel ihm nicht schwer, und als er nachweisen konnte, daß die Ausgaben des Angeklagten seine offiziellen Einnahmen wohl um das Zwanzig- bis Dreißigfache überstiegen, verhörte er nach und nach alle Personen, die in den letzten Jahren befördert worden waren oder Geschäfte mit der Regierung abgeschlossen hatten. Das Ergebnis war schockierend. Fast jeder der Vernommenen erklärte aus Sorge, in das Verfahren einbezogen zu werden, daß er notgedrungen beachtliche Summen an den Staatssekretär habe abführen müssen. Und ein Befragter aus Gesandtschaftskreisen gab zu Protokoll:

Alle Geschäftsleute Europas wissen seit langem, daß es zweckmäßig ist, Staatssekretär Pérez zumindest jenen Betrag zu übersenden, den man sonst für Reisekosten aufwenden muß, um die eine oder andere Sache zu regeln. Dies Verfahren ist äußerst bequem; man hat in jedem Fall die Garantie, daß alles prompt erledigt wird.

Antonio Pérez grämte sich nicht. Er fand während der zwei Jahre und drei Monate, die er erneut in seinem Haus an der Plaza del Cordón festgehalten wurde, kaum die Zeit, sich mit den vielen Belastungsprotokollen zu befassen, die auf seinen Schreibtisch flatterten. Er hatte genügend mit der Bearbeitung dienstlicher Akten zu tun, die ihm nach wie vor tagtäglich zugestellt wurden. Die größte Sorgfalt aber verwandte er darauf, jene Dokumente zu kopieren, die er in der Mordaffäre Escobedo zu seiner Entlastung zusammengetragen und durch Doña Juana bei dem Schreiber Sato hatte deponieren lassen. In der klaren Erkenntnis, daß um diese Papiere noch ein heißer Streit entbrennen würde, hatte er die Originale von Sato zurückerbeten und fertigte nun in mühseliger Kleinarbeit Abschriften an, die so genau nachgebildet waren, daß selbst ein Fachmann sie von echten Dokumenten nicht hätte unterscheiden können. Er fälschte sogar die Unterschrift des Königs. Dann übergab er seiner Frau die wieder versiegelten Originale mit der Weisung, sie der Äbtissin eines Klosters, die ihm für viele Spenden zu großem Dank verpflichtet war, zur Weiterleitung an das Mutterhaus des Ordens in Zaragoza anzuvertrauen. Die Kopien versiegelte er ebenfalls, und er beauftragte Doña Juana, diese in jenen Geheimschrank der Casilla zurückzulegen, dem sie die Originale am Tag nach seiner ersten Verhaftung entnommen hatte.

Systematisch bereitete der Staatssekretär alles vor, um notfalls fliehen zu können. Er fühlte sich aber erst erleichtert, als ihm die Äbtissin übermitteln ließ, das ihr anvertraute Päckchen sei von einer Nonne nach Zaragoza gebracht worden und werde dort absolut sicher für ihn aufbewahrt.

Im Notfall konnte Antonio Pérez in Aragonien Zuflucht finden. Dieses Land nahm in der spanischen Monarchie die Stellung eines Bundesstaates ein und wachte eifersüchtig über seine regionalen Rechte. Die vom König beschworenen Freiheiten Aragóns bestimmten unter anderem, daß aus politischen Gründen Verfolgte nicht ausgeliefert werden mußten. Vor dem aragonischen Gesetz besaß selbst Philipp II. keine größeren Rechte als jeder seiner

Untertanen. Und die Richter des Landes waren mit den Justizbeamten Kastiliens, deren Urteile vom Willen des Königs oder vom prall gefüllten Geldbeutel eines Beteiligten bestimmt wurden, nicht zu vergleichen.

Der Bewegungsfreiheit beraubt, war es für Antonio Pérez natürlich schwierig, eine Flucht, bei der auch die Versorgung der zurückbleibenden Familie zu bedenken war, in allen Einzelheiten vorzubereiten. Doch an Ideen fehlte es ihm nicht. So beauftragte er seine Frau, ein unmittelbar gegenüber der Kirche San Yuste gelegenes, soeben freigewordenes Haus auf ihren Namen und auf der Basis eines langfristigen Mietvertrages zu kaufen.

Doña Juana glaubte nicht richtig zu hören. »Wie soll ich das verstehen? Entweder man kauft, oder ...«

»Hör zu«, unterbrach er sie. »Unsere Lage zwingt mich, umzudenken und ungewöhnliche Wege zu gehen. Wenn wir ein Haus kaufen, gehört es uns, und was einem gehört, kann der Staat aus diesen oder jenen Gründen konfiszieren. Wenn wir mit dem Verkäufer jedoch vereinbaren, das Haus nicht zu kaufen, sondern es gegen Zahlung des verlangten Kaufpreises für zwanzig oder fünfundzwanzig Jahre zu mieten, dann kann man es uns vor Ablauf dieser Frist nicht nehmen, eben weil es uns nicht gehört.«

Doña Juana strahlte. »Du bist wirklich mit allen Wassern gewaschen. Aber befürchtest du denn ernstlich, daß dir alles genommen werden könnte?«

»Nein, alles nicht. Dich und die Kinder kann man wohl von mir trennen, niemals aber nehmen.«

»Wenn es so ist, dann sollten wir das Land baldmöglichst verlassen«, entgegnete sie aufgebracht.

»Das ist leichter gesagt als getan. Noch bin ich arretiert, und wann das Gericht sich zu einem Urteilsspruch bequemen wird, steht in den Sternen. Ich habe manchmal das Gefühl, daß der König sein Wort doch nicht ganz gebrochen hat. Jedenfalls ist es merkwürdig, daß kein Urteil gefällt wird, obwohl das längst hätte geschehen können. Vielleicht will Seine Majestät in der Nähe sein, um die verhängte Strafe sofort durch einen Gnadenerlaß mildern zu können.«

Doña Juana blickte gottergeben zur Decke. »Erkennst du nach allem, was wir erlebt haben, immer noch nicht, daß der König dich dauernd an der Nase herumführt? Ich denke heute anders über ihn als früher. Was er mit der Fürstin Eboli anstellt, schreit gen Himmel! Die Arme sitzt jetzt schon fast zwei Jahre in einem Raum, in dem es kein Licht gibt. Nicht einmal eine Kerze steht ihr zur Verfügung. Täglich darf sie nur eine Stunde lang ihren zum Käfig umgebauten Balkon betreten. Wer das einem Menschen, noch dazu einer Frau, antut, ist ein Ungeheuer. Und was das zu erwartende Urteil gegen dich anbelangt: Ich vermute, daß es noch nicht ergangen ist, weil Seine Majestät nicht aus der Ferne, sondern aus der Nähe *genießen* will, wie du darauf reagierst.«

Antonio Pérez seufzte. »Es stimmt: Der König genießt die Grausamkeit. Darum ist er ja auch bei jeder Menschenverbrennung zugegen.«

Doña Juana war der Wahrheit sehr nahegekommen. Kaum war Philipp II. aus Portugal zurückgekehrt, da erging das Urteil gegen den Staatssekretär. Es lautete:

Antonio Pérez wird wegen nachgewiesener Erpressung und Bestechung in zahlreichen Fällen zur Amtsentlassung, ferner zu zweijähriger Festungshaft und zu zehn Jahren Verbannung vom Hofe innerhalb eines Umkreises von dreißig Wegstunden verurteilt. Es bleibt dem König überlassen, die Verbüßung der Strafen nach Belieben zu verkürzen oder zu verlängern. Außerdem hat Antonio Pérez innerhalb von neun Tagen nach Verkündigung dieses Urteils den im Anhang näher erläuterten Betrag von insgesamt 12 224 793 Maravedi zu zahlen. Sollte der Verurteilte die Strafzahlung nicht termingerecht in voller Höhe leisten, so fällt sein gesamter Besitz der Staatskasse zu.

Unmittelbar nach der Verlesung des Urteils ließ Philipp II. durch seinen Adjutanten Mateo verkünden, daß er von einem Gnadenerweis Abstand nehme, jedoch bereit sei, Antonio Pérez auf freien Fuß zu setzen, falls dieser die ihm auferlegte Zahlung leiste.

Mateo konnte seine Genugtuung nicht verbergen. Er hatte auf der ganzen Linie gesiegt. Über zwölf Millionen Maravedi würde sein Vorgänger niemals aufbringen können. Die entgegenkommende Erklärung Seiner Majestät betrachtete er als eine Geste, die nichts kostete.

Antonio Pérez sah die Dinge anders. Für ihn war es denkbar, daß der Monarch ihm einen fast unmöglich erscheinenden Kraftakt zutraute und bereit war, ihm in diesem Fall die Freiheit zurückzugeben.

Doña Juana hingegen war der Verzweiflung nahe. »Zwölf Millionen Maravedi könnte selbst die Fürstin Eboli nicht in neun Tagen aufbringen«, erregte sie sich. »Das Urteil ist eine abgekartete Gemeinheit.«

»Abwarten!« entgegnete ihr Mann. »Noch habe ich zuverlässige Freunde.«

Antonio Pérez täuschte sich nicht. Dank der Hilfe des Kardinals von Toledo sowie einiger Erzbischöfe, des Nuntius und zahlreicher Mitglieder der Friedenspartei konnte er den geforderten Betrag schon am siebenten Tag nach der Urteilsverkündung bei der Staatskasse einzahlen. Und diesmal hielt der König Wort. Gleich am nächsten Morgen erschien Capitán Garcia im Haus an der Plaza del Cordón und verkündete freudestrahlend, der Haftbefehl sei aufgehoben; der Staatssekretär könne gehen, wohin er wolle.

Antonio Pérez registrierte mit Vergnügen, daß er trotz der Amtsenthebung mit dem ihm einst verliehenen Titel angesprochen wurde. Ein Gefühl des Triumphes aber stellte sich nicht ein. Fast vier Jahre Arrest hatten ihn zermürbt. Und es schmerzte ihn maßlos, daß er seines ehrenvollen Postens enthoben worden war. Es gab namhafte Persönlichkeiten, die über eine solche Schande nicht hinweggekommen und binnen weniger Monate gestorben waren. Er nahm sich vor, jeder Niedergeschlagenheit zu widerstehen und alles zu tun, um den Unterhalt seiner Familie zu sichern. Die bedingungslose Freiheit, die er so plötzlich zurückerhalten hatte, mutete ihn unheimlich an. Er traute dem Frieden nicht. In seinen Träumen sah er nur noch Fallen, in die er hineinlaufen sollte. Er wünschte deshalb, so bald wie möglich in das Haus gegenüber der Kirche San Yuste zu ziehen. Es gehörte ihm nicht, war von seiner Frau auf fünfundzwanzig Jahre gemietet und konnte ihr somit nicht genommen werden, falls er nochmals verhaftet werden sollte. Vorsorglich verkaufte er auch einige Gemälde und versteckte den Erlös unter einer Fußbodendiele, damit Doña Juana und die Kinder notfalls jahrelang ohne finanzielle Sorgen leben konnten. Darüber hinaus sondierte er die Möglichkeit, La Casilla zu veräußern, doch für die große Besitzung fand sich selbst unter den begüterten Familien Spaniens kein Interessent. Man war wohl bereit, die Gemäldesammlung zu übernehmen, und dafür wurden ihm sogar so verlockende Angebote gemacht, daß es ihm schwerfiel, nicht zuzugreifen. Sein reger Geschäftssinn hielt ihn jedoch zurück. Er gedachte die Preise zu einem späteren Zeitpunkt durch geschickte Manipulationen noch wesentlich höher zu treiben. Auch schien es ihm zweckmäßig, sich vorerst so ruhig wie möglich zu verhalten, um Mateo, dem die unerwartete Liquidität seines Vorgängers gewiß schwer zugesetzt hatte, nicht schon wieder zu reizen. Gewiß wartete der Adjutant auf eine günstige Gelegenheit, sich für die Blamage zu revanchieren.

Über die Aufbringung des Geldes und die termingerechte Zahlung war Mateo aber nicht so verbittert wie über den König selbst. Dieser hatte ihm nachträglich eingestanden, nicht im entferntesten daran gezweifelt zu haben, daß sein einstiger Günstling den hohen Betrag anstandslos zahlen würde. Denn die Kurie stehe hinter ihm und würde ihm immer helfen. Und weil er, der König, dies gewußt habe, hätte es ihm Spaß gemacht, seine Bedingung zu stellen. Auf diese Weise habe die Kirche wenigstens einmal eine beträchtliche Summe an den Staat abgeführt. Für seinen Entschluß habe es aber auch noch einen zweiten, ganz speziellen Grund gegeben.

Dem Adjutanten war klar, daß die letzten Worte ihn treffen sollten. Er hatte Philipp II. inzwischen gründlich kennengelernt. Wer vom König ein Zuckerbrot erhielt, mußte damit rechnen, bald darauf die Peitsche zu spüren. Doch er, Mateo, wollte den Spieß umdrehen. Er trachtete danach, diese befremdliche Veranlagung des Monarchen für seine Zwecke auszunützen. Die Befreiung des ehemaligen Staatssekretärs war das Zuckerbrot gewesen. Dem König würde es also guttun, wenn er über Antonio Pérez nun die Peitsche schwingen konnte.

Mateo ging erstaunlich geschickt vor. Da er und der junge Escobedo vor Jahren eine Erklärung unterschrieben hatten, der zufolge sie sich verpflichteten, Antonio Pérez und die Fürstin Eboli nie wieder zu verdächtigen, in irgendeiner Form an der Ermordung Escobedos beteiligt gewesen zu sein, hetzte er jetzt mit Hilfe dessen Sohnes die zahlreichen Verwandten des hinterrücks Ermordeten auf. Er versicherte ihnen, daß es sich lohnen werde, beim Monarchen zu intervenieren und mit einer Anzeige zu drohen.

Mateos Plan war an Hinterhältigkeit kaum zu überbieten. Der Zufall hatte ihm ein Mittel in die Hand gespielt, das sowohl den König als auch Antonio Pérez in arge Bedrängnis bringen mußte. Im Escorial war ein Schreiben eingegangen, mit dem ein gewisser Enriquez dem Monarchen zur Kenntnis brachte, er sei einer der vier Männer, die von Staatssekretär Pérez mit der Ermordung Escobedos beauftragt gewesen und später zu Fähnrichen der Armee befördert worden seien. Drei von ihnen hätten inzwischen in Neapel durch seltsame Unfälle ihr Leben verloren. Besorgt darüber, habe er die Truppe widerrechtlich verlassen, und um der ihm nun drohenden Strafe zu entgehen, sei er bereit, gegen den wegen anderer Delikte verurteilten Staatssekretär auszusagen, falls ihm Straffreiheit, freies Geleit, Übernahme der Reisekosten und eine angemessene Entschädigung zugesichert würden.

Doch Philipp II. ließ sich nicht übertölpeln. Als Mateo ihm das belastende Schreiben vorlegte, war er im ersten Moment zwar bleich geworden. Dann aber hatte er in seiner üblichen Art, ohne die Stimme zu heben, wie nebenbei erklärt: »Sollte dieser Enriquez unser Reich betreten, ist er festzunehmen und bis an sein Lebensende auf eine Galeone zu verbannen.«

Seit diesem Tag stand für Mateo fest, was er schon lange vermutet hatte: Der König und Antonio Pérez waren in die Mordaffäre Escobedo verstrickt. Und damit bot sich ihm eine ungeahnte Chance. Er, der zum Staatssekretär aufgestiegene Adjutant, der seit seiner Beförderung immer nur Rüffel hatte einstecken müssen, sah plötzlich die Möglichkeit, sich am Monarchen und an dessen früherem Günstling, die ihn beide über die Schulter ansahen, empfindlich zu rächen. Er informierte die Familie Escobedos über das Auftauchen von Enriquez.

Philipp II. war natürlich sehr erschrocken, als ihm während seines Sommeraufenthaltes in Aranjuez vier Verwandte des Ermordeten eine Bittschrift überreicht, deren Konzeption unschwer verriet, daß sie von einem versierten Advokaten aufgesetzt war. In dem Schriftstück wurde ein Fähnrich benannt, der sich bereit erklärt habe, Antonio Pérez vor Gericht des Mordes an Escobedo zu bezichtigen. Da man nicht wisse, wie Seine Majestät über diese Angelegenheit denke, habe man vorerst darauf verzichtet, mit jenem Enriquez in Verbindung zu treten.

Der König erwies sich als geschickter Taktiker. Er beschied die Bittsteller, sich zu gedulden, da er zur Sache nichts sagen könne und sich zunächst bei seinem früheren Staatssekretär erkundigen müsse, ob diesem der Fähnrich Enriquez bekannt sei und was er gegebenenfalls über ihn wisse. Er befahl Antonio Pérez auf schnellstem Wege nach Aranjuez, wo er mit ihm eine beinahe kameradschaftlich anmutende Unterredung führte, in deren Verlauf er ihm nahelegte, der Familie Escobedo zu erklären, daß er den Fähnrich Enriquez nicht kenne und keinen Grund habe, dessen Aussagen zu fürchten. In einer anderen Angelegenheit, die nichts mit dem Fähnrich zu tun habe, seien ihm in letzter Zeit jedoch Gedanken gekommen, die ihn bedrückten. Denn er könne nicht ganz von der Hand weisen, daß ihm in Flandern in einer bestimmten Sache, über die er aus Gründen der Staatsräson nicht sprechen dürfe, ein Fehler unterlaufen sei, der möglicherweise zur Ermordung Escobedos geführt habe. Deshalb sei er bereit, den von Seiner Majestät gemachten Vorschlag aufzugreifen und ein Sühnegeld von zwanzigtausend Dukaten zu zahlen, sofern die Familie Escobedo und deren Verwandten sich schriftlich verpflichteten, über seine Erklärung Stillschweigen zu bewahren und niemals einen Prozeß gegen ihn anzustrengen.

Antonio Pérez fiel es schwer, auf dieses Ansinnen einzugehen. Er tat es schließlich in der Hoffnung, mit dieser ominösen Erklärung die so sehnlich erwartete Gunst des Königs zurückzugewinnen.

Die leidige Geschichte wäre damit wohl auch erledigt gewesen, wenn Philipp II. nach Abschluß der Vereinbarung seinen ehemaligen Vertrauten nicht beiseite genommen und zu ihm gesagt hätte: »Ich möchte Euch bitten, bei dieser Gelegenheit fortzuschaffen, was noch immer zwischen uns steht. Übergebt mir die Dokumente, die Ihr, wie Ihr mir seinerzeit geschrieben habt, notfalls zu Eurer Entlastung verwenden wolltet.«

»Ich bitte um Vergebung, Seigneur«, antwortete Antonio

Pérez. »Aber habe ich in den letzten vier Jahren nicht mehrfach bewiesen, daß ich selbst in schweren Stunden zu schweigen verstehe?«

»Das habe ich nicht angezweifelt«, entgegnete der König. »Und ich werde es auch in Zukunft nicht tun. Dennoch muß ich darauf bestehen, daß alle Schreiben, die wegen der Escobedo-Affäre zwischen uns gewechselt wurden, endgültig verschwinden.«

»Ich gebe Euch mein Wort«, versicherte Antonio Pérez, »daß ich die in meinem Besitz befindlichen Briefe nur vorlegen würde, wenn Ihr mich zwingen solltet, mich Euch gegenüber zu verteidigen. Dieser Fall dürfte aber wohl niemals eintreten.«

»Also besteht kein Grund, mir die Unterlagen nicht auszuhändigen.«

»Im Prinzip stimme ich Euch zu, Sire. Doch was geschieht mit mir und meiner Familie, wenn Mateo weiterhin alles daransetzt, Euch gegen mich aufzuhetzen? Ich zweifle nicht daran, daß Ihr mir trotz gewisser Vorkommnisse nach wie vor wohlgesonnen seid. Sonst hättet Ihr mir die Freiheit nicht zurückgegeben. Mateo aber ist ein Intrigant.«

»Wart Ihr es zu Eurer Zeit etwa nicht?«

»Gewiß, Majestät. Doch ich intrigierte nur, wenn es um das Wohl des Staates ging. Kleinliche Rache habe ich nie genommen.«

Philipp II. lenkte das Gespräch auf den Kern der Sache zurück. »Und was ist, wenn jemand die Dokumente bei Euch findet?«

»Das ist unmöglich, Seigneur«, erklärte Antonio Pérez. »Sogar meine Frau kennt das Versteck nicht«, fügte er wahrheitswidrig hinzu. »Ihr ist nicht einmal die Existenz der Schreiben bekannt.«

Die Lippen des Monarchen spannten sich. »Ich bedaure, daß Ihr so uneinsichtig seid. Lassen wir das Thema also fallen.«

»Ich bin Euch von ganzem Herzen dankbar dafür, Sire.«

»Wird Euch die Überweisung der zwanzigtausend Dukaten Schwierigkeiten bereiten?«

»Nein, Majestät. Gern gebe ich das Geld allerdings nicht, denn ich weiß, daß Escobedos Sohn die Hälfte des Betrages einstecken wird. Er gleicht seinem Vater, ist überheblich und hat sogar versucht, mich zu erpressen. Natürlich erfolglos. Damals stand Mateo noch nicht hinter ihm.«

»Verrennt Euch nicht!« warnte ihn der König.

Antonio Pérez verneigte sich. »Sire, ich danke Euch für diesen Ratschlag.«

Philipp II. ersparte sich eine Entgegnung.

Eine Woche später erschien Capitán Garcia bei Antonio Pérez und erklärte mit unverkennbarem Bedauern in der Stimme: »Señor! Ich habe den Befehl, Euch wieder zu verhaften.«

Sekundenlang war der ehemalige Staatssekretär wie erstarrt. Sollte er dafür büßen, daß er die belastenden Dokumente nicht herausgegeben hatte? Er riß sich zusammen. Die neuerliche Verhaftung traf ihn nicht unvorbereitet. Er hatte einkalkuliert, daß seine Freiheit nur begrenzt sein würde, und er wäre längst mit seiner Familie geflüchtet, wenn er nicht festgestellt hätte, daß er trotz der Haftentlassung kein wirklich freier Mann war. Irgend jemand folgte ihm immer. Ein ihm gutgesinnter Diener im Escorial, ein Vetter des Majordomus Martínez, hatte ihm anvertraut, daß Mateo Weisung gegeben habe, ihn zu beschatten.

»Es ist also wieder soweit«, sagte er in einem Anflug von Galgenhumor zu Garcia.

Der Capitán blickte betreten zu Boden.

Antonio Pérez klopfte ihm wie tröstend auf die Schulter. »Darf meine Frau mir wie damals beim Packen behilflich sein?«

»Selbstverständlich.«

»Ich würde mich auch gerne umkleiden.«

Doña Juana eilte herbei.

Der Polizeioffizier zog sich diskret zurück.

Sie brachte kein Wort hervor.

Er schloß sie in die Arme. »Der König schlägt schneller zurück, als ich dachte. Erst vorgestern zahlte ich die zwanzigtausend Dukaten für die verdammten Escobedos ein. Und schon heute läßt er mich festnehmen.«

»Du bist wirklich wieder verhaftet?«

»Ja.« Er dämpfte die Stimme. »Aber gleich wirst du wissen, warum ich unbedingt in dieses Haus ziehen wollte.«

Tränen traten ihr in die Augen. »Mein Gott, Antonio. So kann es doch nicht weitergehen.«

Er küßte sie auf die Stirn. »Der Monarch spielt Katz und Maus mit mir. Wahrscheinlich wird er mich noch einige Male loslassen, um mich dann erneut einfangen zu können. Ein perverses Vergnügen. Doch so ist der König nun einmal.« Antonio Pérez streichelte Doña Juanas Wange. »Das versteckte Geld schützt dich vor finanziellen Sorgen. Wenn du nach den Dokumenten gefragt wirst – du weißt von nichts!«

Sie umklammerte seine Schultern. »Warum gibst du die Papiere nicht heraus?«

»Weil das mein Ende wäre. Glaub's mir, Juana! Ich weiß, worauf der König hinauswill. Versprich mir, daß du das versiegelte Päckchen niemandem aushändigen wirst.«

»Gut, du kannst dich auf mich verlassen.«

»Gott sei mit dir und den Kindern. Und sei unbesorgt! Ich komme zurück. Solange ich die Dokumente besitze, geschieht mir nichts. Und was ich in der nächsten Minute tue, ist mit dem Kardinal von Toledo abgesprochen.«

Noch einmal umarmte er seine Frau. Dann eilte er in den Nebenraum, riß dort die Tür zum Balkon auf, kletterte über das Eisengitter und sprang auf die Straße.

Nur wenige Meter trennten ihn von der Pforte der Kirche San Yuste. Er eilte in das Gotteshaus, schloß hinter sich die schwere Eichentür, schob die Riegel vor und rannte in die Sakristei, wo er auf den Kirchendiener stieß.

»Schnell, läutet!« rief Antonio Pérez.

Der Küster, der schon vor Wochen die Weisung erhalten hatte, dem ehemaligen Staatssekretär Schutz zu gewähren, falls dieser darum ersuchen sollte, eilte zum Glockenstrang, um durch heftiges Läuten den Pfarrer von San Yuste zu verständigen.

Antonio Pérez atmete auf. Die katholische Kirche war ein Staat im Staate. Hinter ihren Pforten begann das Reich Gottes und seines Stellvertreters, des Heiligen Vaters in Rom, dem alle Kaiser und Könige untertan zu sein hatten. Niemand durfte ungestraft den Versuch machen, mit Gewalt in den geweihten Tempel einzudringen.

Darauf baute Antonio Pérez. Er hatte aber nicht einkalkuliert, daß sich Mateo in seiner Freude, ihn wieder hinter Schloß und Riegel zu bringen, in der Nähe aufhalten könnte. Und als der unversöhnliche Adjutant Capitán Garcia aufgeregt über die Straße rennen sah und von ihm erfuhr, was geschehen war, zögerte er keine Sekunde, sich über alle Bestimmungen hinwegzusetzen. Er befahl im Namen Seiner Majestät, das Gotteshaus zu stürmen. Es half nichts, daß der vom Glockengeläut herbeigerufene Pfarrer unter Berufung auf die Unverletzlichkeit des Kirchenasyls schärfstens protestierte und jedem, der den geheiligten Boden widerrechtlich betreten würde, die Exkommunikation androhte. Mateo ließ sich nicht beirren. Er wies dem Capitán an, die Pforte des Gotteshauses gewaltsam aufzubrechen.

»Macht geht vor Recht!« schrie er wild gestikulierend.

Das Unglaubliche geschah: Die schwere Kirchentür barst unter den wuchtigen Stößen eines Hebebaums, den zwanzig Büttel herbeigeschleppt hatten.

Als Antonio Pérez erhobenen Hauptes auf die Straße hinaustrat, empfingen ihn die herbeigeeilten Menschen, unter ihnen auch Priester und Mönche, mit Ovationen.

Doña Juana weinte haltlos. Ohne helfen zu können, mußte sie mit ansehen, wie ihr Mann, der ihr und den Kindern bis zuletzt zuwinkte, in einen Wagen gestoßen wurde. Verzweifelt fragte sie sich, warum er sich so beharrlich geweigert hatte, dem Monarchen die vermaledeiten Dokumente zu übergeben. Sie konnte sich nicht vorstellen, daß ihm, wie er befürchtete, dann ein Prozeß gemacht werden würde, der tödlich für ihn enden könnte.

»Wie soll ich dir das erklären«, hatte er ihr erst wenige Tage zuvor gesagt. »Dem König geht es darum, sich vor der Geschichte reinzuwaschen. Sein Name soll für alle Zeiten ohne Makel sein. Das kann ihm aber nur gelingen, wenn er einen Schuldigen präsentiert. Um dieses Ziel zu erreichen, ist ihm jedes Mittel recht. Hat er die Dokumente, dann kann er mich anklagen und seine Hände in Unschuld waschen. Doch es wird ihm ebensowenig gelingen wie mir, sich aus der Verstrickung zu lösen, in die wir geraten sind. Das Blut Escobedos schreit nach Sühne. Wir können uns nur noch Gott anvertrauen.«

Gleich nachdem man Antonio Pérez in den Wagen gestoßen hatte, wurden ihm auf Mateos Befehl Handschellen angelegt und die Füße gefesselt. Besorgt fragte er sich, wohin man ihn bringen würde. Eine Auskunft darüber wurde ihm versagt. Doch er kannte sich auf den Straßen Spaniens gut aus, und schon nach wenigen Stunden glaubte er zu wissen, daß die Fahrt über die Sierra de Guadarrama hinweg zur Festung Turégano führe, die er vor Jahren einmal besichtigt hatte. Mit Schaudern dachte er an jenen Tag zurück. Nur gefährliche Staatsfeinde wurden nach Turégano gebracht und dort in einen Turm eingeschlossen, in dessen drei Stockwerken sich je ein hoher, gewölbter Raum befand, aus dem zu entweichen unmöglich war. Jedes dieser drei Verliese hatte nur ein unverglastes, vergittertes Fenster. Für die Gefangenen gab es weder einen Stuhl noch eine Schlafunterlage, weder eine wärmende Decke noch Wasser, um sich waschen zu können. Das Essen wurde durch eine Klappe gereicht, die in die eisenbeschlagene Zellentür eingelassen war.

Dem einstigen Staatssekretär graute davor, in den Turm von Turégano eingesperrt zu werden. Auch wollte es ihm nicht in den Kopf, daß man gewagt hatte, die Heiligkeit der von ihm gewählten Zufluchtsstätte zu verletzen. Keine Sekunde hatte er daran gezweifelt, in der Kirche sicher zu sein.

Mit Gott und der Welt hadernd, hockte Antonio Pérez während der drei Tage dauernden Fahrt über die schneebedeckten Höhen der Sierra de Guadarrama in einer Ecke des Wagens und lehnte jegliche Nahrungsaufnahme ab. Nur einmal, als am ersten Abend Kuriere heransprengten und die sofortige Rückkehr des Wagens nach Madrid verlangten, war er aus seiner Lethargie erwacht und hatte neue Hoffnung geschöpft. Es waren Boten des Generalvikars Neroni gewesen, die den Bewachern des Gefangenentransportes mit der Exkommunikation drohten, wenn sie Antonio Pérez nicht unverzüglich unter den Schutz des Heiligen Vaters in Rom stellen würden. Die Büttel ließen sich jedoch nicht beeindrucken. Sie erklärten unbekümmert, es liege kein Immunitätsfall vor und der Herr Generalvikar habe ihnen nichts zu befehlen.

Krank an Leib und Seele erreichte der einstige Günstling des Königs die Festung Turégano. Hier aber lebte er bald auf, denn er wurde in das oberste Verlies gebracht, das über einen breiten Mauerrundgang verfügte, den er zu seiner Verwunderung betreten durfte. Mit so viel Glück hatte er nicht gerechnet. Über ihm spannte sich ein unvergleichlich schöner Abendhimmel, und er konnte weit ins Land bis zur schneebedeckten Sierra de Guadarrama sehen. Wichtiger aber noch als der herrliche Ausblick und die frische Luft, die er mit tiefen Zügen einatmete, war für ihn, daß er sich auf dem Mauerrundgang Bewegung verschaffen konnte. Und es fiel ihm ein weiterer Stein vom Herzen, als ihm eröffnet wurde, er dürfe sich, sofern er über entsprechende Mittel verfüge, auf eigene Kosten verpflegen.

Es verging keine Woche, bis Antonio Pérez sich die köstlichsten Gerichte bestellen konnte. Die Mitglieder der Kurie und der Friedenspartei brachten ihm mehr Geld, als er benötigte. Augenblicklich war er wieder in seinem Element. In Turégano waren alle Bediensteten bestechlich. Schon nach wenigen Tagen hatte er einen kleinen Hofstaat um sich geschart, der fröhlich mit ihm tafelte und dafür sorgte, daß es an Fischen, Rebhühnern, Zicklein, Eiern, Früchten und Wein nicht fehlte. Selbstverständlich verfügte er inzwischen auch über ein Bett und wollene Decken, über Tisch und Stühle, über einen Ofen und genügend Holz, so daß ihm die Strenge des segovianischen Winters nichts anhaben konnte. Sogar Dirnen fanden sich bei ihm ein. Außer an der Freiheit fehlte es ihm an nichts, und er gelangte zu der Überzeugung, daß die ihm gewährte großzügige Behandlung von Philipp II. angeordnet worden sei, um ihn doch noch zu bewegen, die belastenden Dokumente herauszurücken.

Antonio Pérez täuschte sich nicht. Der Kerkermeister gab ihm eines Tages bei einem Becher Wein zu verstehen, daß er ermächtigt sei, ihm ein geradezu glanzvolles Leben zu gestatten, falls einige Papiere, die der ehrenwerte Gefangene versteckt halte, ihren Besitzer wechseln würden.

Der Inhaftierte reagierte diplomatisch. Er erbat sich Bedenkzeit und erreichte damit, daß die ihm bereits zugebilligten Vergünstigungen nicht gestrichen wurden. Doch es ging ihm um Wichtigeres. Er nutzte die gewonnene Zeit, um seine Flucht vorzubereiten.

Als erstes sicherte er zwei ohnehin schon bestochenen Wächtern je tausend Golddukaten zu, wenn sie ein Pferd beschaffen und ihm helfen würden, den Turm unbemerkt zu verlassen. Aragonien war von Turégano aus in zwei Tagesritten zu erreichen. Hinter der Grenze dieses Landes konnte ihm kein Häscher des Königs mehr etwas anhaben. Die *fueros,* die besonderen Rechte Aragóns, würden ihn dort bis an sein Lebensende schützen. Und auch an Freunden fehlte es ihm in Aragonien nicht; allen voran der Herzog von Villahermosa, einer der Mächtigsten des Landes, der ihn vor Jahren sofort aufgesucht hatte, als ihm im Haus an der Plaza del Cordón vorübergehend die Bewegungsfreiheit zurückgegeben worden war.

Die Vorbereitungen zur Flucht hatte Antonio Pérez schon fast abgeschlossen, als ihm ein heimlich beförderter Brief Doña Juanas zugesteckt wurde. Sie schrieb ihm, daß sowohl die Casilla als auch beide Häuser in der Stadt erfolglos nach Schriftstücken durchsucht worden seien. Ihr selbst und den Kindern gehe es gut. Sie kündigte an, daß der Advokat, den sie engagiert habe, berechtigte Hoffnung hege, von Seiner Majestät einen Gnadenerweis zu erhalten, der es ihr gestatten werde, mit den Kindern in der Festung Turégano zu leben.

Die Treue und Opferbereitschaft seiner Frau rührten Antonio Pérez. Er war jedoch nicht bereit, ihre Selbstlosigkeit zu akzeptieren. Hinzu kam, daß sein Fluchtplan gefährdet wurde, wenn es ihr wirklich gelingen sollte, zu ihm in das Verlies zu ziehen. Er spornte deshalb seine Helfershelfer an, die letzten Vorbereitungen zu beschleunigen. Aber gerade dies wurde ihm zum Verhängnis. Einer der Wächter wurde unvorsichtig; man ertappte ihn, als er die Nachbildung des Schlüssels zum Haupttor anfertigte. Er wurde sofort verhört und verriet in der Hoffnung, mit einer gelinden Strafe davonzukommen, auf welche Weise der ehemalige Staatssekretär die Flucht nach Aragonien bewerkstelligen wollte.

Die Folgen waren katastrophal. Antonio Pérez wurde in eine andere Festung gebracht, diesmal nach Torrejon. Doña Juana hatte mit den Kindern das Haus an der Kirche San Yuste zu verlassen. Sie wurde in die Wohnung eines Gerichtsbeamten verbannt und angewiesen, einen neuen Beichtvater zu wählen und ihre Sünden künftig nicht mehr Pater Rengifo zu offenbaren, der stets bemüht gewesen war, beim Monarchen ein gutes Wort für ihren Mann einzulegen. Ihre älteste, nun schon sechzehnjährige Tochter Gregoria, deren Patenschaft Papst Gregor XIII. übernommen hatte, übergab man der Äbtissin des Klosters San Juan de la Penitencia mit der Weisung, sie wie eine Gefangene zu behandeln. Und der Advokat, an den sich Doña Juana gewandt hatte, wurde verhaftet und grundlos zu sechs Jahren Verbannung verurteilt. Des weiteren wurde der gesamte Besitz des einstigen Staatssekretärs beschlagnahmt.

Am Hofe war nun allen klar, daß Antonio Pérez und seine Familie unter Druck gesetzt wurden, damit der König die ihn belastenden Dokumente endlich erhielt. Vor wenigen Jahren noch hatte niemand etwas von den Papieren gewußt, jetzt sprach man ganz offen darüber. Und hinter vorgehaltener Hand wurde sogar gemunkelt, der ehemalige Günstling habe durch die frühzeitig aufgedeckte Vorbereitung zur Flucht möglicherweise sein Leben gerettet. Denn dem Kerkermeister von Turégano sei für den Fall, daß man die Papiere gefunden hätte, befohlen worden, ihm einen ›Happen‹ zu geben.

Wochenlang wurden Antonio Pérez und seine Frau einem Verhör nach dem anderen unterzogen. Die Agenten des Königs wandten die Zermürbungstaktik an und scheuten sich nicht, Doña Juana mit Drohungen zur Herausgabe der von ihrem Mann versteckten Papiere zu bewegen. Beide aber gaben ihr Geheimnis nicht preis, bis sie endlich, als habe Gott selbst eingegriffen, von einem zum anderen Tag in Ruhe gelassen und in keiner Weise mehr belästigt wurden. Doña Juana durfte mit ihren Kindern in das Haus bei der Kirche San Yuste zurückkehren, und ihr Mann hatte keine Schwierigkeit, sich auf dem Wege der Bestechung auch in der Festung Torrejon so ziemlich jeden Wunsch zu erfüllen. Mit dem Kommandanten schloß er sogar Freundschaft, ließ Frau und Kinder kommen, wohnte mit ihnen zusammen in einem geräumigen Turmzimmer und führte ein Familienleben, wie es harmonischer nicht sein konnte. Da seine Besitzungen wieder freigegeben waren, übertrug er deren Verwaltung dem Majordomus Martínez, den er oftmals empfing, um sich mit ihm zu besprechen.

Über drei Jahre verbrachte Antonio Pérez in den Festungen Turégano und Torrejon, ohne jemals zu erfahren, weshalb man ihn der Freiheit beraubte. Es gab weder eine Anklageschrift, noch wurde ein Prozeß eingeleitet. Gerade dies aber beunruhigte ihn, denn es lag im Bereich des Möglichen, daß man ihn noch weitere drei, fünf oder gar zehn Jahre gefangenhalten würde. Und immer wieder beschwor ihn Doña Juana, durch Herausgabe der Dokumente doch endlich das Elend zu beenden, in das sie geraten waren.

»Du weißt, welche Befürchtungen ich hege«, wehrte er ihr Ansinnen ab, als sie ihn wieder einmal um die Erlaubnis bat, dem Beichtvater des Königs die Duplikate der belastenden Papiere auszuhändigen. »Das Risiko ist zu groß für uns.«

»Das ist es eben nicht!« widersprach Doña Juana. »Mir ist da ein Gedanke gekommen, dem du zustimmen wirst. Wenn wirklich eintreten sollte, was du befürchtest, kannst du immer noch erklären, daß du nur säuberlich nachgebildete Kopien abgeliefert hast und nach wie vor über die Originale verfügst.«

Antonio Pérez erkannte die Richtigkeit dieser Überlegung. »Du hast recht«, erwiderte er überrascht. »Läßt man mich frei und auch weiterhin unbehelligt – gut, dann habe ich mich getäuscht und leiste heimlich Abbitte. Leitet man aber, wie ich vermute, nach Erhalt der Papiere einen gefährlichen Prozeß gegen mich ein, dann kann ich mich mit dem Hinweis retten, Falsifikate übergeben zu haben. Man wird mich dann zwar wieder einsperren, aber ehe man mich verhaftet, könnte uns vielleicht die Flucht gelingen. Ich werde dem König schreiben, daß ich mich entschlossen habe, dir zu sagen, wo die Dokumente versteckt sind, und daß du bereit bist, sie gemeinsam mit Pater Chaves aus dem Versteck zu holen.«

Doña Juana behagte der Vorschlag nicht. Unwillig fragte sie: »Warum soll der Beichtvater dabeisein? In dem Geheimschrank befinden sich doch noch andere Sachen.«

»Darum geht's mir ja gerade«, entgegnete er mit einem hintergründigen Schmunzeln. »Es handelt sich um drei Pakete mit Korrespondenzen, die ich später einmal in irgendeiner Form auswerten wollte. Nun aber möchte ich, daß diese Briefe wie durch einen Zufall in den Besitz des Königs kommen. Der Fang wird ihn froh stimmen und bewegen, mir die Freiheit zurückzugeben. Zumindest für die Zeit, die er benötigt, um festzustellen, daß die von mir gesammelten Schreiben nichts anderes als höfisches Geschwätz enthalten. Ich kenne ihn. Solange seine Neugier geweckt ist, vergißt er die Wichtigkeit der Dokumente, um die es ihm geht. Außerdem verlieren Ziele, die man erreicht hat, ihre Anziehungskraft. Bestimmt werden mir einige Wochen zur Verfügung stehen, in denen ich unsere Flucht vorbereiten kann.«

Zum Kummer Mateos atmete Philipp II. erleichtert auf, als er das Schreiben seines ehemaligen Staatssekretärs gelesen hatte. Er fühlte sich so erlöst, als sei er selbst eingesperrt gewesen. Sein Gewissen hatte ihn mehr denn je gequält. Das düstere Drama, in das die Fürstin Eboli und Antonio Pérez verstrickt waren, ohne daß er sie eigentlich hatte strafen wollen, belastete ihn in gleichem Maße wie der wegen Verletzung des Kirchenasyls nun bereits seit drei Jahren währende Prozeß zwischen ihm und dem Stuhle Petri.

Der Heilige Vater in Rom – inzwischen regierte dort Papst Sixtus V. – hatte den spanischen König wegen Hausfriedensbruches verklagt, und zur Freude der Advokaten in beiden Lagern kämpften die Kontrahenten mit der gleichen Erbitterung und Zähigkeit. Dickleibige Pandekten und ehrwürdige Codices wurden gewälzt, uralte, noch aus der Zeit Karls des Großen stammende Gesetze kramte man hervor. In den Kanzleien beratschlagten die gegnerischen Advokaten in geheimen Zusammenkünften, wie der lukrative Fall ›Kirche gegen Staat‹ möglichst in die Länge gezogen und zu einer ersprießlichen Pfründe ausgebaut werden könne. Ein Labyrinth von juristischen Spitzfindigkeiten und Verlogenheiten tat sich auf, in dem sich die gerissenen Advokaten bald selbst nicht mehr zurechtfanden.

Der Vatikan verklagte alle an der Festnahme des Staatssekretärs beteiligten Wachsoldaten und Büttel wegen Verletzung der kirchlichen Freiheit, und die Gerichte des Generalvikars und der päpstlichen Nuntiatur fällten schwerwiegende Urteile und verlangten die Auslieferung des gewaltsam entführten Gefangenen an den Pfarrer des Gotteshauses San Yuste.

Theoretisch ging die Kirche als Sieger aus dem Streit hervor, tatsächlich aber war gegen die Macht des Königs nichts auszurichten.

Dennoch kam dem Monarchen das Anerbieten seines ehemaligen Staatssekretärs, ihm die Dokumente nun doch auszuhändigen, sehr gelegen. Mit dem Hinweis, daß er Antonio Pérez wieder in Freiheit zu setzen gedenke, bewog Philipp II. die geistlichen Richter zum Nachgeben, und als nächstes verpflichtete er den Rat von Kastilien, die verhängten Kirchenstrafen für null und nichtig zu erklären.

Dieses taktisch kluge Vorgehen brachte dem beim Volk nicht

mehr sonderlich beliebten Herrscher erstmals wieder Sympathien ein. Antonio Pérez hoffte nun zuversichtlich, daß er nicht wieder nur für kurze Zeit die Luft der Freiheit atmen werde.

Seine Hoffnung ging in Erfüllung. Der König war über die Aushändigung der Dokumente so erfreut, daß er seinem früheren Vertrauten großzügig gestattete, sich völlig frei zu bewegen und zu wohnen, wo immer er wolle.

Erleichtert kehrte Antonio Pérez mit seiner Familie in die Casilla zurück. Er hatte jedoch nicht vor, sich dort lange dem Luxus und der Behaglichkeit hinzugeben. Ihm ging es darum, systematisch einzuleiten, was er sich vorgenommen hatte. Zunächst mußte er Geld beschaffen, dann galt es, einen Weg zu finden, das neuerworbene Kapital ins Ausland zu transferieren, und schließlich hatte er mit Frau und Kindern den entscheidenden Schritt über die Grenze zu wagen.

Wichtige Hilfe leistete ihm Doña Brianda. Sie schenkte ihm nicht nur erotische Genüsse, sondern verstand es auch meisterhaft, der Madrider Gesellschaft einzureden, daß die Gemälde, die Antonio Pérez zum Verkauf anbot, zwar ungewöhnlich teuer seien, in Kürze aber schon den doppelten oder dreifachen Preis erzielen würden. Denn es gebe unter den Gesandten und damit auch im Ausland viele Persönlichkeiten, die großen Wert darauf legten, ein Bild aus der Sammlung jenes Mannes zu besitzen, der vom König verfolgt und von der Kirche in Schutz genommen werde.

Zwischen Doña Juana und Doña Brianda, deren Mann noch immer in Mailand weilte, entwickelte sich eine Freundschaft, die insofern nicht verwunderlich war, als Doña Juana es der früheren Hofdame hoch anrechnete, daß diese sich zu keiner Zeit gescheut hatte, ihre Sympathie für den in Ungnade Gefallenen zu bekunden. Sie tat dies nicht so vernehmlich, wie es die Fürstin Eboli getan hätte, wenn sie nicht eingekerkert gewesen wäre, aber die Wirkung von Doña Briandas zurückhaltender Offenheit war dafür um so größer.

Der Verkauf der Gemälde hatte neben dem erstaunlichen Erlös, der schließlich erzielt wurde, noch eine nicht zu unterschätzende Nebenwirkung. Es befriedigte den Adjutanten Mateo, daß sein verhaßter Vorgänger ein Stück nach dem anderen veräußern mußte, um, wie Antonio Pérez klugerweise verbreiten ließ, seine

Schulden abzahlen zu können. Das entsprach freilich nicht der Wahrheit. Niemand erwartete von ihm die Rückzahlung der gewährten Mittel; alle, die ihm zu Hilfe gekommen waren, hatten früher ein Vielfaches durch ihn verdient, und jeder war überzeugt, mit dem in die Freiheit Zurückgekehrten auch künftig wieder glänzende Geschäfte machen zu können. Man baute auf seine internationalen Verbindungen und hielt ihn für ein Finanzgenie.

Tatsächlich bewies Antonio Pérez schon bald, daß er die Fähigkeit, Fäden zu knüpfen und mit großen Beträgen zu jonglieren, während seiner insgesamt sechsjährigen Haftzeit nicht verlernt hatte. Denn die enormen Summen, die er durch den Verkauf der Gemälde sowie durch gewinnbringende Informationen kassierte, leitete er mit Hilfe von Doña Brianda, die dafür eine beachtliche Provision erhielt, über deren Mann an das Bankhaus Spinola in Mailand. Die Methode war die gleiche wie zu jener Zeit, da er den Erlös aus dem Verkauf der niederländischen Besitzungen des Fürsten Eboli nach Spanien dirigiert hatte. Er machte es diesmal nur umgekehrt. Die Möglichkeit dazu bot ihm der inzwischen vom König angeordnete Bau einer riesigen Flotte, *Armada* genannt, die England unterwerfen helfen sollte und zum großen Teil vom Vatikan finanziert wurde. Er schickte Doña Brianda nach Mailand und ließ sich dort Beträge gutschreiben, die er über ein befreundetes Madrider Finanzunternehmen der spanischen Staatskasse mit der Deklaration zur Verfügung stellte: ›Zahlung aus dem Fonds des Vatikans beim Bankhaus Spinola, Mailand.‹ Ohne jemanden zu betrügen, verfügte er in Italien bald über ein Vermögen, das ihm Gewähr dafür bot, im Falle einer Flucht mit der Familie sorgenfrei im Ausland leben zu können.

Doch wie geschickt Antonio Pérez auch vorging, er kam nicht darüber hinweg, daß man seinen Plan, England mit einer Flotte zu überfallen, nun ohne ihn durchführen würde. Wohin waren die glanzvollen Zeiten entschwunden, da er aus dem vollen schöpfen und dem ewig zaudernden Monarchen die kühnsten Pläne hatte unterbreiten können? Ihm wurde in dieser Stunde klar, daß die Vergangenheit immer gegenwärtig und das gern benutzte Wort ›Tempi passati‹ nichts anderes als ein ohnmächtiger Seufzer ist.

Seine Gedanken wanderten zur Fürstin Eboli. Er sah sie vor sich, wie er sie erlebt hatte: jung, schön, temperamentvoll, mutig, ja übermütig. Ihn packte das Verlangen, sie noch einmal zu sehen. Er hatte erfahren, daß mit ihrem Tod in Kürze zu rechnen sei. Es hieß, der König habe ihr Haftmilderung zugesagt, falls sie sich bei ihm entschuldigen oder ihn wenigstens um einen Gnadenerweis bitten würde. Ihr Stolz aber ließ eine solche Erniedrigung nicht zu. Sie war eine geborene Mendoza und machte ihren Schwur wahr, der Nachwelt einen der gefühllosesten Despoten aller Zeiten zu präsentieren. Daß ihre törichte Absicht sie selbst ins Elend stürzte, nahm sie, wie behauptet wurde, gelassen, ja sogar würdevoll in Kauf. Vorbei war die Zeit, da sie die Fürstenhäuser Europas mit dem Satz ergötzt hatte: ›Bestellt Philipp dem Zweiten, daß mir der Hintern von Antonio Pérez lieber ist als der ganze König.‹

Das schreckliche Los der Fürstin trieb Antonio Pérez nach Pastrana. Ein zweites Mal legte er mit seinem treuergebenen Majordomus Martínez die weite Strecke zurück. Im Gegensatz zur letzten Fahrt, die er unternommen hatte, um der Fürstin ins Gewissen zu reden, ließ er sich diesmal Zeit. Ihm ging es darum, am Vormittag in Pastrana einzutreffen, um die so schmählich Verbannte zu sehen, wenn sie am Mittag für eine Stunde auf ihren zum Käfig umgebauten Balkon hinaustreten durfte. Zuvor wollte er mit ihrem Arzt sprechen, und er hatte das Glück, ihm gleich beim Ortseingang zu begegnen. Er kannte ihn von früher, und da das Leid der Eingekerkerten den Medikus erbarmte, nahm dieser kein Blatt vor den Mund und schilderte schonungslos das unwürdige Dasein, zu dem Philipp II. die Fürstin Eboli verdammt hatte.

»Dieser Mensch muß ein Herz haben, das härter als Granit ist«, erboste sich der Arzt. »Ich weiß nicht, wie viele Gesuche ihr Schwiegersohn, der Herzog Medina Sidonia, an Seine Majestät gerichtet hat mit der Bitte, Ihrer Durchlaucht wenigstens Licht zu gewähren. Aber nein, die Fürstin muß tagtäglich dreiundzwanzig Stunden im Dunkeln verbringen und darf nur für eine einzige Stunde das Licht des Tages erblicken. Und das nun schon seit fast fünf Jahren! Gnadengesuche ihres Sohnes, des Herzogs von Pastrana, der sich bei seiner Mutter wegen seiner früheren Entgleisung reumütig entschuldigt hat, nimmt der König nicht einmal zur Kenntnis. Er soll sie ungelesen ins Feuer werfen.«

»Wie ist die körperliche Verfassung Ihrer Durchlaucht?« erkundigte sich Antonio Pérez bedrückt.

Der Arzt hob wie abwehrend die Hände. »Schlecht! Furchtbar schlecht! Ihre Durchlaucht kann kaum noch liegen. Wassersucht...! Wunden...! Offene Haut...! Wenn sie sich, um Halt zu finden, mit dem Rücken an die Wand stellt, verliert sie schon nach kurzer Zeit das Gleichgewicht und fällt zu Boden. Setzt sie sich auf einen Stuhl, geschieht das gleiche. Sie wird von Ermüdungserscheinungen geplagt, die einer Ohnmacht nahe kommen. Viermal am Tag lasse ich sie zur Ader; mehr riskiere ich bei ihrem Zustand nicht. Ihr Urin ist bereits sehr dunkel, ein Zeichen dafür, daß ihr Herz schwer erkrankt ist.«

Antonio Pérez hätte sich am liebsten die Ohren zugehalten, stellte aber weiterhin Fragen über Fragen, bis der Medikus zum eisenvergitterten Balkon hinaufwies.

»Es ist soweit. Die Tür wird geöffnet.«

Antonio Pérez trat hinter eine Hausecke. Er wollte keinesfalls gesehen werden.

Aber der Arzt zog ihn hervor. »Ihr braucht Euch nicht zu verstecken. Es dauert mindestens noch eine Viertelstunde, bis die Fürstin heraustritt. Außerdem sind ihre Augen so geschwächt, daß sie heute bei dem grellen Sonnenlicht ohnehin nichts erkennen kann.«

»Das verstehe ich«, entgegnete Antonio Pérez. »Aber weshalb kommt Ihre Durchlaucht erst so spät heraus, wenn ihr doch nur eine einzige Stunde zur Verfügung steht?«

Der Medikus wurde lebhaft. »Die Fürstin verfügt über drei Gewänder, die sie abwechselnd mit großer Sorgfalt anlegt. Im Dunkeln kann sie das nicht. Sie muß also warten, bis die Tür geöffnet wird. Dann müssen sich ihre Augen zunächst an das plötzlich einfallende Licht gewöhnen. Übrigens heißt dieser Platz nicht mehr Plaza Mayor wie üblicherweise der Hauptplatz in spanischen Orten. Die Bevölkerung nennt ihn seit Jahren nur noch ›Plaza dela hora‹ – ›Platz der Stunde‹. Dieser Name wird bis in alle Ewigkeit an die Unmenschlichkeit erinnern, die Seine Majestät sich einer Frau gegenüber erlaubt, die womöglich zwei Kinder von ihm empfing. Aber jetzt muß ich gehen«, fuhr der Medikus unvermittelt fort. »Für mich ist dies nämlich die ›Stunde des Aperitifs‹, sonst habe ich nachher keinen richtigen Hunger.« Er reichte dem Besucher die Hand. »Es hat mich sehr gefreut, Euch wieder einmal zu sehen. Und wie gesagt: Spätestens in vier bis fünf Monaten hat Ihre Durchlaucht es ausgestanden. Der Herr sei ihrer Seele gnädig.«

Antonio Pérez war froh, allein zu sein.

Es dauerte lange, bis die Fürstin erschien. Dem einstigen Staatssekretär klopfte das Herz bis zur Kehle. Die Verbannte war nur noch ein Schatten ihrer selbst. Er mußte mit den Tränen kämpfen. Ihr einst blauschwarzes Haar war stumpf und grau geworden. Die Augen mit dem betörenden Silberblick schienen keine Kraft mehr zu besitzen und standen schief. Ihre bleichen Wangen waren eingefallen. Nur ihre Kleidung und ihre Haltung verrieten, daß der Stolz der Mendoza sie nach wie vor beherrschte. Sie hatte eine perlenbesetzte Robe angelegt und hielt sich aufrecht wie eine Königin, die ihren Hofstaat defilieren läßt. Doch nur wenige Minuten konnte sie so verharren, dann lehnte sie sich in einem Anfall von Schwäche an die schwere Bohlentür, schloß die Augen, legte den Kopf in den Nacken, so daß die Sonne ihr Gesicht beschien, und ließ die Arme wie leblos herabhängen.

Antonio Pérez war erschüttert. Gleichzeitig aber faszinierte ihn der Anblick der todgeweihten Frau, die seine Geliebte gewesen war. Aus der temperamentvollen Fürstin Eboli war ein unnahbares, hoheitsvolles Wesen geworden.

Wie hatte der Arzt sich ausgedrückt? ›Spätestens in vier bis fünf Monaten hat Ihre Durchlaucht es überstanden.‹

Gleich einer Vision sah Antonio Pérez, wie die Fürstin dahinscheiden würde: mit der lässigen Eleganz verblühender Tulpen.

Antonio Pérez war völlig verstört, als er nach Madrid zurückkehrte. Das Bild der todkranken und todbereiten Fürstin verfolgte ihn bis in den Schlaf. Verzweiflung erfaßte ihn. Seine Gedanken kreisten nur noch darum, seine Familie in Sicherheit zu bringen. Für seine Frau und ihn wäre es kein Problem gewesen, in irgendeiner Verkleidung die Stadt zu verlassen und sich nach Aragonien durchzuschlagen. Mit Kindern aber – dem sechsten hatte Doña Juana erst vor kurzem das Leben geschenkt – ließ sich eine unauffällige Flucht nicht so leicht bewerkstelligen.

Antonio Pérez suchte nach einem Ausweg, doch noch während er Vorbereitungen traf, die das unmöglich Erscheinende möglich machen sollten, nahm das Geschehen plötzlich eine unerwartete Wendung.

Escobedos Witwe war gestorben, und ihr habgieriger Sohn versuchte, aus dem Tod seiner Mutter Kapital zu schlagen. Er erstattete gegen den früheren Staatssekretär Anzeige wegen Anstiftung zum Mord und begründete diesen Schritt mit folgender Erklärung:

Ich sah mich vor Jahren gezwungen, schriftlich zu bekunden, daß ich die von mir aufgestellte Behauptung, Antonio Pérez und die Fürstin Eboli seien für die Ermordung meines Vaters verantwortlich, niemals wiederholen werde. Bis heute habe ich mich streng an diese Verpflichtung gehalten. Nun aber bin ich durch einen heiligen Eid, den meine Mutter mir auf dem Sterbebett abverlangte, gezwungen, meinen Vater zu rächen, das heißt auf dem Gerichtsweg feststellen zu lassen, ob meine Anschuldigung begründet ist oder nicht.

Klugerweise hatte der mißratene Sohn Escobedos einen Nachsatz hinzugefügt:

Da die Möglichkeit besteht, daß das Gericht sich meiner Beweisführung, die ich mir für einen späteren Zeitpunkt vorbehalte, nicht anschließen kann, bitte ich, um niemandem Unrecht zu tun, ergebenst darum, meine Anzeige vorerst vertraulich zu behandeln und sie nur Seiner Majestät und dem von mir Beschuldigten bekanntzugeben.

Die Folgen dieser Erklärung waren erstaunlich. Philipp II. schrieb in seiner Sorge, die Anzeige könnte eine gefährliche Lawine ins Rollen bringen, seinem einstigen Günstling wie in alten Zeiten:

Laßt Euch nicht beirren durch das, was Eure Feinde tun und was Ich sie tun lassen muß. Ich werde zu Euch stehen. Ihr könnt versichert sein, daß die übelsten Anschläge nichts gegen Euch auszurichten vermögen.

Antonio Pérez war so verblüfft, daß er seine Frau überschwenglich umarmte und wie erlöst ausrief: »Ein Wunder ist geschehen! Seine Majestät hat sich besonnen. Wenn nicht alles täuscht, werde ich über kurz oder lang in mein Amt zurückkehren.«

»Beschreie so etwas nicht!« warnte ihn Doña Juana, fügte jedoch gleich hinzu: »Mein Gott, Antonio, es wäre ein Geschenk des Himmels, wenn wir das Risiko einer Flucht nicht auf uns nehmen müßten und in unserer Heimat bleiben könnten.«

»Hole eine Karaffe Wein!« forderte er sie beschwingt auf. »Nicht um zu feiern. Dafür ist es noch zu früh. Ich möchte nur mit dir in guter Stimmung überlegen, wie ich mich diesem üblen Escobedo gegenüber verhalten soll. Dem Kerl geht es doch nur um Geld.«

Sie lachte wie ein junges Mädchen. »Zahl ihm, was er haben will. Hauptsache, wir behalten unsere Freiheit.«

Es sah wirklich danach aus, als sollten sie endgültig Ruhe finden. Denn zwei Tage später erschien der Beichtvater des Königs und empfahl Antonio Pérez, dem jungen Escobedo die Rache ›abzukaufen‹. Der Pater hatte mit letzterem gesprochen und die Zusage erhalten, daß er seine Verdächtigungen nach einer Zahlung von zwanzigtausend Dukaten für alle Zeiten zurücknehmen werde. Auch der König habe sich bereit erklärt, einem solchen Abkommen zuzustimmen, und Escobedos Sohn habe das Gelübde getan, gleich nach Vertragsabschluß nach Santiago de Compostéla zu pilgern, um den Herrgott um Verzeihung dafür zu bitten, daß er den seiner Mutter geleisteten Eid nur auf monetäre Weise erfüllen könne. Er sehe ein, daß es um des Friedens willen notwendig sei, auf blutige Rache zu verzichten.

Diesem verlogenen Bekenntnis fügte Pater Chaves die verheißungsvollen Worte hinzu: »Übrigens darf ich Euch ausrichten, daß Seine Majestät so gütig sein wird, die Euch für zehn Jahre auferlegte Verbannung vom Hofe aufzuheben, sobald das Abkommen mit Escobedos Sohn durch Zahlung des geforderten Betrages rechtskräftig geworden ist.«

Antonio Pérez war wie benommen. Im guten Glauben, die Gunst des Königs zurückerlangt zu haben, vergaß er die bösen Erfahrungen der letzten Jahre und sicherte die prompte Überweisung des Geldes zu.

Es war für ihn deshalb ein schwerer Schlag, als er eine Woche später vom Wachoffizier Garcia erneut verhaftet und in den Turm von Pinto gebracht wurde, in dem schon die Fürstin Eboli ein halbes Jahr verbracht hatte. Da konnte er nun in Ruhe über die

Hinterhältigkeit Philipps II. nachdenken. Wie hatte er vergessen können, daß der in Spanien so oft zitierte Spruch ›Gott bewahre dich vor der allzu großen Güte des Königs‹ erst durch das unbegreifliche Verhalten dieses unglückseligen Habsburgers aufgekommen war!

Im Turm von Pinto, von dessen Wänden noch die Stimme der Fürstin Eboli widerzuhallen schien, verlor Antonio Pérez zum erstenmal den Mut. Er sah keinen Ausweg mehr. Noch spielte Seine Majestät Katz und Maus mit ihm, ließ ihn los und fing ihn wieder ein. Er mußte aber damit rechnen, daß der König irgendwann in die Rolle des Anglers schlüpfen würde, der, wenn ein großer Fisch angebissen hat, die Leine so lange lockert und wieder anzieht, bis die Kräfte der am Haken zappelnden Beute erschöpft sind. Ihm, Antonio Pérez, würde kein ehrlicher Kampf beschieden sein. Er würde sich mit List und Hinterhalt konfrontiert sehen. Das viele Geld, das er ins Ausland geschafft hatte, nützte ihm nichts mehr. Wie lange würde er diesmal eingekerkert bleiben?

Zu seiner Verwunderung mußte Antonio Pérez schon nach wenigen Tagen erkennen, daß er zwar im berüchtigten Turm von Pinto eingesperrt war, sich für Geld jedoch auch hier, wie in all den früheren Gefängnissen, leisten konnte, was er wollte. Offensichtlich hatte der König dafür gesorgt, daß er bevorzugt behandelt wurde. Die Art, mit der Philipp II. Bestrafungen und Belohnungen austeilte, erinnerte ihn an die willkürlich anmutende göttliche Gerechtigkeit. Doch er wollte sich nicht beklagen. Ein Mann wie Mateo, der nicht das Zeug hatte, über die vorletzte Stufe hinauszukommen, würde wesentlich rigoroser gehandelt haben.

Antonio Pérez schätzte den Adjutanten richtig ein. Mateo grämte sich fast zu Tode, als er nicht vom König, sondern vom Wachoffizier Garcia erfuhr, daß sein verhaßter Vorgänger dem Turm von Pinto bereits nach drei Wochen wieder den Rücken hatte kehren können; allerdings mit der Auflage, sein Haus an der Plaza del Cordón nicht zu verlassen. Aber auch diese Order wurde im Laufe der Monate gelockert. Zunächst erlaubte man ihm, einmal in der Woche die Kirche aufzusuchen, später wurde ihm ein täglicher Spaziergang von einer Stunde zugestanden.

Über ein Jahr ging so dahin. Doña Juana war zufrieden, ihren Mann daheim zu haben, und auch für ihn wäre das Leben einigermaßen erträglich gewesen, wenn Freunde ihm nicht anvertraut hätten, daß der König dem Madrider Gerichtshof den Auftrag erteilt habe, in aller Stille Beweise für die Schuld seines ehemaligen Staatssekretärs und der Fürstin Eboli an der Ermordung Escobedos zusammenzutragen. Die Fürstin konnte man nicht mehr belangen, denn sie war inzwischen gestorben und in allen Ehren in der Stiftskirche von Pastrana neben ihrem Mann beigesetzt worden. Für Antonio Pérez aber wurde die Situation immer gefährlicher. Welche Absicht stand hinter der Order des Königs? Philipp II. kannte doch die Wahrheit und mußte wissen, daß ein Prozeß nichts zutage fördern würde.

Und so war es. Wie sehr sich die Richter auch bemühten, sie fanden kein belastendes Material. Außerdem wußten sie schon nach kurzer Zeit nicht mehr, was von ihnen erwartet wurde und wie sie sich verhalten sollten. Wenn der König ihnen heute den Befehl erteilte, die Untersuchung gegen seinen einstigen Günstling in Eile durchzuführen, dann wurde diese Anordnung spätestens nach einigen Tagen widerrufen. Es gab sogar Zeiten, in denen das Verfahren völlig ad acta gelegt wurde. Die mit der Ermittlung Beauftragten schüttelten die Köpfe und wurden ratlos. Es kam sogar vor, daß der Monarch sich gleichsam schützend vor den Verdächtigten stellte. Verzweifelt schrieb der Oberste Richter Rodrigo an einen Freund:

Mal treibt Philipp II. an und erteilte mir weitgehende Befugnisse, mal entzieht er sie mir wieder und hält mich zurück. Ich werde weder klug daraus, noch kann ich dahinterkommen, welche Bindung zwischen dem König und seinem früheren Staatssekretär besteht.

Mit der Zeit ließ es sich freilich nicht vermeiden, daß Antonio Pérez mit der Anklage vertraut gemacht und verhört werden mußte. Von diesem Augenblick an stand für ihn fest, daß sich über seinem Kopf selbst dann ein gefährliches Gewitter zusammenbrauen würde, wenn ihm nichts nachgewiesen werden konnte. Irgendeine Niedertracht wartete auf ihn. An Flucht war nicht mehr zu denken. Er wurde längst wieder beschattet und nicht nur sein Haus Tag und Nacht bewacht; innerhalb von vierundzwanzig Stunden fand nun auch zweimal eine Anwesenheitskontrolle statt.

In dieser ohnehin schon spannungsgeladenen Atmosphäre erschien eines Morgens der Beichtvater des Königs bei Antonio Pérez und erklärte empört: »Wenn Ihr Seiner Majestät nicht binnen zwei Tagen die Originale jener Dokumente herausgebt, von denen Ihr Euch erdreistet habt täuschend ähnliche Kopien anzufertigen, dann wird Euch ein Prozeß gemacht, den Ihr nicht lebend überstehen werdet.«

In diesem Moment erwachte in Antonio Pérez erneut der Kampfgeist. Er war mit einem Mal wieder der unerschrockene, jeder Lage gewachsene Staatssekretär. Mit der größten Unschuldsmiene entgegnete er: »Ich verstehe Euch nicht, ehrwürdiger Vater. Dem König wurden die Originale ausgehändigt. Wie kommt Ihr darauf, daß es sich um Kopien handelt?«

»Seine Majestät hat scharfe Augen«, brauste Pater Chaves auf. »Sehr scharfe Augen! Und denen ist nicht entgangen, daß Ihr einen entscheidenden Fehler gemacht habt. Alle von Euch abgelieferten Billetts sind auf dem gleichen Papier geschrieben. Im Escorial wird aber ein anderes Papier verwendet als im Madrider Alcázar. Unter diesen Umständen werdet Ihr mir nicht erklären können, wie es möglich ist, daß des Königs Schreiben alle auf dem gleichen ...«

»Genug!« fiel Antonio Pérez ein. Jedes Leugnen war zwecklos. Der Fuchs im Escorial hatte ihn überlistet. Jetzt half nur noch die Flucht nach vorn. »Ihr täuscht Euch, ehrwürdiger Vater. Ich kann sehr wohl erklären, wie es kommt, daß alle Briefe des Monarchen auf dem gleichen Papier geschrieben sind. Wir Ihr wißt, war ich lange verhaftet. Es war mir in dieser Zeit unmöglich, den Escorial aufzusuchen. Ergo mußte ich die Kopien auf dem hiesigen Papier herstellen. Ich war mir des Fehlers sehr wohl bewußt, hätte aber nicht gedacht, daß Seine Majestät ihn bemerken würde. Ich kann nur sagen: Mein Kompliment!«

Dem Beichtvater des Königs verschlug es die Sprache. »Ich ... Ihr gebt zu ...? Ich werde ... Ihr könnt doch nicht ...«

»Ihr ahnt nicht, wozu ich fähig bin«, trumpfte Antonio Pérez auf. »Jetzt, da die Wahrheit heraus ist, fühle ich mich erleichtert und erstmals wieder frei. Bestellt das dem König! Und sagt ihm, daß sich die versiegelten Originale im Ausland befinden, bei einem guten Freund, der Weisung hat, sie im Falle meines natürlichen Todes ungelesen zu verbrennen. Sollte ich mein Leben aber durch

Gift, Dolch oder Gerichtsbeschluß verlieren, werden alle Unterlagen auf der Stelle veröffentlicht.«

Pater Chaves starrte ihn entgeistert an.

Antonio Pérez begriff selbst nicht, was in ihn gefahren war. Er spürte eine unbändige Kraft in sich. Alle Demütigungen der vergangenen Jahre schienen sich plötzlich in Energie verwandelt zu haben. Die Erkenntnis, sich nur noch mit einem Vabanquespiel retten zu können, hatte ihn aus dem Stegreif eine Geschichte erfinden lassen, die im Bereich des Möglichen lag und ihm Hilfe bringen konnte. Warum war er in den vergangenen Jahren nie auf die Idee gekommen, die Dokumente als Angriffswaffe einzusetzen? Er war viel zu ergeben und geduldig gewesen. Nun, da seine Situation aussichtslos geworden war, hatten ihn Trotz und Lebenswille den Spieß umdrehen lassen.

»Ihr werdet doch nicht den Weg der Erpressung gehen wollen?« ereiferte sich der Jesuit.

»Erpressung?« Antonio Pérez schlug sich vor die Brust. »Ich . . . ? Habt Ihr mir nicht mit einem Prozeß gedroht für den Fall, daß ich die Originale nicht binnen achtundvierzig Stunden herausrücke?«

»Ich sprach im Namen Seiner Majestät.«

»Dann bestellt dem König, daß ich mich auf keine Erpressung einlasse. Und richtet ihm aus, daß ich nicht bereit bin, mich weiterhin von einem Gefängnis ins andere werfen zu lassen. Seit fast neun Jahren bin ich kein freier Mann mehr. Und das, ohne je eine Klageschrift gesehen zu haben! Nie habe ich mich aufgelehnt, nie mit dem gedroht, was ich weiß. Doch nun ist das Maß voll. Lieber ende ich auf der Stelle als weiterhin so leben zu müssen. Ich versichere Seiner Majestät noch einmal, daß ich niemals über den Inhalt der von mir gesammelten Dokumente sprechen werde. Was mir noch genommen werden kann, ist einzig und allein mein Kopf. Dann aber geschieht, was ich vorhin sagte: Die Dokumente werden veröffentlicht!«

Pater Chaves, der die Stärke der Position des in Ungnade gefallenen Staatssekretärs erkannte, beeilte sich zu erklären: »Es geht wider mein Gewissen, in einer so wichtigen Angelegenheit eine eigene Meinung zu haben. Ich glaube jedoch, sagen zu dürfen, daß es nicht ratsam wäre, an den Tag kommen zu lassen, was Seine

Majestät geheimhalten möchte. Aus diesem Grund habe ich auch stets Eure Interessen vertreten.«

Antonio Pérez hätte den Jünger Loyolas am liebsten mit einem kräftigen ›Apage, Satanas!‹ – ›Hebe dich hinweg, du Teufel!‹ davongejagt. Aber er hielt es für klüger, das Gespräch in verbindlicher Form zu beenden, und brachte zum Ausdruck, daß es für beide Teile gewiß das beste sei, den Streit ein für allemal zu begraben. Er schloß mit den Worten: »Sollte sich Seine Majestät für diese Lösung entscheiden und sollte ich im Laufe der Zeit feststellen, daß ich wirklich nicht mehr verfolgt werde und wieder ein freier Mensch bin, dann kann ich mir die Originale jederzeit nach Spanien schicken lassen und sie dem König übergeben.«

Diese von Antonio Pérez unversehens entwickelte jesuitische Schlauheit zahlte sich aus. Philipp II. sandte ihm ein Dekret, in dem ihm absolute Freiheit zugesichert und lediglich untersagt wurde, ins Ausland zu reisen.

4

Es folgten drei glückliche Jahre, in denen Antonio Pérez ein fast so großzügiges Leben wie zu jener Zeit führte, da er noch auf der Höhe seiner Laufbahn gestanden hatte. Er verdankte dies nicht zuletzt der Fürstin Eboli, die ihm zum Abschied jenes schwere Päckchen mit der Weisung übergeben hatte, es erst nach ihrem Tode zu öffnen. Zu seiner Verblüffung enthielt es an die hundert Diamanten, Saphire, Rubine und Smaragde. Der Wert dieser Edelsteine stellte ein immenses Vermögen dar. Allein ihr Erlös hätte ihn und seine Familie bis zum Lebensende unabhängig gemacht.

Antonio Pérez war Ihrer Durchlaucht von ganzem Herzen dankbar und veranlaßte, daß in der Kirche San Yuste täglich eine Messe für sie gelesen wurde, der er stets beiwohnte. Mit Doña Juana und seinen Kindern fuhr er auch nach Pastrana, um an der letzten Ruhestätte der Fürstin zu beten und Blumen niederzulegen. Ihr tragisches Schicksal ließ ihn nicht los. Das hinderte ihn freilich nicht daran, erneut eine rege Tätigkeit zu entfalten. Er trat in lukrative Geschäftsbeziehungen zu Städten wie Augsburg, Nürnberg, Wien, Venedig, Mailand, Rom und Ragusa, was ihm gestattete, sich zu leisten, was immer er wollte. Und es war bezeichnend für ihn, daß er sich als erstes darum bemühte, in der Gesellschaft wieder Fuß zu fassen. So mietete er im Madrider Theater auf Jahre hinaus die schönste Loge, ließ sie umbauen und mit kostbaren Seidenteppichen ausschlagen. Nach von ihm arrangierten Galavorstellungen, zu denen er alle anwesenden Gesandten und die Honoratioren der Stadt einlud, zeigte er sich oft mit Doña Juana, Doña Brianda, seiner Tochter Gregoria und anderen eleganten jungen Damen und Herren in seiner Loge. Dies hatte zur Folge, daß sein einstiger Spitzname ›El Pimpollo‹, den man schon fast vergessen hatte, plötzlich wieder in aller Munde war. Dazu mochte auch beigetragen haben, daß ihn neuerdings stets buntgekleidete *pistoleros* umgaben, die er als Leibwächter engagiert hatte. Dem König hatte er geschrieben:

Ich bitte Eure Majestät, keinen Anstoß daran zu nehmen, daß ich mich neuerdings von Pistolenschützen begleiten lasse. Wir leben in einer unruhigen Zeit; ich muß Sorge dafür tragen, daß ich nicht hinterrücks ermordet werde. Denn dann würden, wie ich Pater Chaves sagte, sogleich gewisse Dokumente veröffentlicht werden. Dies zu verhindern, ist die vornehmste Aufgabe meiner Pistoleros.

Es war erstaunlich, wie sehr sich das Blatt gewendet hatte. Nicht mehr Philipp II., sondern sein einstiger Günstling diktierte das Geschehen. Die Frage war nur, wie lange der Monarch diese Überheblichkeit hinnehmen würde. In seinem Herzen mußte die Glut der Empörung zwangsläufig wachsen. Doña Juana ahnte dies und bat ihren Mann immer wieder, sich zurückzuhalten, doch er fühlte sich sicher und war überzeugt, daß Seine Majestät niemals das Risiko eingehen würde, Briefe veröffentlicht zu sehen, die ihn belasteten.

Davor fürchtete sich der König wirklich. Antonio Pérez aber unterschätzte Mateo. Mit offenen Ohren und wachen Augen registrierte der Adjutant alles, was sein Vorgänger sagte und tat. Doch er hatte inzwischen gelernt, sich zu gedulden und zu warten, bis sich eine Gelegenheit bot, Schwerwiegendes in Ruhe vorzutragen.

Diesen Zeitpunkt hielt er für gekommen, als die mit viel Mühe aufgebaute Armada, die aus 130 großen Kriegsschiffen und 30 Transportern mit insgesamt 2630 Kanonen bestand und mit 2030 adeligen Freiwilligen, 19 295 Soldaten, 8450 Matrosen und 2088 Sklaven bemannt war, von Lord Howard, dem Befehlshaber der englischen Flotte, vernichtend geschlagen und in alle Winde zerstreut wurde. Zu spät wurde offenkundig, daß der Kommandant der Armada, der Herzog von Medina Sidonia und Schwiegersohn der verstorbenen Fürstin Eboli, nicht die geringste seemännische Erfahrung besaß.

Seiner Natur gemäß nahm Philipp II. die Niederlage ungerührt hin. Mit der lakonischen Feststellung ›Ich habe die Armada nicht gegen Sturm und Wellen, sondern gegen Menschen ausgesandt‹ und mit dem angesichts der vielen Gefallenen unfaßbaren Edikt, die landesübliche Trauerzeit auf ein halbes Jahr zu begrenzen, war für ihn das mißlungene Unternehmen erledigt.

Mateo kam es gelegen, daß Antonio Pérez, dessen Idee es gewesen war, mit finanzieller Unterstützung des Vatikans eine riesige Flotte zur Unterwerfung der Engländer zu bauen, aus seinem Herzen keine Mördergrube machte und seine berechtigte Kritik an der Armada und ihrem Kommandanten mit einem Ausspruch würzte, den Queen Elizabeth getan hatte: ›*Afflavit Deus et dissipati sunt*‹, was soviel bedeutet wie: ›Gott der Allmächtige blies, und die Armada flog in alle Winde.‹

Der Adjutant nutzte den Leichtsinn seines Vorgängers aus. Er berichtete dem König von Antonio Pérez' Äußerungen, stellte sie als Verunglimpfung Seiner Majestät dar und fügte wahrheitswidrig hinzu, es gebe in letzter Zeit auch Gerüchte, denen zufolge Antonio Pérez behaupte, die Ermordung Escobedos auf ausdrücklichen Befehl des Monarchen betrieben zu haben. Mateo schlug vor, dem früheren Staatssekretär zu befehlen, sich zu dieser Anschuldigung zu äußern. Dem König bleibe es dann anheimgestellt, ob die von Pérez zu erwartende Erklärung zum Gegenstand eines Prozesses gemacht werden solle oder nicht.

Philipp II. erkannte die infame Hinterhältigkeit dieser Empfehlung. Sie bot ihm die Möglichkeit, auf dem Wege eines geheimen Verfahrens zur Feststellung des wahren Sachverhaltes *über ein Gerücht* eine Aussage zu erzwingen, ohne daß sein Ruf, der Ruf des Herrschers von Spanien, in Mitleidenschaft gezogen wurde. Wenn es aber mit Hilfe bewährter Mittel gelang, Antonio Pérez dahin zu bringen, dem König die geistige Urheberschaft an der Ermordung Escobedos anzulasten, dann konnte das Gericht die Sache so hinstellen, als habe der Angeklagte das Oberhaupt des Landes verleumderisch des Mordes beschuldigt. Und darauf stand die Todesstrafe. Auch hinsichtlich der belastenden Dokumente ließ sich eine vortreffliche Lösung finden. Im Escorial befanden sich die echt aussehenden Kopien. Diese konnten als Beweis dafür herangezogen werden, daß der verworfene Angeschuldigte bereits früher versucht hatte, Seine Majestät mit gefälschten Papieren zu erpressen. Schließlich sei er nicht umsonst für viele Jahre unter

Arrest gestellt und in verschiedenen Festungen eingekerkert worden. Offensichtlich versuche Antonio Pérez nun mit neuerlichen Fälschungen trübe Geschäfte zu machen.

Der Gedanke, sich auf so leichte Weise aus der Affäre ziehen zu können, erleichterte Philipp II. Nun mochte Mateo seinen Vorgänger in die Enge treiben und ihn für die Vermessenheit strafen, die ihn in den letzten drei Jahren ein so üppiges Leben hatte führen lassen.

Antonio Pérez traute seinen Augen nicht, als eines Morgens – er hatte sich gerade angekleidet – eine Einheit bewaffneter *tercios* die Casilla umstellte, während ihr Kommandeur mit einigen Soldaten das Haus stürmte. Ehe er sich versah, waren ihm Handschellen angelegt, und ohne daß er die Möglichkeit erhielt, noch ein Wort an Frau und Kinder zu richten, wurde er abgeführt und in einen Wagen verfrachtet, in dem der Oberste Richter Rodrigo und der Adjutant des Königs saßen.

»Nun, wie gefällt Euch das?« begrüßte ihn Mateo hämisch. »Euer Spiel ist aus. Endgültig! Ihr werdet im Palacio Cisneros eingesperrt. Ich denke, daß ich mir weitere Worte ersparen kann.«

Der Festgenommene wurde bleich. Es gab nur wenige, die ohne Todesurteil aus dem berüchtigten Palacio wieder herausgekommen waren. Der Neffe des berühmten Kardinals Ximenez de Cisneros verdiente sein Geld auf recht seltsame Weise. Ihm war zugestanden, die vielen Gemächer, über die er verfügte, an jene vermögenden Persönlichkeiten zu ›vermieten‹, die vom Heiligen Offizium der Ketzerei beschuldigt wurden und in der Maschinerie der Inquisition zu Geständnissen gebracht werden sollten, welche es leichtmachten, das jeweils gewünschte Urteil zu fällen.

»Warum antwortet Ihr nicht?« fragte der Adjutant genüßlich. »Hat es Euch die Sprache verschlagen?«

Antonio Pérez war nicht bereit, sich anmerken zu lassen, daß sein Hirn in Aufruhr geraten war. Er wußte, daß im Keller des Palacio Cisneros Geräte standen, mit denen sich jede Aussage erpressen ließ.

»Nein«, erwiderte er bedächtig. »Es macht mich nur müde, Seine Majestät zu ermüden.«

»Spielt nicht den Abgeklärten«, erboste sich Mateo. »Die Werkzeuge der Inquisition werden Euch schon zum Reden bringen.«

»Gewiß, dazu wurden sie ja erfunden. Spielend leicht, ohne das eigene Seelenheil zu gefährden, kann man mit ihrer Hilfe große Besitzungen an sich bringen. Daß die Mächtigen bei diesem Geschäft ihr Ansehen verlieren, hat bis heute leider nur das Volk erkannt.«

»Die Arroganz werde ich Euch noch austreiben.«

»Zu einem späteren Zeitpunkt, wenn ich bitten darf. Erst möchte ich mein Morgengebet verrichten.«

Nicht Selbstsicherheit gab Antonio Pérez die Kraft, sich beherrscht und unbeeindruckt zu zeigen. Es war vielmehr die Schule Philipps II., die ihn gelehrt hatte, den Engel zu spielen, ohne ein Heiliger zu sein. Auch nahm er in dieser Stunde, die ihn klar erkennen ließ, daß sein Ende nahte, sofern nicht noch ein Wunder geschah, Abstand von gewissen Maximen des großen Machiavelli, die sein Handeln so oft bestimmt hatten. Er wollte sich nicht mehr ohne Rücksicht auf Moral und Religion behaupten. Sein Ziel war nur noch, alles, was jetzt auf ihn zukam, mit Würde zu ertragen. Mateo sollte ihn nicht verzagt sehen. Kleine Leute leiden, wenn sie an anderen Größe erkennen.

Sein ›Morgengebet‹ aber enthielt ausschließlich Gedanken an seine Frau und die Kinder. Warum nur hatte sich Doña Juana ein siebentes Kind gewünscht? Sie war im achten Monat schwanger und hoffte wieder einmal, ihm einen zweiten Sohn zu schenken. Würde ihr Wunsch in Erfüllung gehen? Würde er sein Kind jemals sehen? Nach dem ersten Verhör, das noch am gleichen Vormittag stattfand, bezweifelte er es. Die ihm gestellten Fragen waren so vordergründig gewesen, daß nicht zu verkennen war, welches Ziel angestrebt wurde.

Der Oberste Richter Rodrigo begann mit den Worten: »Ihr habt im Kreis Eurer Freunde behauptet, Seine Majestät habe Euch den Auftrag gegeben, Escobedo durch gedungene Halunken ermorden zu lassen. Stimmt das?«

Antonio Pérez schüttelte den Kopf. »Derartiges habe ich nie behauptet, und ich werde es auch nie behaupten. Denn es entspricht nicht der Wahrheit.«

»Werdet nicht frech!« erboste sich Mateo. »Wir haben Zeugen, die bereit sind zu beeiden, daß Ihr den König der Anstiftung zum Mord beschuldigt habt.«

Antonio Pérez ließ sich nicht irritieren. »Ich sehe einer Gegenüberstellung mit Interesse entgegen.«

»Ihr werdet Euch noch wundern!«

»Davon bin ich überzeugt.«

Rodrigo mischte sich ein. »Wir sollten hier weniger Temperament entfalten. Uns wurde aufgetragen, herauszufinden, ob Ihr, Señor Pérez, Seine Majestät beschuldigt, Euch Order gegeben zu haben, Escobedo zu beseitigen.«

»Ich sagte schon, daß ich das nie behauptet habe und nie behaupten werde.«

»Ihr könnt doch nicht bestreiten, daß der König Euch in bezug auf Escobedo, den Berater Don Juans de Austria, einen ganz bestimmten Auftrag erteilt hat.«

Antonio Pérez horchte auf. Was wußte der Oberste Richter? Wie weit hatte Philipp II. ihn informiert? Sollte womöglich seine Verschwiegenheit auf die Probe gestellt werden? Dies konnte er nicht glauben. Aber wie es auch sein mochte: Er hatte dem König versprochen, niemals über die Affäre Escobedo zu reden, und er war nicht bereit, sein gegebenes Wort zu brechen. Warum sollte er auch? »Ich weiß nicht, wovon Ihr sprecht«, antwortete er ausweichend.

»Von dem Auftrag, den Euch Seine Majestät erteilt hat.«

Antonio Pérez zuckte die Achseln. »Ich kann nur wiederholen, daß ich von der Angelegenheit nichts weiß.«

»Ihr wurdet doch angewiesen, Escobedo zu beseitigen«, brauste der Adjutant auf.

»Wer behauptet das?«

»Ihr!«

»Wie oft muß ich noch sagen, daß das nicht stimmt?«

Mateo sprang auf. »Wenn Ihr nicht geständig seid, werden wir Mittel und Wege finden, Euch die Wahrheit aus den Rippen zu pressen.«

»Mit Instrumenten, die im Keller dieses Palacios stehen?« Antonio Pérez sah den Adjutanten fast mitleidig an. »Wollt Ihr wirklich mit den Mitteln der Inquisition gegen mich vorgehen?«

»Allerdings!« schrie Mateo.

Der Oberste Richter hob beschwörend die Hände. »Ich muß nochmals darum bitten, nicht die Kontenance zu verlieren. Wir stellen hier eine gerichtliche Untersuchung an. Ich kann nicht dulden, daß unser Vorgehen mit den Methoden der Inquisition verglichen wird. Nur bei unerträglicher Verstocktheit und in Fällen, in denen der Angeklagte bereits als überführt anzusehen ist, sich aber beharrlich weigert, seine Schuld einzugestehen, greifen wir zu Mitteln, die geeignet sind, die Dauer der Untersuchung auf ein erträgliches Maß zu reduzieren.«

»Und was wollt Ihr von mir hören?«

»Ihr sollt bekennen, von Seiner Majestät beauftragt worden zu sein, Escobedo zu beseitigen.«

»Nein, Señor Rodrigo, den Gefallen tue ich Euch nicht. Wie komme ich dazu, etwas zu behaupten, das nicht der Wahrheit entspricht? Außerdem möchte ich die Folgen einer solchen Erklärung nicht ertragen. Tod durch den Strang wäre wohl das mindeste, was mich erwartete, wollte ich Seine Majestät verleumderisch der Anstiftung zum Mord bezichtigen.«

Was immer der Oberste Richter und Mateo in den nächsten Wochen und Monaten unternahmen, Antonio Pérez war zu keinem ›Geständnis‹ zu bewegen.

Daß die Folter noch nicht in Anwendung gebracht wurde, war den vielen Gerüchten zu verdanken, die bereits in Umlauf waren. Das Volk trat in seltener Einigkeit für Antonio Pérez ein, und auch die Kirche scheute sich nicht, für den Gefangenen eine Lanze zu brechen. So schrieb der Erzbischof Quirogo in unmißverständlicher Deutlichkeit:

Entweder bin ich *wahnsinnig, oder das Verfahren gegen Pérez* ist *es. Wenn der König, wie mittlerweile allgemein behauptet wird, seinem Vertrauten aus Gründen der Staatsräson befahl, Escobedo töten zu lassen, warum will er ihn dann jetzt zur Rechenschaft ziehen? Fast elf Jahre sind seit jenem unglückseligen Geschehen vergangen. Wenn es jemanden anzuklagen gibt, dann hätte das früher geschehen müssen. Heute, nachdem viele Mitwisser und Zeugen gestorben sind, ist es nicht mehr statthaft, Antonio Pérez vor Gericht zu stellen.*

Philipp II. war über die Stellungnahme des Erzbischofs so

aufgebracht, daß er die sofortige Beendigung der Untersuchung mit allen zur Verfügung stehenden Mitteln befahl.

Binnen kurzer Zeit wurde Antonio Pérez nun dreimal einer unbarmherzigen Folter unterzogen, aber trotz unerträglicher Qualen weigerte er sich hartnäckig, zu bekennen, daß er vom König den Auftrag erhalten habe, Escobedos Leben ein Ende zu setzen. Erst als ihm bei der vierten Tortur auf der Streckleiter Arme und Beine ausgerenkt wurden und er vor Schmerzen nicht mehr ein noch aus wußte, erlahmte seine Widerstandskraft. Verzweifelt schrie er: »Um Jesu Barmherzigkeit willen, hört auf! Ich bekenne, was Ihr hören wollt.«

Der König hatte sein Ziel erreicht. Doch die Nachricht von der Folterung des einstigen Staatssekretärs verbreitete sich in Windeseile und löste Empörung und Furcht aus.

Philipp II. setzte sich mit der ihm eigentümlichen Gelassenheit darüber weg. ›*Oderint, dum metuant.*‹ – ›Mögen sie hassen, wenn sie nur fürchten.‹

Der Kardinal von Toledo ließ es sich nicht nehmen, Doña Juana aufzusuchen und ihr zu versichern, daß er alles tun werde, um ihren Mann doch noch aus den Klauen der vom Monarchen so schändlich mißbrauchten Justiz zu befreien.

Doña Juanas Lippen bebten. Ihre Augen waren vor Schreck geweitet. »Ihr rechnet damit, daß Antonio zum Tode verurteilt wird?«

Der Kirchenfürst faltete die Hände. »Ich flehe zu Gott, daß dieser Kelch an ihm vorübergeht. Gemeinsam mit dem Nuntius fahre ich morgen zum Escorial, um bei Seiner Majestät zu intervenieren.«

Sie bemühte sich, ihre Verzagtheit zu verbergen. »Der König wird Euch empfangen, aber mit unverbindlichen Worten abspeisen. Seit meiner Fahrt nach Lissabon weiß ich, daß er kein Herz hat.«

»In gewisser Hinsicht gebe ich Euch recht«, entgegnete der Kardinal. »Wenn ich jedoch an die veröffentlichten Briefe denke, die der König seinen Töchtern aus dritter Ehe schrieb, als er in Portugal weilte, sehe ich ihn anders. Er hat in diesen Schreiben

Worte gefunden, die ich ihm niemals zugetraut hätte. Beeindrukkend schildert er seine Sehnsucht nach ihnen und nach den Gärten des Escorials. Er beklagt sich darüber, daß es in Portugal keine Nelken gebe, erteilt den beiden Mädchen nützliche Ratschläge und gestattet ihnen, ihre Kleider, wenn sie es denn unbedingt wünschten, mit Gold zu verzieren, solange dies maßvoll geschehe. Und er empfiehlt ihnen, den kleinen, aus seiner jetzigen Ehe mit Anna von Österreich entsprossenen Bruder Philipp weiterhin Röcke tragen zu lassen, da er noch zu jung sei, um behost zu werden.«

Doña Juana sah den Kirchenfürsten entgeistert an.

»Ich erzähle Euch das«, fuhr dieser wie schuldbewußt fort, »um Euch in der Hoffnung zu bestärken, daß Seine Majestät sich angesichts Eurer sieben Kinder, auf die ich nachdrücklich hinzuweisen gedenke, erweichen lassen und einen Gnadenerweis erteilen wird.«

Doña Juanas Blick wurde starr. Ihre Hilflosigkeit raubte ihr fast den Verstand.

»Was habt Ihr?« fragte der Kardinal besorgt.

Sie schaute stumm vor sich hin. Ihr war anzusehen, daß ein Gedanke sie beschäftigte, den sie noch nicht formulieren konnte. Erst nach einer Weile antwortete sie: »Sollte Euch der König einen abschlägigen Bescheid geben, dann bittet ihn, mir wenigstens zu gestatten, meinen Mann aufzusuchen, um ihm unser jüngstes, gerade erst vier Wochen altes Kind zeigen zu können. Wenn Seine Majestät, wie Ihr sagt, seinen Töchtern so rührende Briefe schrieb, müßte er sich doch erweichen lassen.«

»Das ist eine gute Idee«, erwiderte der Kirchenfürst. »Vielleicht läßt sich auf diese Weise sein Herz rühren. Ich werde Euch verständigen, sobald ich zurückkomme. Betet und bittet Gott, mir bei meinen Bemühungen beizustehen.«

In den nächsten achtundvierzig Stunden entwickelte Doña Juana eine ungewöhnliche Geschäftigkeit. Der Majordomus Martínez, ihre Tochter Gregoria und mehrere Diener schwärmten in alle Richtungen aus, fanden sich zu unterschiedlicher Zeit wieder ein und verließen erneut das Haus; nur die Diener kehrten diesmal nicht zurück. Am Morgen des dritten Tages meldete Martínez seiner Herrin, daß sämtliche Maßnahmen, die sie angeordnet hatte, ausgeführt seien. Und Doña Juana seufzte erleichtert, als ihr am Nachmittag des gleichen Tages der Kardinal von Toledo mitteilte, er habe für sie die Genehmigung erwirkt, mit dem jüngsten Kind ihren Gatten besuchen zu dürfen.

»Seine Majestät gab mir diesen Gnadenerweis sogar schriftlich«, fügte er aufmunternd hinzu und überreichte das Dokument. »Ihr könnt zu Eurem Gatten gehen, wann immer Ihr wollt. Die Besuchszeit wurde allerdings auf eine Viertelstunde begrenzt.«

Doña Juana schloß die Augen. Diese Zeit würde reichen. »Sagt mir die Wahrheit«, bat sie nach kurzer Überlegung. »Es ist wichtig für mich. Glaubt Ihr, daß mein Mann zum Tode verurteilt wird?«

Der Kardinal dämpfte die Stimme. »Das Urteil ist im Grunde schon gefällt. Sucht Euren Gatten bald auf. Die Stimmung im Volk ist nicht gut. Ich fürchte Schlimmes.«

Doña Juana nahm die niederschmetternde Nachricht mit steinerner Miene entgegen. »Ich danke Eurer Eminenz für die Mühe, die Ihr auf Euch genommen habt. Bitte, erfleht Gottes Beistand für die kommende Nacht.«

Der Kirchenfürst bekreuzigte sich. »Ihr wollt Euren Gatten noch heute besuchen?«

Sie kniete nieder. »Erteilt mir Euren Segen!«

Der Kardinal entsprach ihrer Bitte.

Wenig später rief Doña Juana ihre Tochter zu sich und wiederholte die Ratschläge und Ermahnungen, die sie ihr in den letzten beiden Tagen schon mehrmals gegeben hatte. Und als schließlich die Dämmerung heranrückte, kleidete sie sich sorgsam um und betupfte ihr weites Gewand mit einem Duftwasser ihres Mannes, das sie nie zuvor benutzt hatte. Dann nahm sie ihre jüngste, in ein Kissen gebettete, vier Wochen alte Tochter und bestieg mit Gregoria einen Wagen, der sie zum Palacio Cisneros brachte. Hier wurde sie nach Vorlage der vom König unterzeichneten Besuchserlaubnis ohne Umschweife in eines der siebzehn Zimmer geführt, die Benito Cisneros wegen der im Augenblick geringen Anzahl von Gefangenen dem ehemaligen Staatssekretär zwangsweise ›vermietet‹ hatte.

Antonio Pérez traute seinen Augen nicht, als er seine Frau mit dem Kind auf dem Arm erblickte. Er lag im Bett, sah geschunden und entkräftet aus. Seine Augen waren rot umrändert.

»Juana!« stöhnte er und versuchte, sich aufzurichten.

Der Lakai, der Doña Juana geführt hatte, stellte einen Kerzenleuchter auf den Nachttisch. »In einer Viertelstunde komme ich zurück. Länger darf Eure Frau nicht bleiben.«

»Seine Majestät hat mir gestattet, dir unser Kind zu zeigen«, sagte sie zu ihrem Mann, um den Diener in Sicherheit zu wiegen. »Du darfst dich aber nicht anstrengen. Bleib liegen! Du mußt Furchtbares durchgemacht haben.«

Der Diener nickte ihr zu. »Also, in einer Viertelstunde. Vielleicht auch ein paar Minuten später«, deutete er treuherzig an, als er den Raum verließ.

Doña Juana beugte sich über ihren Mann. »Sieh dir unser Jüngstes an und präge dir sein Aussehen gut ein! Denn gleich wirst du die Flucht antreten. Alles ist vorbereitet. Ich habe ...«

»Aber Juana!« unterbrach er sie mit matter Stimme. »Ich habe kaum die Kraft zu gehen. Meine Gelenke versagen den Dienst. Viermal wurde ich auf der Streckleiter gefoltert. Wie sollte ich da fliehen können? Außerdem besteht keine Möglichkeit, ungesehen aus diesem Haus herauszukommen.«

Sie zwang sich, nüchtern zu entgegnen: »Die Chance haben wir, wenn du dich jetzt zusammenreißt, aufstehst, mein Kleid anziehst und mit dem Kind zum Wagen gehst, der unten vor dem Portal steht. Gregoria sitzt darin. Sie kümmert sich um das Kind und fährt mit dir zur Calle Alcalá, wo Martínez in einer Seitengasse auf dich wartet, um mit dir genau nach dem damals von dir ausgearbeiteten Fluchtplan nach Aragonien zu reiten.«

Antonio Pérez rang die Hände. »Liebste Juana, ich muß dich enttäuschen. Ich kann unmöglich ein Pferd besteigen.«

»Du mußt!« beschwor sie ihn.

»Und was ist mit dir? Was, meinst du, wird man tun, wenn man dich hier findet?«

»Einsperren wird man mich. Wochen vielleicht sogar Monate.«

»Oder Jahre!«

»Auch gut. Das ist erträglicher, als dich am Galgen zu sehen. Gregoria wird wie eine Mutter für ihre Geschwister sorgen. Ich habe sie in alles eingeweiht.«

»Das kommt nicht in Frage«, widersprach er. »Ich werde niemals dulden, daß du dich für mich opferst. Das wäre...«

»Reiß dich zusammen, Antonio!« unterbrach sie ihn, legte ihr Kind auf das Bettende und schlug die Decke zurück. »Nur eine Viertelstunde steht uns zur Verfügung. Bis dahin mußt du umgezogen sein, und ich muß in deinen Kleidern im Bett liegen. Auf diese Weise gewinnst du einen Vorsprung von einer ganzen Nacht. Der Pferdewechsel ist auf der gesamten Strecke gesichert. Vier Diener sind vorausgeritten, um alles zu regeln. Zum Herzog von Villahermosa ist ein Kurier unterwegs. Er wird dir, wie seinerzeit besprochen, zwanzig Bewaffnete bis zum ersten Ort hinter der Grenze entgegenschicken. Sie werden dich schützen, falls der König so vermessen sein sollte, dich bis nach Aragón hinein verfolgen zu lassen.«

»Juana! Du wirst doch nicht im Ernst annehmen, daß ich mich in Sicherheit bringe und dich in einer Situation zurücklasse, die zwangsläufig zu schwerer Bestrafung führt!«

»Ich habe dir schon gesagt, daß selbst eine jahrelange Bestrafung für mich erträglicher sein würde, als dich am Galgen zu sehen.«

»Es steht ja noch gar nicht fest, daß mich die schlimmste Strafe erwartet.«

»Doch! Der Kardinal von Toledo, der mir die Genehmigung zu diesem Besuch verschaffte, hat mir unmißverständlich erklärt, daß das Todesurteil über dich so gut wie gefällt ist. Er kann dir nicht mehr helfen. Zögere also nicht! Ich flehe dich an, Antonio! Setz dich über alle Schmerzen hinweg, die dir das Gehen und Reiten erschweren werden. Du mußt sie ertragen! Wenn du gehängt wirst, hat das Leben für uns keinen Sinn mehr. So aber... Wer weiß, was noch kommt. Der König kann morgen sterben. Bestimmt wirst du dich dann rehabilitieren können.«

Er erhob sich mit schmerzverzerrtem Gesicht. »Du hast mich überzeugt. Wenn das Urteil so gut wie gefällt ist... Bitte, hilf mir!«

Doña Juana griff zu, als habe sie ihr Leben lang Kranke angekleidet. Sie lächelte sogar, während sie ihm ihre Kopfbedekkung aufsetzte. »Aus dir hätte auch eine hübsche Frau werden können.«

Seine Augen blickten gequält. »Mir ist nicht nach Späßen zumute.«

Sie küßte ihn. »Meinst du, mir?«

»Du bist eine wunderbare Frau, Juana. Ich werde alles daransetzen, daß unsere Trennung nicht zu lange dauert.«

»Wenn du dich darum bemühst, wirst du bald gesunden. Doch jetzt heißt es Abschied nehmen. Wenn der Diener kommt, muß ich mit dem Gesicht zur Wand im Bett liegen. Und du mußt das Kind an dich drücken und schluchzen wie ein Weib.«

Es dauerte nicht mehr lange, bis der Lakai erschien. Ohne große Umstände führte er den als Frau verkleideten Antonio Pérez zum Portal hinunter. Das haltlose Schluchzen machte einen Wortwechsel unmöglich.

Gregoria eilte ihrem Vater entgegen, nahm ihm das Kind ab und half ihm in den Wagen.

»Hasta luego!« rief der Diener hinter ihnen her und begab sich in das Gebäude zurück.

Auf Wiedersehen? Nur das nicht, dachte Antonio Pérez. Dann wäre Juanas Opfer umsonst. Ich muß zu Ende bringen, was sie so großartig in die Wege geleitet hat.

Alles verlief wie geplant. Der Majordomus wartete in einer stillen Seitengasse mit zwei Pferden, und die bestochene Nachtwache am Stadttor nach Alcalá de Henares ließ sie ungehindert passieren. Doch schon bald erwies sich, daß Antonio Pérez nicht die Kraft besaß, sich auf dem Pferd zu halten. Für Martínez war dies ein schwerer Schock, denn sein Zeitplan sah vor, daß die Stadt Guadalajara am nächsten Morgen weit hinter ihnen liegen mußte. Da erst vor wenigen Tagen Vollmond gewesen war und noch immer ein silbernes Licht die Nacht erhellte, hätte es keine Schwierigkeit bereitet, dieses Ziel zu erreichen. Mit einem Menschen aber, der so grausam gefoltert worden war, daß er Arme und Beine kaum bewegen konnte, war an ein schnelles Vorwärtskommen nicht zu denken. Es bestand die Gefahr, daß die Häscher des Königs, die spätestens am nächsten Morgen losjagen würden, sie einholten, noch bevor die Grenze in Sicht war. Kurz entschlossen stieg der Majordomus auf den Rappen seines schmerzgeplagten

Herrn, legte die Arme um dessen Leib, damit er nicht abrutschen konnte, und gab dem Pferd die Sporen.

Der Weiterritt verlief zügig und wurde nur dadurch erschwert, daß neben dem ohnedies geplanten Pferdewechsel an festgelegten Orten nun auch noch das von zwei Männern doppelt belastete Reittier nach einer gewissen Zeit ausgetauscht werden mußte. Aber es gelang ihnen, Guadalajara noch vor dem Morgengrauen zu passieren.

»Wenn in Madrid in diesem Augenblick Alarm geschlagen wird«, sagte Martínez, als sie an der alten Festung Jadraque vorbeiritten, »könnte man uns mit sehr schnellen Pferden vielleicht gerade noch vor der Grenze einholen. Da man jedoch wahrscheinlich erst in einer Stunde feststellen wird, daß Ihr entwichen seid, werden wir Aragonien voraussichtlich unangefochten erreichen.«

Antonio Pérez litt unter so großen Schmerzen, daß er den Sinn der Worte seines treuergebenen Majordomus kaum verstand. Und wenn es ihm einmal gelang, sich zu konzentrieren, dachte er ausschließlich an seine Frau. Sie war ihm von Gott geschickt worden. Die Leidenschaftlichkeit ihrer Umarmungen hatte ihn beglückt, und obwohl sie ihn mit allen Fasern ihres Seins liebte, war sie nie eifersüchtig geworden, hatte immer Verständnis für seine großen und kleinen Liebschaften gehabt. Nun warf sie, um ihn zu retten, auch noch ihr Leben in die Waagschale.

Weite Strecken des Rittes nahm Antonio Pérez nur undeutlich wahr. Oft der Ohnmacht nahe, ließ er Martínez tun, was dieser für richtig hielt. Hellwach wurde er erst, als der Majordomus am Spätnachmittag auf einen großen Grenzstein zeigte und jubelnd ausrief: »Señor! Wir haben es geschafft! In diesem Moment passieren wir die Grenze von Aragón!«

»Laßt mich absteigen«, bat Antonio Pérez. »Ich will die Erde dieses gesegneten Landes küssen.«

»Später, Señor!« widersprach Martínez. »Wir dürfen uns keine Verzögerung leisten. Bis zur ersten aragonischen Ortschaft, in der uns die Truppe des Herzogs von Villahermosa erwartet, brauchen wir noch eine halbe Stunde.«

Antonio Pérez schaute zurück und bekreuzigte sich. »Herrgott, stehe meiner Frau und den Kindern bei!«

EPILOG

Antonio Pérez hatte Zaragoza, die Hauptstadt Aragoniens, noch längst nicht erreicht, als Doña Juana mit ihren sieben Kindern in jenen Raum des Turmes von Pinto eingeschlossen wurde, in dem schon ihr Mann und vor ihm die Fürstin Eboli eingekerkert waren. Aber auch für ihn war der Leidensweg noch nicht zu Ende. Wohl sah er sich von der unmittelbaren Bedrohung befreit, doch der durch die gelungene Flucht bis aufs äußerste gereizte Monarch ernannte noch am gleichen Tag den aragonischen Grafen de Chinchón zum Vizekönig des Landes und verlangte die sofortige Festnahme und Auslieferung des inzwischen in seiner Abwesenheit zum Tod durch den Strang Verurteilten. Des weiteren schickte Philipp II. den Marqués de Almenara mit der Weisung nach Zaragoza, seine königlichen Interessen an Ort und Stelle zu vertreten.

Hierüber empörten sich die auf ihre Sonderrechte überaus stolzen Aragonesen. Sie rebellierten und setzten das Haus, in dem de Almenara untergebracht war, in Brand. Der Marqués floh nach Madrid zurück, und Antonio Pérez wurde unter dem Schutz von vielen Priestern, Mönchen und Studenten wie im Triumphzug von Calatayud nach Zaragoza gebracht. Hier lieferte man ihn, um der Form zu genügen, zunächst in ein Gefängnis ein, aus dem er nach einem Prozeß, der für ihn in Aragonien nur günstig verlaufen konnte, endgültig in Freiheit gesetzt werden sollte.

Die aufgebrachte Bevölkerung hatte aber für diese Geste, die als Verneigung vor dem König gedacht war, kein Verständnis. Während vom Turm der Kathedrale die Glocken läuteten, stürmten an die sechstausend Männer und Frauen das Gefängnis und befreiten ihren ›Helden‹ Antonio Pérez.

Es half dem Monarchen nichts, daß er nun das Heilige Offizium einschaltete. Zwar wurde der frühere Staatssekretär öffentlich der Ketzerei beschuldigt, doch die Argumente waren allzu fadenscheinig. So lautete die Anklageschrift:

Antonio Pérez hat geäußert: Wenn Gottvater sich in meine Angelegenheit einmischen würde, verpfändete ich sofort mein Wort gegen seine Nase, weil es mir nicht schwerfiele, ihm klarzumachen, daß der König sich als schlechter Edelmann erwiesen hat.

Aus diesen im Scherz geäußerten Worten folgerte das Heilige Offizium:

Die Absichtserklärung des Angeklagten ist eine Gotteslästerung und der Badianischen Ketzerei verdächtig, welche besagt, Gott sei leiblich und habe menschliche Glieder. Antonio Pérez kann nicht als Entschuldigung anführen, Christus habe bei seiner Menschwerdung Leib und Nase gehabt, denn der Angeklagte spricht von der ersten Person der Heiligen Dreifaltigkeit.

Es kam zur Revolte in Zaragoza. Der Aljaferia-Palast wurde gestürmt. Wer sich dem Volk entgegenstellte, war des Todes. Später, als die Kämpfe vorüber waren, wurde behauptet, es seien Juden gewesen, die den Aufstand angezettelt hätten. Man brauchte Schuldige.

Antonio Pérez aber war der Held des Tages. Wie ein Triumphator wurde er durch die Hauptstadt geführt.

»Freiheit, Freiheit, Freiheit!« schallte es von allen Seiten. Und immer wieder der Ruf: »Wir wollen Waffen, Waffen, Waffen!«

Nun wurde selbst den Freunden des Geflüchteten angst und bange. Sie bewogen ihn, sich so bald wie möglich jenseits der Pyrenäen zur Regentin des Béarn, Katharina von Navarra, zu begeben, der Schwester des französischen Königs Heinrich IV., die ihn brieflich eingeladen hatte, an ihrem Hof in Pau Schutz und Ruhe zu suchen.

Antonio Pérez entsprach dieser Aufforderung und machte sich auf den Weg. Weil damit zu rechnen war, daß gedungene Mörder ihm nach dem Leben trachteten, ging er als Schäfer verkleidet. Die Sorge um Frau und Kinder trieb ihn aber noch einmal nach Zaragoza zurück. Er wollte Philipp II. anbieten, sich freiwillig nach Madrid zu begeben, wenn seine Familie *vorher* nach Aragón ausreisen dürfe.

»Darauf wird sich der König niemals einlassen«, beschworen ihn seine Freunde. »Wie soll ein Mensch, der sein Wort bricht, glauben können, daß ein anderer es hält?«

Ein zweites Mal machte sich Antonio Pérez auf den Weg zum Hof Katharinas von Navarra. Hier wurde er wie ein Herrscher empfangen, und man bot ihm alle Annehmlichkeiten, die er sich nur wünschen konnte.

Das Leben in Pau, so nahe an der spanischen Grenze, barg für Antonio Pérez aber auch Gefahren. Immer wieder wurde versucht, ihn zu überfallen und zu verschleppen, weil auf seinen Kopf eine beachtliche Prämie ausgesetzt war.

Da kam es dem Geflüchteten gelegen, daß ein Abgesandter Elizabeths I. ihn aufsuchte und im Namen der Queen bat, nach England zu kommen. Diesem verlockenden Ruf konnte er nicht widerstehen. Im Einverständnis mit dem König von Frankreich, der ihn vor seiner Reise in Tours zu treffen wünschte, verließ er Pau.

Heinrich IV. fand Gefallen an Antonio Pérez. Als er ihn entließ, übergab er ihm eine an die englische Königin gerichtete Empfehlung, deren Inhalt bald bekannt wurde und überall in Europa Aufsehen erregte. Das Schreiben lautete:

Auf Meiner Reise nach Tours war es für Mich ein großes Vergnügen, Señor Pérez kennenzulernen. Er ist eine Persönlichkeit, die wert des Postens ist, den er innehatte. Schmählich aber sind die Nachstellungen, die er erleiden mußte. Ich hätte ihn gerne in Meine Dienste gestellt, lasse ihn aber zu Euch nach England reisen, weil Ich annehme, daß es wichtig für Euch ist, ihn zu sprechen. Ihr werdet von ihm Dinge erfahren, die Euch nützen können. Ich bitte Euch jedoch, ihn Mir bald zurückzuschicken. Vielleicht läßt es sich arrangieren, daß Wir ihn beide in Unsere Dienste nehmen.

Aus Empörung über die Erfolge seines einstigen Staatssekretärs ordnete Philipp II. für Doña Juana und ihre Kinder eine drastische Haftverschärfung an: Der ihnen bis dahin eingeräumte einstündige Spaziergang im Areal des Turmes von Pinto wurde ihnen ab sofort versagt.

Auch Antonio Pérez mußte Rückschläge einstecken. Zwischen ihm und der englischen Königin kam es nicht zu dem erhofften

Einvernehmen. Dies mochte den seltsamen Späßen zuzuschreiben sein, die Ihre Majestät sich gerne erlaubte. So fragte sie in seiner Gegenwart einige Würdenträger: »Mylords, was schaut Ihr so verwundert? Stört es Euch, daß ich diesem spanischen Verräter soviel Ehre erweise?« Ein anderes Mal schickte sie eine Hofdame mit dem Hinweis fort: »Geht nur, Mylady, dieser Spanier wird mich nicht ermorden.«

Antonio Pérez sehnte sich zum König von Frankreich zurück, und als Heinrich IV. Spanien den Krieg erklärte und den einstigen Staatssekretär Philipps II. dringend bat, zu ihm zu kommen, da reiste der ruhelos Gewordene nach Frankreich, obwohl er überraschend eine schmeichelhafte Ehrung durch die englische Königin erfahren hatte. Bei seiner Landung in Dieppe wurde er im Namen Heinrichs IV. vom Gouverneur des Distriktes empfangen und mit einer Eskorte von fünfzig Reitern nach Rouen geleitet, wo ihm der Duc de Montpensier sein Palais zur Verfügung stellte.

Aber wie sehr Antonio Pérez im internationalen Spiel der Mächte auch in die Rolle einer bedeutenden Persönlichkeit gedrängt und von allen Seiten hofiert wurde, er kam über das Leid seiner Frau und seiner Kinder nicht hinweg. Wohl war es ihm längst gelungen, mit Doña Juana in einen regelmäßigen Briefwechsel zu treten, gab es doch genügend Mönche, Priester und Nonnen, die in ihrer Kleidung eingenähte Botschaften beförderten. Aber gerade diese Korrespondenz mit seiner Frau machte ihm deutlich, daß Philipp II. seine Familie als Geisel betrachtete und sie nur wieder auf freien Fuß setzen würde, wenn er sich ergab.

Auch Doña Juana war sich dessen bewußt. Mit ihren sieben Kindern lebte sie in einem Raum von etwa vierzig Quadratmetern. Doch sie verzagte nicht, nähte vielmehr jahrein, jahraus Handschuhe aus weichem Leder, die sie auf abenteuerlichen Wegen ihrem Mann schickte, nur weil er ihr einmal geschrieben hatte, daß solch wärmende und zugleich elegante Accessoires die Damen der Pariser Gesellschaft entzückten. Sie war selbstlos wie eh und je und tat alles für ihr Idol.

Neun Jahre verbrachte Doña Juana mit ihren Kindern im Turm von Pinto. Erst als Philipp II. 1598 starb, wurden sie aus dem Kerker befreit. Es blieb ihr aber versagt, das Land zu verlassen und zu ihrem Mann zu reisen.

Antonio Pérez, den in Spanien immer noch die Vollstreckung des gegen ihn ergangenen Todesurteils erwartete, war verzweifelt und schrieb seiner Frau in der verschnörkelten Zärtlichkeit jener Tage:

Meine Geliebte, für dich möchte ich mich destillieren und Quintessenz werden.

Er selbst führte in Frankreich ein sorgloses Leben, das sich erst änderte, als 1610 Heinrich IV. ermordet wurde. Völlig unerwartet verlor Antonio Pérez seinen großen Gönner. Vereinsamt, krank vor Sehnsucht nach seiner Frau und den Kindern, starb er 1611 in Paris, wo er im Kreuzgang des Klosters Célestine beigesetzt wurde.

Auch nach seinem Tod gab Doña Juana den Kampf um die Rehabilitierung ihres Mannes, die sie seit ihrer Entlassung aus dem Turm von Pinto mit unerbittlicher Hartnäckigkeit betrieb, nicht auf. Und sie erreichte ihr Ziel. 1615 fällte der Oberste Gerichtshof von Spanien ein Urteil, das posthum die Ehre ihres Mannes wiederherstellte. Ihr unermüdlicher Einsatz hatte sie aber so geschwächt, daß sie, als sie das höchste Gut zurückgewonnen hatte, das es für sie gab – die Ehre ihres Mannes und die ihrer Familie –, die Spannkraft verlor und binnen weniger Wochen starb.

Mit ihrer Liebe hatte Doña Juana die Welt Philipps II. besiegt. ›*Ad maiorem Dei gloriam*‹ – ›Zum größeren Ruhme Gottes.‹

Kurzer Abriß der Geschichte Spaniens bis zur Regierung Philipps II.

Die Ureinwohner der Pyrenäischen Halbinsel waren die Ligurer und die Iberer. Mit letzteren verschmolzen in vorhistorischer Zeit die aus Gallien über die Pyrenäen eingewanderten Kelten zum Volk der Keltiberer.

Um 1100 v. Chr. siedelten sich an der Südküste Phöniker an; Cádiz wurde ihre berühmteste Kolonie. Später setzten sich an der Ostküste Griechen fest, denen nach dem Ersten Punischen Krieg Karthager folgten, die Neukarthago (Cartagena) zu ihrem Hauptsitz machten. Sie verloren ihr Einflußgebiet im Zweiten Punischen Krieg, aber erst nach 200 Jahre währenden Kämpfen gelang es den Römern, das ganze Land unter ihre Botmäßigkeit zu bringen. Nur die Basken konnten in den nördlichen Gebirgen ihre Unabhängigkeit behaupten.

Strategisch angelegte Militärstraßen und zahlreiche Soldatenkolonien machten es den Römern möglich, Spanien völlig zu romanisieren. Die Halbinsel wurde zu einer der blühendsten Kolonien des römischen Imperiums, das ihm mehrere seiner tüchtigsten Kaiser (Trajan, Hadrian, Theodosius) und viele angesehene Schriftsteller (Seneca, Lucanus, Martialis) verdankte. Handel und Gewerbe blühten, der Ackerbau stand auf hoher Stufe, die Bevölkerung war begütert; Sitte und Moral schwanden allerdings merklich dahin. Dies mag dazu beigetragen haben, daß das Christentum hier frühzeitig Anklang fand und daß sich trotz unerbittlicher Verfolgung immer mehr Menschen zu ihm bekannten.

Zu Beginn des 5. Jahrhunderts, als der innere Verfall des Römischen Reiches auch seine äußere Macht erschütterte, drangen die germanischen Völkerschaften der Alanen, Vandalen und Sueven verwüstend in Spanien ein. Doch die Westgoten verdrängten, zunächst noch als Bundesgenossen der Römer, bald alle anderen germanischen Stämme. In der Folge entriß König Eurich (466 bis 484) den Römern ihr spanisches Kolonialreich, und Leovigild unterwarf 585 ganz Iberien der westgotischen Herrschaft. Sein Sohn Reccared I. trat zum katholischen Glauben über und bahnte dadurch die Verschmelzung der Goten mit den Einheimischen an.

Diese positive Entwicklung brachte es mit sich, daß die Geistlichkeit übermäßige Macht erlangte und es im Bund mit dem Adel verstand, die Erblichkeit der Krone zu verhindern. Die königliche Gewalt sollte weitgehend eingeschränkt werden; kirchliche Konzilien sollten die Geschicke des Staates bestimmen. Als aber König Witiza 710 vom Klerus und Adel gestürzt und umgebracht wurde, riefen seine Söhne die Araber zu Hilfe. Der marokkanische Feldherr Tarik landete am südlichsten Zipfel Spaniens. (Gibraltar, arabisch *Jebel al Tarik* = Berg des Tarik, erinnert noch heute an seinen Namen.) Tariks Sieg bei Jerez de la Frontera (711) setzte dem westgotischen Reich ein jähes Ende. Fast ganz Iberien geriet unter arabische Gewalt und wurde dem Kalifat der Omajjaden angegliedert.

Mit der Herrschaft der Mauren begann zunächst eine segensreiche Zeit. Den Spaniern wurde ihr Eigentum belassen, Sprache und Religion blieben unangetastet. Die unteren Klassen und die zahlreichen Juden des Landes konnten durch Übertritt zum Islam die seit langem ersehnte Freiheit erringen. Aber auch viele wohlhabende und angesehene Spanier nahmen die Lehre Mohammeds an.

Im Laufe der Jahre kam es jedoch zwischen den maurischen Befehlshabern zu blutigen Fehden, die erst Abdu r Rahman, der 755 das Kalifat von Córdoba gründete, unterbinden konnte. Während seiner Regentschaft (bis 788) wurden Künste und Wissenschaften in bisher nicht gekanntem Maße gepflegt und Gewerbe, Handel und Ackerbau großzügig gefördert. Córdoba entwickelte sich zu einem glanzvollen Herrschersitz.

Unter Abd ur Rahmans Nachfolgern erreichten Kunst und Wissenschaft die höchste Blüte. Das mohammedanische Spanien zählte 25 Millionen Einwohner, von denen allein 500 000 im Bereich von Córdoba lebten. Die Stadt verfügte über zahlreiche Moscheen und herrliche Paläste, darunter der berühmte Alcázar und die prachtvolle Hauptmoschee La Mezquita, das damals größte mohammedanische Heiligtum nächst der Kaaba zu Mekka.

Mit Córdoba wetteiferten Städte wie Granada, Sevilla und Toledo. Der Volksunterricht war hervorragend organisiert, und die Universitäten der Muslimin wurden auch von Christen besucht.

Und dennoch: Es gelang den Arabern nicht, sich mit den altspanischen Einwohnern zu verschmelzen und ein Staatswesen mit Gesetzen zu schaffen, die für beide Teile Gültigkeit besaßen. Das Volk verfiel der Genußsucht und ließ willenlos alles über sich ergehen. Dies führte dazu, daß der ebenso kunstsinnige wie gewalttätige Statthalter Al Mansur sich das Recht anmaßte, den heiligen Apostelsitz Galiziens, Santiago, zu zerstören und die Christen zu unterjochen (994).

Seine Nachfolger gründeten unabhängige Herrschaften und kämpften erbittert gegeneinander, bis schließlich der letzte omajjadische Kalif, Hischan III., 1031 durch einen Aufstand in Córdoba gestürzt wurde. Die Spanier nutzten die Gunst der Stunde und erhoben sich gegen die Mauren, die sie in schweren Schlachten allmählich in den südlichen Teil der Halbinsel zurückdrängen konnten.

In fast ununterbrochenen Kämpfen wuchs ein christlicher Lehnsadel heran, der durch ritterliche Tapferkeit überragenden Ruhm, weltlichen Besitz und das ewige Seelenheil zu erlangen strebte. Mit der Zeit entstanden nördlich der Flüsse Duero und Ebro vier Ländergruppen, die sich durch feste Institutionen, Gesetzgebungen und zugesicherte Rechte zu konsolidieren versuchten. Im Nordwesten verbanden sich Asturien, León und Galizien zum Königreich Kastilien; das Baskenland vereinigte sich mit seinen Nachbarn zum Königreich Aragón; diesem schloß sich die Markgrafschaft Barcelona (Katalonien) an.

Da infolge des Untergangs der Omaijaden das Araberreich geschwächt und in mehrere Teile (Sevilla, Toledo, Valencia, Zaragoza) zerfallen war, gelang es den vereinten Christen 1085, Toledo, Talavera und Madrid in ihre Gewalt zu bringen. Die daraufhin vom Emir von Sevilla zu Hilfe gerufenen Almorawiden aus Afrika vermochten zwar die Herrschaft nochmals an sich zu reißen (1086), doch der Glaubenseifer und Kampfesmut der

Christen erhielt durch die gleichzeitig einsetzenden Kreuzzüge neuen Auftrieb.

Alfons I. von Aragón vereinigte sein Reich durch Eheschließung vorübergehend mit Kastilien, eroberte Zaragoza (1118) und machte die Stadt zum Regierungssitz.

Ein entscheidender Wandel bahnte sich aber erst an, als 1146 in Afrika die Herrschaft der Almorawiden von den Almohaden gestürzt wurde. Die Christen bemächtigten sich nun Almerias und Tortosas, und der spanische Ritterorden erzwang durch eindrucksvolle Siege bei Alarcos (1195) und Navas de Tolosa (1212) den Sturz der sie beherrschenden Almohaden.

In Andalusien gründete nun Aben Hud eine neue Dynastie, die sich unter den Schutz der Abbasiden von Bagdad stellte. Ihre Existenz währte nur bis 1230. Nach der siegreichen Schlacht bei Mérida wurde Estremadura den Arabern genommen. Es folgte die große Auseinandersetzung bei Jerez de la Guadana, deren glücklicher Ausgang es Ferdinand dem Heiligen ermöglichte, Córdoba (1236), Sevilla (1248) und Cádiz (1250) zu besetzen. Die Muslimin flüchteten zu Tausenden nach Afrika oder nach Granada und Murcia.

Trotz dieser günstigen Entwicklung kam es im Land zu inneren Wirren. Zwistigkeiten zwischen den Königreichen trugen wesentlich dazu bei. Gemeinden und Edelleute befreiten sich von der Obrigkeit. Dennoch gelang es Kastilien, Algeciras zu erobern und Granada von der Verbindung mit Afrika abzuschneiden; der Untergang dieses letzten maurischen Machtbereiches war damit nur noch eine Frage der Zeit.

Aragonien nahm indessen einen bedeutenden Aufschwung. Jakob I. (1213–1276) unterwarf die Balearen und drang in Valencia und Murcia ein. Sein Sohn Pedro III. (1276–1285) entriß dem französischen Haus Anjou Sizilien, und Jakob II. (1291–1327) unterwarf Sardinien.

Jeder Sieg über den Islam vermehrte die Rechte und den Reichtum des Klerus. Durch prunkvollen Kult und phantastische Mystik bemächtigte er sich des Volksgeistes und schürte einen verfolgungssüchtigen Religionsfanatismus. Rassen- und Glaubenskrieg wurde gleichbedeutend. Eine finstere Bigotterie breitete sich aus, die in Verbindung mit dem aufgekommenen Patriotismus überwältigende Gefühle der Macht auslöste. Der Adel maßte sich das Recht an, dem König die Treue aufzukündigen. Städte und Landgemeinden ließen sich Sonderrechte *(fueros)* verbriefen. In Kastilien und Aragón traten die Stände zu Reichstagen *(Cortes)* zusammen, die über Wohlfahrt, Sicherheit, Gesetzgebung und Besteuerung berieten.

Nach dem Erlöschen der aragonischen Dynastie (1410) bestieg Ferdinand I. von Kastilien den Thron und übernahm damit gleichzeitig die Herrschaft über die Balearen, Sardinien und Sizilien.

Im Gegensatz zu Aragón, wo Pedro IV. (1336–1387) das Waffenrecht des Adels beseitigt hatte, waren in Kastilien der hohe Adel und die Ritterorden von Santiago, Calatrava und Alcántara übermächtig. Das Königshaus versuchte, mit Hilfe der Städte eine freiere und unabhängigere Stellung gegenüber der Feudalaristokratie zu erringen. Doch diese Bemühungen führten erst zum Erfolg, als Isabella von Kastilien nach dem Tod ihres Bruders Heinrich IV., von dem es hieß, daß er impotent gewesen sei, 1474 den Thron bestieg. Sie hatte aber bald gegen König Alfons von Portugal zu kämpfen, der als Gemahl der angeblichen Tochter ihres Bruders Anspruch auf Kastilien erhob. Trotz seiner Übermacht schlug ihn Isabella 1476 bei Toro und erzwang den Frieden von Alcántara. Danach unterjochte sie den ihr feindlich gesinnten Adel mit Waffengewalt, und als König Ferdinand von Sizilien, mit dem sie sich 1469 vermählt hatte, durch den Tod seines Vaters Johann II. von Aragón auch König dieses Reiches wurde, schuf sie durch Vereinigung der kastilischen und der aragonischen Krone das Königreich Spanien.

Der Thronbesteigung folgte eine straffe Reorganisation der Landesführung, die sich zu einer machtvollen Königsgewalt entwickelte. Diese war vor allem in Kastilien, wo der unbotmäßige Adel seit langem ein Haupthindernis für die Aufrechterhaltung der Ordnung bildete, dringend erforderlich. Um Recht und Frieden zu gewährleisten, wurde die ›Heilige Hermandad‹, ursprünglich eine Bruderschaft einzelner Städte zu gegenseitigem Schutz, neu belebt und in eine Vereinigung *(junta)* der Städte und Landkreise zur Aufrechterhaltung der öffentlichen Sicherheit umgewandelt. Eine schlagkräftige berittene Gendarmerie und ein kampferprobtes Heer zwangen den Adel, die von ihm geraubten Güter herauszugeben, Fehden zu entsagen, sich der königlichen Gerichtsbarkeit zu beugen und auf alle Vorrechte zu verzichten. Darüber hinaus ließ sich König Ferdinand zum Großmeister der drei Ritterorden wählen, die so auf bequeme Weise zu Werkzeugen der Krone wurden.

Auch die hohe Geistlichkeit verlor ihre Machtstellung. In Übereinstimmung mit dem Papst wurde der Klerus der königlichen Jurisdiktion unterworfen. Diese sorgte dafür, daß die Inquisition, die bis dahin im fanatischen Glaubenseifer des Volkes ihre Hauptstütze gefunden hatte, jetzt nicht mehr nur gegen Juden, Morisken (Abkömmlinge der Mauren) und angeblich ketzerische Christen wütete. In der Hand der Krone wurde die Inquisition zu einem Schreckmittel, das Adel und Volk in Furcht und Unterwürfigkeit hielt und das Königshaus in unvorstellbarem Maße bereicherte. Bis 1492 wurden allein 160 000 Juden umgebracht oder verjagt, und die von Isabella und Ferdinand, den sogenannten ›Katholischen Königen‹, mit verbissenem Eifer betriebene Eroberung Granadas (1492) besiegelte schließlich die endgültige Herrschaft des Kreuzes über ganz Spanien.

Wichtig war die Entdeckung Amerikas, die dem spanischen Volk ein weites Feld zivilisatorischer Tätigkeit und die Aussicht auf eine glänzende Entwicklung des Handels und Gewerbes eröffnete. Dem Heer wurde Gelegenheit geboten, seine Tüchtigkeit durch Siege in Italien unter Beweis zu stellen: Neapel geriet 1504 unter spanische Herrschaft.

Erbin der *Reyes Católicos,* der ›Katholischen Könige‹, war deren älteste Tochter Johanna. Gemeinsam mit ihrem Gemahl Philipp I., Sohn des deutschen Kaisers Maximilian I., gelangte Johanna nach dem Tod ihrer Mutter (1504) an die Regierung. Mit Philipp I., dem Schönen, wie er auch genannt wurde, bestieg das Haus Habsburg den spanischen Thron.

Des besseren Verständnisses wegen sei hier eingefügt, daß der Urahne dieses Geschlechtes der nicht sonderlich begüterte und wenig einflußreiche Schweizer Graf Rudolf von Habsburg war, der aber gerade wegen seiner Machtlosigkeit von den selbstherrlichen deutschen Kurfürsten 1273 zum König gewählt wurde. Mit ihm legte sich Ottokar von Böhmen an, als er seinen Wunsch, ein gewaltiges Mittelreich zu schaffen, das von der Adria bis zur Ostsee reichen sollte, fast schon erfüllt sah. Doch Ottokar verlor den Kampf und mußte vor dem Habsburger kniend Abbitte leisten.

Der kinderreiche Rudolf nutzte die günstige Gelegenheit, sich durch zwei Eheschließungen mit dem Haus des Böhmen zu verbinden. Sein ältester Sohn heiratete eine Tochter des Besiegten – ihr wurde Österreich als Mitgift zugeteilt –, und eine seiner Töchter ehelichte den Sohn Ottokars. ›*Tu, felix Austria, nube!*‹ – ›Du, glückliches Österreich, heirate!‹

Rudolfs Nachkommen blieben der Habsburger Haus- und Ehepolitik treu und gewannen nach und nach die ganze Ostmark einschließlich Tirol, Steiermark und Kärnten. Damit zählten sie zu den Mächtigsten des Reiches, obwohl sie – seltsame Fügung des Schicksals – den ursprünglichen Besitz ihres Hauses durch die Errichtung der Schweizer Eidgenossenschaft für immer verloren hatten.

Aber erst mit Kaiser Maximilian I. begann der europäische Aufstieg des Hauses Habsburg. Und die folgenschwerste Handlung war wiederum eine Eheschließung. Maximilian heiratete Maria von Burgund, Tochter Karls des Kühnen. Durch diese Verbindung kam das Haus Habsburg in den Besitz jenes bedeutsamen westlichen Zwischenreiches, das Burgund und die Niederlande umfaßte und als das volkreichste Gebiet nördlich der Alpen galt.

Der älteste Sohn Maximilians und Marias von Burgund war der bereits erwähnte Philipp I., der wegen seines guten Aussehens den Beinamen ›der Schöne‹ erhielt. Er bestieg mit Johanna, der Tochter des spanischen Königspaares, den Thron, als Isabella von Kastilien starb.

Das Glück war nur von kurzer Dauer. Schon zwei Jahre später folgte Philipp I. der großen Regentin ins Grab. Seine Frau Johanna wurde über den Verlust des von ihr vergötterten Ehemannes wahnsinnig und war zur Regierung nicht mehr fähig. Nachfolger wurde ihr noch unmündiger Sohn Karl, der in Flandern bei seiner burgundischen Großmutter aufwuchs. Die kastilischen Stände bestellten seinen Großvater Ferdinand von Aragón zum Vormund, und nach dessen Tod (1516) übernahm Kardinal Jiménez de

Cisneros die Regentschaft bis zur Ankunft des jungen Königs in Spanien.

Als Karl I. trat dieser 1517 die Regierung an. Aber schon bald ergaben sich Schwierigkeiten, weil er die spanische Sprache nicht beherrschte. Der Ärger hierüber wuchs noch, als er 1519 durch Bestechung der deutschen Kurfürsten erreichte, daß er als Karl V. zum deutschen Kaiser gewählt wurde. Dies zwang ihn, sofort nach Deutschland zu reisen. Aus Empörung darüber brach unter den Bürgern und Bauern Spaniens ein Aufstand aus. Die *Comuneros*, wie sie genannt wurden, lehnten sich gegen die absolutistischen Gelüste ihres Königs auf und verlangten die Ausweisung seiner niederländischen Räte. Doch der Adel trat auf die Seite des Monarchen und erfocht bei Villalar (1521) einen Sieg, der den Aufstand in sich zusammenbrechen ließ. Diese Entwicklung setzte Kaiser Karl V. bei seiner Rückkehr nach Spanien in die angenehme Lage, die Macht sowohl des Adels als auch des Volkes so stark zu begrenzen, daß ein Widerstand gegen die Krone unmöglich wurde.

Adel und Volk folgten nun bereitwillig seinen Weltherrschaftsplänen und gewährten ihm die Mittel, die er für die Kriege gegen Frankreich und die seeräuberischen Mauren in Afrika sowie zur Unterdrückung des Schmalkaldischen Bundes benötigte, den deutsche protestantische Fürsten und Reichsstädte zur Verteidigung ihres Glaubens geschlossen hatten. Für eine habsburgische Weltmacht und die Ausbreitung des römisch-katholischen Glaubens fochten die spanischen Heere fortan am Po, an der Elbe, in Mexiko und Peru.

Dem Stolz der Spanier schmeichelte es, die gebietende Macht in Europa zu sein und für die Ausrottung der Ketzerei zu streiten. Erfüllt von der Vorstellung, dem wahren Glauben zum Siege zu verhelfen, sah das Volk mit Befriedigung zu, wie Juden und Mauren aus dem Land gewiesen, viele Tausende ihrer Landsleute von der Inquisition auf den Scheiterhaufen gestellt, alle geistigen Regungen unterdrückt und Gewerbe, Handel und Ackerbau durch ein willkürliches Steuersystem zugrunde gerichtet wurden, nur um die Kriegskosten aufzubringen.

Als Kaiser Karl V. 1556 die Regierung niederlegte, trat er zum großen Kummer seines Sohnes und Nachfolgers Philipp II. die österreichischen Besitzungen des Hauses Habsburg an seinen Bruder Ferdinand ab. Damit war die deutsche Kaiserkrone wieder von Spanien getrennt. Das spanische Reich umfaßte in Europa jetzt außer dem iberischen Reich nur noch die Niederlande, die Franche-Comté, Burgund, Mailand, Neapel, Sizilien und Sardinien. Das Ziel der Politik aber blieb unverändert und wurde mit nie gekanntem Fanatismus und noch rücksichtsloserer Vergeudung der Volkskraft angestrebt. Spanien wurde zum Zentrum einer mit unermeßlichen Machtmitteln ins Werk gesetzten katholischen Reaktionspolitik.

Philipp II. (1556–1598) zögerte nicht, den letzten Rest der noch vorhandenen Freiheit zu unterdrücken und alle Stände einem unumschränkten Despotismus zu unterwerfen. Das furchtbare Werkzeug der Inquisition setzte er zur Vernichtung jeden Unabhängigkeitssinns ein. Sein Vorgehen war so rigoros, daß sich die Mauren 1568 zu einem verzweifelten Aufstand erhoben, der erst 1570 (durch Juan de Austria, illegitimer Sohn Kaiser Karls V.) nach schweren Kämpfen niedergeschlagen werden konnte. 400 000 Morisken wurden aus Granada vertrieben.

Der Erfolg Juans de Austria ermunterte Philipp II., seinen Halbbruder an die Spitze einer Flotte zu stellen, die von der ›Heiligen Liga‹ gegen die Türken entsendet wurde. Und wieder siegte der ehrgeizige, jedoch nicht erbberechtigte Nachkomme Kaiser Karls V. (1571 in der Seeschlacht von Lepanto). Erfüllt von dem Wunsch, sich ein eigenes Reich zu schaffen, wandte sich Juan de Austria 1573 gegen Tunis. Seine erfolgreichen Bemühungen scheiterten jedoch an der durch seine großen Siege geweckten Mißgunst seines königlichen Halbbruders, der ihm 1576, um ihm weitere Aufstiegsmöglichkeiten zu nehmen, die undankbare Statthalterschaft über die in Rebellion geratenen Niederländer und Flamen übertrug.

Die unaufhörlichen Kriege Spaniens zehrten selbst die reichen Einkünfte aus den Kolonien auf und zwangen Philipp II., immer neue Einnahmequellen zu ersinnen. Schulden aller Art wurden aufgenommen, die Münze verschlechtert, Ehren und Ämter käuflich gemacht und den Einwohnern schließlich sogar Zwangsanleihen abgefordert.

Der Verzweiflungskampf der Niederländer und Flamen gegen

König Philipps Schreckensregiment verlangte über 100 Millionen Golddukaten und lähmte Spanien fast tödlich. Hinzu kam die unglückliche Einmischung in die Religionswirren Frankreichs, die letztlich zur Einigung der feindlichen Kräfte führte. Auch die unrechtmäßige Besetzung Portugals (1580) brachte Spanien keinen Nutzen. Die schlimmste Folge aber hatte der vermessene Versuch, England niederzuringen und wieder unter die Macht der katholischen Kirche zu stellen; er endete mit dem Verlust der *Armada* (1588), einer Flotte, die aus vielen großen Kriegs- und Transportschiffen bestand.

Der gewaltige Verlust muß dem König angelastet werden. Er hatte dem Herzog von Medina Sidonia, einem erprobten Krieger, der den Titel ›Capitán von Andalusien‹ führte, jedoch von Seefahrt nicht das geringste verstand, das Oberkommando anvertraut. Was den König bewogen hatte, diese unverständliche Anordnung zu treffen, ist nicht belegt. Einige Quellen besagen, Philipp II. habe dem Herzog eine außergewöhnliche Bewährungschance bieten wollen. Dies wäre denkbar, denn Juan Manuel von Medina Sidonia war der Schwiegersohn der Fürstin Eboli, von der es heißt, sie sei die Geliebte des Königs gewesen, und dieser der Vater sowohl ihrer Tochter Doña Ana (die der Herzog von Medina Sidonia heiratete) als auch ihres ersten Sohnes, der von Philipp II. zum Herzog von Pastrana ernannt worden war.

Zweifellos unterhielt der König viele Liebschaften. Er verstand es jedoch stets, seine Amouren unter dem Mantel der Frömmigkeit zu verbergen. Schon in jungen Jahren, als er von Kaiser Karl V. nach Brüssel geholt wurde, vergnügte er sich gerne und oft an Orten, die für einen Prinzen nicht gerade geschaffen schienen. Offensichtlich konnte er das Blut seines Vaters, dessen ungezählte Liebesabenteuer mit hochgestellten Damen und biederen Bürgermädchen allgemein bekannt waren, nicht verleugnen.

Auch in anderer Hinsicht glich er dem Vater. Kaiser Karl V. hatte sich, der Tradition des Hauses Habsburg entsprechend, eine weitere große Erbschaft gesichert, indem er seine Kusine Isabella von Portugal heiratete, die Tochter seiner Tante Maria von Kastilien und Emanoels des Glücklichen. Gleich ihm schloß Philipp II. seine erste Ehe mit Maria Manoela von Portugal, einer Kusine ersten Grades sowohl mütterlicher- als auch väterlicherseits. Die Frucht dieser gefährlichen Blutsbande war Don Carlos, ein seit frühester Jugend schwaches und kränkliches Kind, das Spuren von Geistesgestörtheit erkennen ließ. Obgleich im Laufe der Jahre keine Besserung eintrat, wurde Don Carlos als Thronerbe behandelt, in den Staatsrat aufgenommen und mit seiner deutschen Kusine Anna von Österreich verlobt (nachdem ihm mit elf Jahren zunächst Elisabeth von Valois, Tochter Heinrichs II. von Frankreich, zugesprochen worden war). Seine zweifellos erblich bedingten Exzesse häuften sich jedoch und mußten schließlich als Beweis für seine Unzurechnungsfähigkeit angesehen werden. Enttäuscht darüber, verbannte Philipp II. seinen Sohn in ein Gefängnis und setzte ihn einer so harten Behandlung aus, daß Don Carlos elend starb.

Wenn Philipp II. seinen Sohn auch nicht hat umbringen lassen, wie oft behauptet wurde, so dürften doch starre Lieblosigkeit, Unmenschlichkeit und ständige Drohungen den Unglücklichen in den Tod getrieben haben.

Über die Motive des Zerwürfnisses zwischen Vater und Sohn ist viel geschrieben worden. Einige Historiker haben die Ursache darin finden wollen, daß Philipp II. nach seiner zweiten, kinderlosen Ehe mit Maria der Katholischen von England eben jene Elisabeth von Valois heiratete, die er zunächst seinem minderjährigen Sohn versprochen hatte. Diese Auffassung vertrat auch der ›Memorabilienschreiber‹ de Brantôme, dessen Ausführungen die Grundlage zu einem Roman bildeten, den der schöngeistige Abbé de Saint-Réal unter dem Titel ›Don Carlos, nouvelle histoire‹, 1672 veröffentlichte. Sein Buch diente Schiller als Stoffsammlung für sein Drama ›Don Carlos‹. Es tut dieser großartigen Dichtung keinen Abbruch, daß der deutsche Historiker Leopold von Ranke auf Grund gewissenhafter Untersuchungen 1828 zu dem Ergebnis kam, daß die von Schiller benutzte Quelle das tatsächliche Geschehen völlig falsch widergibt.

Doch bleiben wir bei Philipp II.: Nach seiner Ehe mit Elisabeth von Valois, die im Alter von 23 Jahren bei der Geburt ihrer zweiten Tochter starb, heiratete der König ein viertes Mal; und wiederum eine nahe Verwandte: Anna von Österreich, die Tochter seiner Schwester Maria und seines Vetters Max, der als Kaiser Maximilian II. den deutschen Thron bestiegen hatte. Auch sie war, wie bereits erwähnt, ursprünglich seinem Sohn Don Carlos versprochen worden. Philipp ging es darum, die österreichische Linie der Habsburger enger an sich zu binden. Ihn störte deren versöhnliche Haltung gegenüber den Protestanten, die er als das Erzübel dieser Welt ansah und in den Niederlanden ausrotten lassen wollte.

Zu welch extremen Handlungen sich Philipp II. bei der unerbittlichen Verfolgung seiner oft unfaßlichen Entschlüsse hinreißen ließ, schildert der vorliegende Roman.